DIE VERWEGENE LIEBE DES COWGIRLS

DIE COLEMANS AUS HEART FALLS
BUCH 3

VIVIAN AREND

1

Zach Sorenson saß auf der Veranda vor dem Haus seines besten Freundes und tat so, als würde er ein kaltes Bier genießen, während hinter ihm Gelächter heranklang.

Das tiefere Grollen von Finns leisem Lachen mischte sich mit der hellen Stimme seiner Verlobten. Vielleicht konnte Zach auf etwas Stärkeres umsteigen. Whiskey oder Gin oder, Teufel auch – vielleicht sogar Tequila. Obwohl letzteres möglicherweise gefährlich wurde.

Er lehnte sich zurück an die Verandaschaukel, die Beine vor sich ausgestreckt, während er einen Fuß im Stiefel über den anderen legte und über die Landschaft zu den Rocky Mountains hinaus schaute.

Es war ja nicht, als würde er ihnen ihr Glück nicht gönnen.

Gönnen? Aber sicher doch. Leichte Eifersucht? Verdammt, die musste er zugeben.

Sein Name wurde gerufen. Neben ihm schwang die Tür auf, und er drehte sich zu einem seiner neuen Lieblingsmenschen um.

„Tut mir leid, dass es so lange gedauert hat", entschuldigte sich Karen Coleman. „Lisa und ich hören jetzt auf, dich zu quälen. Wir sind endlich fertig."

Er stand auf, während der Rest der Mannschaft aus der Tür kam und sich zu den wartenden Trucks aufmachte. „Kein Problem", beharrte Zach. „Wirklich. Ich weiß es doch besser, als dass ich einer Frau sage, sie soll sich beeilen."

Er duckte sich, damit Lisa ihn nicht schlug. „Du weißt, dass es nicht nur wir waren", behauptete sie. „Josiah braucht ewig, um sich fertigzumachen."

Erneut kam grollendes Lachen auf, während die Mädchen auf ihre Sitze glitten.

Finn wandte sich an Zach, nachdem er Karen ins Auto gesetzt hatte. „Ich freue mich, dass du heute Abend mit ins *Rough Cut* kommst. Bist du sicher, dass du uns nicht am Wochenende begleiten möchtest?"

Oh, bloß das nicht. Beste Freunde hin oder her, das letzte, was Zach wollte, war, die nächsten achtundvierzig Stunden als das fünfte Rad am Wagen verbringen. „Vielen Dank für das Angebot, aber ich habe bereits was vor."

Finn zog die Augenbrauen steil nach oben. „Echt?"

Auf seiner anderen Seite trat auch Josiah vor, Neugier zeichnete das Gesicht des Tierarztes. „Diese Info höre ich ja zum ersten Mal. Hast du Geheimnisse vor uns?"

„Ich kümmere mich um meinen eigenen Kram", sagte Zach gedehnt. Er zwinkerte dazu, um den Worten die Schärfe zu nehmen, während er auf dem Absatz kehrtmachte und zu der Scheune ging, die er in Beschlag genommen hatte, um Delilah unterzubringen, sein pastellblaues Corvette-Cabrio von 1955. „Wir sehen uns dann alle am Pub."

Er ließ für die kurze Fahrt von der immer noch im Aufbau befindlichen Red Boot Ranch in die kleine Stadt Heart Falls das Verdeck offen. Die Fahrt war kaum lang genug, um seine Laune zu heben. Er freute sich, dass sein ältester bester Freund und sein neuester bester Freund Frauen gefunden hatten, die sie zu schätzen wussten, und ihr Leben mit guten Dingen bereichert hatten.

Zach verpasste dem Hauch bohrender Eifersucht in seinen Eingeweiden einen raschen, kurzen Realitätsschock, um ihre schuppigen Klauen wieder loszulösen. Eines Tages würde er auch so eine Beziehung haben. Klar, im Leben gab es keine Garantien, aber er hatte genug gute Vorbilder in seiner Welt, die ein Gegengewicht zu den beschissenen Situationen bildeten.

Wenn es an der Zeit war, würde er jemanden finden. Jemanden, der genau das war, was er brauchte.

Ein leises Lachen brach aus ihm hervor. Zum Glück konnten seine Freunde gerade nicht durch sein Hirn spazieren, ansonsten wäre er massiv aufgezogen worden für den scharfen Schwenk zu den Herzchen und Blümchen, die seine Gedanken eingeschlagen hatten.

Zach parkte ganz am Rand des Platzes und begab sich zum Pub, das Dröhnen von Country-Musik schallte über den hölzernen Gehweg, als er die schwere Tür aus Eichenholz aufzog.

Im Inneren waren die strategisch verteilten Lichter gerade so hell eingestellt, dass alle gut sahen, und das rasche Poltern von Stiefeln auf der Tanzfläche brachte ihn dazu, mit den Fingern zu trommeln.

Und obwohl sie alle gleichzeitig angekommen waren, konzentrierten sich seine Freunde zum Glück darauf, Spaß zu haben, und nicht darauf, ihn mit reinzuziehen. Lisa und Josiah waren auf der Tanzfläche, keine drei Sekunden, bevor Finn Karen in die Arme zog und sie an seinen Körper wirbelte.

Zach hob einen Finger in Richtung des Barkeepers, um ein Bier zu bestellen.

Der Laden war voller fröhlicher Menschen, Flirt-Laune lag in den Blicken, und es brodelte eine ganze Menge sexueller Anspannung, die weiter zunahm. Er sah ein paar Frauen, mit denen er hin und wieder in den letzten paar Monaten aus gewesen war, und neigte das Kinn oder zwinkerte ihnen zu, ohne mehr zu versprechen.

Die Damen waren ganz nett, aber das war nicht der Funke, nach dem er gesucht hatte. Was ihn andererseits vermutlich zu einer Art Diva machte, wie Finn ihn irgendwann mal aufgezogen hatte.

Er hatte genauso gern Spaß wie jeder andere Typ. Er hatte im Lauf der Jahre ein paar wilde One-Night-Stands und längere Beziehungen genossen, die körperlich sehr befriedigend gewesen waren, aber nun wollte er etwas anderes.

Verdammt sollte er sein, wenn er gewusst hätte, wie er es definieren sollte, aber irgendwann, dachte er sich, würde bei seinem Glück das, wonach auch immer er suchte, schon vorspringen und ihn so fest ins Gesicht schlagen, dass es ihm nicht entgehen konnte.

Er hatte gerade sein erstes Bier ausgetrunken, als Finn mit Karen zu ihm herüber tanzte.

Ihre Miene war völlig unschuldig, als sie eine Hand ausstreckte. „Tanzt du mit mir?"

„Ist der alte Mann schon müde? Du hättest mich nehmen sollen, nicht ihn", sagte Zach, während er sein leeres Bier abstellte und ihr Angebot annahm. „Ich habe viel mehr Durchhaltevermögen."

Neben ihm stieß Finn einen Ellbogen in Zachs Rippen, bevor er antwortete: „Mach schon und lüg dir weiter was vor, wenn du dich damit gut fühlst."

Zach führte Karen auf die Tanzfläche und wirbelte sie von ihrem Mann weg, noch während Gelächter aufkam.

Sie bewegten sich mühelos zusammen, mit Platz zwischen ihnen, als wären sie Bruder und Schwester, die da tanzten – was auch die Art war, wie Zach die beiden Frauen in seinem Leben irgendwie betrachtete.

Erheiterung machte sich breit. Als ob er weitere Schwestern gebraucht hätte ...

„Worüber kichert du denn?", fragte Karen.

Er führte sie an weiteren Tänzern vorbei, während er antwortete. „Ich habe damit gerechnet, dass du und Lisa mir aus Mitgefühl Tänze anbieten würdet. Ich dachte nur nicht, dass ihr so früh damit anfangt."

Sie summte und folgte seiner Führung, während sie sich an einem Knäuel aus weniger gut koordinierten Tänzern vorbei manövrierten. „Ich habe da so einen Unsinn gehört, dass du für dieses Wochenende große Pläne hast. Wenn man bedenkt, dass Lisa und ich gerade darüber gesprochen haben, dass du dem Großteil der weiblichen Population vor Ort aus dem Weg gehst, bist du entweder ein Lügenbold, oder du behältst Geheimnisse sehr viel besser, als wir uns das vorgestellt haben."

Die Frau war messerscharf, was bedeutete, dass sie seinen Plänen womöglich gefährlich werden konnte. Ein ganzes Wochenende zu vermeiden, an dem er nur zusehen konnte, wie seine Freunde ihren Damen schöne Augen machten, stand ganz oben auf der Liste seiner Prioritäten.

Aber weil sie so schlau war, hatte er das Gefühl, auf eine sichere Bank zu setzen, wenn er ihr einen kleinen Bissen zusteckte, um sie zu überzeugen *und* loszuwerden. „Vertraue mir. Meine Pläne für das Wochenende werden mich glücklich machen."

Karen seufzte dramatisch, noch während er sie an der Stelle vorbei wirbelte, wo Finn inzwischen mit Lisa und Josiah am Tisch in der Ecke redete. „Das waren die magischen Worte, mit denen du mich dazu bringst, mich um meinen eigenen Kram zu kümmern." Sie schaute ihn allerdings streng an. „Solange du *glücklich* bist. Das ist alles, was wir für dich wollen."

„Ich weiß", sagte er locker, wurde langsamer, als die Musik in einen neuen Song überging.

Er drehte als nächstes eine Runde mit Lisa über die Tanzfläche. Zu seiner Erheiterung kam eine fast identische Unterhaltung über ihre Lippen, sobald sie mit dem Tanzen angefangen hatten.

„Was soll denn dieser Unfug, dass du Pläne für das Wochenende hast? Du solltest mit uns kommen. Du brauchst nicht allein hierzubleiben."

„Ehrlich gesagt habe ich mich über dreißig Jahre lang um mich selbst gekümmert", versicherte er ihr. „Geh du mit Josiah ins Hotel. Ihr braucht alle eine Pause, bevor das Leben wieder stressig wird."

Lisa neigte das Kinn, aber sie wirkte immer noch, als wollte sie sich einmischen.

Zum Glück hatte Zach sehr viel Erfahrung damit, mit Frauen umzugehen, die sich einmischten – mit fünf Schwestern hatte er schon ganz früh gelernt, wie man mit weiblichen Intrigen umging. „Ich meine es ernst. Geht und habt Spaß. Ich habe genug Sachen geplant, um mich von Ärger fernzuhalten."

Sie kicherte. „Wo ist denn da der Spaß?"

Als das Lied zu Ende war, führte er sie zurück zu Josiah. Einen Augenblick später entwischte Zach, um sich ein weiteres Bier zu holen und ihnen Zeit für sich zu geben. Die Bar war so voll, dass man leicht andere Leute fand, mit denen man reden konnte, auch wenn er es vermied, zu viel Blickkontakt zu irgendwelchen seiner früheren weiblichen Begleitungen herzustellen.

Wieder mal waren es nicht sie. Es war allein er.

Er wusste zu schätzen, was seine Freunde vorhatten. Und in der Erweiterung auch ihre Frauen. Irgendetwas Warmes traf ihn ins Herz. Es war schön, zu wissen, dass er ihnen wichtig war.

Nur – gute *Freunde* waren nicht ganz das, was er sich im Augenblick wünschte.

Dass er still am Rand der Tanzfläche stand, bot ihm eine tolle Gelegenheit, alles zu beobachten. Zach nippte an seinem Getränk und dachte über seine Optionen nach. Es wäre schon nett, an diesem Wochenende Gesellschaft zu haben, aber keine der Damen im Raum ...

Julia Blushing wirbelte am Arm eines der Farmer vom Ort vorbei, und alle geistigen Verrenkungen von Zach verflüchtigten sich sofort.

Sie trug eine ausgeblichene Jeans, die so weiß war, dass er wetten mochte, wenn man sie berührte, wäre sie unendlich weich. Sie hatte wild getanzt, und wenn sie in einer Jacke oder einem Pulli reingekommen war, hatte sie die schon abgelegt, sodass sie nur noch ein eng anliegendes marineblaues Tanktop trug, das ihre Kurven auf gefährliche Art umschmiegte.

Ihr Haar fiel in Wellen herab, Schichten aus Rot und Gold, die im Licht glänzten, während sie in den Armen des Mannes herumgewirbelt wurde, und Zach alles gegeben hätte, mit ihm zu tauschen.

Die Eifersucht war wieder da, aber diesmal hatte sie völlig andere Zähne und Klauen, die sie in seine Seele schlug.

Hier war der Grund, weshalb keine andere Frau in der Stadt in den letzten Tagen seine Aufmerksamkeit auf sich gezogen hatte. Zach musste die Wahrheit eingestehen. Er hatte

Monate damit verbracht, die Anziehung zu ignorieren, die er zu Julia verspürte.

Aber das wäre ja mal eine komplizierte Beziehung. Sie war die jüngst entdeckte jüngere Schwester von Lisa und Karen. Auf jeden Fall niemand, mit dem man mal rummachte, außer, man war ein Typ, der nicht darauf bestand, auch in Zukunft noch Eier zu haben.

Nur dass ...

Er nicht nach jemandem suchte, um mal rumzumachen. Nicht mehr.

Zach war nicht ganz sicher, wann dieser Sinneswandel stattgefunden hatte. Er wusste nur, als er mit Finn nach Heart Falls gekommen war, war die Situation noch ganz normal gewesen, immer darauf aus, Spaß zu haben.

Jetzt war er bereit für den nächsten Schritt.

Sie ist perfekt.

Sein innerer Begleiter kommentierte das in genau dem gleichen Augenblick, als Zach bemerkte, dass Julias Tanzpartner seine Hand auf ihrem Arsch hatte, und sie sie wieder hoch zurück auf ihre Hüfte schob.

Ich könnte jeden Knochen in der Hand dieses Mannes brechen, ohne zu blinzeln.

Es war nicht falsch, aber dieser besitzergreifende Teil von ihm war nichts, worauf er stolz war.

Sie wirbelte von der Tanzfläche weg, als das Lied zu Ende war, floh mit einem Lachen vor dem Partner, der seine Hände nicht bei sich behalten konnte. Zach merkte sich das Gesicht des Mannes, noch während er seine Schultern dazu zwang, an der Wand zu bleiben, hier zu warten, anstatt den Bastard aufzuspüren und ihm eine Lektion in Etikette zu erteilen, die er so bald nicht vergessen würde.

Das Bier in seiner Hand reichte nicht. Er würde allerdings warten, bis seine Freunde gingen und er nach Hause kam, bevor er mit einem etwas ernsthafteren Getränk loslegen würde.

Die ansteckende Musik ging weiter, und in den nächsten paar Minuten unterhielt er sich damit, die Leute im Pub auszuchecken. Er schloss ein paar Wetten darauf ab, wer mit wem nach Hause gehen würde, nachdem die letzte Runde getrunken war.

Es dauerte nur ein paar Minuten, bis die Frau, von der er Fantasievorstellungen hatte, wieder auftauchte. Zum Glück nicht in den Armen eines anderen Typen.

Nein. Sie richtete sich auf ihn aus und marschierte los, als wäre sie auf einer Mission.

Das Flattern in seinen Eingeweiden nahm zu. Sein sechster Sinn ließ Alarmsirenen schrillen, die so laut waren, dass der ganze Laden hätte in Flammen stehen können. Es war keine Warnung, vorsichtig zu sein, sondern eine Erinnerung daran, aufmerksam zu bleiben und bereit zum Sprung zu sein.

Hatte sie Schwierigkeiten? Er musterte den Raum, noch während er sich auf das einstellte, womit sie gleich bei ihm aufschlagen würde.

Er konnte es verdammt noch mal nicht erwarten.

Locker. Bleib ganz locker.

Er arbeitete daran, sein Lächeln nicht zu breit werden zu lassen. „Hey, Jules."

„Hey." Sie war beinahe so groß wie er, doch als sie Luft holte, war es so wacklig, dass er sie hochnehmen und vor dem beschützen wollte, was auch immer ihr wehgetan hatte.

Er war klüger, als ihr das sofort anzubieten. Stattdessen zwang er eine leichte Neugier in seinen Tonfall. „Probleme?"

Noch während sie den Kopf schüttelte und ein rasches „Nö" aussprach, brachte sie seine Gedanken ins Taumeln, indem sie eine Hand auf seinen Arm legte und so nahe an ihn heranrückte, dass sie, wenn sie sich auf die Zehenspitzen gestellt hätte, ihre Körper in Kontakt gebracht hätte.

Der Aufruhr in seinem Bauch ging schon auf Alarmstufe Rot.

„Tu mir einen Gefallen, sofort. Küss mich." Sie flüsterte die Worte, aber sie klingelten in seinem Kopf so laut, als hätte sie sie gebrüllt.

Er nahm sie an der Hüfte, damit sie sich nicht weiter wand, denn sein Körper hatte viel zu schnell reagiert. Alles daran, sie in den Armen zu halten, war perfekt ...

Und viel zu leicht. Er zögerte. „Spielst du wieder Spielchen, Blushing?"

Ihre Lippen wölbten sich zu etwas, das er als gespieltes Lächeln erkannte, ihr unnatürliches Lachen kratzte über seine Nervenenden.

Aber ihre Weichheit schmiegte sich an ihn, während sie mit der Wange über seine strich, bis ihre Lippen an sein Ohrläppchen stießen.

Eine Gänsehaut kroch über seinen Körper.

„Ich schwöre, ich erkläre es, aber du musst mich jetzt küssen. Als wäre ich deine Freundin. *Bitte.*"

In ihrem Tonfall klang Verzweiflung an, und der Drang, sie zu schützen, kam brüllend an die Oberfläche. Was immer hier los war, er konnte das in Ordnung bringen. Die Tatsache, dass es genau das war, worauf er gehofft hatte, was er sich gewünscht hatte ...

Sollte man ihn doch einen glücklichen Idioten nennen, aber er erkannte ein Geschenk, wenn er es sah.

Zach ließ eine Hand um ihren Nacken gleiten, fasste sie um den Hinterkopf. Die andere Hand ging instinktiv von der Hüfte zum unteren Rücken, drängte sie fester an ihn. Hob sie ganz leicht an, damit sie Körper an Körper standen.

„Keine Ahnung, was du vorhast, aber ich bin dabei."

Ein schwaches Keuchen entwich ihr, bevor ihre Lippen sich berührten. Und ja, vielleicht wäre ein leichtes Küsschen auf die Wange oder ein langsamer, sanfter Kuss ein guter Start gewesen.

Seine Instinkte sagten ihm etwas anderes. Er küsste sie mit allem, was er hatte, das Verlangen lag in seiner Berührung ganz offen, während er sich ihr hingab.

Sie brauchte seine Hilfe – die hatte sie.

Sie hatte auch alles andere, denn sein Bauch sagte, dass *sie* diejenige war, auf die er die ganze Zeit gewartet hatte.

Er stürzte sich kopfüber hinein.

Es GAB einen schmalen Grat zwischen außer Kontrolle und zu Tode entsetzt, und außer Kontrolle und begeistert. Bis zur Besinnungslosigkeit von Zach Sorenson geküsst zu werden, fiel in die zweite Kategorie.

Begeisterung war nicht immer etwas Gutes.

Trotzdem vergrub Julia die Hände in seinen Haaren und spürte den brodelnden Ansturm der Hitze in ihren Adern noch einen Augenblick länger. Denn, verdammt, der Mann konnte küssen. Seine Lippen an ihren waren fest und fordernd. Sein Geschmack strömte durch sie hindurch. Ihre Wange prickelte dort, wo sein Dreitagebart sie kitzelte.

Als er sie wieder Luft holen ließ, war ihr Gesicht nicht der einzige Teil von ihr, der prickelte.

Trotzdem riss sie ihre Libido am Riemen, so gut sie konnte, noch während sie die harten Muskeln unter sich genoss.

Sie schauten einander in die Augen. Seine Pupillen waren geweitet, seine Atmung etwas aus dem Tritt, wenn auch nicht annähernd so durcheinander wie ihr eigenes Ringen nach Luft. Menschen beobachteten sie – gemurmelte Worte machten die

Runde, während die Leute Lippen nahe an Ohren brachten, um Geheimnisse zu teilen. Langsam die Art begutachteten, wie ihre Körper sich aneinanderschmiegten.

Seine Hand auf ihrem Rücken glitt nach unten. Sie hielt inne, bevor sie gefährliches Terrain betrat, aber nun lag sie auf der Wölbung ihres Hinterns.

Ein Beben wogte über sie hinweg.

Ein leises Lachen tänzelte über ihre Haut, während er ihren Kopf gerade weit genug drehte, um ihr Gesicht an seiner Brust zu bergen, während er ihr ins Ohr sprach.

„Komm schon."

Einen Augenblick später füllte kühle Luft den Raum zwischen ihnen. Mit starken Fingern, die um ihre lagen, führte er sie zur Seite des Korridors mit dem Notausgang.

Sie zögerte, bevor er sie aus dem Pub zerren konnte. Er musste heftig an ihren Fingern ziehen, um ihre Aufmerksamkeit zu erringen.

Er legte sich um sie, damit er ihre Worte hören konnte.

„Man muss uns sehen", behauptete sie.

„*Manche* dürfen uns nicht sehen, bis ich weiß, was zum Teufel los ist", beharrte Zach. „Erst reden."

Sie ließ sich von ihm führen, schaute über die Schulter, um zu sehen, ob irgendwelche von den wichtigsten Klatschtanten der Gemeinschaft sie gesehen hatten.

Ihr Blick fiel auf den Verlobten ihrer Schwester. Finn Marlettes aufmerksamer Blick folgte ihr und Zach, und ein Ansturm von *ach, Scheiße* stellte sich ein.

Sie hatte verdammt gute Gründe für das, was sie angefangen hatte, aber sie hatte es nicht durchdacht, bevor sie gehandelt hatte.

An diesem Punkt war die einzige Wahl, damit weiterzumachen. Sie neigte das Kinn und glitt an Zachs Seite durch die Tür hinaus.

Der eiskalte Wind raubte ihr den Atem und ließ eine Gänsehaut über ihre erhitzte Haut streichen. Einen Augenblick später legte sich eine warme, weiche Jacke um ihre Schultern, kurz bevor Zach die Aufschläge der Jacke nahm – seiner Jacke, die sie nun wie einen Schal trug – und ihr Gesicht zu ihm drehte.

„Warum?"

Ein Mann weniger Worte. Damit konnte sie arbeiten. Nur als ein Lachen vom Vordereingang erklang, der kaum zehn Meter rechts von ihnen war, hielt Julia inne, bevor sie sich auf ihre Erklärung stürzte.

Eine Gruppe von drei Frauen starrte sie an, ihre Blicke huschten auf und ab. Waren das diejenigen, die Julia belauscht hatte? Sie schätzte, es spielte keine Rolle, bis auf die Tatsache, dass sie dieses Stückchen Unsinn mit allem verkaufen musste, was sie hatte.

Sie drehte sich, um sich auf Zach zu konzentrieren, legte ihm die Arme über die Schultern und drückte ihren Oberkörper wieder an ihn. „Ich schwöre, ich erkläre es, aber gerade jetzt musst du mit dem Stirnrunzeln aufhören."

„Es ist schwer, so zu wirken, als wäre alles bestens, wenn ich nicht weiß, was vorgeht", sagte Zach, doch seine Mundwinkel wölbten sich nach oben, und seine Hände legten sich wieder um ihre Taille.

Große Hände, stark und beherrschend ...

Ein Beben, das nichts mit der kalten Nachtluft zu tun hatte, schüttelte sie von oben bis unten durch. Julia kämpfte gegen die Angst in sich und nickte heftig, während sie ihre Finger nach oben gleiten ließ, um mit der braunen Haarsträhne zu spielen, die ihm in die Stirn gefallen war.

„Jemand hat Gerüchte verbreitet. Echt gemeinen Scheiß. Vielleicht sogar diese Frauen, und ich garantiere, du wirst zustimmen, mir zu helfen, wenn du die ganze Geschichte hörst. Aber vorerst vertrau mir?"

Er antwortete nicht, doch sie konnte nicht noch einmal fragen, denn seine Lippen waren wieder auf ihren, der Kuss ließ winzige elektrische Schläge ihr Rückgrat hinauf und hinunter gleiten.

Ihr Körper *mochte* diesen Mann. Was insgesamt betrachtet seltsam war, dass sie es zur Kenntnis nahm.

Hinter ihnen hallten Schritte auf dem hölzernen Gehweg. Weibliches Kichern erklang, als die Damengruppe vorbeikam.

Zach spielte mit seiner Zunge an ihrer, und ein Stöhnen entwich ihr. Entwich ihr aufrichtig, denn das letzte, was sie wollte, war, dass er erfuhr, wie sehr es sie mitnahm, sich an ihn zu schmiegen. Allerdings – hallo auch – an ihren Bauch drückte sich ein gutes Stück einer gewaltigen Erektion.

Aha. Sie war nicht die Einzige, die auf ihr kleines Tête-à-tête reagierte.

Julia löste diesmal die Verbindung zwischen ihnen, drückte ihm eine Hand auf die Brust, um sich genug Platz zu schaffen, damit sie Luft holen konnte.

Unter ihren Fingern hämmerte sein Herz.

Sein bloßer Bizeps spannte sich an, während er sie am Ellbogen nahm. „Genug. Wir müssen reden."

„Bei mir?" Dass er mit zu ihr kam, hätte den Vorteil, weiteres Futter für die Gerüchteküche zu bieten, falls sie jemand sah. Was, wenn man ihren Wohnort bedachte, sehr wahrscheinlich war.

Er widersprach nicht. Er legte nur wieder seine große Hand um ihre und führte sie über den Gehweg zu der Ecke, wo sie sich nach Westen wandten.

Er stellte keine weiteren Fragen mehr, und das war gut, denn obwohl sie vorhatte, alles klarzumachen ...

Ihre Gedanken wirbelten. Wie war denn aus diesem tollen

Abend die Hölle geworden, woraus ein besinnungsloser Kuss mit Zach Sorenson hervorgegangen war, und das in nur so kurzer Zeit?

Er blieb an der Eingangstür zu ihrem Wohngebäude stehen, bevor er leise fluchte. Er wandte sich beinahe anklagend an sie. „Warum gibt es hier keine Security?"

Ihr Schnauben war nicht damenhaft. „Himmel. Ich bin mir nicht sicher. Vielleicht, weil das der billigste Laden in der Stadt ist, und so was wie ein Türsteher oder ein Sicherheitssystem ganz unten auf der Liste ihrer Prioritäten stehen?"

Zachs blaue Augen blitzten kurz, doch er öffnete die Außentür und schob sie an sich vorbei.

Auf der anderen Straßenseite auf der Bank vor Connies Café pfiffen ein paar junge Typen und riefen versaute Anmachen herüber. Wie üblich ignorierte Julia sie.

Sie nahm die Stufen zum ersten Stock, ging automatisch um die schlimmsten Flecken auf dem Teppich herum. Es war unmöglich, zu sagen, welche alt waren und welche neu, und nachdem sie einmal einen falschen Schritt in einen frischen Kotzfleck getan hatte, hatte sie gelernt, dass man ihnen lieber aus dem Weg ging.

Den Schlüssel bereits in der Hand, hatte sie ihre Tür innerhalb von Sekunden geöffnet, und diesmal wartete sie darauf, dass Zach als erster eintrat.

Er legte ihr eine Hand auf den Rücken und führte sie vor sich hinein, sein Schweigen wurde lauter. Was schon gut war, denn alle Stimmen in ihrem Kopf brüllten sie gleichzeitig an. Was sie wirklich wollte, war, sich eine Tasse Tee zu machen und eine Weile im Dunkeln zu sitzen, damit ihre Welt sich beruhigen konnte.

Was sie wollte, würde warten müssen.

Sie drehte sich stattdessen zu ihm. „Erklärung. Okay."

Er verschränkte die Arme vor der Brust, sein Bizeps wölbte

sich in dieser Pose. Er musterte sie von oben bis unten, dann schüttelte er den Kopf. „Verdammt, Jules, du siehst beschissen aus. Was zum Teufel ist los?"

In seinem Tonfall lag kein Ärger, nur eine kontrollierte Genervtheit, aber zusammen mit allem anderen war das der letzte Tropfen, der das Fass zum Überlaufen brachte.

Die Tränen kamen, während ein Schluchzen von ihren Lippen brach.

2

Toll gemacht, Arschloch.

Zach trat vor und legte die Arme um Julia. Er hielt sie vorsichtig fest, sodass er sie nicht bedrängte, aber ihr gleichzeitig so viel Unterstützung bot wie möglich.

Tränen strömten aus ihren Augen, als hätte sie sich irgendwie durch seine Worte in einen offenen Wasserhahn verwandelt, und verdammt, er wünschte sich, er könnte sie zurücknehmen.

Und doch war er völlig geplättet, sie so reagieren zu sehen, wenn man bedachte, was er in den letzten paar Monaten über sie erfahren hatte. Er hatte einen klugscheißerischen Kommentar oder im schlimmsten Fall erwartet, dass sie ihn rauswarf, weil er sich arschig benahm.

Ihre Schultern bebten, während sie das Gesicht an seiner Brust vergrub, ihre Arme legten sich fest um seinen Oberkörper.

Zach strich ihr einen Augenblick lang über den Kopf, bevor ihm klar wurde, dass, wenn sie sich erholte, es vermutlich kein sehr kluger Schachzug wäre, sie zu streicheln wie einen

Welpen. Stattdessen rieb er ihr den Rücken und betrachtete entsetzt, was in ihrer Wohnung geboten war.

Sie war steril. Leer bis hin zur Spärlichkeit einer Mönchszelle, die wenigen persönlichen Gegenstände beschränkten sich auf ein paar bunte Sofakissen und einige Bilder an der Wand.

Die Wohnung war auch extrem klein. Vier Wände und eine weitere Öffnung, die in ein winziges Bad führte. Ein Sofa stand gegenüber einer alten Reisetruhe. Die Küche nahm eine komplette Wand ein. Das war es. Keine Bücherregale, keine Rüschenvorhänge oder Pflanzen. Spärlich bis zum Äußersten.

Er musste dabei überhaupt nicht an Julia denken.

Hinter ihm ratterte der Türgriff, bevor die Angeln quietschten und ein Mann in Sicht kam. Der Fremde trug ein schmutziges T-Shirt, das ihm halb in der Hose steckte, halb dehnte es sich um die Rundung seines Bierbauchs. Mit einem Fluch zog er sich zurück, als er Zach sah, die Hände erhoben, während er sich auf den Treppenabsatz flüchtete. Sein Sprint die Stufen hinab war beeindruckend, wenn man bedachte, was für eine Wampe er hatte.

Als die Tür sich geöffnet hatte, war Julia ruckartig aufmerksam geworden. Sie trat vor Zach, um dem sich zurückziehenden Eindringling zuzurufen: „Ich habe gesagt, das sollst du nie wieder machen."

Feuer flammte in seinem Inneren auf, und das Einzige, was Zach davon abhielt, dem Mann nachzulaufen, waren Julias Finger, die sich nun in sein T-Shirt verstrickt hatten.

„Was zum Teufel ist los?", wollte er noch einmal wissen.

Sie drückte sich die freie Hand an den Kopf, als würde sie verhindern wollen, dass ihr Gehirn hervorquoll. „Eines nach dem anderen. Setz ... dich einfach hin, und ich schwöre, ich erkläre es."

Er brauchte alles, was er hatte, um von ihr abzurücken.

Zwei Schritte brachten ihn zu dem kleinen Esstisch, und er setzte sich auf den Holzstuhl auf einer Seite.

Er kämpfte ein Knurren nieder, als sie den zweiten Stuhl nahm und ihn unter dem vorderen Türgriff verkeilte.

Unfassbarer Zorn brodelte in Zachs Eingeweiden.

Irgendwie blieb er cool, während sie sich umdrehte, um ihn wieder anzusehen. Linien von den Tränen zogen sich ihre Wangen hinab, doch sie richtete sich gerade auf. „Ich war auf dem Klo im *Rough Cut*, als ich mitgehört habe, wie ein paar Frauen Gerüchte erzählen. Es geht ein Gerücht durch Heart Falls, dass ich eine Affäre mit Brad Ford habe."

Selbst so angepisst und im überschießenden Beschützermodus, wegen allem, was in den letzten paar Minuten passiert war, brachten ihre Worte Zach auf den Boden. „Jemand glaubt, du hast eine Affäre mit deinem *Boss*? Dem Typen, der vor gerade mal einem Monat geheiratet hat und der offensichtlich komplett verliebt in Hanna ist?"

Sein Unglauben war wohl klar durchgekommen, denn Julia nickte. „Ist das nicht lächerlich? Aber du weißt, wie Kleinstadtgerüchte sind. Jemand wird irgendwas finden, um es zu beweisen – die Tatsache, dass ich nach Heart Falls gekommen bin, damit er mein Mentor ist, weil wir uns vor ein paar Jahren im Ausbildungszentrum für Sanitäter getroffen haben, könnte schon genügen, dass es einige Leute glauben."

Okay, diesen Teil hatte Zach nicht gewusst. Das fügte dieser Situation noch weitere Bedenken hinzu. Nicht, dass er dachte, dass sie und Brad irgendwas Ungutes machten, aber die fiesen Klatschtanten hätten da etwas, mit dem sie sich beschäftigen konnten. „Also hast du mich geküsst ...?"

Ihr Mut verließ sie ein wenig. „Ich bin irgendwie in Panik geraten. Ich hab sie reden gehört, und das Einzige, was mein Gehirn sicherstellen wollte, war, dass diese Gerüchte nicht die

Runde machten. Und wenn ich vielleicht bereits einen Freund hätte, würde das diesen Unsinn gleich im Keim ersticken."

Er war sich nicht sicher, ob die Tatsache, dass sie für diese Ehre ihn erkoren hatte, etwas Gutes oder eine Beleidigung war.

Da er eigentlich eher der Typ für ein halb volles Glas war, entschied er sich für *etwas Gutes*. „Du sagst, ich wäre ein passender Freund?"

Eilig erklärte sie es, indem sie zum Ziel stürmte, noch während sie sich über die Augen wischte und versuchte, sich zusammen zu nehmen. „Vorübergehender Freund. Es ist nur kurz. Meine Ausbildungsstelle läuft Ende Oktober aus, und dann bin ich weg. Aber ja, wenn die Leute glauben, wir sind zusammen, dann werden sie nicht denken, dass ich nebenher noch mit Brad rummache."

Das würde hässlich werden. „Ja, ich verstehe schon, wie das alles funktioniert. Toll. Also gut." Er schaute sie direkt an. „Was ist mit deinen Schwestern? Und meinen Freunden? Was erzählen wir ihnen?"

Sie öffnete und schloss den Mund ein paar Mal, und trotz der Anspannung im Raum musste er zugeben, dass er leicht verzaubert war. Sie war verdammt süß.

Diese impulsive Sache hatte ihn ein wenig auf dem falschen Fuß erwischt, aber ihr Herz war am rechten Fleck, und wenn man seine langfristigen Ziele betrachtete, musste es als Gewinn gewertet werden, dass ihm garantierte Zeit mit dieser Frau zugesprochen wurde.

Julias Nase zuckte. „Ähm. Daran habe ich nicht gedacht. Wie ich sagte, ich habe es überhaupt nicht richtig durchgedacht. Ich habe nur reagiert. Das war eine Triage, bevor in dieser Situation noch jemand verblutet."

„Ja, das sehe ich. Aber wir müssen diese Geschichte irgendwie anders stricken. Denn so sehr meine Freunde mich mögen, wenn sie glauben, dass ich mit dir rumgemacht und dich dann fallen gelassen habe, bin ich derjenige, der verblutet."

Sie wirkte verwirrt. „Du wirst mich nicht fallen lassen. Und ich werde dich nicht fallen lassen. Es ist nur ein kleines ... Ich weiß auch nicht, was Kurzfristiges."

„Kurzfristig?" Er beäugte sie, stellte sicher, dass er seinen Blick nicht zu lange dort verharren ließ, wo er nicht sein sollte. „Ja. Du meinst also so was wie einen One-Night-Stand? Denn ich sehe schon, dass deine Schwestern mich an meinen Eiern aufhängen, wenn ich den Mumm hätte, das zu versuchen."

Ihre Wangen wurden rot. „Wir haben keinen One-Night-Stand. Bei der ganzen Sache ging es doch gerade darum, es so aussehen zu lassen, als wären wir fest genug zusammen, dass Brad eindeutig nicht zur Debatte steht."

„Toll. Wir machen also von jetzt bis Ende Oktober rum, wenn du gehst. Dann werden deine Schwestern, die immer noch hier sein werden, mir jedes Mal in den Arsch treten, wenn sie mich sehen. Was, wenn man bedenkt, dass eine so richtig mit meinem besten Freund unter einer Decke steckt, jeden verdammten Tag der Fall ist."

Julia schüttelte den Kopf, die Falte zwischen ihren Augenbrauen zwang ihn dazu, sich zu bemühen, nicht zu lächeln. „Sie wird nicht wütend auf dich sein. Wir erklären das. Nur ihnen, und Finn und Josiah natürlich." Sie hielt inne. „Vielleicht auch Tamara."

Diesen letzten Teil sprach sie nicht mit so viel Zuversicht aus.

„Also bittest du mich darum, entweder meine Freunde anzulügen oder manche meiner Freunde anzulügen."

Sie wirkte ein wenig unbehaglich, blieb aber bei der Sache. „Bitte. Wir müssen eine Möglichkeit finden, das zum Funktionieren zu bringen, denn Brad ist ein guter Freund, und ich kann nicht zulassen, dass er verletzt wird. Nicht er oder Hanna. Ich schulde ihm zu viel."

Eine weitere Schicht des Rätsels wurde der Situation hinzugefügt. Was war denn an dieser Ausbildungsschule gewesen, dass die beiden so dicht zusammengeschweißt hatte?

Sie ging hinüber zum Küchentresen und steckte den Wasserkocher ein, warf einen Blick über die Schulter. „Ich brauche eine Tasse Tee. Willst du einen?"

Es war nicht der Whiskey, auf den er sich gefreut hatte, aber es würde gehen. „Klar."

Er wartete und ließ sie ein paar Minuten lang in der Küche herumwerkeln. In der Zwischenzeit kehrte sein Blick immer wieder zu dem Stuhl zurück, der den Eingang verriegelte. Dieser ganze Saustall würde ein wenig Zeit brauchen, um sich entwirren zu lassen, aber das eine, was er sicher wusste?

Sie würde keine weitere verdammte Nacht mehr in dieser Wohnung verbringen. Sie hatte eindeutig große Sicherheitslücken. Zach trat sich in den Hintern, dass er das nicht schon früher herausgefunden hatte, denn der Gedanke, dass sie allein in dieser Wohnung gewesen war, während jemand bei ihr reinmarschiert war ...

Er holte tief Luft und konzentrierte sich darauf, sein Temperament wieder in normale Gefilde zurückzuholen.

Ein paar Minuten später stellte sie zwei Tassen auf den Tisch, zusammen mit Sahne und Zucker, bevor sie sich ihm gegenüber hinsetzte.

Ihr dreibeiniger Hocker war kleiner als der Stuhl, auf dem er saß. Damit war ihr Kinn etwa zehn Zentimeter über der Tischfläche, und sie wirkte wie ein kleines Kind, das eine Teegesellschaft veranstaltete.

Die Wut kehrte zurück. „Willst du darüber reden, weshalb du einen Stuhl vor deine Tür gestellt hast?"

Ein leises Seufzen kam von ihr. Julia hob den Blick, schaute ihm aber nicht in die Augen. „Die Schlösser funktionieren nicht sonderlich gut. Ich stelle die Reisetruhe vor die Tür, bevor ich schlafen gehe."

Dieser Kommentar stärkte seine Entschlossenheit nur. „Ich verstehe."

Er trank den Tee aus, ohne etwas zu schmecken. Er stellte die Tasse wieder auf der Tischfläche ab, dann legte er beide Handflächen daneben. „Wir haben ein paar Probleme zu lösen. Pack eine Tasche. Du kommst mit mir nach Hause."

Ihre Augen wurden groß. „Das kann ich nicht."

„Zu mir oder zu einer deiner Schwestern", bot er an. „Aber wenn man bedenkt, dass wir über diese Sache mit dem Daten reden müssen ..." Zach hielt sich so reglos wie möglich, aber seine übliche lockere Haltung war irgendwann in der letzten Minute verschwunden. „Ich schwöre, dir wird nichts passieren, was du nicht willst, aber ich muss dich irgendwo hinbringen, wo es sicher ist, bevor noch jemand durch diese Tür kommt und ich denjenigen verletze."

Er sagte das ganz ruhig. Sogar friedlich, aber Julias Augen wurden groß.

Er musste einfach annehmen, dass es ein Abend aus der Hölle gewesen war. Julia war eine fürsorgliche, nette Frau, und selbst wenn sie zäh genug war, um eine verdammt gute Rettungssanitäterin zu sein, riss alles, was heute Abend passiert war, ihre Barrieren ein.

Und so gut, wie er sich derzeit beherrschen konnte? Er machte keine Scherze, wenn er über das Bedürfnis redete, sie zu beschützen.

Julia nahm einen letzten Schluck Tee, bevor sie die Tasse neben seine stellte. Sie stand auf, drückte kurz die Hand auf seine, dann ging sie, um zu packen, wie er es angeordnet hatte.

～

Es wurde nicht sonderlich viel gepackt. Zach hatte sich die Reisetasche geschnappt, die sie gefüllt hatte, sie sich über die Schulter geworfen und dann fest ihre Hand in seine genommen, als er sie zurück zum Parkplatz vor dem Rough Cut führte.

Seine starken Finger lagen um ihre und waren ein Trost nach dem Chaos dieses Abends.

Der Beginn der Fahrt zwischen der Stadt und der Touristenranch, die Zach und Finn aufbauten, verging schweigend. Julia registrierte kaum, dass sie eine Fahrt in Zachs berühmtem Cabrio machen durfte, ihr Gehirn rang damit, eine Lösung für das zu finden, was als nächstes kam.

Dass sie impulsiv Zach ins Boot geholt hatte, war genial und doch völlig falsch gewesen. Ärger kroch ihr Rückgrat herauf. Das Richtige getan zu haben, und es dann trotzdem ausbaden zu müssen, war nervig.

Der kalte Stein in ihrer Magengrube, den sie mit allem hasste, was sie hatte, wurde wieder schwerer. Angst ergab nicht immer einen Sinn. Genauso wenig, was sie auslöste, und was dazu führte, dass die Erinnerungen zurückkehrten.

Das würde nicht genauso laufen, sagte sie sich. Sie wusste besser, wonach sie Ausschau halten musste, und sie hatte eine Menge Unterstützung in der Gestalt ihrer neu gefundenen Schwestern.

Schwestern, die sich fragen würden, was zum Teufel los war, wenn sie das Gerede hörten, dass sie mit Zach zusammen war.

Mist. Sie legte den Kopf in die Hände und lauschte, wie die Reifen über den unebenen Asphalt des Highways polterten.

„Hör auf, dich zu quälen." Zachs tiefe, grollende Stimme glitt über sie wie eine warme Decke. „Wir kriegen das hin. Ich meine es ernst."

Seine starken Züge waren im Licht des Armaturenbretts deutlich sichtbar. Seine Miene war sehr viel härter als üblich. Als wäre all dieser lockere Spaß, den sie in den letzten Monaten bei ihm gesehen hatte, weggepackt und eingedämmt.

„Tut mir leid." Sie sagte es aufrichtig, obwohl sie wusste, dass ihre Entschuldigung gar nichts ändern würde.

Die aufrichtige Wahrheit – falls sie vorübergehend ihr Leben und das von jemand anderem vermasseln musste, um Brad Ford eine ganze Welt voller Schmerz zu ersparen?

Das würde sie sofort tun.

Das war allerdings nichts, was sie sofort sagen konnte, ohne die Situation noch komplizierter zu machen, als sie bereits war. Aber wenn man bedachte, dass sie Brad ihr Leben schuldete, war ein wenig emotionaler Aufruhr, selbst mit ihrer neu gefundenen Familie ...

Schon der Gedanke daran ließ sie innehalten. Sie hatte wieder Familie.

Jede Menge Familie, und obwohl sie auf einer Ebene begeistert war, gab es einen anderen Teil von ihr, der es weiterhin leugnete.

Zach schloss wieder einmal seine Finger um ihre, drückte sie fest. Was nett und beruhigend war, aber als er nicht losließ und ihre verbundenen Hände auf dem Sitz zwischen ihnen lagen, ging Julias Puls einen Ticken schneller.

Sie mochte den Mann.

Als sie vom Klo gekommen war, darum gekämpft hatte, sich eine Lösung einzufallen zu lassen, hatte sie ihn gesehen, und es hatte sich angefühlt, als wäre sie um eine Ecke in eine Meeresbucht geschwommen, sodass sie die hohen Wellen hinter sich lassen konnte. Ruhe hatte sich um sie gelegt und sie tief Luft holen lassen.

Es schien viel zu natürlich, Händchen zu halten, wenn man bedachte, wie unnatürlich es war. Bis gerade eben waren sie immer Teil einer Gruppe gewesen. Unternehmungen mit ihren Schwestern, Tanzen im Pub, so was eben.

Trotzdem, sie hatte ihn vor etwa einem Monat versorgt, als er einen Streifschuss abbekommen hatte. Das Gefühl seiner festen Muskeln unter ihren Fingern …

Es war ein wenig gruselig, wie oft diese Szene sich in ihrem Kopf wieder abgespielt hatte. Wenn man ihr Problem mit Stalkern bedachte, war das letzte, was sie wollte, selbst einer zu werden.

Zach wurde langsamer, als sie das Tor der Red Boot Ranch hinter sich ließen. Julia spähte aus dem Fenster auf die Außengebäude um sie herum.

Die Kerle hatten hier seit dem Frühling gearbeitet, anfangs schnell, aber in letzter Zeit hatten sie langsamer gemacht. Obwohl es allmählich Winter wurde, also dachte sie sich, dass das schon sinnvoll war. Sie schienen es einfach nicht mehr so eilig damit zu haben, den Laden in Betrieb zu nehmen, wie es am Anfang der Fall gewesen war.

Die Gebäude und Anlagen hatten sich allerdings verändert, seit sie zum letzten Mal hier gewesen war, und Julia war fasziniert.

„Wo wohnst du denn derzeit?", fragte sie.

Er deutete auf das entgegengesetzte Ende einer Reihe kleiner Hütten, die zu den Rocky Mountains hinaus schauten. „Ich habe die größte. Zwei Schlafzimmer – da ist Platz für dich."

Seine Worte klangen etwas abgehackter als üblich, sein Körper war angespannt, während er seinen Autoklassiker in einem alten Holzschuppen auf der gegenüberliegenden Seite der Hütte parkte. Sein Truck stand vor der improvisierten Garage.

Sie stiegen beide aus und trafen sich am Kofferraum.

Zach holte tief Luft, bevor er sich zu ihr umdrehte. „Ich

lass dich rein, und dann kannst du dich einrichten. Ich habe Finn versprochen, dass ich mich heute Abend noch um ein paar Aufgaben kümmere. Ich bin in etwa einer Stunde zurück."

Sie warf einen Blick auf das kleine Häuschen neben ihnen, ein gemütliches Leuchten schien aus dem Fenster. Die Verlockung, zumindest kurze Zeit mal wegzulaufen, war stark, aber etwas in ihr sagte ihr, dass das nicht der richtige Schritt war. So, wie ihr im Moment der Kopf stand, würde sie nur herumzappeln und sich die ganze Zeit Sorgen machen, während er weg war.

Julia schüttelte den Kopf. „Ich stelle meine Sachen ab, aber lass mich mitkommen und dir helfen."

Er zögerte. „Diese ganze Situation, über die wir reden müssen – ich glaube nicht, dass man das machen sollte, während wir durch die Scheunen ziehen."

„Sehe ich auch so. Aber ehrlich, mir wäre es ganz recht, ein wenig zu arbeiten, während ich nachdenke. So kriege ich Sachen raus."

Seine großen Schultern hoben sich zu einem trägen Schulterzucken. „Okay. Ich werde mir von dir helfen lassen, ein paar Boxen auszumisten." Er nahm wieder ihre Tasche. „Solange du noch weißt, mit welchem Ende der Schaufel man arbeitet."

Das leise Kichern, das von ihr kam, fühlte sich gut an. „Vertrau mir. Diesen Teil habe ich ganz genau raus."

Sie gingen hinüber zu der Hütte. Sie schlüpfte in sein Bad, um sich ihre gute Jeans auszuziehen. Es war ein zu kurzer Halt, um viel mehr zu tun, als den Betonschminktisch und die Kiefernholzumfassung am Spiegel und den Schränken zu bewundern. Sie erhaschte einen schnellen Blick auf blaue und braune Kacheln, aber den Rest würde sie sich genauer anschauen, wenn sie zurückkehrten.

Sie stellte ihre Tasche neben die mit Cord bezogene Couch im Wohnzimmer und traf sich mit Zach an der Tür.

Er hatte sich auch in seine Arbeitskluft umgezogen. Er musterte sie, bevor er rasch nickte. „Du wirst sicher erfreut sein zu hören, dass wir Gummistiefel haben, die du dir ausleihen kannst."

„Jede gute Touristenranch hat zusätzliche Gummistiefel", erwiderte sie fröhlich.

Er marschierte zur großen Scheune. „Ich bin mir nicht sicher, ob das schon eine gute Touristenranch ist", gab er zu. „Wir kommen noch hin, aber im Augenblick ist das ein bisschen weit hergeholt."

Zach beschaffte ihr Gummistiefel und eine Schaufel, dann deutete er auf die drei Boxen, von denen er wollte, dass sie sich darum kümmerte, und ließ sie allein.

Er ging weiter in die Scheune und machte sich an die Arbeit, darum folgte sie seinem Beispiel und legte los.

Die körperliche Arbeit, Pellets in eine Schubkarre zu schaufeln, beruhigte ihre rasenden Gedanken.

So war es schon immer gewesen. Die wiederholten Bewegungen halfen ihr, einen Schritt weg von ihren Gedanken zu machen, die in einer Wiederholungsschleife flatterten. Bis sie die letzten Schritte durchging, taten ihr die Muskeln an Beinen und Rücken an anderen Stellen als vorhin vom Tanzen weh.

Außerdem hatte sie sich ein paar mögliche Verhandlungsposten einfallen lassen, die sie in die bevorstehende Unterhaltung einbringen konnte.

Zach eilte vorbei, nickte zustimmend. „Gut gemacht. Und danke – du hast mir eine Menge Zeit gespart."

Julia zuckte mit den Schultern. „Ich habe vorhin schon für so viel Ärger gesorgt, also war es das Mindeste, was ich tun konnte."

Er wies mit dem Kinn auf seine Hütte. „Geh unter die Dusche. Ich mache fertig und komme dann in etwa einer halben Stunde zu dir."

Als sie diesmal durch die Tür ging, gestattete Julia sich den Luxus, sich lange und langsam umzusehen.

Aus irgendeinem Grund war Zachary in etwas gezogen, das früher oder später ein Familienbungalow werden würde. Er war noch nicht so ausgestattet, wie er es später einmal sein würde. Das wusste sie, weil sie mit Karen über die Art Kunden gesprochen hatte, die sie hofften, auf der Red Boot Ranch anzuziehen.

Das sah schon eher nach Junggesellenbleibe aus. Ein gemütliches Sofa stand gegenüber eines stabilen Beistelltisches, dessen Tischfläche schon gut zerkratzt war, weil zahllose Füße darauf gelegen hatten. Ein paar Brandflecken verunzierten die Holzfläche, einer so groß, dass man davon ausgehen konnte, dass ein Pizzastein direkt aus dem Ofen auf die Tischfläche gekommen war.

Sie ging eilig ins Bad, und diesmal konnte sie die hohe Qualität der Kacheln um sie herum bewundern. Der Regen-Duschkopf über ihr hatte viel mehr Wasserdruck als das, was sie aus ihrer zugegebenermaßen ekligen Wohnung gewohnt war.

Mit den Aufgaben, der Dusche und ein wenig Zeit zum Luftholen hatte Julia sich einen Plan einfallen lassen.

Es würde immer noch ungemütlich sein, aber sie hatte das Gefühl, sehr viel mehr die Kontrolle zu haben, als sie Zach in seinem Wohnzimmer traf und sich in dem gemütlichen Sessel auf der anderen Seite des Sofas niederließ.

Niederlassen war vielleicht das falsche Wort – sie saß auf der Kante, die Hände im Schoß gefaltet, damit sie nicht herumzappelte.

Zach war wieder ein Exempel an Entspanntheit. Er lehnte

sich im Sofa zurück und stellte die Füße in den Wollsocken auf den Beistelltisch.

Sein Blick wanderte über sie, musterte sie, bevor er entschlossen nickte. „Okay. Zeit, um Probleme zu lösen. Du brauchst einen vorübergehenden Freund, damit ein paar gemeine Gerüchte ein Ende haben. Das verstehe ich, und ich kann zustimmen, denn diese Klatschtanten hören nie auf, wenn sie mal losgelegt haben." Er hob das Kinn und schaute ihr direkt in die Augen. „Aber erst musst du mal reinen Tisch machen. Warum zum Teufel bist du hergekommen? Nach Heart Falls und in diesen Job? Denn es klingt schon, als wäre zwischen dir und Brad in der Vergangenheit was gewesen. Ich glaube zwar keine Sekunde lang, dass du mit ihm jetzt rummachst, aber ich will in der Zukunft nicht eiskalt erwischt werden."

Zum Glück hatte sie es mit einem intelligenten Mann zu tun. „So eine Beziehung hatten wir nicht."

„Toll. Was für eine Beziehung hattet ihr dann?"

So viel also dazu, die Wahrheit geheim zu halten. „Er hat mich gerettet."

Zachs lockere Haltung verschwand. Er rutschte auf dem Sofa vor, blinzelte fest. „Wie bitte?"

Nun war es an Julia, die Augenbrauen zu heben und sich etwas zu entspannen. „Er hat mir das Leben gerettet. Falls ich irgendetwas für Brad empfinde, ist es ein Hauch Heldenverehrung, denn ohne ihn wäre ich tot."

3

Julias unerwartete Beichte nahm ihm gleichzeitig ein paar Ängste und heizte Zachs Beschützerinstinkte trotzdem weiter an.

„Das wirst du ein wenig besser erklären müssen." Zach setzte sich aufrecht hin, wandte ihr seine volle Aufmerksamkeit zu. Er bemühte sich allerdings, seine Stimme sanft zu halten, denn das letzte, was sie brauchte, während sie über solchen Mist redete, war, dass er vor ihr völlig durchdrehte.

Julia nahm sich einen Augenblick, als würde sie ihre Gedanken ordnen, bevor sie ihn direkt anschaute. „Kurz gesagt war es so, dass am Ausbildungszentrum für Rettungssanitäter einer meiner Klassenkameraden meine freundliche Art als Ermutigung sah, viel zu weit gehen. Ich will die Details nicht ausbreiten, aber er hat mich entführt. Er war recht sanft dabei. Ich dachte, er hätte nur Spaß gemacht, bis ich gefesselt festsaß, ohne eine Fluchtmöglichkeit."

Der Fluch, der aus Zachs Mund kam, sorgte dafür, dass sich ihre Lippen verzogen.

„Ja. So ziemlich das, was mir durch den Kopf ging, als mir

klar wurde, dass Dwayne keine Scherze gemacht hat und das *Halten* von *ganz sicher halten* ernst gemeint hat. Brad war einer der Ausbilder an der Schule, und wir hatten eine gute Beziehung aufgebaut – ziemlich so wie ein großer Bruder, der mir in den ersten Semestern der erweiterten Ausbildung als Mentor gedient hat. Brad ist es sofort aufgefallen, als ich vermisst wurde."

Zach würde dem Mann eine Flasche von allem kaufen, was er wollte. „Wie lange wurdest du vermisst?"

„Fünf Tage. Es wäre länger gewesen, oder ewig, wenn Brad es nicht rausgekriegt hätte. Aber es lässt sich auf Folgendes reduzieren. Brad hätte beinahe seinen Job verloren, weil er getan hat, was er tun musste, um mich zu finden, ziemlich nach Bauchgefühl. Auf gar keinen Fall möchte ich das zurückzahlen, indem ich gestatte, dass ihm und Hanna wehgetan wird."

Zach stützte die Ellbogen auf die Knie, noch während er nickte. „Ich bin da voll dabei. Wir stellen sicher, dass jeder weiß, dass du vergeben bist. Es sollte nicht lange dauern, bis man diesem Gerücht die Beine wegtritt."

Sie sank leicht zusammen, die Sorgen in ihren Augen wandelten sich zu Erleichterung. „Vielen Dank."

Seine eigenen Sorgen wuchsen. Das nannte man Komplikationen.

Er wollte mit dieser Frau zusammen sein und versuchen, mit ihr zu daten. Was er sagen wollte, war, dass er sich dabei um sie kümmern würde, aber so ein übergriffiger Ansatz, der die Verantwortung für alles übernahm, stand gar nicht zur Debatte. Auf keinen Fall wollte er auch nur den kleinsten Hauch einer Erinnerung an ihr vergangenes Trauma bieten.

Doch sein Bauchgefühl gab ihm nur selten falsche Hinweise, und sein erster Impuls war, ihr zum Teil die Wahrheit zu sagen.

Zum Teufel damit. Er lehnte sich wieder zurück, machte es

sich bequem. „Wir müssen noch über ein paar Dinge mehr reden."

Julia nickte. „Ich werde es meinen Schwestern und Finn und Josiah erzählen, aber ich glaube, weiter können wir nicht teilen, dass wir nicht wirklich zusammen sind. Ich meine, ich vertraue Tamara auch, aber sobald ich es ihr erzähle, wird es Caleb wissen. Er hat so viel Familie, die ihm nahe steht – es ist irgendwie schwer, zu wissen, wo die Geschichte ein Ende findet."

„Was, wenn wir niemandem sagen, dass es nicht echt ist?"

Sie fuhr bei seiner Bemerkung hoch. „Du hast gesagt, deine Freunde würden sich aufregen, und dass meine Schwestern den Eierköpfer rausholen würden."

„Das ist nur, wenn wir nur rummachen." Er ließ den Blick über sie wandern, bewunderte die festen Muskeln und weichen Kurven. „Ich habe null Probleme damit, tatsächlich mit dir zusammen zu sein."

Die leichte Falte zwischen ihren Augenbrauen war wieder da. „Hör auf, mich zu verarschen."

„Ach, meine Liebe, das ist doch nicht das Gesicht, das ich mache, wenn ich jemanden verarsche." Er zwinkerte ihr zu. „Du bist eine schöne Frau mit einem tollen Sinn für Humor und einem sehr großzügigen Herzen. Du faszinierst mich."

Sie sah aus, als müsse sie um Worte ringen. Dann schüttelte sie den Kopf. „Weißt du noch, diesen Teil, dass ich Ende Oktober gehe?"

„Du hast gesagt, deine Ausbildung wäre Ende Oktober abgeschlossen. Das heißt nicht, dass du gehen musst. Es gibt viele Jobs, die man in Heart Falls machen kann. Aber das ist nichts, über das man sich im Augenblick Sorgen machen muss." Er betrachtete sie wieder, sein Blick blieb an ihren Wangen hängen, die rot geworden waren, als er sie so offen gelobt hatte. „Julia Blushing, möchtest du mit mir ausgehen? Morgen zum Frühstücken?"

Sie schüttelte den Kopf von einer Seite zur anderen.

„Ist das ein Nein, weil dir Mittagessen oder Abendessen lieber wäre? Du weißt, wir beide tanzen gern. Ich würde dich nur zu gerne wieder ins *Rough Cut* ausführen."

„Bist du mal ernst?" Julia hatte die Hände auf dem Schoß, knetete die Finger immer wieder zusammen.

Zach trat einen metaphorischen Schritt zurück. Er senkte seine Stimme und sprach sanfter. „Ich werde dich nicht reinlegen, damit du irgendwas tust, aber ich sage dir die ganz ehrliche Wahrheit. Ich mag dich. Ich würde dich sehr gerne besser kennenlernen. Wenn du mich nicht für eine total schlechte Bank hältst, würde das die Dinge auf allen möglichen Ebenen vereinfachen. Meine Freunde würden sich nichts daraus machen, dass wir miteinander ausgehen, deine Schwestern würden nicht austicken, solange wir von Anfang an direkt und ehrlich sind."

„Finn hat uns gesehen", gab sie zu. „Als wir uns bereit machten, das Pub zu verlassen. Ich glaube, er hat gesehen, wie wir uns küssen, und er hat auf jeden Fall gesehen, wie wir durch die Tür schlüpfen."

Was etwas war, das zu ihren Gunsten wirken konnte. Trotzdem nahm Zach den vorsichtigen Weg. „Und wenn du auf gar keinen Fall willst, dass das was anderes ist als gespielt, dann werden wir uns mit den vieren befassen. Aber ich wäre geehrt, wenn du in Betracht ziehen würdest, richtig mit mir daten."

Ihre Miene war erheitert. „Ich glaube nicht, dass ich eine sehr gute Freundin abgeben würde", sagte sie vorsichtig.

„Vielleicht musst du nur üben", erwiderte er trocken. „Die Benotung kommt erst am Ende."

Ihr Blick huschte zu seinem, in diesem Augenblick war

diese ganze Verarsch-mich-nicht-Haltung wieder da, und etwas in ihm klickte.

Das war die echte Julia. *Das* war die faszinierende Frau, auf die er hin und wieder einen Blick erhascht hatte. Er wollte sie besser kennenlernen, wollte Zeit mit ihr verbringen. Und obwohl es klang, als wären in ihrer Vorgeschichte einige ziemlich große Ereignisse, war er ein geduldiger Mann. Er würde helfen können, falls sie das brauchte. Ansonsten wäre es nicht sonderlich schwer, zusammen Spaß zu haben.

Julia rieb sich die Augen, und ein gewaltiges Gähnen kam von ihr. „Tut mir leid. Darüber kann ich heute Abend nicht mehr nachdenken."

„Schlaf drüber. Wir reden morgen Vormittag weiter, wenn ich dich zum Frühstücken ausführe."

Mit ihrem funkelnden Blick hätte man Diamanten schneiden können. Er zwinkerte anerkennend.

Gleichzeitig standen sie auf.

Er wies auf den hinteren Teil der Hütte. „Du nimmst das Bett. Ich habe irgendwo eine Luftmatratze, die ich in das zweite Zimmer werfe."

„Mir macht es nichts, auf dem Boden zu schlafen."

Er drehte sie an den Schultern um und schob sie zu seinem Zimmer. „Du bist zu müde, um mit mir zu streiten. Spar es dir. Wir können einen richtig guten, ungebremsten Schlagabtausch darüber haben, wer wo schläft. Morgen."

Sie hielt sich einen Augenblick an der Tür fest, schaute mit Augen zurück, die erschöpft und leicht gequält wirkten, aber ein Lächeln spielte um ihre Lippen. Ein echtes Lächeln, anstatt das verzogene Gesicht, das sie vorhin gezeigt hatte. „Zach?"

„Ja?" Er ging entschlossen an ihr vorbei, unterwegs in das Chaos des Zimmers, das er nutzte, um seinen Scheiß abzulegen.

„Gute Nacht." Ein sanftes Flüstern, das über seine Haut strich wie eine Liebkosung.

Er fand einen Platz für seine Luftmatratze, streckte sich mitten in einer Mischung aus Kisten und anderen Besitztümern aus. Ihre Stimme klang weiter durch seine Ohren, während er einschlief.

Er wurde von merkwürdigen Geräuschen geweckt, die aus seinem Schlafzimmer kamen. Zach stand auf, die Vorsicht wurde zur Seite geschoben, als er die Schlafzimmertür einen Spalt weit öffnete.

In der Mitte des Doppelbettes warf Julia den Kopf auf dem Kissen vor und zurück, die Laken waren eng um sie geschlungen.

Ein ängstliches Stöhnen kam über ihre Lippen, und ihre Hände rangen mit der Decke. Da fiel ihm auf, dass die Decke unter ihrem Körper feststeckte, sodass sie an Ort und Stelle gehalten wurde.

Armes Mädchen. „Julia. Wach auf, Süße. Du hast einen Albtraum."

Sie bewegte sich panisch weiter. Erschüttert sprach er noch einmal, kam näher ans Bett. Ihre Augen waren zugekniffen, während ihre Finger an dem Stoff zerrten, der sie festhielt.

Er wollte sie bloß nicht noch mehr verängstigten, aber die Geräusche, die über ihre Lippen drangen, brachen ihm das Herz.

Zach redete lauter. „Julia. Wach auf. Alles kommt in Ordnung."

Während sie sich weiter herumwarf, nutzte Zach die Gelegenheit. Er legte ihr eine Hand auf die Schulter und nahm sie dann rasch wieder weg. „Julia."

Als er zum dritten Mal den Kontakt herstellte, klappten ihre Augen auf, ihr Blick huschte herum, um seinem zu begegnen. Die Angst auf ihrem Gesicht war deutlich zu sehen, und etwas in ihm wurde ganz brüchig.

Sie öffnete den Mund. Er erwartete, dass sie ihn anbrüllte, aber was herauskam, war sein Name.

„Zach?" Ein unterdrücktes Flüstern. Kaum da, und es klang sehr nach einer Bitte.

„Du bist ganz eingewickelt. Ist es okay, wenn ich dir zur Hand gehe?"

Ihr Kinn bebte, während sie nickte. Er richtete die Decken, bis sie sich wieder voll bewegen konnte. „Da hast du's. Das sollte jetzt besser sein."

Bevor er sich vom Bett zurückziehen konnte, legten sich ihre Finger um sein Handgelenk. Ihre großen Augen klammerten sich an ihn, und sie wirkte ganz ungewohnt wie ein Reh im Scheinwerferlicht. „Danke dir."

Vorsichtig setzte er sich mit einer Hüfte auf die Bettkante, glättete das Laken über der Bettdecke. Sie legte sich zurück, und er strich ihr die Haare aus dem Gesicht.

Die ganze Zeit über beobachtete sie ihn.

Sie sagte nichts, starrte nur mit dieser flehenden Miene zu ihm. Als wolle sie etwas, könnte die Worte aber nicht aussprechen.

Auf gar keinen Fall würde er gleich jetzt eine zu große Annahme treffen. Nicht nach dem, was sie ihm vorhin erzählt hatte.

Also saß er da, wo er war, strich ihr sanft mit den Fingern durch die Haare.

Ihre Augen gingen auf halbmast, bevor sie sie wieder aufklappe, als würde sie verzweifelt gegen den Schlaf ankämpfen.

Er konnte nicht anders. Sie war im Augenblick so verängstigt, wie einer der Hasen seiner kleinen Schwester. Sie wollte wirklich glauben, dass sie in Sicherheit war, war aber unsicher, ob sie näher kommen sollte.

Zach entschied nach Bauchgefühl. Wenn er sich irrte, konnten sie sich später noch aussprechen. „Schlaf jetzt", erklärte er ihr. „Ich bleibe und halte dich in Sicherheit."

Einige Sekunden blitzte Furchtlosigkeit in ihrer Miene auf. „Ich kann mich um mich kümmern", beharrte sie.

Er hielt sein Lächeln aufrecht. „Natürlich kannst du das. Aber heute Nacht helfe ich."

DER TROCKENHEIT ihres Mundes und der Schmerzen in ihrem Hinterkopf nach zu urteilen wusste Julia, dass sie einen Albtraum gehabt hatte.

Die Tatsache, dass sie nicht zu einer Kugel auf dem Boden zusammengerollt war oder in einer Ecke ihres Raumes kauerte und zu Tode fror, während sie die Arme um die Oberschenkel geschlungen hatte, machte sie allerdings weniger sicher.

Ein Teil der Nacht kam zu ihr zurück. Der Teil, zu dem ein paar blaue Augen gehörte, ruhig und freundlich, die beobachteten, wie der Schlaf zurückkehrte. Zachs Stimme als ein Hauch der Ruhe, die in ihre Ohren geglitten und sich um ihr Nervensystem gelegt hatte, um ihre Anspannung von innen heraus zu besänftigen.

Sie richtete sich auf und schaute sich um, fast sicher, dass sie ihn neben ihr auf dem Doppelbett ausgestreckt finden würde. Als sie feststellte, dass sie allein war, war es gleichermaßen traurig und zufriedenstellend.

Sie brauchte keine Komplikationen, die ein echter Freund mit sich bringen würde. Sie hatte durchaus seine warme Anwesenheit an ihrer Seite letzte Nacht zu schätzen gewusst.

In dem Wissen, dass es unmöglich war, die beiden Teile

dieser Gleichung auszubalancieren oder zu beschließen, was wichtiger war, warf Julia die Decken zurück und stieg aus dem Bett.

Ein rascher Blick auf die Uhr sagte ihr, dass es schon gut nach acht war. Sie war es gewöhnt, alle möglichen Schichten zu übernehmen, und sich aus einem tiefen Schlaf in den Arbeitsmodus zu stürzen, war ihr fast ins Blut übergegangen. Aber die Arbeit im Rettungswesen bedeutete, dass sie auch wusste, dass sie ihren Schlaf richtig genießen musste, wenn sie konnte, etwa, indem sie sich keinen Wecker stellte und erst aufwachte, wenn ihr Körper ausgeruht war.

Sie ging in die Küche, der Geruch nach Kaffee zog sie zu einer Seite der Anrichte, noch während sie bedrückt zugeben musste, dass sie die *meiste* Zeit über richtig gut schlief.

Verdammte Albträume.

Sie straffte die Schultern und schenkte sich eine Tasse ein, schnüffelte an der Flüssigkeit, bevor sie einen Schluck nahm.

Er war nicht wirklich frisch, aber er war auch noch kein Teer. Nachdem sie bei der Feuerwehr mit Leuten gearbeitet hatte, die keine Ahnung davon hatten, wie guter Kaffee schmecken sollte, freute sich Julia, als sie entdeckte, dass Zachs Kaffee trinkbar war.

Von ihm gab es keine Spur. Zumindest nicht, bis sie den Kühlschrank öffnete, um eine Nachricht zu entdecken, die an die Seite des Milchkartons geklebt war.

Falls du am Verhungern bist, bedien dich. Aber wenn du warten kannst, habe ich ein Frühstücksdate, auf das ich dich ausführen kann. Ruf mich an oder such mich in der Scheune.

— Zach, dein Freund

Dieses letzte Wort ließ ein Beben über ihre Haut gehen,

aber diesmal dachte sie nicht, dass es Sorge war, sondern einfach Schock.

Sie stellte sich vor das Aussichtsfenster und schaute auf die Berge, während sie ihren Kaffee trank. Systematisch ging sie jeden Schritt dessen durch, was am Vortag geschehen war, analysierte, wo sie etwas anders hätte machen können.

Bis sie ihre Tasse ausgetrunken hatte, war das Einzige, was sie ändern wollte, keinen Albtraum zu haben, und es war ja nicht, als hätte sie darüber die Kontrolle gehabt. Ein Gespräch über ihre Entführung löste häufig eine oder zwei schlechte Nächte aus.

Was den Rest anging, bekam Zach alle Punkte der Welt, weil er ein Gentleman *und* äußerst verständnisvoll gewesen war.

Sie würde trotzdem nicht echt mit ihm daten.

Ach, verführt war sie schon. Während des Kusses im *Rough Cut* hatte es eine echte körperliche Anziehungskraft gegeben, wenn sie auch unerwartet gekommen war.

Doch all die Gründe, die sie hatte, um für sich zu bleiben, trafen noch zu. Ganz oben stand da noch die Tatsache, dass er der beste Freund des Verlobten ihrer Schwester war. Hierher zurückkommen und ihn jedes Mal sehen, wenn sie auf Besuch war? Es wäre sehr viel einfacher, nur so zu tun. In sechs Wochen war sie weg, und dieser ganze Schlamassel könnte hinter ihr zurückbleiben.

Da das entschieden war, zog sie sich ihre Stiefel an und ging zur Scheune. In der Ferne stand ein Mann und striegelte ein Pferd. Seine breiten Schultern bewegten sich mühelos, während er mit der Bürste den Wiederrest des Pferdes bearbeitete.

Als Julia aber dicht genug herankam, um zu begreifen, dass es Finn war, und nicht Zach, war es zu spät, um die Richtung noch zu ändern.

Finn hielt in dem inne, was er tat, das träge Lächeln auf seinen Lippen war kaum sichtbar. „Julia."

Sie hatte nicht viel Zeit mit dem Mann verbracht, und um ehrlich zu sein, fand sie ihn etwas zu ernst. Jedes Mal, wenn sie mit Karen und Finn zusammen gewesen war, war auch Zach dabei gewesen, und zu seinem leichtherzigen Humor hatte sie sich hingezogen gefühlt.

Trotzdem wusste sie, dass Finn solide war, wenn es darum ging, sich um ihre Schwester Karen zu kümmern. Außerdem waren er und Zach schon ewig Freunde. Es musste etwas an ihm sein, das dazu führte, dass ihm alle so sehr vertrauten.

Julia vergrub die Hände hinter dem Rücken und wartete, weil sie dachte, er würde etwas dazu sagen, dass er sie am Vortag gesehen hatte. Dann fiel ihr etwas auf, das nicht ganz stimmte, und die Frage bahnte sich den Weg. „Was ist denn los?"

Er hob eine Augenbraue.

„Ihr hättet doch dieses Wochenende weg sein sollen. Karen und Lisa haben mir im *Rough Cut* erzählt, dass wir uns am Montagmorgen wieder treffen würden, aber du bist noch da."

„Kleine Planänderung." Zu ihrem Entsetzen war sein stets bescheidenes Lächeln breiter geworden, bis es ein richtiges Grinsen war. „Karen und ich heiraten."

Sie wusste das. Vielleicht war der Mann betrunken und nicht ganz klar im Kopf. „*Genau*. Ihr seid verlobt."

Sein leises Schnauben trug weit in dem beengten Raum, und überrascht zuckte eines der Pferdeohren nach oben. Finn beruhigte das Tier, bevor er sich wieder Julia zuwandte. „Letzte Nacht haben wir geredet und gemerkt, dass keiner von uns so eine große Feier möchte. Dann hat Josiah da so Tickets für eine Show in Vegas von seinem Bruder für Sonntagabend bekommen. Eines hat zum anderen geführt, und wir haben beschlossen, dass wir heute Nachmittag losfahren."

Heilige Scheiße. „Ihr heiratet in *Vegas?*"

Er neigte das Kinn.

Die ganze Anspannung, die auf ihr gelastet hatte, verschwand sofort. Was Ablenkungen anging, war das hervorragend. Sie klatschte begeistert in die Hände. „Das ist echt cool. Ich gratuliere."

„Das freut mich, dass du das so siehst. Du kannst aber die guten Wünsche auch gern aufheben, bis wir es offiziell machen. Geh eine Tasche packen, denn du kommst mit uns."

O mein Gott. „Echt? Ich meine, weshalb sollte ich mitkommen?"

Diese Augenbraue ging schon wieder nach oben.

„Julia." Diesmal war sein Tonfall ganz enttäuscht, als würde er sie tadeln, weil sie ihren Platz in der Familie anzweifelte.

Okay, sie war Karens Schwester, aber es wirkte immer noch alles etwas plötzlich. Es würde aber nicht schaden, sich an die Situation anzupassen.

Sie grinste nun auch. „Ich komme gern mit und unterstütze euch. Danke für die Einladung."

„Karen sagte, du hättest das Wochenende bereits frei. Wenn du noch einen Tag zusätzlich kriegst, fliegen wir alle am Montag zurück. Falls das nicht klappt, setzen wir dich am Sonntagnachmittag in den Flieger, und du kannst es zur Montagsschicht schaffen."

Julia nickte. „Ich sage Brad Bescheid. Einer der Typen schuldet mir einen Gefallen, also möchte ich wetten, ich kann meine erste Schicht auf später in der Woche verschieben. Ich lass es euch wissen, sobald ich kann."

„Klingt gut." Er hielt inne, plötzlich ganz ernst. „Also. Du und Zach?"

Ups. „Ich hatte irgendwie gehofft, dass du bereits mit Zach geredet hast."

„Ich habe ihn noch nicht gesehen. Ich habe eine Nachricht hinterlassen, damit er weiß, wann wir aufbrechen."

Genau. Denn Zach würde auch auf der Hochzeit sein. Ein winziger Ball aus Sorge machte sich breit, bevor sie ihn zur Seite schob.

Der Mann war gestern Nacht ein Ritter in glänzender Rüstung gewesen. Sie würden die Sache zwischen sich schon zum Laufen kriegen. Außerdem war das letzte, was sie wollte, dass Finn sich ärgerte und Sorgen machte, bevor er zu seiner eigenen Hochzeit aufbrach.

Sie stellte sich der Musik. „Zach und ich sind nur gute Freunde. Letzte Nacht hatten wir eine Situation, um die wir uns kümmern mussten. So Klatschtanten haben schreckliche Dinge gesagt, also haben er und ich beschlossen, eine Weile so zu tun, als wären wir zusammen. Das ist alles."

Finns Lippen bewegten sich nicht, aber die Falten in seinen Augenwinkeln spannten sich an. „Er ist ein guter Mann, Julia. Der Beste. Was immer bei dir vorgeht, ist eine Sache, aber du musst wissen, dass du ihm vertrauen kannst. Er würde niemals etwas tun, um dir wehzutun."

„Das weiß ich", versicherte ich sie ihm. „Das ist mit der Grund, der ihn so perfekt für die Sache macht. Ich werde es Karen wissen lassen, und Lisa, aber bis auf die beiden halten wir das bedeckt, okay?"

Er neigte das Kinn. „Geheimnisse haben so eine Art, früher oder später rauszukommen", warnte er.

„Das ist nur, bis ich Ende Oktober gehe."

Ein langsames Stirnrunzeln machte sich breit. Finn holte tief Luft. Er schien in Betracht zu ziehen, etwas zu sagen, hielt inne, dann schüttelte er den Kopf. „Tu ihm nicht weh."

Sie blinzelte. „Natürlich nicht."

Finn musterte ruhig ihr Gesicht, bevor er sich wieder dem Pferd zuwandte, um seine Aufgabe zu beenden. „Er hat ein

Herz aus Gold. Ich stelle mir vor, dass er für dich alles tun würde. Nutz das bloß nicht aus."

Diese Wendung in der Unterhaltung konnte sie nicht nachvollziehen, darum trat Julia weg, um Zach zu suchen.

Sie fand vorher ihre Schwestern.

Sie hatte in den ganzen Scheunen und Reitplätzen gesucht, bevor sie rüber zum Ranchhaus ging, das Finn und Karen renovierten, um es selbst zu beziehen. Als sie die Frauen auf der hinteren Veranda entdeckte, wurde sie langsamer. Das gab ihr Zeit, Karen und Lisa zu beobachten – zwei der drei unerwarteten Beigaben zu ihrem Leben.

Was sagte sie denn da? Drei Beigaben? Schon eher drei Schwestern, ein Vater und einen ganzen Schlamassel aus Cousins und Cousinen, die sie nicht hoffen konnte, auseinanderzuhalten, ohne eine Landkarte zu bekommen, die zeigte, wer im Coleman-Clan eigentlich wer war.

Nachdem sie ihr Leben als Einzelkind mit nur ihrer Mutter verbracht und dann vor ein paar Jahren ihre Mutter verloren hatte, war es belebend und erschreckend, in diesen lauten, neugierigen Mob geworfen zu werden.

Der winzige Hauch Ärger, der aufstieg und sich um den Gedanken an ihre Mutter legte, wurde vorerst ignoriert, denn die beiden Menschen anzuschauen, die ihr Gesicht hatten, reichte aus, um sich auf das Hier und Jetzt zu konzentrieren.

Lisa war nur ein paar Jahre älter. Sie hatte sich kürzlich die Haare auf Schulterlänge gestutzt, und blonde Strähnen schimmerten in den losen Wellen. Sie stand ständig unter Strom, hatte immer irgendeinen Schabernack vor, und Julia fühlte sich auf eine Art zu ihr hingezogen, die sich irgendwie unbehaglich anfühlte.

Sie war nicht daran gewöhnt, Vertraute zu haben. Ihre paar Freundinnen im Lauf der Jahre hatten sich eher als

Schönwetterfreunde erwiesen, denn als echte Seelengefährtinnen.

Lisas völlig offene und aufrichtige Persönlichkeit war manchmal ein wenig herausfordernd, aber Julia war klug genug, zu wissen, dass es die veränderten Umstände waren, die dafür sorgten, dass sich die Interaktionen falsch anfühlten, nicht die offene und aufrichtige Sorge ihrer Schwester.

Die sieben Jahre ältere Karen war weniger aufgedreht und begeistert, aber ihre Augen waren freundlich, und sie hatte auf jeden Fall so eine Art, wie sie eine große Schwester haben sollte.

Das hatten sie alle drei, wenn Julia Tamara Stone im Geiste dazu nahm. Die anderen drei Frauen schienen auch eine merkliche Verbindung zu besitzen. Wurzeln, die so tief miteinander verwoben waren, dass Julia sich gleichzeitig wünschte, Teil davon zu sein, und sich Sorgen machte, ob sie weiterhin ihre eigenen Ziele verfolgen können würde, ohne überwältigt zu werden.

Ja. Dass man in diesen Lastzug namens Familie eingefügt wurde, würde etwas Arbeit machen.

Julia wollte gerade ihre Anwesenheit ankündigen, als Lisa sie sah. Die echte Freude auf dem Gesicht ihrer Schwester half, ihr ein wenig der Anspannung zu nehmen, dass sie sich in etwas hineingezwängt hatte, bei dem sie nicht erwünscht war.

Lisa öffnete die Arme, während Julia oben an den Stufen ankam. „Ich bin froh, dass du da bist. Wir haben eine Überraschung für dich."

Die Umarmung, die Julia bekam, fühlte sich gut an, und genauso die aufblitzende Inspiration. „Ich wette, ihr wollt mir sagen, dass ihr nach Vegas fliegt."

Ein Kichern kam von Karen, während Lisa die Augen verdrehte und sie dann anfunkelte. „Jemand hat es dir verraten."

„Der zukünftige Bräutigam“, gab Julia zu, bevor sie sich an Karen wandte. „Ich freue mich echt für euch. Gibt es irgendwas, was ich tun kann, um zu helfen?“

Ihre Schwester zog die Haare zurück in einen Pferdeschwanz und befestigte ein Haargummi darum, damit er hielt. „Wir müssen nicht viel machen. Josiahs Bruder hat sich um die meisten Einzelheiten für uns gekümmert – er ist bereits in Vegas. Wir haben das Hotel, die Hochzeitskapelle und für das Abendessen im Paris reserviert.“

„Und am Sonntagabend gibt es eine Show, falls du noch da bleiben kannst.“ Der Schalk stand in Lisas Augen. „Wenn du natürlich tanzen gehen willst, dann können wir das auch in den Terminplan einarbeiten.“

„Ich muss nur ein paar Anrufe tätigen“, versicherte ihr Julia, die die Stichelei mit dem Tanzen ignorierte. Hatte Karen sie auch mit Zach gesehen? „Ich werde es euch wissen lassen, sobald ich kann, ob ich früher zurückmuss.“

„Hey, die Damen, der Flug ist bestätigt. Um zwei Uhr, also müssen wir spätestens mittags los.“ Josiah marschierte auf die Veranda, ein kleiner beiger Terrier war ihm auf den Fersen. Sie kamen beide an Lisas Seite, wo Josiah sie hochhob und im Kreis herumwirbelte, während Ollie die ganze Zeit begeistert bellte.

„Setz mich ab“, sagte Lisa mit einem Lachen.

„Ich hoffe, wenn ich dich nur fest genug herumwirbele, bist du vielleicht auch bei einer spontanen Hochzeit dabei.“

Sein Kommentar brachte Julia zum Blinzeln, aber Lisa lachte nur, während sie ihm mit den Fingern auf die Schultern tippte. Sie schüttelte den Kopf.

„Hör auf damit. Ich habe schon Nein gesagt. Das ist die Party von Karen und Finn. Wir werden weiterhin in wilder Ehe leben müssen.“

Er zuckte mit den Schultern. „Man kann es ja mal versuchen.“ Sein Blick verlagerte sich, um Julia zu betrachten.

„Und du. Bist du bereit für einen Ausflug in die Stadt der Sünde?"

„Ich war noch nie dort. Ich bin echt aufgeregt", gab sie zu.

Starke Hände glitten über ihre Schulter, die Finger drückten kurz zu. Zach kam neben ihr zum Stillstand. Dicht genug, dass seine Körperwärme sich mit ihrer mischte.

Dazubleiben war verführerisch – viel zu verführerisch – aber um ihres eigenen Seelenfriedens willen trat Julia einen halben Schritt weg.

Karen war zu sehr von Finns Ankunft abgelenkt, und Josiah hatte nur Augen für Lisa. Aber Lisa?

Der entging nichts. Ihr Lächeln wurde noch etwas breiter, während sie Zach und Julia beobachtete. „Ich glaube, das wird ein sehr interessanter Ausflug."

4

———————

Zach tat wirklich sein Bestes, um Julia etwas Platz zu lassen, aber es war das schwerste, was er je getan hatte.

Es schien, jedes Mal, wenn er sich umdrehte, war sie gleich da, plauderte endlos begeistert mit ihren Schwestern. Sie strahlte so viel Leben und Energie aus, es zog ihn ständig an ihre Seite.

Es war viel zu anstrengend, zu verhindern, dass er sich bei jeder Gelegenheit nach ihrer Hand streckte.

Sich auf den letzten Rücksitz der Coleman-Minivans zu quetschen, brachte ihn allerdings gleich neben sie. Eine Fügung des Schicksals, die er nur zu gerne genoss, während die Coleman-Mädchen weiter plauderten.

Am Lenkrad warf Tamara einen Blick in den Rückspiegel, ihre lachenden Augen betrachteten sie alle sechs. „Ihr seid ein ganzes Rudel Ärger, aber ich hoffe, ihr habt eine tolle Zeit. Ihr verdient es. Ich meine das ernst, Schwester."

Das letzte sagte sie direkt zu Karen, die vorne neben ihr saß.

Karen drehte sich, sodass sie alle hinten besser sehen konnte. „Wir sorgen dafür, dass wir ein Video von der Hochzeit für euch und alle anderen in der Familie machen, die eine Kopie wollen.“

Tamara wedelte mit der Hand. „Wir sind im Geiste dabei. Ich bin ganz für das Konzept, es klein und witzig zu halten, wenn man bedenkt, dass ich niemals einen von euch zu meiner Hochzeit eingeladen habe.“

Von Lisa kam ein Kichern. „Du bist mit schlechtem Beispiel vorangegangen.“

„Ich bin mit dem *besten* Beispiel vorangegangen“, verbesserte sie, den Blick abermals auf den Highway gerichtet. „Ich habe bewiesen, das wichtigste, was es für eine gute Hochzeit braucht, ist der richtige Partner.“

„Dazu sage ich Amen.“ Finn beugte sich vor, wo er hinter Karen saß, um ihr eine Hand auf die Schulter zu legen.

Sie drehte sich und schenkte Finn ein so blendendes verliebtes Lächeln, dass es verdammt noch mal fast den ganzen Van mit glitzernden Einhörnern und Regenbogenstaub füllte.

Was genau das war, was Zach zu sehen hoffte. Sein Freund hatte jedes bisschen Glück verdient, das seines Weges kam.

Neben ihm lauschte Julia ganz genau, ihre Miene wankte zwischen Aufregung und Sorge. „Seid ihr sicher, dass wir es rechtzeitig zum Flughafen schaffen? Unser Flug ist um zwei, müssen wir denn nicht irgendwie erst mal durch die Security? Wie weit ist der Flughafen denn noch von uns weg?“

Zum Teufel damit. Zach legte seine Finger auf ihre Hand, die auf dem Sitz zwischen ihnen ruhe, und drückte sie sanft. „Das Flugzeug wird ohne uns nicht abheben“, versicherte er ihr.

Vor ihnen drehte sich Josiah um. Sein rascher Blick betrachtete Julias Gesicht und ihre verbundenen Finger, aber er blinzelte seine Überraschung weg und richtete sich an sie. „Bist du schon mal geflogen?“

„Einmal. Na ja, ich schätze zweimal. Von Vancouver nach L.A. und wieder zurück, als ich etwa zwölf war.“

„Ausflug nach Disneyland?“, fragte Lisa.

„Nur an den Strand und etwas Sonne im Winter“, erklärte ihr Julia. „Mehr konnten wir uns nicht leisten, aber ich habe es geliebt. Der Flug war so ziemlich alle Disney-Fahrgeschäfte in einem zusammen. Eines Tages gehe ich offiziell da hin.“

Sie warf einen Blick auf Zach, diese Falte stand wieder zwischen ihren Augenbrauen. Ihr Blick verlagerte sich auf ihre Hände.

Verdammt. Er hatte unbewusst begonnen, mit dem Daumen über ihre Handknöchel zu reiben. Als sie sich aber nicht zurückzog, beschloss er, sie festzuhalten. Er wusste, was für eine Bombe Josiah gleich platzen lassen würde.

„Wir fliegen nicht mit einer Fluglinie“, sagte Josiah nebenher. „Finn und Zach haben Zugriff auf ein Privatflugzeug, also steht dir eine Sonderbehandlung bevor.“

Julia versteifte sich. „Ein Privatflugzeug?“

„Es gehört der Firma.“ Zach drückte ihr die Hand. „Weißt du noch, das eine Mal, als du Alan Cwedwick getroffen hast, unseren Anwalt?“

Das eine Mal, als sie ihn nähen hatte müssen, nachdem man auf ihn geschossen hatte – was nichts war, worüber er lange reden wollte. Obwohl man es sagen musste. Eine Frau zu haben, die mit etwas Blut fertig wurde, ohne in Panik zu verfallen, war etwas Gutes.

Nicht, dass er vorhatte, in nächster Zeit noch mal auf sich schießen zu lassen.

Vor ihnen drehte sich Lisa, bis sie die Arme über die Rückenlehne drapieren konnte, um mit Julia zu reden. „Die Tatsache, dass sie ihr eigenes Flugzeug haben, ist völlig jenseits von Gut und Böse. Ich komme damit auch nicht klar. Aber ich will Folgendes sagen, nachdem Josiah und ich vor etwa einem Monat erste Klasse nach London geflogen sind, bin ich sehr dafür, mich verwöhnen zu lassen."

„Verwöhnen ist gut", sagte Julia, ihr Lächeln war wie auf ihr Gesicht geklebt.

Aber einen Augenblick später zog sie ihre Finger weg, starrte aus dem Fenster, während die Unterhaltung um sie herum weiterging.

Scheiß drauf. Zach legte den Arm um den Beifahrersitz, dann neigte er sich vor, um ihr ins Ohr zu flüstern: „Alles in Ordnung?"

Sie schaute nach vorne durch den Van, bevor sie ihm in die Augen sah. „Es ist ein wenig überwältigend."

„Die Tatsache, dass unserer Firma ein Flugzeug gehört? Oder dass wir es nutzen können, um zwei Leute, die uns sehr wichtig sind, extrem glücklich zu machen, indem wir sie zu ihren eigenen Bedingungen heiraten lassen?"

„Wenn du es so formulierst ..." Dieses süße kleine Naserümpfen war wieder da. „Es ist trotzdem noch überwältigend. Wie viele andere Leute, die du kennst, haben ein Privatflugzeug?"

„Julia, lass es einfach auf sich beruhen."

Sie warf ihm einen finsteren Blick zu, wechselte aber das Thema. „Ich hatte noch nicht die Gelegenheit, jemandem zu erzählen, dass wir nur so tun, als würden wir daten. Bis auf Finn. Den habe ich in der Scheune erwischt, bevor ich dich getroffen habe. Aber meine Schwestern wissen es nicht, und genauso wenig Josiah."

„Ist das wirklich was, worum man sich gerade jetzt Sorgen machen muss?", fragte Zach. „Das ist ein witziger Ausflug, um etwas zu feiern. In Vegas kennt uns keiner, also ist es ja nicht, als müssen wir etwas vorspielen."

„Stimmt. Also gibt es keinen Grund, dass du meine Hand halten musst."

Es gab einen Grund, dass er ihre Hand halten musste. Was er sonst noch musste: über ihre Haut streichen und sich dichter heranbeugen, während er tief genug einatmete, damit ihr Geruch durch seinen Körper schnellen konnte.

Lass ihr doch etwas Raum, verdammt noch mal.

Leichter gesagt als getan. Er zog sich weit genug zurück, um ihr zuzuzwinkern. „Ich zeige doch nur gern meine Zuneigung. Das wissen alle. Umarmungen, Händchen halten ..."

„Dann mach schon und halte Finn das Händchen, solange du willst", sagte sie mit einem Grinsen, bevor ihr der Mund offenstand. Sie beugte sich an ihm vorbei, spähte aus dem Seitenfenster. „Heilige *Scheiße*. Ist das unser Flugzeug?"

Tamara hatte auf der Zufahrt zu der kleinen Landebahn gewendet, wo das Firmenflugzeug normalerweise stand.

„Wir werden auf jeden Fall rechtzeitig abheben", versicherte er Julia.

Sie starrte fasziniert hin, war sich nicht bewusst, dass ihr ganzer Körper an seine Seite gedrückt war. Sie mochte ja versuchen, körperlichen Abstand zwischen sie zu bringen, wenn sie bei der Sache war, aber es war eindeutig, dass sie sich mit ihm genauso behaglich fühlte wie er mit ihr.

Trotzdem wollte er nicht, dass ihr klar wurde, wo sie war, und sie Panik bekam. Er ging zurück, um ihr eine bessere Sicht zu erlauben, beschrieb ihr, was er über das Flugzeug wusste, und was in den nächsten Minuten passieren würde, damit sie keine Überraschung erlebte.

Julia nickte, während er redete, gab ein echtes Lächeln zum Besten, als das Auto anhielt. „Es klingt viel einfacher als die Security, an die ich mich von früher erinnere."

„Halt dich an mich. Wenn du irgendwelche Fragen hast, helfe ich."

Nur dass in dem Augenblick, als sie alle aus dem Auto strömten, klar wurde, dass er keine Chance hatte, derjenige an ihrer Seite zu sein, während sie zum Flugzeug gingen.

Tamara gab jedem eine letzte Umarmung und Küsse, darunter auch Julia, die leicht die Augen aufriss.

Zumindest, bis Tamara ihr einen Finger vors Gesicht hielt. „Die zwei sind schrecklich darin, Fotos zu machen", sagte sie und deutete auf ihre Schwestern. „Es ist deine Aufgabe, es besser zu machen. Und vergiss bloß nicht, wir wollen jede Menge Selfies, damit du auch auf den Bildern zu sehen bist."

Genial. Die Anspannung in Julias Körper verschwand, während sie ihre Befehle entgegennahm. „Das kann ich machen."

Dann war sie weg, Lisa und Karen rissen sie mit zu den Gangway-Stufen.

Finn begegnete Zach an der Rückseite des Vans, reichte Taschen an die Bordmannschaft weiter, die herauskam, um sie entgegenzunehmen.

Einen Augenblick lang beäugte ihn sein bester Freund.

Josiah stand an der Seite, die Arme vor der Brust verschränkt. Der Tierarzt war erst seit den letzten etwa sechs Monaten Teil ihrer Gruppe, aber es war klar, dass er wusste, wie man die Lage deutete.

Seine Lippen verzogen sich zu einem Lächeln, während er Zach in die Augen schaute. „Also. Was in Vegas passiert, bleibt in Vegas?"

„Ich bezweifle, dass Karen das im Sinn hat, wenn man bedenkt, dass sie vorhat, diesen Esel zu heiraten", sagte Zach träge.

Sein bester Freund ging an ihm vorbei, rammte ihn und brachte ihn rein zufällig aus dem Gleichgewicht.

Zach lachte, während er sich bemühte, auf den Beinen zu bleiben.

Josiah legte einen Finger an die Lippen. „Ich werde schwören, dass ich nichts sehe, bis mir jemand sagt, dass ich was sehen darf."

Er zwinkerte, dann marschierte er hinter den Frauen her, ließ Zach und Finn allein.

Mitten auf dem Asphalt blieb Finn stehen, mit genug Abstand zwischen ihnen, dass der Rest der Gruppe nicht mithören konnte.

„Heute Vormittag hatte ich eine höchst seltsame Unterhaltung mit Julia", sagte Finn.

„Echt?"

„Ja. Irgendwie, dass ihr beiden in einer gespielten Beziehung seid." Er zögerte. „Das klingt nicht nach was, auf das du scharf bist. Besonders nicht, wenn man bedenkt ..."

Zach wartete schweigend.

Er würde es Finn nicht leicht machen. Sie waren schon so viele Jahre beste Freunde, und zusammen durch die Hölle gegangen. Sie hatten auch einige der besten Zeiten ihres Lebens erlebt, und er betrachtete es als Privileg, als Zeuge für diesen wichtigen nächsten Schritt in Finns Leben eingeladen zu sein.

Trotzdem würde er nicht die Katze aus dem Sack lassen, außer Finn wies indirekt darauf hin.

„Wenn man bedenkt, dass du die Ehe für eine ziemlich wichtige Beziehung hältst." Finn hob eine Augenbraue. „Wenn man dazu nimmt, wie du bereits für diese Frau empfindest, klingt diese gespielte Sache irgendwie nach einer schlechten Idee."

Verdammt sei doch der Mann, dass er ihn so gut interpretieren konnte. „Schreiben wir jetzt Gedichte und flechten einander die Haare oder was?"

Finns ernste Miene wandelte sich zu einem breiten Lächeln. „Julia ist eine gute Frau."

„Da kannst du dir verdammt sicher sein." Zach senkte die Stimme. „Es muss sich noch erweisen, ob sie die gute Frau ist, die mit mir zusammen sein will. Mach dir keine Sorgen um uns – bei diesem Ausflug geht es um dich und Karen. Ganz gleich, was ist, wir werden eine Menge Spaß haben."

Finn klopfte ihm auf den Rücken, dann ging er zum Flugzeug. „Klingt nach einem Plan für mich. Auf nach Vegas, und in die Ewigkeit."

Die Pläne seines besten Freundes für die Ewigkeit waren denen von Zach etwas voraus, aber er stimmte diesem Gefühl zu. Sie setzten sich in Bewegung, bereit, sich zu entspannen und das Wochenende zu genießen.

Wenn sie nach Heart Falls zurückkamen, würde noch genug Zeit bleiben, um ein gutes, langes Gespräch mit Julia über die Zukunft zu führen, und darüber, wie sie ihrer beider Träume wahr werden ließen.

Julia war sich nicht sicher, wohin sie schauen sollte, und sie wusste auf jeden Fall nicht, wohin sie die Hände legen sollte.

Das mit dem Schauen – das lag daran, dass sie bezaubert war. Das Privatflugzeug war nicht irgendein Riesengefährt mit plüschigen Luxussofas, wie sie es in Filmen gesehen hatte.

Es war kleiner, ein offenbar praktisches Flugzeug. Obwohl die Tatsache, dass Zach und Finn das verdammte Ding gehörte, es immer noch aus ihrem *Praktisch*-Regal warf und eher in die *Oh-mein-Gott*-Ecke stellte.

Wem gehörte denn bitte ein Flugzeug?

Na ja, offensichtlich ihnen, aber ganz gleich, wie oft sie

versucht hatte, das geistig zu durchdringen, die Einzelheiten weigerten sich immer noch, bei ihr anzukommen.

Die Sessel waren gepolstert, und es gab eine Menge Beinfreiheit. Das Flugzeug war mit Sitzen ausgestattet, die einander gegenüber waren, vorne und hinten. Nachdem sie die notwendige Security hinter sich gebracht hatten, setzten sich die Typen auf eine Seite, und Karen und Lisa zogen sie in ihre Unterhaltung.

Das Abheben war faszinierend. Julia starrte die ganze Zeit das dem Fenster, schockiert darüber, dass sie sich irgendwann Lisas Finger geschnappt hatte.

Sie dachte an die letzten Monate und die Zeit zurück, die sie mit ihren Schwestern verbracht hatte. Es war gut gewesen, sie langsam kennenzulernen, und auch ihren Vater, obwohl George Coleman normalerweise nur kurze Zeit an den Wochenenden da war. Das funktionierte auch hervorragend, weil sie nicht wirklich danach gesucht hatte, so schnell eine Vaterfigur auf den Plan treten zu sehen.

Aber sie hatten so viele normale Sachen gemacht. Es hatte eine Menge Hamburger und selbst gekochtes Essen gegeben. Behagliche Abende am Feuer.

Nicht ein Mal hatte es während der Würstchengrillaktionen in Lisas Garten ein Zeichen gegeben, dass einer von ihnen regelmäßig dorthin flog, wo immer Leute mit Privatflugzeugen hinflogen.

Ein leises Kichern durchdrang ihre geistigen Verrenkungen. Julia warf einen Blick zur Seite und stellte fest, dass Lisa den Kopf schüttelte.

„Du musst tief einatmen. Dann tu entweder so, als wärst du mitten in einer Märchengeschichte, oder finde irgendeine Art, um dein Gehirn wieder ins Gleichgewicht zu bringen." Lisa legte den Kopf schief. „Du siehst irgendwie aus wie Ollie, wenn sie entscheiden muss, ob sie den Tag unter meinen Füßen verbringen oder Josiah folgen will."

„Toll. Ich erinnere dich an deinen Hund", sagte Julia gedehnt.

Karen lachte. „Wenn man bedenkt, dass Lisa diesen Hund liebt wie einen Menschen, ist das nichts Schlechtes."

„Wo ist denn Ollie dieses Wochenende?", fragte Julia, bevor sie Karen in die Frage einschloss. „Und deine Fellnase. Außer du hast Dandelion Fluff mitgebracht."

„Wir haben die Möglichkeit besprochen", gab Lisa zu. „Aber das ist ein Trip nur für Erwachsene. Wir wollten uns nicht um Gassigehen mit dem Hund Sorgen machen müssen, oder den ganzen Rest."

„Tansy und Rose kümmern sich unsere Haustiere", sagte Karen. „Sie führen bei ihnen zu Hause Renovierungen durch, also bleiben sie ein paar Tage auf der Ranch."

Einen Augenblick lang brachen Julias Gedanken in eine andere Richtung aus. Die Fields-Schwestern waren in der kurzen Zeit, seit Julia in der Stadt war, gute Freundinnen geworden. Zum Teil, weil sie monatlich einen Mädelsabend mit einer Reihe von Frauen veranstalteten, darunter Julias Schwestern.

Rose Fields war eine wunderschöne dunkelhäutige Frau mit langen dunklen Haaren, die immer perfekt ihr Gesicht zu rahmen schienen. Ihre mühelose Schönheit sorgte dafür, dass Julia sich immer zerwühlt vorkam.

Julia warf einen Blick hinüber, wo die Männer zusammen plauderten, die Ellbogen ruhten auf den Knien, fröhliche Zufriedenheit strömte von ihnen aus.

„Meint ihr ..." *Ups.* Sie schloss rasch den Mund, bevor die Frage die Richtung ihrer Gedanken enthüllen konnte.

Verdammt. Nicht schnell genug. Zwei Augenpaare starrten sie intensiv an.

Karen hob eine Augenbraue. „Schwesternregel Nummer siebenundzwanzig. Wenn du einen Satz mit *meint ihr* anfängst und dann im Sand versiegen lässt, kann ich dir garantieren, dass wir dich drangsalieren, bis wir rauskriegen, was du fragen wolltest."

Lisa nickte rasch. „Genau. Du kannst es auch gleich sofort ausspucken und dir die Zeit sparen."

Verdammt, dass ihr Mund sie überführt hatte. „Zach hat Rose zum Tanzen ausgeführt. Das ist alles."

Ihre Schwestern wechselten einen Blick, bevor Karen übernahm. „Wenn man bedenkt, dass dieser Satz nicht mit *meint ihr* angefangen hat, ist jetzt der Zeitpunkt, an dem wir zu raten beginnen."

„Meint ihr ... dass es Rose was ausmachen würde, wenn ich Zach zum Tanzen ausführe?", fragte Lisa süß, bevor sie es genauer erläuterte. „Das Ich in dieser Aussage ist natürlich Julia."

Karen erwiderte sofort: „Rose würde es überhaupt nichts ausmachen. Sie hat behauptet, dass sie mit ihm fertig ist."

Lisa schnaubte. „Das klingt so falsch. Aber du hast schon recht, das hat sie gesagt."

So peinlich berührt Julia von dieser Wendung der Unterhaltung war, die Neckereien ihrer Schwestern waren freundlich. Julias Wangen wurden aber heiß. „Das wollte ich nicht fragen."

Lisa ignorierte sie, redete mit Karen weiter. „Meinst du ... Zach will Julia zum Tanzen ausführen?"

„So nennt man das also heutzutage?", warf Karin schnippisch ein.

Von Julia kam ein Schnauben, und ihre Schwestern wandten glückliche Gesichter in ihre Richtung und beugten sich vor, um in verschwörerischem Ton zu reden.

„Du magst ihn, oder?", fragte Lisa.

„Natürlich mag ich ihn." Julia war von der Frage schockiert. „Er ist Finns bester Freund, was bedeutet, dass er toll sein muss, oder das wäre nicht passiert. Außerdem ist er echt nett zu Karen."

„Pah." Karen wedelte mit der Hand. „Er ist zu allen nett. Er ist einfach nur nett."

Ein schelmisches Lächeln stellte sich auf Lisas Gesicht ein. „Du weißt schon, die Netten sind normalerweise die versautesten im Schlafzimmer."

„*Lisa.*" Sowohl Julia als auch Karen sprachen gleichzeitig in einem schockierten Tonfall, und plötzlich warfen die Jungs einen Blick herüber, als wären sie an ihrer Unterhaltung interessiert.

Karen streckte Finn die Zunge raus. „Ach, egal. Hier drüben passiert nichts Interessantes."

Julia traf Zachs Blick und fragte sich, worauf sie sich da eingelassen hatte. Die Sache mit dem gespielten Freund, die bis nach diesem Wochenende warten konnte, und die Art, wie er die Verantwortung übernommen und sich geweigert hatte, sie in ihrer Wohnung bleiben zu lassen ...

Alles Dinge, mit denen sie sich am Montag befassen würde.

Jetzt musste sie sich darauf konzentrieren, nicht von einem Mann mit funkelnden blauen Augen abgelenkt zu werden. Einem Mann, dessen Blick es darauf abgesehen zu haben schien, über ihre Haut zu streichen und Teile von ihr prickeln zu lassen, die das lange Zeit nicht getan hatten.

Würde es ihr was ausmachen, ein wenig mit dem Mann zu ... tanzen? *Tanzen* schien sich irgendwie nie so zu ergeben, wie sie es wollte. Leider war sie optimistisch genug, dass sie immer noch hoffte, irgendwann würde sie mehr als das erleben können, was sie in früheren Beziehungen erlebt hatte.

Kälte strich über ihre Haut. Eine Erinnerung, die sie

hasste, und die sich weigerte, sie in Ruhe zu lassen. Gefesselt und allein, nicht sicher, was beim nächsten Mal geschehen würde, wenn ihr Entführer zurückkehrte.

Ein Beben kam über sie, schüttelte sie leicht durch.

Das nächste, was sie wusste, war, dass Zach aus seinem Sitz gestiegen war und neben ihr kniete. „Alles in Ordnung?"

Er sagte es leise, aber er legte ihr die Hand auf das Knie, die Wärme seiner Handfläche strich über ihre Haut. Ihre Schwestern hatten kaum gemerkt, dass etwas nicht stimmte, aber er hatte es bereits gewusst.

Gleichzeitig wunderbar und gruselig, wenn sie ehrlich war.

Sie ignorierte die fragenden Blicke von Karen und Lisa und konzentrierte sich auf Zach.

„Schon gut." Sie beugte sich dichter heran, um ihm zuzuflüstern: „Du machst die Dinge komplizierter."

Sein träges, langsames Lachen trieb über sie hinweg. Dann drückte er ihr Knie und stand auf, sein Lächeln war wieder auf der *Nur-befreundet*-Ebene der Vertrautheit. „Julia sagt, sie will was zu trinken. Das finde ich eine tolle Idee."

Ob sie ihm glaubten oder nicht, sie nahmen seine Ausrede gerne an.

Finn stand auch auf. „Ich habe zwar vor, nüchtern zu sein, wenn wir unsere Ehegelübde ablegen, aber ich habe ein paar Flaschen Champagner dabei. Es gibt keinen Grund, warum wir jetzt nicht eine öffnen sollten."

Darauf folgte ein großes Durcheinander, weil Karen natürlich neben Finn sitzen wollte, was bedeutete, dass Lisa neben Josiah sitzen musste.

Was Zach und Julia nebeneinander gekuschelt sitzen ließ.

Auf den gemütlichen Sitzen war keine Armlehne dazwischen, sodass ihr Oberschenkel seinen berührte. Hüfte an Hüfte, ihre Ellbogen stießen rasch aneinander, während sie ein Glas von Josiah entgegennahm, der als Kellner auftrat.

Zach tippte mit einem Finger an das Kristall, das klare Geräusch erklang in der ganzen Kabine. „Innerhalb meiner Verantwortung als Trauzeuge und das, was einem männlichen Verwandten der Braut am nächsten kommt ..."

„Seit wann denn das?", wollte Karen wissen.

„Unterbrich den Mann nicht, wenn er predigt", flüsterte Lisa. „Da lassen sie doch all ihre Geheimnisse raus."

Julia hatte noch nicht mal einen Schluck von ihrem Champagner genommen, und sie fühlte sich schon betrunken. „So funktioniert das also? Jetzt weiß ich genau, wie ich meinen bösen Plan umsetzen muss."

Neben ihr zwinkerte Zach, bevor er sein Glas noch etwas höher hob. „Wie ich sagte, der Trauzeugen-Trinkspruch wird dann kommen, wenn es vollbracht ist ..."

„Das willst du vielleicht auch noch mal neu formulieren", sagte Josiah er gedehnt.

Ein Chor von Kichergeräuschen stieg von der ganzen Gruppe auf.

Zach wartete noch, während sein Grinsen größer wurde. „Auf zwei meiner liebsten Menschen. Wir haben gesehen, wie ihr stürzt, und zwar schwer, und jetzt freuen wir uns darauf, das nächste Kapitel in eurem Leben zu feiern."

„Ach, das war echt süß", sagte Karen.

„Kein Diabetiker sollte zu lange mit diesem Mann rumhängen", murmelte Finn, aber sogar er hatte ein Lächeln übrig. „Auf gute Freunde und ein erinnerungswürdiges Wochenende."

Kristall klirrte. Leuchtende Augen waren überall sichtbar, bevor Julia das Glas an die Lippen hob. Der Champagner glitt ihre Kehle hinunter, Bläschen stiegen ihr bis in die Nase. Sie nieste. Zach hielt ihr ein Taschentuch hin, dann nahm er ihr das Glas ab, noch während die Unterhaltung wieder lauter wurde und Lachen sie umgab.

Es war überhaupt nicht, was sie zu diesem Zeitpunkt in ihrem Leben erwartet hatte. Von Leuten umgeben zu sein – Familie, lieber Gott, einige davon waren *Familie* –, hatte niemals zu ihrem Traum gehört.

Sie starrte hinüber zu Zach und dachte über den Aufruhr der letzten paar Tage nach. Er war ein guter Mann, süß und doch stark genug, um ein Beschützer zu sein, und sie debattierte noch einmal mit sich, ob es sich lohnte, ein Risiko einzugehen.

Nicht das Risiko, sich zu verlieben – sie hatte nicht annähernd genug Vorstellungskraft, um sich diese Unmöglichkeit vorzustellen.

Aber kurzzeitig ein echter Freund? Wie es Zach vorgeschlagen hatte?

Du wirst ihn nur enttäuschen.

Der Gedanke platzte in den Augenblick des Glücks hinein, und sie schnappte ihn sich mit beiden Händen und warf ihn weg wie eine Diskusscheibe. Es mochte ja stimmen, aber er musste ja nicht gerade hier und gerade jetzt eindringen.

Der Mann war reine Positivität und Glück. Wenn sie klug war, würde sie einfach genießen, etwas davon ein Wochenende lang in ihrer Welt zu haben. Sie musste sich um die langfristigen Dinge keine Sorgen machen.

Es dauerte einen Sekundenbruchteil, eine Entscheidung zu treffen. So ziemlich, wie sie es in der Bar am Abend getan hatte, als sie nach einer Möglichkeit gesucht hatte, um Brads Ruf zu retten.

Keine lange innere Debatte, kein Abwägen von Positiv und Negativ. Es ging nur darum, eine kleine Sache anzunehmen, die sich gut anfühlte, und damit weiterzumachen.

Julia sank an Zachs Seite, damit sie die Wärme seines Körpers genießen konnte, während sie sich an ihn schmiegte.

Niemandem fiel es auf.

Also niemandem, bis auf Zach.

Er ließ vorsichtig eine Hand um ihren Rücken gleiten, damit sich die Stärke seines Armes um sie legte. Sanft, aber auf jeden Fall umfassend ließ er sie wissen, dass er da war.

Zum Teufel damit. Sie waren unterwegs nach Vegas. Was konnte denn schon schief gehen, wenn sie ein bisschen weniger wachsam war?

Verdammt viel.

Abermals schob sie die negativen Gedanken beiseite. Sie würde echt Pech haben müssen, damit das schlecht lief. Und wirklich, an diesem Punkt ihres Lebens hatte sie etwas verdient, das unerwartet schön war, anstellte eines vollkommenen Desasters.

Es war Zeit, eine kurze, aber hoffentlich denkwürdige Pause von der Realität zu machen.

5

Ein Güterzug fuhr neben seinem Bett vorbei. Er war so verdammt laut und so verdammt nahe, dass das ganze Bett vibrierte, aber trotzdem blieben Zachs Augenlider fest zu.

Er hoffte wirklich, dass nichts aus den Waggons des Zuges fiel, denn in diesem Augenblick hätte er sich nicht mal herumrollen können, wenn es um sein Leben gegangen wäre.

Außerdem schien in seinem Mund eine pelzige Socke zu stecken.

Etwas Warmes und Weiches bewegte sich an seiner Seite, und hätte er noch irgendwelche Muskeln im Körper gehabt, hätte die Überraschung ihn zurückzucken lassen. Aber so, wie die Dinge standen, blieb er still liegen, sodass, was immer sich an ihn schmiegte, ihn an den Rippen zu kitzeln begann.

Ein lautes und enthusiastisches Gähnen durchbrach die Stille, was Zach wie eines der lustigsten Dinge vorkam, die er je gehört hatte.

„Verdammt krasser Güterzug", murmelte er.

„Wo?"

Irgendwas anderes als Gleichgültigkeit wurde spürbar. Das

war eine Frauenstimme gewesen. Zach öffnete langsam ein Auge weit genug, um nach unten zu schauen.

Lange Haare mit roten Strähnen lagen wild über seiner nackten Brust ...

Und da merkte er, dass so einiges nackt war.

Er wurde reglos, denn er wollte niemandem einen Schock versetzen. Langsam richtete er sich auf einen Ellbogen auf, blinzelte im hellen Licht, das durch die schmalen Schlitze in den Vorhängen kam. Das reichte aus, um ihm eine Vision zu bieten, die sein Herz zusammen mit seinem Kopf zum Pochen brachte.

Er lag auf einem riesigen Doppelbett. Die Decke war irgendwo, sodass nur ein sündig weiches Laken über seinem und Julias Körper blieb.

Nackten Körpern – hatte er das bereits gedacht? Diesen Teil, dass sie nackt waren.

Er starrte weiter hin, aber es spielte keine Rolle, wie oft sein Blick über sie glitt, er konnte die Einzelteile nicht zusammensetzen, die zu diesem Augenblick geführt hatten. Was ...

Himmelherrgott, nicht gut.

Sie stöhnte, während sie sich herumrollte, und kam in vollen Kontakt mit seinem ganzen Oberkörper. „Wo ist der Zug?"

Die Tatsache, dass sie immer noch sternhagelvoll klang, verhieß nichts Gutes. Zum Teufel mit allem.

Zach legte sich zurück und passte auf, sie nicht zu stören, denn das letzte, was er im Augenblick brauchte, war, dass sie beide in den Panikmodus verfielen.

Denk nach. Denk nach.

Sie waren in Vegas. So viel wusste er noch. Er ignorierte die warme Haut, die sich an seine Seite drückte, und versuchte panisch, die letzten zwölf Stunden Revue passieren zu lassen.

Er schaffte es, sich bis zum Dinner nach der Hochzeit im Hotel Paris zu erinnern. Die Erinnerungen schlichen sich gerade weiter zur nächsten Stelle, wo es darum ging, Karen und Finn nachzuwinken, die, wie es sich auch gehörte, für den Rest des Abends anderes geplant hatten.

Dann waren sie vier, Josiah und Lisa, er und Julia, ausgegangen ...

Irgendwohin?

Um irgendwas zu tun?

„Ach, so eine Scheiße", sagte Julia.

Sie brauchte etwa zwölf Silben, um diese Worte zu artikulieren. Ihr Tonfall war ganz klassisch angepisstes, angetrunkenes, von Bedauern erfülltes Partygirl. Etwa zur Hälfte *was zum Teufel habe ich getan?* und zur Hälfte *ich werde den umbringen, der mir das angetan hat.*

Erheiterung setzte in seinen Eingeweiden ein, dann bahnte sie sich grollend einen Weg nach oben, bis seine Brust bebte. Das Geräusch sorgte dafür, dass er Kopfschmerzen bekam, ließ sich aber unmöglich aufhalten. Die Tatsache, dass er in den nächsten dreißig Sekunden in ihr Visier geraten würde, reduzierte den Erheiterungsfaktor kein bisschen.

Als sie auch kicherte, war es gelaufen.

Lachen erfüllte den Raum, umgab sie und kitzelte so heftig, dass er nach Luft schnappte. Er hielt sich den Bauch, während er sich wegrollte.

Selbst mit Kopfschmerzen aus der Hölle lachte er.

Als er sich wieder so weit unter Kontrolle brachte, dass er über das Bett zu ihr schauen konnte, schnaubte Julia.

Und das war es. Sie hatten beide weitere fünf Minuten lang einen Lachanfall.

Sie endeten flach auf dem Rücken auf dem großen Doppelbett. Julia hatte sich das Laken wie eine Toga um den Körper geschlungen. Irgendwie hatte Zach mitten in ihrem wilden Kichern eine Jogginghose gefunden, also hing zumindest sein bestes Stück nicht in seiner ganzen Pracht raus.

Sie warfen einander ein paar weitere Blicke zu, bis es sicher genug schien, etwas zu sagen. „Es tut mir so leid." Zach sagte es so aufrichtig wie möglich.

„Was?", fragte Julia.

Er zögerte, dann beschloss er, darauf zu pfeifen. „Ich habe keine Ahnung. Ich hatte gehofft, du würdest es mir sagen."

Sie schüttelte den Kopf, dann kniff sie sofort die Augen zu und schlug sich mit einer Hand an die Stirn. „Autsch. Okay, Nachricht an Julia. Keine plötzlichen Bewegungen."

Er kicherte.

Ihr Gesicht verzog sich. „Lieber Gott, lass uns das bitte nicht noch mal anfangen."

„Sehe ich auch so." Vorsichtig richtete er sich auf, wartete an der Bettkante, bis der Raum aufhörte, sich zu drehen. „Offensichtlich war ein Besäufnis beteiligt."

Hinter ihm bewegte sie sich langsam, die Matratze neigte sich, während sie sich aufrichtete. „Ich habe keine Kleider an."

Diese Tatsache sprach sie aus, als wäre es der Wetterbericht.

„Ist mir aufgefallen." Verdammt, es war bestimmt noch Alkohol in seinem Blut. „Ich meine, es ist mir aufgefallen, weil ich auch keine Kleider anhabe, nicht, weil ich derzeit eine Möglichkeit hätte, irgendwas mit dieser besagten Nacktheit anzufangen."

Das Bett quietschte ganz leicht. Zach drehte sich, um zu beobachten, wie Julia zum Fenster ging.

Es war ein ganz nettes Hotelzimmer. Geräumig, luxuriös. All die Dinge, die ihm wirklich gefallen würden, wenn er tatsächlich die Gelegenheit bekommen sollte, Julia irgendwohin auszuführen. Der Kater, der auf seine Schläfen einhämmerte? Der weniger.

Julia hatte die Nase ans Fenster gedrückt, das Betttuch, das sie um sich geschlungen hatte, hing am Rücken weit herunter. Die lange Linie der Haut, die sichtbar wurde, verführte ihn, ihr zu folgen und zu überprüfen, wie weich sie eigentlich war.

Was bedeutete, dass zumindest ein Teil des Alkohols aus seinem Körper verdampft war.

„Es ist schön." Sie drehte sich zu ihm um, die Augen fest zusammengekniffen. „Es ist sehr hell. Weißt du, wie spät es ist?"

Zach schaute auf seine Uhr. „Zehn Uhr früh."

Sie hob eine Hand hoch und schwenkte sie, als würde sie jubeln. „Hurra. Ich habe verschlafen."

Ihre Blicke trafen sich, und er sah ihr ins Gesicht, als die Realität dessen, was vielleicht passiert war, sich bemerkbar machte. „Ich habe echt keine Ahnung, was passiert ist. Aber es tut mir leid. Ich verspreche, ich kümmere mich um dich, ganz gleich, was war."

Denn auch wenn er sehr wohl mit Julia etwas anfangen wollte, war es kein guter Anfang, nackt zu sein, ohne sich daran zu erinnern zu können, was am Vorabend geschehen war.

Dazu kam die Tatsache, dass ein rascher Blick durch den Raum zwei Koffer zeigte, die noch geschlossen und an der Wand aufgestapelt standen, was bedeutete, falls sie irgendetwas getan hatten, an das sie sich nicht erinnerten, *lieber Gott, er hoffte nicht,* dass sie es dann ohne Schutzmaßnahmen getan hatten.

Julia blinzelte ein paar Mal mehr, den Blick auf seinen gerichtet. Sie rümpfte die Nase, während sie über seine Worte nachdachte.

Ihre Lippen wölbten sich in einem perfekten Kreis, als die Erkenntnis langsam hereinflatterte. „Oh. *Oh.*"

Sie schaute kurz zur Seite, ihr Körper spannte sich von

oben bis unten an. Unerwartet entspannte sie sich, stieß einen Atemzug aus, der so heftig war, dass ihre langen Haare wogten.

Ein sehr entschiedenes Kopfschütteln folgte. „Ist schon okay. Was immer wir gestern Abend angestellt haben, wir hatten keinen Sex."

Ach, echt? „Und woher weißt du das?"

Ihre Lippen zuckten. „Warte. Ich schätze, wir *könnten* vielleicht Sex gehabt haben, aber es ist sehr unwahrscheinlich. Sag mal, Zach. Wie groß ist dein Penis?"

Diese unerwartete Frage brachte ihn auf den Boden. „Äh …"

Ihr Lächeln wurde breiter. „Und damit gehe ich jetzt duschen. Und suche mir etwas zum Anziehen. Dann will ich Bacon. Riesige Mengen Bacon."

Er war immer noch erschüttert von der Penisfrage.

Room Service war etwas, mit dem er umgehen konnte, selbst wenn er von der Rolle war. „Die Dusche gehört dir. Willst du, dass ich dir deine Tasche ins Bad bringe oder sie aufs Bett lege?"

Sie dachte kurz nach. Ein Arm schoss vor, um für besseres Gleichgewicht nach der Wand zu greifen, als sie unabsichtlich wankte.

Als sie sich wieder auf ihn konzentrierte, bekam sie einen liebenswerten Schluckauf. „Entschuldige. Das Bett wäre gut. Du kannst die Dusche haben, wenn ich fertig bin."

„Okay."

Julia beugte sich hinab, um die Masse aus Stoff zusammenzuraffen, die sich an ihren Füßen gesammelt hatte, wobei das ganze Zeug kaum ihren Körper bedeckte, während sie königlich an ihm vorbei ins Bad marschierte.

Klickend ging das Schloss zu.

Zach blieb mit einem halben Ständer, einem vollständigen

heftigen Kater und Tonnen an Respekt für die Frau zurück, die ihn bis ins Innerste neckte und verlockte.

~

NACH EINER BRÜTEND HEISSEN DUSCHE, die für beschlagene Spiegel sorgte, während winzige Tröpfchen sich einen Weg über die Oberfläche bahnten, war Julia nur einen halben Schritt näher daran, sich besser zu fühlen.

Sie hatte null Ahnung, wie lange sie damit verbracht hatte, das Wasser herabprasseln zu lassen, abwechselnd heiß genug, um ihre Haut rot werden zu lassen wie die eines Hummers, und eiskalt, weil sie hoffte, die Kombination würde den Restalkohol aus ihrem Körper treiben.

Es hatte nicht funktioniert.

Oder es hatte nicht ganz funktioniert. Sie war inzwischen nüchtern genug, um sich in dem riesigen Bad umschauen und die Anordnung der Badmöbel schätzen zu können. Das Shampoo roch himmlisch, genauso die Seife, und als sie die Bodylotion öffnete, war sie sich ganz sicher, dass sie irgendwo untergekommen waren, wo es sehr teuer war.

Sogar die Bodylotion roch gut.

Mit dem fluffigsten Handtuch, das sie je in ihrem Leben benutzt hatte, um ihren Körper geschlungen, und einem weiteren, das sie um die Haare gelegt hatte, setzte sich Julia auf eine gepolsterte Bank vor dem Schminktisch und starrte auf die beschlagene Oberfläche vor sich.

Toll gemacht, Blushing. Eine Nacht in Vegas, und du bist schon nackt mit einem Mann im Bett gelandet.

Sie zog noch einmal ihre innere Muskulatur zusammen, 99,9 Prozent sicher, dass sie recht hatte. Sie hatten nicht miteinander geschlafen. Hätten sie das getan, hätte sie es gespürt. Ihre Muskeln, lange Zeit unbenutzt, hätten wehgetan.

Sex hatte für Julia schon lange Zeit nicht mehr zur Debatte gestanden. Vaginaler Sex, um genauer zu sein, denn sie wusste, dass Sex so viel mehr war als nur ein Penis, der in einer Vagina Action machte.

Eigentlich ... hatte jede Art Sex außer Selbstbefriedigung schon sehr lange gefehlt. Spaß allein? Darin war sie ein Champion.

Sie beugte sich vor und wischte mit der Hand über den Nebel, sodass ein Abschnitt des Spiegels klar zu sehen war. Ihre gequälten Augen waren eine Sekunde lang sichtbar. Dass sie Zach beruhigen konnte, war etwas Gutes, doch während ihr Hirn allmählich wieder klar wurde, machte sich eine Erkenntnis bemerkbar.

Er würde sie die Wahrheit nicht kundtun lassen, ohne dass sie sich erklärte. Er war bestimmt der Typ, der nach weiteren Informationen angelte.

Das mochte sie an ihm, außer jetzt, wenn es zu einer sehr offenen und peinlichen Unterhaltung führen würde.

Die Lüftung tat ihr Bestes, um den Dampf aus der Luft zu holen, und ihr Gesicht wurde deutlicher sichtbar. Ihre Augen waren viel zu aufgerissen und unschuldig, wenn man bedachte, wie sie kühn so getan hatte, als hätte es sie nicht völlig von den Füßen geholt, nackt neben ihm aufzuwachen.

Die Einzelheiten, an die sie sich erinnern konnte, mussten mit seinen in Einklang gebracht werden.

Bevor sie das Bad verließ, wandte sie sich streng an sich selbst, der Finger deutete auf den Spiegel. „Er ist erst mal ein Freund. Wir sollten nichts weiter probieren, besonders nicht, wenn man bedenkt, dass unser Glück im Augenblick nicht sonderlich stark ausgeprägt zu sein scheint. Schade auch, aber das Schicksal hat gesprochen. Zach wird ein fantastischer Freund.“

Sie neigte entschieden das Kinn, fuhr bei der Bewegung zusammen. *„Au.“*

Ihre Zeit im Bad hatte lange genug gedauert, dass Zach Magie wirken konnte. Ihr Koffer stand auf dem Bett, aber noch wichtiger, der ganze Raum war vom Geruch nach Bacon erfüllt.

„Du bist ein Gott unter Männern“, erklärte sie ihm, während sie sich zu dem Tisch vor dem Fenster begab.

Zach tat so, als würde er sich an den unsichtbaren Hut tippen, dann zog er einen Stuhl vor dem Festmahl heraus. „Es war irgendwie eine Eillieferung, aber es gibt eine Menge Proteine und Fett. Und Orangensaft“, fügte er an. „Greif zu. Ich brauche eine Dusche.“

Julia hörte kaum, dass er ging, der knusprige Bacon zerbröselte in ihrem Mund und schickte einen winzigen Orgasmus durch ihr System. Zumindest in letzter Sekunde erinnerte sie sich an ihre Manieren und rief ihm nach: „Vielen Dank.“

Er hob eine Hand, marschierte durch die Badtür, und sein umwerfender Hintern verschwand aus ihrer Sicht.

Sie funkelte das Stück Bacon vor ihr an und sagte streng: „Ein Blick auf den Hintern ist nichts, was *Freunde* tun.“

Nur einmal zuschnappen mit den Zähnen, und der Bacon zersplitterte auf ihrer Zunge zu leckeren Bröseln.

Zach war nicht lange weg, aber, bis sich die Badtür wieder öffnete, hatte Julia genug Essen und Saft und Kaffee in sich hineingeschaufelt, dass sich das Zimmer nicht mehr drehte.

Sie hatte auch eine Pause von ihrem Festmahl eingelegt, um im Koffer zu wühlen und sich Unterwäsche und Kleider anzuziehen. Nichts Schickes, aber ordentlich genug, dass sie den Raum verlassen konnte, ohne auszusehen, als hätte sie die Nacht in trunkener Sündigkeit verbracht.

Ihr Handy war absolut tot. Sie steckte es an der Wand ein und kehrte wieder zurück zum Bacon, so schnell sie konnte.

„Nur mal kurz. Ich habe mein Zeug vergessen." Zach marschierte durch das Zimmer zu seinem Koffer. Das Handtuch, das er um seine Taille geschlungen hatte, hing gefährlich tief. Die Enden waren eingesteckt, damit es an Ort und Stelle blieb, und er nutzte beide Hände, um Dinge aus seinem Koffer zu holen.

Er stand so nahe, dass sein Beckenkamm sichtbar war, die langen Linien führten hinab zu seiner Lende und standen als deutliches Relief hervor. Bauchmuskeln spannten sich an, als er ein T-Shirt und eine Jeans nahm und sich umdrehte, um zurück ins Bad zu gehen.

Lieber Gott.

Julia wischte sich über die Lippen, nicht sicher, ob es Fett vom Bacon oder Sabber war, der ihr in die Mundwinkel lief. Sie füllte noch eine Tasse Kaffee und versuchte, nicht zu sehr darüber nachzudenken.

Einen Augenblick später marschierte Zach heraus und schloss sich ihr am Tisch an. Seine Hände bewegten sich entschieden, stapelten Bacon, ein Spiegelei und mindestens drei Scheiben Schinken auf ein Stück Toast. Das Ganze bedeckte er mit Ketchup und hob es an den Mund, um einen riesigen Bissen zu nehmen.

„Ich bin echt froh, dass mir nicht übel wird", sagte Julia.

„Das mache ich immer, wenn ich getrunken habe", setzte Zach sie in Kenntnis. „Ich bin am Verhungern."

Sie deutete großzügig auf die Überreste. „Hau rein."

Er war zu beschäftigt mit Essen, um zu antworten, aber in seinen Augen blitzte Erheiterung.

Sie nippte an ihrem Kaffee und wartete, bis er mit seinem Auftritt als wüste Bestie fertig wurde.

Die Pause verschaffte ihr Zeit, sich im Zimmer umzusehen.

Der Ausblick aus dem Fenster war spektakulär gewesen. Sie waren direkt gegenüber des Springbrunnens, den sie so oft im Fernsehen und in Filmen gesehen hatte. Im Inneren des Zimmers war es dekadent und entspannend, und es war ganz offensichtlich kein Standard-Doppelzimmer.

Von dem riesigen Doppelbett bis zum Sitzbereich war es ein Ort, den sie sich in den wildesten Träumen nicht ausgemalt hätte.

„Wir sind nicht mehr in Kansas, Toto", flüsterte sie.

Zach schnaubte erheitert. „Dann sollten wir jetzt, da mein Kopf beschlossen hat, wieder auf den Schultern zu bleiben, vielleicht mal reden."

„Reden wäre gut. Ich erinnere mich an Karens Hochzeit."

„Dinner im Paris. Ich hatte ein riesiges Steak." Zach runzelte die Stirn. „Du hattest Pasta, Karen und Lisa hatten irgendwelche Meeresfrüchte, und Finn hatte Rippchen."

„Josiah hatte die vegetarische Lasagne."

Zach grinste. „Lisa hat ihm gesagt, er würde Gemüsemord begehen, indem er all diese armen Kinder der Erde verspeiste."

Also erinnerten sie sich beide an das Abendessen. Sie erinnerten sich daran, danach mit Josiah und Lisa zum Tanzen gegangen zu sein. Nur als ihre Schwester und ihr Verehrer angefangen hatten, einander verliebt in die Augen zu schauen, und das viel zu oft ...

„Wir sind was trinken gegangen", erklärte sie Zach. „Lisa und Josiah wollten allein los, aber sie wollten uns auch nicht zurücklassen, also sagten du und ich, dass wir ein wenig auf Erkundung gehen wollten."

Er nickte, wedelte aufgeregt mit der Hand. „Das stimmt. Wir haben diesen Privatclub im siebenundzwanzigsten Stock gefunden."

„Echt? Du kannst dich nicht erinnern, was wir getan

haben, aber du kannst dich erinnern, auf welchem Stockwerk es war?"

Zach wirkte schockiert. „Natürlich erinnere ich mich, auf welchem Stockwerk es war. Wie sonst sollte ich denn zurückfinden, wenn ich nicht weiß, wo es ist?"

Von ihr kam ein Kichern, und sie legte sich die Hände auf den Bauch. „Bring mich nicht zum Lachen. Mir tut der Bauch weh."

Zachs Lippen verzogen sich zu einem trockenen Lächeln. „Wir haben Tequila Shots getrunken, oder nicht?"

Eine Sekunde später war die Erinnerung wieder da. „Du hast gesagt, die magst du am liebsten."

Er fluchte. „Wenn ich bereits betrunken bin, sind sie mir am liebsten. Kennst du dieses Lied ‚Tequila Makes Her Clothes Fall Off'?"

Julia fand das viel zu unterhaltsam, wenn man bedachte, dass sie noch einen Restkater hatte. „Das trifft also auf dich zu?"

„Offensichtlich."

„Bisschen spät für die Warnung, Baby."

Er warf ihr ein gespieltes Funkeln zu. „Ich weiß nicht, wo du dieses hohe Ross her hast, auf dem gerade angeritten kommst."

„Okay, schuldig", sagte sie und hob eine Hand. „Tequila und ich verstehen uns echt gut."

Zach runzelte die Stirn. „Wo ist mein Handy? Ich wette, wir haben womöglich Bilder von unserer betrunkenen Feier."

„Meins war tot. Ich hab es da drüben zum Laden angesteckt." Julia schaute sich um. „Deins habe ich nicht gesehen."

Darauf folgte ein sehr zeitaufwendiges Spiel mit Suchen und Verstecken, bei dem es darum ging, Dinge aufzuheben und sie wieder abzustellen.

In einem schicken Hotelzimmer wie diesem gab es eine schreckliche Menge an Dingen, die man aufheben und untersuchen konnte, von Zeitschriften auf dem langen Rosenholz-Schreibtisch bis zu einer schicken Kiste, die mit Tee gefüllt war, auf einem Sideboard. Julia bewegte sich vorsichtig, damit ihr Kater sich nicht wieder meldete, denn er drohte, sich jeden Augenblick wieder auf sie zu stürzen.

„Hab's gefunden", verkündete Zach von seinem Platz halb unter dem Bett aus.

Zu sehen, wie er sich daraus wieder hervorschälte, führte dazu, dass sie ihm einmal mehr auf seinen äußerst beeindruckenden Hintern starrte.

Zu ihrer Selbstverteidigung wandte sie sich zurück zum Schreibtisch und sah eine Flasche Sekt mit einem Silberband um den Hals. Ernsthaft, das war ja ein todschickes Zimmer. Ein genauerer Blick enthüllte, dass auf einem Anhänger, der an dem Band hing, *Glückwunsch zur Hochzeit* stand.

„Hey, Zach. Wir haben ein Geschenk für Karen und Finn mitgenommen." Sie hob die Flasche auf und drehte sie zum Tisch, hielt inne, als die Beschriftung des Umschlags auf dem Schreibtisch unter der Flasche bei ihr ankam.

Ihre Hochzeit.

Dieser Teil war nicht der, der ihr Herz zum Hämmern brachte und ihren Magen viel zu flau werden ließ, wenn man ihren derzeit fragilen Zustand kurz nach dem Kater bedachte.

Es waren die riesigen Worte oben auf dem Umschlag, die ihr Sorge bereiteten. Die übermäßig geschwungenen, in Silber mit Glitter geschriebenen fünf Zentimeter hohen Buchstaben, die sagten:

Jules & Zach 4 ever

6

———

„Verdammt, meine Batterie ist auch tot." Zach erhob sich und ging zu seinem Koffer, um ein Ladekabel zu holen. Er warf einen Blick auf Julia. „Hast du noch genug Saft, um eine Nachricht an Lisa zu schreiben?"

Julia regte sich nicht. Sie starrte immer noch die Sektflasche an, als wäre sie eine Schlange, die gleich zuschlagen würde.

„Tut mir leid. Du hast was von einem Hochzeitsgeschenk gesagt?" Er ging mit etwa der Hälfte seiner üblichen Geschwindigkeit zu ihr. Er würde nicht mehr gleich stolpern, war aber noch lange nicht erholt.

„Oh, Scheiße. Scheiße, Scheiße, *Scheiße*." Julia nahm den glänzenden schwarzen Dokumentumschlag vom Schreibtisch und klappte ihn auf.

Neugierig darauf, was so eine Art Reaktion hervorrufen konnte, nachdem sie den Rest ihres merkwürdigen Vormittags so ruhig hingenommen hatte, glitt er hinter sie und las über ihre Schulter mit.

*Glückwunsch zum Beginn Ihres restlichen gemeinsamen
Lebens. Hier bei Mile-High Memories glauben wir, dass der
Augenblick, in dem Sie „Ich will" gesagt haben, einer ist, den
man ewig zu schätzen weiß. In diesem Sinne denken Sie daran,
dass Sie auf Ihre ganze Feier online zugreifen können, indem
Sie den Code „YeehawWirHabenEsGETAN" auf unserer
Website nutzen. Achten Sie bitte auf Groß- und
Kleinschreibung.*

„Wie kommt es, dass wir Karens und Finns
Hochzeitserinnerung mit nach Hause genommen haben?",
fragte Zach verwirrt. Der Name der Hochzeitskapelle wirkte
falsch, aber wer wusste das in diesem Augenblick schon?

Julia stieß einen schaudernden Atemzug aus. Sie schloss
die Broschüre fest und wandte sich zu ihm um. „Weil es nicht
die Hochzeitserinnerungen von Karen und Finn sind. Nicht
laut dem hier."

Sie schüttelte den Umschlag heftig von einer Seite zur
anderen.

Er musste immer noch betrunken sein, denn eins und eins
ergaben derzeit etwas ganz anderes als zwei. „Wie kommt es,
dass da unsere Namen drauf stehen?"

Sie drückte den Umschlag an seine Brust, schob sich an
ihm vorbei und ging zu ihrem Handy. Er drehte sich und folgte
ihr direkt auf dem Fuß, warf noch einen Blick auf den
Umschlag, um weitere Hinweise zu ergattern.

Hinter der Seite mit dem Zugriffscode war ein Bild.

„Oh, Scheiße", wiederholte er ihre Einschätzung.

Es war kein schlimmes Bild, das nicht. Tatsächlich war es
irgendwie süß, aber es sah nicht so aus, als würden sie in einer
hochklassigen Bar rumhängen und trinken. Er hatte den Arm
um sie geschlungen, in ihren Gesichtern stand ein riesiges
Lächeln. Julia trug eine glitzernde Tiara mit einem Bündel

weißem Flausch, das hinten herausragte. Er schätzte, das war wohl die Entsprechung eines Hochzeitsschleiers.

Was seine Annäherung an schicke Kleidung betraf, war eine schiefe Fliege um seinen Hals gebunden. Sie sah besonders lächerlich aus, wenn man bedachte, dass er ein einfaches schwarzes T-Shirt mit dem Wort GROOM über der Brust trug.

Das passte zu ihrem weißen, auf dem stand RIDE.
RIDE? Was zum Teufel?

„Wie genau lautet noch mal dieser Zugriffscode?", wollte Julia wissen, bevor sie leise fluchte. „Mein Handy lädt so langsam wie eine betrunkene Mücke."

Er reichte ihr das Blatt Papier, ohne den Blick von den Fotos zu wenden. „Sieht aus, als hätten wir eine Menge Spaß gehabt."

„Ich hoffe immer noch, dass das irgend so ein ausgeklügelter Scherz ist, den Lisa sich ausgedacht hat", gab Julia zu. „Hier. Ich hab's eingegeben."

Sie kauerten sich zusammen aufs Bett, damit das Ladekabel eingesteckt bleiben konnte. Julia hielt das Handy vor, und Zach legte die Hand unter ihre, um den Bildschirm zu neigen, damit sie sehen konnten, wie die Bilder zu laufen begannen.

Ein leuchtend rotes Zweisitzersofa stand in der Mitte, die kleinen Beistelltische zu beiden Seiten waren mit riesigen Sträußen weißer Rosen gefüllt.

„Hier entlang, Mademoiselle, Monsieur." Der viel zu kitschige und sehr gespielte französische Akzent erklang vor einem zarten Hintergrund mit Klaviermusik.

Im nächsten Augenblick waren sie da, Julia und Zach, auf dem Bildschirm.

Der gefilmte Zach setzte sich, und das Sofa machte ein eindeutig unflätiges Geräusch.

Julia kicherte, setzte sich neben ihn und verschränkte keusch die Knöchel übereinander. „Entschuldige."

Er hob sie hoch – er, der Zach auf dem Bildschirm – und ignorierte Julias Kichern, während er sie sich auf seinen Schoß setzte. „Sei nett", warnte er sie.

„Ich bin immer nett." Die sexuelle Zweideutigkeit in den Worten war stark, besonders, wenn man dazu den verführerischen Blick nahm, den sie ihm zuwarf.

Neben ihm auf der Matratze erschauerte die echte Julia. „Lieber Gott, da mache ich mich aber nicht gut als sexy Häschen."

Zach wollte nicht streiten, denn er mochte die derzeitige Anordnung seiner Glieder. Sie musste nicht wissen, wie er sofort auf ihren Tonfall reagiert hatte. „Ich hoffe, das ist kein Sex-Video."

Julia hämmerte auf den Handy-Bildschirm, um die Pause zu betätigen. Sie drehte sich zu ihm, eine Faust in die Hüfte gestemmt, während ihr Mund aufklappte. „Das hast du doch nicht gerade gesagt."

Himmel auch, wo gingen seine Gedanken nur hin. „Warum? Weil du hoffst, es ist eins?"

„Natürlich nicht!" Sie kniff sich in den Nasenrücken. „Sei still."

Ein Kichern kam von ihm, bevor er sich unter Kontrolle brachte. „Ja, Ma'am."

Ohne auf ihn zu achten, hob sie das Handy wieder zurück in Position und drückte auf *Play*.

Diese Stimme, die im Hintergrund hallte, setzte wieder ein. „Bevor wir zur offiziellen Zeremonie übergehen, fangen wir gern mit etwas an, das wir den Test der wahren Liebe nennen. Ich stelle Ihnen Fragen, und Sie bekommen eine Chance, zu zeigen, wie viel Sie wirklich über Ihren lieben baldigen Ehepartner wissen."

„Das sollte ja gut werden", murmelte Zach.

Auf dem Bildschirm legte Julia den Kopf an Zachs Schulter, eine Hand tätschelte ihm die Brust. „Knutschbär und ich sind bereit."

Das Stöhnen der jetzigen Julia war laut und aufrichtig.

„Was ist Zachs Lieblingsessen?"

Julia antwortete sofort. „Eis!"

„Und Julias?"

„Eier und Würstchen." Der Online-Zach sagte das, ohne eine Miene zu verziehen, und starrte in die Kamera, als würde sein Leben davon abhängen.

Neben ihm auf dem Bett kicherte Julia heftiger als ihre betrunkene Version. Aber es war ja auch nur eine von ihnen geistig so weit anwesend, dass sie den Witz begriff.

„Und was ist das liebste, was euer Partner trinkt?"

Die gleichzeitige Antwort kam so perfekt synchronisiert aus der Pistole geschossen, als hätten sie es einen Monat lang geübt: „Tequila!"

„Und hier ist die Bestätigung, wie wir in diesen Schlamassel geraten sind", sagte Zach.

Ein weiteres halbes Dutzend Fragen und Antworten folgten, unterbrochen, als die Julia von letzter Nacht einen heftigen Schluckauf bekam. Der Online-Zach versuchte, ihr zu helfen, indem er ihr heftig auf den Rücken klopfte. Zum Glück ging das nur ein paar Sekunden lang, bis er vom Sofa rutschte.

Sie verschwanden beide auf dem Boden und außer Sicht.

Es gab einen kurzen Schnitt, und das Video kam erst an einem neuen Ort zurück. Die Mile-High-Hochzeitskapelle hatte eindeutig ein Westernthema. Der Mann, der vorne stand, mit Zach an seiner Seite, trug einen ausladenden Hut in einem nicht ganz reinweißen Ton.

Ein paar Klappstühle waren auf jeder Seite des Raumes aufgestellt, damit sich ein Gang zum Altar ergab. Es waren tatsächlich Leute da, um die Zeremonie zu sehen. Alle drehten sich zur Kamera und warteten darauf, dass Julia eintraf.

Zach neigte das Handy ein wenig auf seine Seite, denn was er sah, konnte nicht echt sein. „Wie hast du Dolly Parton überzeugt, zu unserer Hochzeit zu kommen?"

„Ich bin sehr stolz, dass sie da ist. Dolly ist extremst großartig." Julia senkte die Stimme. „Ich gebe gerne zu, dass ich auch töten würde, um ihre Titten zu bekommen."

Von ihm kam ein heftiges Lachen. „Deine Titten sind doch gut. Sieht aus, als hätten wir auch Roy Rogers dabei, aber den Rest von ihnen kenne ich nicht."

„Ich bin schwer enttäuscht von dir, Zach Sorenson."

Das sagte sie mit so völliger Überzeugung, dass er auf den Pausenknopf drückte und den Hochzeitsmarsch aufhielt, der gerade angefangen hatte. „Was?"

Julia verschränkte die Arme vor der Brust und blinzelte heftig, ihre Miene troff vor Frust. „Du hast keinen einzigen Elvis-Darsteller auf unsere Hochzeit gebeten."

Lieber Gott, er würde sterben. Sein Grinsen war so breit, dass ihm das Gesicht wehtat, aber er hatte Schmerzen im Hinterkopf, und in seinem Gehirn wirbelten unbeantwortete Fragen. „Was zum Teufel haben wir getan, Julia?"

Sie stieß ein Seufzen aus, das Handy ruhte auf ihrem Schoß. „Wir haben uns betrunken. So viel ist offensichtlich."

„Ich schätze, das Gute ist, mein Mentor hat immer gesagt, wenn man was macht, soll man es so gut machen, wie man es nur hinkriegt."

„Na dann. In unserem Kurs *Wilde Abenteuer für Anfänger* haben wir gerade hundert Prozent Trefferquote." Julia hob die Hand, und er gab ihr ein High-Five.

Sie beide stöhnten beim Aufprall, der durch sie hindurch vibrierte. „Keine raschen Bewegungen", rief Julia ihnen in Erinnerung, dann drückte sie sich die Hand an die Stirn.

„Verstanden." Er deutete auf das Handy. „Willst du den Rest sehen?"

Als sie diesmal auf *Play* drückte, schafften sie es, still zu sitzen und die Farce vor ihren Augen abspielen zu lassen.

Teilweise lag das daran, dass Zach nicht mehr nach klugscheißerischen Kommentaren war, denn etwas daran, zu sehen, wie Julia zu ihm kam und seine Hand nahm, und der Miene, die er aufhatte, schien einfach zu echt zu wirken, als dass er Scherze darüber gemacht hätte.

Die Hochzeitgelübde waren kurz und zielstrebig, aber in dem Augenblick, in dem beide *Ich will* gesagt hatten und der Zeremonienleiter mit dem falschen französischen Akzent nach Ringen fragte, fiel die Feierlichkeit der ganzen Situation in sich zusammen.

„Verdammt – keine Ringe." Der Zach von gestern Nacht schaute sich im Raum um. „Momentchen mal."

Er trat zur Wand und schnappte sich eine Dekoration. Eines der Lassos, das über einem Haken drapiert worden war.

Die Online-Julia quietschte, duckte sich hinter Dolly Parton, während Zach das Lasso wirbeln ließ. Chaos folgte. Stühle kippten um, die Zeugen stoben auseinander ...

Als Julia ausbrechen wollte, unterwegs durch den Gang zur Kamera, fing Zach sie problemlos mit dem Seil ein, zog es fest um ihre Arme und brachte sie lachend näher zu sich.

In dem Augenblick, in dem er sie losließ, hob sie die Hände an sein Gesicht und beugte sich vor.

Dort auf dem Bett hämmerte Zachs Herz. Verdammt, er war angeturnt und wartete mit atemloser Vorfreude darauf, dass die Online-Julia ihn küsste.

In letzter Sekunde drehte sie den Kopf zur Seite und drückte die Lippen auf seine Wange, wo sie fest pustete, sodass es über die ganze Aufnahme dröhnte.

Das halbe Dutzend Trauzeugen kam auf den Bildschirm

zurück und jubelte laut. Rosenblüten flogen durch die Luft, dann wurden Julia und Zach durch den Gang zur Kamera geführt. Beide grinsten breit.

Julia kam abrupt zum Stillstand. Sie schaute hinab auf ihr Shirt und schnappte sich das B in BRIDE. Mit einem heftigen Ruck riss sie den rasch aufgeklebten Buchstaben von ihrer Brust. Sie drehte sich und reichte ihn geziert Dolly, bevor sie zurückkam und sich wieder Zachs Hand schnappte.

Er legte den Kopf auf eine Seite. „RIDE?"

Ihr freches Grinsen blitzte auf. „Hallo, Cowboy. Du bist doch derjenige, der mich mit dem Lasso eingefangen hat."

Zum Glück endete das Video in diesem Augenblick, bis auf die Musik und den Abspann.

Julia ließ es weiterspielen, aber sie legte das Handy auf den Beistelltisch neben dem Bett und schoss hoch. „Na. Das war aufregend."

Ja, so konnte man es auch bezeichnen. „Glaubst du immer noch nicht, dass wir miteinander geschlafen haben?"

Seltsamerweise war das der Auslöser, bei dem ihre Wangen rot wurden. „Ja. Ich meine nein, wir hatten keinen Sex. Genauer gesagt, was tun wir jetzt?"

Es war die falsche Antwort. Zach wusste es, bevor er es aussprach, aber er konnte es genauso wenig aufhalten, wie er die Jahreszeiten aufhalten konnte. „Ich schätze, wir machen Flitterwochen."

JULIA ZERRTE sich fast einen Muskel, als sie mit den Augen rollte und zurück zum Tisch ging. „Es muss doch noch Bacon da sein."

Es gab keine korrekte Art, mit dem Video umzugehen, das sie gerade gesehen hatten. Verheiratet? Die ganze

Vorstellung war völliger Schwachsinn, und das wussten sie beide.

Aber sein gescherzter Vorschlag, dass sie Flitterwochen machen sollten, hatte ihr Interesse viel stärker aufleuchten lassen, als sie es jemals für möglich gehalten hätte.

Bleib bei den Fakten. Bleib bei Freunden.

„Wir kriegen da irgendwas hin", sagte Zach in einem sehr viel ernsteren Tonfall. „Tut mir leid, aber das war einfach nur eine Lächerlichkeit nach der anderen. Wir sollten rausfinden, ob es tatsächlich eine Hochzeitskapelle namens *Mile-High Memories* gibt."

Das war irgendwie beruhigend. „Wann sollten wir uns denn mit den anderen treffen?"

Zach runzelte die Stirn, als würde er noch heftig nachdenken. „Zum Mittagessen."

Sie knabberte an einem einzelnen Stück Bacon, das sie versteckt unter einem Salatblatt gefunden hatte. „Okay. Wir haben Zeit, um etwas Recherche zu betreiben und einen Plan auf die Beine zu stellen, bevor wir uns mit irgendjemandem treffen."

Er schloss sich ihr am Tisch an und schenkte sich eine neue Tasse Kaffee ein. Er hob die Kanne mit stummer Frage.

Noch mehr Koffein? Verzweifelt schob sie die Tasse vor. „Okay, da unsere Handys noch ein paar Minuten brauchen, um zu laden, machen wir mal eine Liste."

Ihre Handtasche war in Reichweite – zum Glück hatte sie die nicht zusammen mit ihrem Verstand letzte Nacht verloren. Sie brauchte nur wenige Sekunden, um ihr Tagebuch herauszuholen und eine frische Seite zu öffnen.

Zachs träges Grinsen war zurück. „Das ist großartig."

„Was?", wollte Julia wissen.

Er wedelte mit dem Finger zu dem offenen Tagebuch hin. „Pfadfinder könnten dir nicht das Wasser reichen."

Ein riesiges Seufzen kam von ihr, bevor sie es aufhalten konnte. Sie legte den Stift ab und verschränkte die Arme vor der Brust. „Okay, mach mal deine Scherze alle auf einmal, damit wir dann fertig sind."

Entsetzen mischte sich in seine Miene. „*Ähm ...*"

„Hast du dein Ersatzgehirn dabei, Julia? Was steht heute auf dem Plan, Julia? Willst du ein paar Goldsternchen für dein Notizbuch, Julia?"

Zach hob eine Hand. „Hui. Da habe ich einen wunden Punkt getroffen. Das wollte ich nicht. Ich meine, ich bin beeindruckt. Und dankbar."

Sie hielt inne, die Wut in ihrem Inneren wankte unsicher. „Dankbar?"

„Wir brauchen Ideen. So, wie sich mein Kopf im Moment anfühlt, könnten wir uns die Lösung für den Weltfrieden einfallen lassen, und dreißig Sekunden später hätte ich sie wieder vergessen. Ich bin froh, dass du dir Notizen machst."

Nun war es an ihr, sich unbehaglich zu fühlen. „Tut mir leid, dass ich überreagiert habe. Tagebuch führen hilft mir, mich zu konzentrieren, das mache ich schon, seit ich mich erinnern kann. Aber Leute können echt scheiße sein."

Er legte ihr eine Hand auf den Arm und drückte. „Ja ich habe nur Respekt. Ehrlich."

Sie nahm ihren Stift und schrieb ein einfaches *To-do* oben auf die Seite. Obwohl er ihr versichert hatte, dass er ihr Tagebuch nicht für dämlich hielt, machte sie sich nicht die Mühe, es schick zu gestalten. „Nach der Hochzeitskapelle suchen – obwohl ich ziemlich sicher bin, dass es die gibt. Dass man ein Onlineportal hat, geht ein wenig zu weit für einen ausgeklügelten Scherz."

„Du hast recht. Da hat die Hoffnung aus mir gesprochen." Zach griff wieder nach dem Umschlag und öffnete ihn, wühlte sich weiter hinein und zog Bilder und Papiere heraus. „... und es sieht aus, als hätten wir eine offizielle Eheurkunde. Verflixt."

Er legte sie auf den Tisch zwischen sie.

„*Gah.* Okay, also wenn das nicht richtig ausgefüllt ist, sind wir dann vom Haken?" Sie beugte sich vor, bekam plötzlich Hoffnung. „Der Deckel des Umschlags hat meinen Namen als Jules vermerkt, und ich bin auf jeden Fall Julia."

Er stöhnte, strich mit einem Finger unter die Stelle mit ihren Namen. „Julia Gigi Blushing." Er blinzelte überrascht, dann lag Erheiterung in seinem Blick, den er zu ihr hob. „Gigi?"

„Keine Ahnung, weshalb mir meine Mom das angetan hat, nur um mir in der Highschool erst mal endlose Qualen zu bereiten."

„Das kann ich nachvollziehen." Er deutete auf die nächste Zeile.

Sie kicherte, während sie seinen vollen Namen las. „Zachary Beauregard Damien Sorenson? Ehrlich?"

„Ich weiß. Das Ganze ist völlig überkandidelt."

„Beauregard ist mal was anderes, aber auch noch Damien?"

Er seufzte heftig. „Ich wurde nach meinem Vater und beiden Großvätern benannt."

„Das ist ... ganz schön viel." Julia schnappte sich ein Glas Wasser, brauchte plötzlich etwas, was sie mit den Händen tun konnte. Sie wusste eigentlich so wenig über Zach, dass dieser Augenblick, in dem sie die Tür einen Spalt weit öffnete, wichtig wirkte.

Es wirkte vertraut.

Er lehnte sich zurück und nickte. „Nachdem sie vier Mädchen hatten, glaube ich, meine Eltern wollten sichergehen, dass sie alle maskulinen Namen der Familie nutzten, wo sie gerade die Gelegenheit hatten."

„Vier Mädchen ...“ Sie keuchte. „Du hast vier Schwestern?“

„Fünf. Meine kleine Schwester wird dieses Jahr dreißig.“

Sie richtete sich wieder auf. Der Drang, aufzustehen und sich zu entschuldigen, traf sie wieder ganz neu, und Julia gab ihm nach. „Es tut mir so leid, dass ich dich in meinen Unsinn mit hineingezogen habe.“

„Wovon redest du denn? Das ist doch nicht deine Schuld.“ Zach zuckte mit den Schultern. „Na ja, es ist unser beider Schuld, weil wir zu viel getrunken haben, wenn wir ehrlich sind, aber andererseits mach dir doch bloß nicht dieses Ding mit der Hochzeit um Mitternacht zum Vorwurf.“

„Ich meine, dass ich dich überhaupt erst für diese ganze Sache mit der falschen Freundin eingespannt habe.“ Es war nicht leicht, damit weiterzumachen, aber sie musste es tun. „Ich habe nicht sonderlich darüber nachgedacht, und jetzt ist mir klar, dass ich dich gar nicht gut kenne. Es war falsch von mir, dich in etwas verwickeln, ohne mir darüber klar zu werden, was es bedeuten könnte, dich in so einen Schlamassel zu ziehen.“

Sein Körper war immer noch entspannt, aber diese träge Miene wandelte sich in etwas Ernsteres und Aufrichtigeres. „Es ist okay, Julia. Das meine ich ernst. Ich bin froh, dass ich dir helfen kann, mit diesen Gerüchten fertig zu werden, und wir werden auch mit dem fertig. Vertrau mir.“

Das Problem war – das tat sie. Viel zu sehr, wenn man alles bedachte.

Trotzdem schaute sie ihn direkt an. „Danke dir.“

Er neigte entschieden das Kinn. „Okay. Zeit, Probleme zu lösen.“

„Wie alt bist du?“

Eine weitere Frage entwich ihr, aber Zach nahm sie hin, deutete auf die Papiere vor ihnen. „Dreiunddreißig. Am 27.

Dezember vierunddreißig. Und hier steht, dass du ... verdammt. Du bist ja noch ein Baby."

Das brachte ihm ein weiteres Augenrollen ein. „Hör damit auf. Ich bin fünfundzwanzig."

„Ein absolut perfektes Alter für eine Flasche Whiskey."

„Nerv nicht, Beauregard." Seine Lippen zuckten bei ihrem Kommentar. „Nein? Gefällt dir *Beau* besser, Baby?"

„Mir gefällt Baby besser", gab er zu. „Okay, zur To-do-Liste. Soweit ich es sagen kann, wenn ich mir diese Urkunde ansehe, könnte sie total rechtmäßig sein, oder ein Fall für den Kamin. Ich glaube, wir müssen einen echten Anwalt einschalten."

Sie schrieb *Anwalt* auf. „Du hast doch jemanden, dessen Nummer du einprogrammiert hast, wenn ich es richtig in Erinnerung habe."

„Ja." Zach schüttelte den Kopf. „Alan wird das viel zu unterhaltsam finden."

„Wenn das echt ist, wird er uns helfen können, das abzublasen? Oder zu annullieren, oder was immer man mit so falschen Hochzeiten macht. Ich meine, ist ja nicht so, als würden wir eine Scheidung brauchen."

Er streckte sich wieder, trank nachdenklich seinen Kaffee. „Das ist ein Teil, mit dem wir entspannt umgehen können. Alan wird wissen, was zu tun ist. Willst du, dass ich ihn jetzt anrufe?"

Ein rascher Blick auf die Uhr an der Wand, und Julia sagte: „Vormittags an einem Sonntag? Das ist doch nur fies."

Zach tat ihren Protest ab. „Er wird dafür bezahlt, sich mit dem Unsinn auseinandersetzen, in den wir stolpern, aber ich schicke ihm stattdessen eine Nachricht. So kann er reagieren, wann er möchte. Wir können vermutlich sowieso nichts deswegen unternehmen, bis wir nach Hause kommen."

Was bedeutete, dass sie es ihren Schwestern erzählen

musste. „Meine Schwestern werden sich kurz und klein lachen, wenn sie hören, was wir getan haben."

Zach verzog das Gesicht. „Wir könnten vielleicht den Teil der Erfahrung überspringen, in dem es heißt ‚stellt euch unseren Schock vor, als wir nackt aufgewacht sind'."

Das war eine einfache Antwort. „Sehe ich auch so." Julia nickte heftig, bis ihr einfiel, dass das kein kluger Schritt war. „Auuuu."

Er brummte mitfühlend. „Wir sind gerade beide etwas zerbrechlich. Für die To-do-Liste – willst du, dass ich uns ein Spa suche, damit wir ein paar dieser Dellen wieder rauskriegen?"

„Wenn wir uns mittags mit den anderen treffen wollen, wird das danach sein müssen." Sie tippte mit dem Stift auf das Notizbuch. „Erst mal Probleme lösen. Wir haben nur *Anwalt kontaktieren*."

„Was so ziemlich alles ist, was wir brauchen." Zach strich mit den Fingern über sein Kinn mit den Bartstoppeln. Sein Blick blieb auf sie gerichtet, wurde eingehender. „Nur dass ich hier gleich ganz ernst werden und uns beide teuflisch verlegen machen muss. Was diese Sache mit dem nackt Aufwachen betrifft."

Julia stellte sich darauf ein. „Willst du das echt noch mal fragen?"

„Die Sache ist die, ich bin mir nicht hundertprozentig sicher, dass wir nicht miteinander geschlafen haben. Und obwohl nichts falsch daran ist, dass wir irgendwann mal Sex haben, entsetzt mich die Tatsache, dass ich mich nicht erinnern kann. Ich bin nicht der Typ, der mit einer Frau schläft, wenn sie betrunken ist, Julia. Die Tatsache, dass du sternhagelvoll warst, hätte bedeuten sollen, dass Sex gar nicht zur Debatte stand."

Er war echt einer von den Guten. Was es einfacher

machte, mit den Details herauszurücken, die ihn beruhigen würden, selbst wenn sie es verabscheute, etwas so Persönliches teilen zu müssen.

Sie legte den Stift ab und beugte sich vor. „Wir waren *beide* betrunken. Aber ich glaube dir absolut, dass du es nicht ausgenutzt hättest. So auf Tuchfühlung, wie ich mich in diesem Hochzeitsvideo benommen habe, hast du womöglich *mich* abweisen müssen. Nicht sehr wahrscheinlich, aber möglich." Das war irgendwie, wie ein Heftpflaster abzureißen – es war leichter, wenn sie es einfach ausspuckte. „Ich hatte ein paar Jahre lang keinen Sex mehr. Hätten wir gestern miteinander geschlafen, bin ich mir ziemlich sicher, dass ich das heute spüren würde."

„Oh." Zach hob eine Hand, als wolle er noch etwas sagen, aber er schloss den Mund, seine Stirn legte sich in Falten. Er nickte langsam, beäugte sie neugierig. „Das ist eine ziemlich lange Zeit der Abstinenz."

„Selbstauferlegt. Keine Sorge, ich werde nicht in Flammen aufgehen oder so was."

Sie konnte erkennen, dass er unbedingt noch etwas fragen wollte, war sich nicht sicher, wo zwischen ihnen die Grenze verlief und wie weit die Höflichkeit reichen würde. Und obwohl es mehr gab, das sie ihm mitteilen konnte, war es unnötig.

Stattdessen ging Julia wieder zu ihrem Notizbuch und schrieb *Körperliches*. „Na ja, falls irgendwas Sexuelles passiert ist, habe ich im nächsten Monat einen meiner regelmäßigen Kontrolltermine. Was bedeutet, dass ich sowieso auf alles getestet werde, das gehört zu meiner Arbeit als Sanitäterin. Irgendwelche möglichen Krankheiten, von denen ich wissen sollte?"

Seine Lippen zuckten wieder. „Das ist ja wie eine Unterhaltung mit meiner Krankenschwestern-Mutter. Viel zu offen, und doch weiß ich es besser, als zu versuchen, dem Verhör zu entgehen. Nein, ich habe keine übertragbaren Krankheiten."

„Deine Mom ist Krankenschwester?"

„Inzwischen im Ruhestand, aber ja." Sein Grinsen wurde breiter. „Ich habe meinen Dad angefleht, mir von den Bienchen und Blümchen zu erzählen, aber nein. Bis er mal dazu kam, hatten meine Mom und meine älteren Schwestern mich bereits traumatisiert."

Sie konnte es sich vorstellen. „Meine Mom ..."

Die Erinnerung wurde aufgehalten, bevor sie sie teilen konnte. Ihre Mom hatte ihr etwas mehr über die Mechanik beim Sex erzählt, als es angemessen gewesen war. Im Rückblick waren diese sehr trockenen und klinischen Beschreibungen nicht gerade die beste Einführung gewesen.

Diese Erkenntnis ließ einen weiteren scharfen Stich durch die bereits schmerzhaften Erinnerungen gehen.

Und verdammt noch mal, wenn dann Zach nicht wieder da gewesen wäre. Er kniete sich neben sie und schaute mit Sorge auf seinem ganzen Gesicht zu ihr auf. „Alles okay?"

Sie zwang sich zu einem Lächeln. „Ich schätze, ich habe ein bisschen Ballast entwickelt, wenn es um meine Mom geht. Tut mir leid. Ich wollte nicht abdriften."

Er zwinkerte. „Kein Problem. Ich schnapp mir mein Handy und schicke diese Nachricht an Alan. Willst du dich bei Lisa melden? Vielleicht einen Treffpunkt festlegen. Wir können die schrecklichen Details persönlich mitteilen. Zusammen."

„Das klingt gut."

Er drückte ihr Knie, dann ging er dorthin, wo sein Handy lud.

Julia beobachtete ihn einen Augenblick, bevor sie entschlossen aufstand und ihr eigenes Gerät öffnete. Das war nur ein kurzer Aussetzer. Nachdem sie die blöden Witze hinter sich gebracht hatten, würde es sich leicht lösen lassen.

Doch dieser heftige Schlamassel machte es für sie sehr viel leichter, ihre Überzeugung zu bestätigen, dass es am besten wäre, ganz strikt nur etwas vorzuspielen, sobald sie zurück in Heart Falls waren.

Zach war ein guter Mann, und er brauchte sich nicht noch mehr in etwas verstricken, als sie ihn bereits eingespannt hatte. Sie würde auf der Seite der Freundschaft bleiben. Ehrlich gesagt wäre das schon an und für sich etwas Besonderes.

Sie öffnete ihre Nachrichten und klickte sich zu ihrer Schwester durch.

7

———————

Zach suchte ihnen eine ruhige Ecke in dem Restaurant aus, in dem sie sich zu sechst treffen wollten. Zurückgezogen genug, dass man die Bombe von Julia und ihm platzen lassen konnte, ohne dass zu viele andere mithörten. Öffentlich genug, dass er wusste, dass niemand ihn aufspießen würde – besonders nicht die gefährlichsten Familienmitglieder: Schwestern.

Während sie sich hinsetzen, musterte er seine Freunde, hielt nach Anzeichen Ausschau, wie sie reagieren könnten. Josiah hatte dieselbe angeberische Miene auf wie Finn. Karen und Lisa wirkten beide entspannt, doch köstlich zufrieden.

Einen Augenblick lang kämpfte Zach seinen ersten Instinkt nieder, der war, dass er Julia an der Hand packen und zurück in seine Suite schleppen wollte, um dieselbe Miene auf ihr Gesicht zu zaubern.

Die Vorstellung war verführerisch, aber das war, verdammt noch mal, nicht sein Recht.

Als die beiden anderen Paare sich auf die Innenseite der

rundum führenden Bank setzten, nahmen er und Julia außen an den Rändern einander gegenüber Platz.

Er wollte gerade die witzige Begebenheit zur Sprache bringen, die letzte Nacht passiert war, als Julia ihm zuvorkam.

„Hey, Lisa. Wollen wir zwanzig Mäuse wetten, dass ich in Vegas was gemacht habe, was du nicht gemacht hast?"

Das war die perfekte Art, alle Aufmerksamkeit auf sich zu ziehen. Lisa und ihre Wetten waren berüchtigt.

Lisa hob eine Augenbraue. „Echt? Was habt ihr denn ausgeheckt, nachdem Josiah und ich euch auf der Tanzfläche gelassen haben?"

„So viele coole Sachen. Zach hat uns zum Beispiel einen Privatclub auf dem siebenundzwanzig Stock gesucht und uns irgendwie Zugang verschafft."

Josiah wirkte beeindruckt, neigte das Kinn zu Zach. „Ein Zimmer mit Aussicht? Nett. Da hast du dich wohl bei jemandem eingeschleimt, um ohne Einladung Zugang zu kriegen."

Wenn man bedachte, dass sich Zach nicht daran erinnerte, was er getan hatte, um das möglich zu machen, grinste er einfach, als wäre er ein Magier. „Wenn man es drauf hat, hat man es eben drauf."

„Das war nur ein Teil unseres Abenteuers", sagte Julia. „Ich habe auch eine Dolly-Parton-Doppelgängerin getroffen, echt richtig guten Tequila probiert, Zach und ich haben geheiratet, und ich habe rausgefunden, dass der Bacon vom Room Service ..."

„Moment mal." Karens Hand schoss hoch, die Finger weit ausgebreitet. „Hast du gesagt, ihr habt *geheiratet*?"

Julia nickte und fuhr dann zusammen. „Entschuldigung. Ich habe leichte Kopfschmerzen. Ja, es war irgendwie so eines von diesen Dingen, wo eines zum anderen führt, und am Ende stand ein Ups. Es ist aber okay. Zach hat bereits seinen Anwalt kontaktiert, also werden wir das in null Komma nichts hinkriegen."

Die ganze Zeit über, während sie sprach, blieb ihr Tonfall leichtfertig. Sie war so offensichtlich amüsiert, dass es unmöglich war, dass irgendjemand am Tisch sich aufregte.

Nur Finn beobachtete ihn mit einem undurchdringlichen Blick, der sagte, dass er genau wusste, wie beschissen das alles war.

Zum Glück sprach sein bester Freund nicht. Praktischerweise hätte Finn sowieso kein Wort ins Gespräch einbringen können, denn Lisa, Karen und Josiah redeten alle gleichzeitig.

„Macht ihr Witze?", sagte Josiah mit einem Lachen.

„Ich kann nicht glauben, dass ihr das getan habt."

„Gab es auch einen Elvis-Doppelgänger?" Das letzte kam von Lisa, was Julia zum Schnauben brachte.

„Nein. Ich bin so enttäuscht." Sie wandte ihre Aufmerksamkeit über den Tisch, um Zach anzusehen. „Siehst du? Wenn man schon eine spontane Hochzeit in Vegas hat, dann sollte doch auf jeden Fall Elvis involviert sein."

„Das werde ich mir für nächstes Mal merken", sagte Zach gedehnt. „Du kannst ihnen auch gleich das Video zeigen."

„Es gibt ein *Video*?" Lisa griff nach dem Handy, das Julia schon hergerichtet hatte, und einen Augenblick später beugten die vier sich alle dazu, um die Farce zu sehen.

Zach schaute Julia über den Tisch hinweg in die Augen. Sie lächelte und zwinkerte ihm zu. Alles an ihr sagte, dass sie entspannt und glücklich war ...

Nur dass es komplett gelogen war.

Eine Wiederholung des Augenblicks, als es gewirkt hatte, als würde sie gleich ihre erheiternde Bienchen- und Blümchengeschichte teilen. Ein Schleier war gefallen, der etwas Belastendes und Trauriges enthüllte.

Jetzt? Sie legte echt eine tolle Show hin, um die Situation für ihre Freunde und Familie leichtfertig darzustellen, aber innerlich litt sie große Schmerzen.

Dieser Einblick traf ihn auf so vielen Ebenen. Als allererstes, weil er ihren Schmerz lindern wollte. Sie hatte es nicht verdient, traurig zu sein, und dieser Schmerz schien über dieses Durcheinander im Hier und Jetzt hinauszugehen.

Die zweite Wahrheit, die ihn traf ...

Er konnte in ihr lesen wie in einem Buch.

Julia Blushing war eine gute Lügnerin, aber er war noch besser darin, ihre versteckten Hinweise zu erkennen. Und während am Tisch Gelächter aufkam, als das Video weiterging, hatte Zach Mühe, diese neue Erkenntnis davon abzuhalten, sich auf seinem Gesicht zu zeigen.

Was für ein Wirrwarr.

Er hatte immer Glück gehabt. Sein Bauchgefühl hatte ihm immer gesagt, wenn es an der Zeit war, ein Risiko einzugehen. Wann die Zeit stimmte.

Etwas in ihm sagte ihm, dass Julia etwas tief drinnen verbarg, vielleicht die Wahrheiten sogar von sich selbst fernhielt. Aber mehr als das, sein Bauchgefühl sagte ihm, dass sie zusammen gehörten. Die falsche Ehe, der gespielte Freund, nichts davon spielte eine Rolle.

Er und Julia waren füreinander bestimmt.

Es war allerdings eine verdammte Last, das herauszufinden, wenn man bedachte, dass alle am Tisch inzwischen köstlich von der Vorstellung unterhalten wurden, dass sie ein Paar sein könnten.

Sein Handy summte, als eine Nachricht ankam, und er zog es heraus, um eine Antwort von Alan auf die Frage *was tun wir als nächstes?* zu lesen.

Alan: *Na, ich kann eindeutig sagen, dass ihr Jungs mich ständig unterhaltet. Außerdem haltet ihr mich im Geschäft. Ich werde weiter recherchieren, aber auf den ersten Blick wird es dafür keine Standardlösung geben. Nur zur Warnung. Das könnte am Ende komplizierter werden, als du es dir erhoffst.*

Zach senkte den Kopf und schrieb unter der Tischkante, wo ihn niemand sehen konnte: *Bist du nicht ein verschissen sonniges Gemüt?*

Alan: *Du bezahlst mich nicht dafür, dass ich dir was vom Weihnachtsmann erzähle.*

Zach: *Zum Glück. Nach Dolly Parton ist der Weihnachtsmann das letzte, was ich hier sehen möchte.*

Alan: *Ha ha. Willst du, dass ich runter nach Vegas düse oder warte, bis ihr am Montag zurück auf der Ranch seid?*

Zach: *Die Ranch. Das soll doch Karens und Finns Auftritt sein. Julia und ich treffen uns am Montagabend am Haus mit dir, und wir berichtigen diesen Schlamassel.*

Alan: *Richte den frisch Verheirateten meine Glückwünsche aus. Ich meine dem Paar, das vorhatte, dieses Wochenende zu heiraten.*

Zach: *Mache ich*

Jetzt verstand er auch, warum Finn immer scherzte, dass Zachs Witze gar nicht witzig waren. Alan hatte dasselbe Problem.

Zach steckte sein Handy weg, bevor es dem Rest von ihnen auffiel, was gut war. Er wollte die ganze Sache, dass *es komplizierter würde, als er es sich erhofft hatte*, nicht jetzt enthüllen. Montag wäre früh genug, um damit anzufangen, ihren Fehler hinzubiegen.

Jubel kam auf, und dann wilder Applaus, als das Video endete.

Lisa schaute ihm in die Augen. „Nach diesem Schabernack muss ich meinen Orden als schelmischstes Whiskeytier aufgeben. Gut gemacht, Julia und Zach."

Zach legte sich eine Hand auf die Brust. „Enttäusch mich jetzt nicht. Sag, dass du tatsächlich einen Orden hast, den du Julia geben kannst."

„Ach, nein, Lisa muss nicht ermuntert werden, seltsame Mitgliedschaftsausweise auszugeben", sagte Karen. „Ein Jahr lang hat sie versucht, für uns alle einen Satz Ohren wie für Mickymaus zu machen."

„Das waren echt gute Ohren", behauptete Lisa.

Karen hob eine Augenbraue. „Du hast Tamara einen Satz auf den Kopf gesetzt, bevor der Kleber getrocknet war. Ich habe das ganze verdammte Ding aus ihren Haaren rausgeschnippelt."

Lisa rümpfte die Nase auf eine Art, die seltsam an Julias liebsten Gesichtsausdruck erinnerte. „Oh. Du hast recht. Diesen Teil habe ich vergessen."

„Ich bin ziemlich sicher, Tamara hat das nicht. Tatsächlich hat sie mir von diesem Ereignis bereits erzählt, also glaube ich, es war sehr erinnerungswürdig", mischte Julia sich ein.

„*Erinnerungswürdig* ist auch eine Art, von *traumatisch* zu sprechen." Karen deutete dorthin, wo der Kellner ihr Essen brachte. „Macht Platz. Das Essen kommt gleich."

Und das war es. Zach musste zugeben, obwohl er schon mit Leuten umgehen konnte, brachte Julia es auf die nächste Ebene. Niemand bis auf Finn schien sich irgendwelche Sorgen egal welcher Art wegen der derzeitigen Lage zu machen.

Na ja, niemand außer Finn und er selbst natürlich. Denn die Fragen, die sich aufschichteten, türmten sich höher, anstatt sich aufzulösen. Trotzdem konzentrierte Zach sich darauf, das Essen und die Gesellschaft seiner Freunde zu genießen, anstatt sich Sorgen um die Situation zu machen.

Erst als sie die Frauen weg geleiteten, um am Nachmittag ein Luxus-Spa-Paket zu genießen, waren es nur noch sie drei, und da wurden die Dinge wieder kompliziert.

Zach ließ sich mit einem zufriedenen Seufzen in einen Ledersessel mit hoher Rückenlehne in der Whiskey-Bar nieder, es hing gerade genug Zigarrenrauch in der Luft, um angenehm zu sein. Die Kellnerin brachte Gläser mit himmlisch duftender bernsteinfarbener Flüssigkeit, dann verschwand sie, als wäre sie nie da gewesen.

Links von ihm hob Finn das Glas und schaute in den Whiskey. „Das ist ein ziemlich großes *Ups*, mein Freund.“

Josiah tat nicht mal so, als würde er nebensächlich etwas beobachten. Er lehnte sich auf den Ellbogen vor, ignorierte sein Getränk. „Wenn dazu noch das Gerede kommt, das ich gerade von meiner Empfangsdame zu Hause gehört habe, kann ich dich mal fragen, was zum Teufel du machst?“

Verflixt. „Was denn für Gerede?“

„Es heißt, du und Julia wären ein heißes Pärchen.“ Josiahs normalerweise lockerer Ausdruck war ganz nüchtern geworden.

Aha. Die Kleinstadtgerüchteküche hatte also ihre Arbeit verrichtet. Mann, da würde es eine Extraschicht geben, wenn das Update dieser Nachricht eintraf.

„Du bist mein bester Freund“, setzte Finn an. Hielt inne. Sein Blick richtete sich auf ihn wie ein Laser. „Was ist der Plan? Ist das ein Fehler, den man korrigieren, oder eine Gelegenheit, bei der man zuschnappen muss?“

Josiah blinzelte. „Huch. Das habe ich nicht kommen sehen."

Zach wusste, weshalb ihr neuer Freund verwirrt war. „Unser Mentor, Bruce. Das war einer seiner Sprüche. Eine der Lektionen, die er uns beibrachte – zu oft sehen die Leute etwas, das sie für eine Katastrophe halten, die auf sie zukommt, und tun alles, was sie können, um sie aus dem Weg zu schaffen."

„Wenn sie doch eigentlich rauskriegen sollten, wie man die Energie unter Kontrolle bekommt und den Fluss in die Richtung leitet, in den er fließen muss", schloss Finn.

Josiah zögerte. „Eine versehentliche Hochzeit könnte was Gutes sein?"

Finn zuckte mit den Schultern. „Nichts, wegen dem man Panik schiebt, das ist ja mal sicher." Er schaute Zach wieder in die Augen. „Du weißt, dass ich dich unterstütze. Die ganze Situation ist ein wenig schräg, weil Julia Karens Schwester ist, aber da ich nicht glaube, dass du etwas tun würdest, das nicht in Julias Interesse liegt, sehe ich da keinen potenziellen Konflikt."

Er hielt eine Hand hin, und Zach nahm sie dankbar. „Du bist der Beste."

Sie alle drei lehnten sich etwas behaglicher zurück, da Finn nun klar gesagt hatte, wie er zu der Sache stand, was Zach in eine bessere Position brachte.

Er nutzte die kurze Pause, während sie alle an ihren Drinks nippten, um zu überlegen, was er sagen wollte. Beide Männer neben ihm waren vertrauenswürdig. Als Partnerinnen von Karen und Lisa hatten beide ein hohes Interesse daran, wie seine und Julias Beziehung weiterlief.

Es war nicht die Vernunft, die ihn zum Reden brachte. Sein Bauchgefühl drängte ihn dazu.

„Ich will das", gab er zu. „Ich bin mir nicht sicher, warum

oder wie ich zu dem Punkt kommen soll, wo das mehr ist als eine vermasselte, aber gute Idee zwischen zwei Menschen, aber ganz gleich, wie wir hier gelandet sind, dass ich und Julia zusammenkommen, ist kein Fehler."

Finns Mundwinkel wölbten sich nach oben. Er stellte Blickkontakt zu Josiah her. „Sieht so aus, als wären wir die Verstärkung für das vielleicht seltsamste umgedrehte Brautwerberverfahren aller Zeiten. Erst heiraten, später verlieben."

Josiah hob das Glas zum Anstoßen hoch. „Auf verschworene Brüder und die mutigen Frauen, die uns lieben. Wenn der Staub sich legt, zählt Julia hoffentlich dazu."

Ein Beben bahnte sich den Weg Zachs Rückgrat hinauf. Er hob sein Glas in stummer Zustimmung.

Er hatte Herausforderungen schon immer geliebt. Einen Weg in die Ewigkeit mit Julia zu finden, wäre jedes bisschen Mühe wert.

Er hoffte einfach, dass sie früher oder später zustimmen würde.

WENN SIE DIESE unwirkliche Situation mit ihr und Zach zur Seite schob, entdeckte Julia eine ganze Menge Dinge, die sie an Vegas zu schätzen wusste.

Wie etwa jetzt. Sie ließ den Kopf auf dem weichen Handtuch ruhen, das am Rand des Pools zusammengerollt lag, und die warmen Bläschen des Whirlpools um sie herum aufsteigen wie hunderte hitzige Küsse an ihrer Haut. „Das ist himmlisch."

„So eins könnte ich in meinem Hinterhof brauchen", sagte Karen. „Denkt doch nur mal nach. Nachdem man die Pflichten oder einen langen Ritt hinter sich gebracht hat, könnte man sich reinlegen, bis man so gut wie neu ist."

„Wo wir gerade von einem langen, harten Ritt reden ..." Lisa ließ den Satz ausklingen, aber die Anspielung war trotzdem da.

Julia würde nicht darauf eingehen, außer sie musste. Sie änderte die Richtung ... „Wie war die Hochzeitsnacht, Karen?"

„Sag du es uns doch", warf Lisa mit einem Kichern ein.

„Ihr seid furchtbar", tadelte Karen, bevor sie mit weicher Stimme sprach. „Okay, ich habe das Thema eine ganze Stunde vermieden, aber ich bin an den Grenzen meiner Geduld angelangt. Julia, was ist los?"

Julia verlegte sich auf den besten geschockten Blick, den sie zustande brachte. „Ist das nicht eine total wilde Sache? Versehentlich heiraten. Ich weiß gar nicht, wo mir der Kopf steht, aber das kommt schon in Ordnung ..."

Es war offensichtlich, dass die beiden, die ihren Blick erwiderten, ihr den Unschuldsakt nicht abkauften.

Sie zuckte mit den Schultern und probierte es mit Ehrlichkeit. „Okay. Diesmal mit etwas weniger Begeisterung. Es ist keine große Sache. Zach ist ein toller Typ, das ganze Ding war nur ein Abend, der von zu viel Alkohol angetrieben wurde." Sie beeilte sich, es zu erklären, denn die Mienen der beiden hatten sich so weit gewandelt, dass sie Sorge bekam. „Zwischen uns ist nichts passiert, bis auf die falsche Hochzeit. Nichts wird passieren, außer dass wir Freunde sind. Sein Anwalt wird uns helfen, uns um den Fehler zu kümmern. Abgesehen davon ..." *Ups.* Ein guter Zeitpunkt, um die Sache mit dem gespielten Freund an die Öffentlichkeit zu holen. „Na ja, es gibt da noch etwas."

„Der Teil, dass bei dir und ihm zu Hause in Heart Falls schon das Bett in Flammen steht?"

Unerwarteterweise kam dieser Kommentar von Karen, nicht von Lisa.

Lisa keuchte. „Sie machen was?" Irgendwie wirkte sie gleichzeitig entsetzt und beleidigt. „Ihr macht *was*? Ich kann nicht glauben, dass du mir das nicht erzählt hast!"

„Weil es da nichts zu erzählen gibt", beharrte Julia. „Wir sind einfach ... es ist kompliziert."

„Ist auch das Gerücht des Tages zu Hause. Tamara hat mir heute Vormittag geschrieben, dass sie es von mindestens fünf verschiedenen Leuten innerhalb von einer Stunde gehört hat." Karen streckte die Zehen aus dem Wasser und musterte den Nagellack kritisch. „Also ... was ist? Schwestern teilen Geheimnisse."

Die Worte lösten ein unbehagliches Gefühl aus, aber Julia versuchte, die Veränderungen in ihrem Leben in die Arme zu schließen. Dazu kam noch, dass die beiden Frauen, die jetzt bei ihr waren, zu den besten gehörten, die sie je getroffen hatte, ob blutsverwandt oder nicht.

Julia nahm ihren Mut zusammen, setzte sich etwas gerader hin. „Okay, ich verrate es euch."

Bis sie die Situation mit dem Gerücht erklärt hatte, waren ihr irgendwie die Ereignisse des ganzen Abends über die Lippen gekommen. Das Einzige, was sie nicht ganz erklärte, war die Situation mit ihrem Stalker und Kidnapper. Je weniger Zeit sie mit diesem Thema verbrachte, umso besser.

Ihre Schwestern hörten zu, ohne zu kommentieren, aber sehr konzentriert.

Als sie fertig war, nickte Karen. „Eines der ersten Dinge, die Finn mir gesagt hat, als wir noch mal was miteinander angefangen haben, war, wie sehr er Zach vertraut. Er betrachtet den Mann als Bruder – und das tue ich auch irgendwie. Schon jetzt."

Das leichte Zögern von Lisa war nur erkennbar, weil sie

normalerweise sprang, ohne hinzuschauen. Sorgen standen in ihrem Blick. „Ich kann das nicht anders sagen, ohne grob zu sein. Du bist seit fast sechs Monaten in unserem Leben. In der ganzen Zeit hast du nie über vergangene Freunde oder Freundinnen geredet. Sag mir, dass ich mich nicht einmischen soll, wenn du das willst, aber selbst wenn du so tust, als ob du mit Zach zusammen bist, wird das irgendeine Art körperlichen Kontakt erfordern. Wird das ein Problem?"

Julia war nicht ganz offen mit ihren Problemen, aber so viel sollte sie mitteilen. „Ich suche nicht nach einer Langzeitbeziehung. Wenn ich das täte, wäre ich mit einem Typen zusammen, schätze ich. Andererseits, und nun ist es an mir, grob zu sein, vermisse ich Penisse überhaupt nicht."

Ein leises Husten erklang.

Die drei schauten auf, um einen jungen Mann zu sehen, dessen Wangen ganz rot geworden waren, und der am Rand des Whirlpools stand, ein Tablett mit Snacks in der Hand. „Ich stelle das nur hier ab."

Er verschwand, bevor Julia unter Wasser versinken konnte, um ihre Verlegenheit zu verbergen. Natürlich grinsten sowohl Karen als auch Lisa und versuchten das nicht mal zu verstecken.

„Danke für die Warnung", murmelte Julia.

„Armer Kerl." Lisa duckte sich unter Karens Hieb weg. „Hey."

„Armer Kerl? Arme Julia", verbesserte Karen. Sie lächelte jetzt weicher. „Die ganzen Neckereien mal beiseite, wir unterstützen dich. Ich kann schon verstehen, weshalb du die Dinge für Brad besser machen willst. Die Gerüchte über dich und Zach, dass ihr zusammen seid, sollten helfen, aber darüber hinaus ist es nicht erforderlich, dass du irgendwas tust, bei dem dir unbehaglich ist. Du kannst das, was nötig ist, doch auch mit Zach nur als Freund tun. Okay?"

„Das weiß ich. Und ..." Vielleicht war das dumm, aber sie glaubte an das beste in Zach, bestätigt davon, wie entsetzt er von der Möglichkeit gewesen war, dass er sie vielleicht ausgenutzt haben könnte. „Ich glaube nicht, dass Zach der Typ ist, der zu etwas drängt. Er macht Witze, aber er ist kein Möchtegern-Alpha-Arschloch."

„Sehe ich auch so." Lisa rümpfte die Nase, in ihren Augen funkelte der Schalk. „Allerdings, wenn wir jetzt hier mal über den Sex-Appeal-Faktor reden, obwohl er kein Typ ist, der sich um alles in der Welt durchsetzt, ist Josiah im Schlafzimmer sehr fordernd. Das ist die Wahrheit. Sex-Appeal haben garantiert nicht nur die Typen, die immer nur knurren *meins, meins, meins.*"

„Mir gefällt es aber, wenn Finn knurrt", gab Karen zu, bevor sie mit dem Finger vor Julia wackelte. „Du sagst uns, wenn du uns brauchst. Ruf an – Tag oder Nacht. Du bist unsere Schwester, aber du bist auch unsere Freundin. Wir sind für dich da. Wenn alles, was du mit Zach haben möchtest, eine Freundschaft ist, dann ist das so."

Ihre Kehle wurde eng. „Vielen Dank."

Lisa stand auf, um ihr eine Umarmung anzubieten, rutschte aber aus und verschwand kurz außer Sicht. Als sie wieder hochkam, tropfnass und lachend, verschwand die Ernsthaftigkeit in einem warmen, flauschigen Gefühl, das den Rest des Abends über anhielt.

Die Männer holten sie vom Spa ab, und obwohl Julia während des Abendessens und der Show neben Zach Platz fand, war seine Gesellschaft behaglich und locker.

Er beugte sich während der Vorführung ein paarmal dicht heran, um ihr Anmerkungen zuzuflüstern. Sie machte es genauso, und mit dem süßen Gedanken an die bloße Freundschaft, in die das alles eingebettet war, war ihre Verbindung natürlich und fühlte sich einfach nur richtig an.

„Was für ein Glück, dass meine Kopfschmerzen weg sind", murmelte sie nach einer besonders lauten Bühnenshow in sein Ohr.

„Ich verstehe es." Er ließ ein Lächeln aufblitzen. „Kein Tequila mehr für uns?"

„Kein Tequila mehr. Großes Pfadfinderehrenwort." Sie hob feierlich eine Hand.

Sein Schnauben war so laut, dass es die Aufmerksamkeit ihrer Schwestern auf sich zog. Lisa brachte ihn mit einem Zwinkern zum Schweigen.

Zach drückte sich einen Finger an die Lippen, aber sobald Lisa wegsah, lehnte er sich wieder vor, seine Lippen streiften Julias Ohr. „Warte mal, bis du meine Schwester Petra triffst. Sie schwört die ganze Zeit irgendwas."

Das ist ein Treffen, das niemals stattfinden wird.

Der Gedanke schickte Julias Verstand für den Rest der Vorführung auf die Wanderschaft.

Ihre Schar schloss den Abend mit einem letzten Drink in der Suite von Karen und Finn ab, bevor Lisa und Josiah mit ihnen durch den Gang dorthin gingen, wo Julias Einzelzimmer war, ein paar Türen von Zachs entfernt.

„Schlaf aus, wenn du möchtest", rief ihr Josiah in Erinnerung. „Unser Flug nach Hause ist erst am Nachmittag, darum habe ich um halb zwölf Brunch gebucht, nach dem Checkout."

„Klingt gut. Gute Nacht, alle." Julia winkte rasch, bevor sie in die kühle Dunkelheit schlüpfte. Die Stimmen erklangen noch ein paar Minuten im Gang, bevor sie leiser wurden.

Sie ging hinüber zum Fenster, starrte auf die glitzernden Lichter hinaus. Es hatte sich als fantastischer Tag entpuppt, und nun beendete sie ihn in einem riesigen Doppelbett, das sie ganz für sich hatte, und ohne Wecker, der sie am Morgen wecken würde. Was für ein Luxus.

Der Albtraum schien nur wenige Sekunden zu kommen, nachdem sie das Licht abgeschaltet hatte, und sie zog die Decke bis zum Kinn.

Wellen erschütterten sie, rissen ihr die Beine weg, jedes Mal, wenn sie fliehen wollte. Als sie mit dem Rücken auf dem Sand aufkam, stieg das Wasser rasch über ihren Kopf, während die Strömung sie von der Küste wegtrug. Lange Stränge aus Tang wickelten sich um ihren Körper, zogen sie unnachgiebig auf den Meeresgrund.

Julia wachte auf, brach einen Angstschrei in der Mitte ab.

Mit hämmerndem Herzen schluckte sie schwer und versuchte, zu erkennen, ob ihre Kehle trocken oder wund war. Wie lange hatte sie schon geschrien? Oder konnte sie zumindest hoffen, dass sie diesmal nur gewimmert hatte?

Die Bettlaken waren um sie herum gewickelt, die Kissen auf den Boden geworfen. Ein Blick auf die Uhr auf dem Nachttisch sagte ihr, dass nur zwei Stunden vergangen waren, seit sie das Zimmer betreten hatte.

Sie beäugte die Matratze und fragte sich, ob sie das Risiko eingehen wollte, es noch mit dem Schlafen zu versuchen.

Ruf uns an, wenn du uns brauchst. Bei Tag oder bei Nacht.

Karens Worte von vorhin flüsterten in ihrem Kopf. Es war ein aufrichtiges Angebot gewesen, und Julia war verführt, sich zu melden. Nur dass ...

Auf gar keinen Fall würde sie eine der Urlaubsnächte ihrer Schwestern mit ihren Männern unterbrechen. Was bedeutete, dass sie zwei Optionen hatte. Nein, drei.

Es einfach schlucken und versuchen, wieder einzuschlafen.

Aufgeben und wach bleiben. Sie würde morgen erschöpft sein, aber zumindest mussten sie nicht zur Arbeit.

Oder ...

Julia zog ihr Handy heraus. Legte es ab. Nahm es wieder. Legte es ab.

Verdammt. Entscheid dich doch.

Sie ließ das Schicksal entscheiden und schickte Zach eine Nachricht. Falls er sein Handy über Nacht abgeschaltet hatte, sollte es so sein.

Julia: *Falls du noch wach bist ... kann ich auf deiner Couch schlafen? Ich hatte einen Albtraum.*

Sie starrte eine Weile das Handy an, nicht sicher, ob sie eine Antwort wollte oder hoffte, dass sie es am Vormittag als Grille abtun würde.

Ein leises Klopfen an der Tür schickte eine Adrenalinspitze durch sie hindurch. Julia sprang auf und spähte durch den Spion.

Zach.

Sie ließ ihn sofort herein. „Es tut mir so leid ...“

„Entschuldige dich nicht.“ Er ging an ihr vorbei ins Zimmer, seine Worte nur geflüstert, als wären sie nicht allein. „Geh zurück ins Bett und leg dich schlafen. Ich nehme deine Couch.“

Dieser Gedanke war auf jegliche Art falsch. „Das ist lächerlich. Ich nehme die Couch. Ich bestehe darauf.“

„Julia Gigi Blushing, schwing deinen Hintern sofort ins Bett.“ Er nahm sie an den Schultern und schob sie sanft auf das Bett zu. „Komm schon. Kompromiss. Dann schlafe ich eben oben auf der Decke.“

Ihr Körper bebte noch von dem Albtraum, und sie war erschöpft nach der letzten Nacht und all den Aktivitäten dieses Tages. Es fühlte sich gut an, ins Bett zu kriechen, und die Art, wie die Matratze sich leicht neigte, als Zach sich neben sie hinlegte, war wie das langsame, beruhigende Schwingen einer Verandaschaukel.

Sie rollte sich wie üblich auf ihrer Seite zusammen und starrte ihm damit direkt ins Gesicht. Er hatte die Augen geschlossen, seine langen Wimpern lagen auf den Wangen. Seine Brust hob und senkte sich in einem Rhythmus, der sie hypnotisierte und beruhigte.

Sein Atem strömte über sie, süß und beruhigend, und nur, dass er da war, wärmte sie schon.

Langsam machte sich Entspannung breit. Julia erwischte sich dabei, wie sie vorgriff, um eine Haarsträhne wegzustreichen, die ihm über die Stirn gefallen war.

Seine Lippen wölben sich, und er nahm ihre Finger in seine, führte sie auf das Bett zwischen sie. Locker nahm er ihre Hand und flüsterte noch einmal: „Schlaf."

Das tat sie. Eine tiefe, behagliche Ruhe, die anhielt, bis die Sonne übers Bett strich, um sie zu wecken.

Zach war weg, und seine Seite der Matratze war kühl, als sie sie berührte.

8

Die Heimreise am Montagvormittag war wunderbar. Julia musste zugeben, dass das vor allem daran lag, dass Zach und Josiah einen laufenden Kommentar abgaben, der eines Comedy-Auftritts würdig gewesen wäre.

Mit der gemütlichen Unterbringung im Flugzeug und ihrer Abholung am Flughafen in Alberta durch Cody, den Vorarbeiter der Red Boot Ranch, waren sie draußen vor Karens und Finns zukünftigem Haus, ohne weitere Zeit und Energie damit verschwendet zu haben, von ihrer und Zachs versehentlicher Hochzeit gesprochen zu haben.

Julia war allerdings dankbar, dass Tamara nicht diejenige gewesen war, die sie abgeholt hatte. Eine Person weniger, der sie die Dinge erklären musste, würde es sehr viel leichter machen, von hier aus weiterzugehen.

Sie setzte sich dorthin, wo einmal das große Wohnzimmer mit hohen Fenstern vom Boden bis zur Decke sein würde, die zu den Rocky Mountains hinausblickten. Derzeit war es voller Baumaterialien und einem Set aus Klappstühlen für den Garten.

Zachs Anwalt saß ihr gegenüber, seine Miene war nicht zu deuten. Er nahm immer wieder seinen Stift und drehte ihn um, mit der Spitze nach unten, mit dem Klicker nach unten, mit der Spitze nach unten …

Die ganze Zeit über starrte er ihr ins Gesicht, als würde er darauf warten, dass sie ein schreckliches Verbrechen gestand.

„Rechnest du diese Reise nach Stunden ab, Alan?", fragte Zach gedehnt.

Alan Cwedwick blinzelte nicht mal. „Ich überlege mir nur den besten Weg, um weiterzumachen."

„Erzähl mir doch nicht so was. Du hast bereits eine Checkliste und einen zeitlichen Ablauf, und du musst nur noch erklären, was du von uns brauchst." Zach stützte einen Fuß auf das andere Knie, tippte mit den Fingern auf seinen Oberschenkel. „Außer du sagst, diesmal weißt du nicht, was zu tun ist, was mich enttäuschen würde."

„Ach, ich weiß genau, was unter diesen Umständen in den Büchern steht. Ich glaube nur nicht, dass es euch sonderlich gefällt." Alans Aufmerksamkeit wurde schärfer, und sein Blick fiel wieder auf Julia. „Waren Sie bereits verheiratet?"

Julia blinzelte. Instinktiv ging eine ihrer Hände an die Brust. „Wer, ich?"

„Verlobt, um zu heiraten?"

Was zum Teufel ging hier vor? „Ich sehe nicht, wie das damit zusammenhängt, dass Zach und ich diesen Fehler annullieren lassen."

Das Klemmbrett in Alans Händen senkte sich, sein Stift ging schnell über die Papiere. „Würden Sie sagen, dass Sie Schwierigkeiten damit haben, langfristige Beziehungen aufrechtzuerhalten, Miss Blushing?"

Zach war nicht mehr entspannt oder locker. Er beugte sich vor und funkelte seinen Anwalt heftig an. „Ich weiß nicht, wo du glaubst, damit hin zu wollen, aber pass bloß auf, Alan."

„Ich erledige nur meinen Job." Der Mann warf das Klemmbrett auf den Tisch und verschränkte die Arme vor der Brust. „Julia, wenn ich Ihnen eine gewisse Summe Geld anbieten würde, würden Sie zustimmen, Heart Falls sofort zu verlassen und niemals zurückzukehren?"

Julia hatte gedacht, nackt im Bett mit Zach aufzuwachen, wäre heftig unwirklich gewesen, aber diese Unterhaltung toppte sogar das bizarre Video ihrer Hochzeit. „Wie bitte? Ich habe einen Job. Ich verlasse Heart Falls erst, wenn mein Praktikum vorbei ist, und selbst dann habe ich hier Familie. Natürlich komme ich hierher zurück. Weshalb stellen Sie mir so lächerliche Fragen? Zach und ich wollen nur, dass diese Hochzeit aus dem Weg geräumt wird. Es war ein Versehen, okay? Und beide waren wir dran beteiligt, diesen Fehler zu machen, darum gefällt mir nicht, dass Sie nahelegen, ich hätte etwas Unmoralisches getan."

„War Ihnen bewusst, dass Ihre Schwester Karen eine große Geldsumme erhalten hat, sobald sie sich mit Finn Marlette eingelassen hat?"

Zach war aufgesprungen. „Das reicht, Alan. Komm zum Punkt. Außerdem rede mit mir und lass Julia da raus, denn du scheinst ja keine Spur professionell zu sein."

Dass sie ignoriert wurde, fühlte sich genauso unwirklich an, wie Alans intensive Aufmerksamkeit auf sich zu haben.

Aber der Anwalt richtete seinen Blick wieder auf Zach wie verlangt, und bedeutete ihm, sich wieder auf seinen Stuhl zu setzen. „Leider erinnerst du dich doch bestimmt daran, dass Bruce gerne über mögliche Probleme nachgedacht hat, die sich vielleicht einstellen. Eines davon betraf die Tatsache, dass du und Finn früher oder später Partner für eine Beziehung findet. Gewisse Kriterien wurden als potenziell gefährlich festgelegt, nicht nur für euch, sondern auch für das Vermögen, das er euch hinterlassen hat."

„Du glaubst, dass Julia und ich betrunken geheiratet haben, ist gefährlich?"

Alan seufzte, ein Teil der starren Anspannung fiel von ihm ab. „Zach, es spielt keine Rolle, was ich glaube. Worauf es ankommt, ist das, was in dem Vertrag steht, den du und Finn unterzeichnet habt, als ihr Bruces Vermächtnis übernommen habt. Du hast ohne Ehevertrag geheiratet, und außerdem ohne irgendwelche vorausgehenden Interaktionen zwischen deiner neuen Partnerin und mir als Repräsentant von Burly, Evans and Ives. Diese beiden Tatsachen haben nun gewisse Konsequenzen ausgelöst."

„Wir haben schon mal interagiert", rief ihm Julia in Erinnerung. „Ich bin Ihnen an dem Abend begegnet, an dem ich Zach zusammengeflickt habe, und noch einen Ihrer Klienten, nachdem auf sie geschossen wurde." Julia gab ihm ihren besten *Da haben Sie's*-Blick.

„Obwohl das eine charmante Interaktion war, und ich Ihre medizinischen Talente nur loben kann, habe ich eher an eine soziale Interaktion gedacht als an medizinische Notfallprozeduren." Alan neigte den Kopf in ihre Richtung. „Ich möchte anerkennen, dass Sie die Fähigkeit haben, den Mund zu halten, wenn es darauf ankommt. Das ändert nichts an dem, was als nächstes passiert."

Zach war an die Kante des Klappstuhls gerutscht. „Ich halte das immer noch für absolut lächerlich, aber gut. Erzähl uns die verdammten Konsequenzen."

„Wenn du möchtest, können wir das privat diskutieren", setzte Alan an.

Zach winkte den Vorschlag ab. „Julia ist darin verwickelt, wenn auch nur durch ein Versehen, aber trotzdem. Sie hat es verdient, dabei zu sein, während du zum verdammten Punkt kommst."

Einen Augenblick lang wirkte Alan fast schon bedauernd,

als er einen Blick in ihre Richtung warf, dann wurde er ganz geschäftlich und zog das Klemmbrett zu sich. „Also gut. Die fragliche Leitlinie besagt, dass wenn einer der Partner an einer Aktivität beteiligt ist, die potenzielle finanzielle Einbußen zum …“

„Auf Englisch“, befahl Zach. „Und um Himmelswillen, mach lieber eine Zusammenfassung.“

„Ihr müsst ein Jahr lang verheiratet bleiben.“ Alan klappte den Mund zu.

Ihre Reaktion war so völlig falsch, wenn man bedachte, wie ernst der Mann wirkte, aber Julia konnte nicht anders. Sie kicherte.

Beide Köpfe schwangen in ihre Richtung. Alan war schockiert, Zach wirkte verwirrt.

„Es tut mir leid, aber Sie haben gerade gesagt, wir müssen ein Jahr lang verheiratet bleiben. Das kann noch auf gar keinen Fall der rechtliche Ratschlag sein, den Sie uns geben wollen. Besonders wenn man bedenkt, dass Sie mir ein paar Fragen gestellt haben, die nahegelegt haben, dass ich so eine Art Goldgräberin bin, die nur Geld absaugen will und nach einem Sugar Daddy sucht.“

„Es freut mich, dass Sie das erheiternd finden“, sagte Mr. Cwedwick trocken. „Aber seien Sie versichert, so wirr Bruces Gedanken auch waren, so steht es geschrieben. Sie sollen ein Jahr lang verheiratet bleiben. Wenn Sie an diesem Punkt dann die Ehe auflösen wollen, stelle ich nur zu gern die Papiere aus.“

„Und wenn wir das tun, was ich für klüger halte, und zu einem anderen Anwalt gehen, um das regeln zu lassen?“, fragte Julia.

Der Mann warf noch einen Blick auf Zach. „Diese Idee würde ich nicht vorschlagen. Deine Finanzen sind mit denen deines Partners unter einem Dach, und unter diesen Umständen betrifft deine Entscheidung auch ihn. Ich glaube,

Bruce dachte, diese Eingrenzung wäre eine gute Möglichkeit, um zu verhindern, dass eure Freundschaft dazu führt, dass ihr einen unklugen Schritt macht, gefolgt davon, dass Finn dich einfach freikauft."

Zachs Verwirrung hatte kein bisschen nachgelassen. Er wirkte so durch den Wind, wie sich ihr Verstand anfühlte. „Also müssen wir verheiratet bleiben?"

„Ja."

Zach schüttelte den Kopf und schaute Julia in die Augen. „Ich stimme dir zu. Das ist totaler Unsinn. Das kann doch unmöglich stimmen."

Endlich jemand in diesem Raum, der das auch für Unsinn hielt. „Vielen Dank."

„Trotzdem ist mir noch nie untergekommen, dass Alan schon mal in seinem Leben Unsinn erzählt hat." Zach verzog das Gesicht. „Macht es dir was, wenn ich mal kurz allein mit ihm rede? Er kann mir rechtliche Begriffe hinwerfen, und ich kann ihm leichter ins Gesicht fluchen, wenn du nicht mit im Zimmer bist."

Sich die Beine zu vertreten, fühlte sich gut an, da die ruhelose Energie so richtig zurückgekehrt war. „Gut. Ich bin dann draußen, vereinige mich mit der Natur und bespreche mich mit jeglichen Vögeln, die vielleicht in Hörweite landen, darüber, wie kriminell dumm das Rechtssystem zu sein scheint."

Draußen legte sich die kühle Luft des Herbstes um sie, brachte ihren fiebrigen Gedanken eine gewisse Ruhe. Sie ging zum nächsten Reitplatz und lehnte sich mit den Ellbogen auf das Holzgeländer, ihr Blick wanderte hinüber zu den Pferden, die am entgegengesetzten Ende zusammen standen.

Ein Jahr lang verheiratet bleiben? Es war lächerlich, dass sie auch nur gehört hatte, wie das aus dem Mund des Anwalts kam. Zach würde das schon hinbiegen.

Sie wusste nicht mal, was sie in einem Monat von jetzt tun würde. Und obwohl sie vorhatte, zu Besuch zurück nach Heart Falls zu kommen, war es schon längst Zeit, eine Stelle für den kommenden Winter zu suchen. In High River hatte es eine gegeben, die sie nehmen könnte. Die Stadt war nicht zu weit entfernt, darum konnte sie weiterhin Zeit mit ihren Schwestern verbringen.

Ein sanfter Schubs an ihren Fingern lenkte ihre Aufmerksamkeit zurück auf den Reitplatz. Das kleine Fohlen, das Karen gerettet hatte, stand auf der anderen Seite des Geländers, seine Nasenflügel blähten sich, als es an Julias Händen schnüffelte.

„Hey, Kleiner." Sie griff durch den Zaun und streichelte die weiße Stelle auf seiner Stirn. Während sie ihn leicht kraulte, beäugte sie ihn nachdenklich. „Das ist besser als letztes Mal, als ich dich gesehen habe. Du kriegst ein wenig Gewicht auf die Rippen. Schön für dich."

Moonbeam neigte den Kopf und tänzelte dann rückwärts, fast wie ein Welpe, ließ die Vorderhufe auf dem Boden trommeln, dann wirbelte er weg, bevor er zurückkehrte.

Ein weiterer erstaunlicher Moment, den sie zu allen hinzufügen konnte, die sie schon erlebt hatte, seit sie in Heart Falls war. Sie würde es vermissen, wenn sie weg war.

Julia schaute zurück zum Haus, wo Zach und Alan Cwedwick durch das Fenster sichtbar waren. Zach war sich wohl mit der Hand durch die Haare gefahren, denn die Enden standen in allen Richtungen wild ab.

Diese lächerliche Situation würde gelöst werden, und dann würde sie zum nächsten Schritt weiterziehen können.

Obwohl ein neckender Gedanke blieb – *das Leben ist nie so einfach.*

～

In dem Augenblick, in dem Julia den Raum verließ, stieß Zach eine Hand in Richtung Alan. „Okay. Gib mir den Brief."

Alan schüttelte den Kopf. „Ich weiß nicht, wovon du redest."

Der Drang, mit den Fingern zu schnippen, war stark. „Bruce hat das immer gemacht. Er hat sich diese weit hergeholten Situationen überlegt, und dann hat er uns einen verdammten Brief geschrieben, in dem er erklärt, was er erreichen möchte. Es ist genau das, was mit der ganzen Herausforderung passiert ist, diese Touristenranch aufzusetzen. Teufel, er hat einen Brief an Karen geschrieben, bevor er wusste, dass es sie überhaupt gab. Du kannst nicht sagen, dass es diesmal keinen Brief von Bruce gibt."

„Ach, es gab einen Brief von Bruce", stimmte Alan zu.

„*Ha.*"

„Aber nicht für dich."

Zach hielt inne, seine Hand war immer noch erhoben. Er riss sie zurück. „Für Finn?"

„Für mich." Alan schob sich die Hände in die Taschen und schüttelte den Kopf. „Sieh mal. Mir gefällt das auch nicht. Es tut mir leid, dass ich so beschissen geklungen habe, als ich vorhin diese Fragen an Julia hatte. Aber ich muss meinen Job erledigen."

„Der gerade jetzt darin bestünde, herauszufinden, wie Julia und ich eine schnelle, problemlose Scheidung bekommen." Noch während er das sagte, verabscheute Zach die Worte.

„Ich *kann* das nicht. Und du kannst das nicht. Das ist ernst, Zach. Wenn du weiter machst und diese Entscheidung triffst, wird das die Auflösung deiner ganzen Besitztümer auslösen. Deiner und der von Finn."

Lächerlich war gerade in dem Bereich zu unmöglich rübergewandert. „Du sagst mir, dass Bruce Travers, selbst ein Geschiedener, eine so negative Reaktion darauf hatte, dass ich oder Finn unsere potenziellen zukünftigen Ehen abblasen könnten, dass er dieses ganze Unternehmen aufs Spiel setzt?"

„Ach, Finn kann eine Scheidung kriegen, wenn er sie möchte. Du nicht. Ein Jahr lang nicht."

Und das Unmögliche war nun ein Märchen. „Das ist doch einfach lächerlich."

„Ich stimme zu. Doch es ist hundertprozentig legal – ich habe die ganzen Schlupflöcher selbst zweimal überprüft." Alan verzog das Gesicht. „Und ich bin verdammt gut darin, Schlupflöcher zu schließen. Tut mir leid."

Der Drang, sich eine Flasche Tequila zu schnappen, machte überhaupt keinen Sinn, aber er war da. Zach kniff sich in den Nasenrücken. „Alan, wir genießen schon eine lange Beziehung, darum hoffe ich, dass du das richtig aufnimmst. Gerade kann ich dich echt verdammt noch mal nicht leiden."

„Es tut mir leid", wiederholte Alan. „Verabscheue mich, so viel du möchtest, aber hol dir bloß keine Scheidung von jemand anderem."

Zach schaute ihm in die Augen. „Der Knaller ist, das hatte ich gar nicht vor", gestand er. „Aber diese ganze schwachsinnige Situation wird es sehr viel schwieriger machen, Julia davon zu überzeugen, dass mein Interesse nicht nur finanziell motiviert ist."

Der erste unterhaltsame Moment der ganzen letzten Stunde stellte sich ein. Er hatte es geschafft, seinen Anwalt zu schockieren. Alan stand da, sein Mund öffnete und schloss sich ein paar Mal, bevor er blinzelnd wieder zu sich kam. „Du – willst verheiratet *bleiben*?"

„Du darfst das nicht wiederholen, besonders nicht vor Julia. Nicht gerade jetzt. Aber ja, es war ein Versehen, verheiratet zu werden, aber es war kein Fehler." Zach fuhr sich mit der Hand durch die Haare. „Okay. Irgendwie muss ich rauskriegen, wie ich das zum Funktionieren bringe."

Alan hatte in den letzten fünf Sekunden ziemlich an Haltung verloren. „Na dann. Das ist interessant."

Es war zu viel, um darauf zu hoffen. „Heißt das, du änderst deinen rechtlichen Standpunkt?"

„Ach, Teufel, nein. Es ist nur ... interessant." Alan grinste. Dann griff er in die Tasche und holte einen Umschlag hervor. „Nicht der Brief, auf den du gehofft hast, aber die Grundregeln, was deine Ehe betrifft. Wieder mal, wenn du dich beschweren willst, es kommt von Bruce."

Zach schnappte ihm den Umschlag weg. „Eine schöne Heimfahrt. Ich schlage vor, du brichst auf, bevor Julia beschließt, ihre Autopsiekünste zu üben oder so was."

„Lass mich wissen, wenn du mich für irgendwas brauchst. Wie immer ist es eine Freude, mit dir zu arbeiten", sagte Alan, ohne im geringsten zu zögern.

„Heutzutage ist jeder ein Komiker", grollte Zach, der Alan durch die Tür folgte.

Er wartete, bis der Mann weg war, bevor er zu Julia neben dem Reitplatz ging. Das würde nicht einfach werden. Ein Balanceakt, um Julia zu überzeugen, zu tun, was richtig war, weil es notwendig war und weil es war, was er wollte ...

Er hatte nicht oft einen Fluch für seinen Mentor übrig, aber diesmal? Bruce Travers hatte es so richtig verkackt.

Julia verschränkte die Arme vor der Brust. „Die Tatsache, dass Alan gegangen ist, ohne uns Papiere zum Unterschreiben dazulassen, scheint mir nicht wie was Positives."

Zach schüttelte den Kopf. „Tut mir leid. Ich weiß nicht mal, wie ich erklären soll, wie sie das geschafft haben, aber es ist ein komplett legaler kruder Schlamassel. Wenn wir eine Scheidung bekommen, heißt das, dass sowohl ich als auch Finn die finanzielle Kontrolle über unsere Firmenanteile verlieren. Die wären also weg. Das ist alles."

„Eine Firma, die groß genug ist, dass ihr ein Privatflugzeug gehört." Sie wirkte so richtig verblüfft. „Es war ein betrunkener Abend. Wir können nicht verheiratet bleiben, nur weil wir unter Alkoholeinfluss etwas getan haben."

„Wenn wir nicht verheiratet bleiben, könnte das eine Menge Leute alles kosten. Mich. Finn. Das würde auch bedeuten, Karens Leben radikal zu ändern."

Ihr Gesicht verzog sich. „Ich soll mein Praktikum hier im Oktober beenden. Dann bin ich aus Heart Falls verschwunden."

„Du kannst dir einen neuen Job suchen."

„So leicht? Außerdem habe ich meine Wohnung nur bis Ende des Monats."

Das würde Zach nicht durchgehen lassen. „In dieser Todesfalle bleibst du nicht mehr, weißt du noch? Außerdem, schau dich um. Touristenranch. Etliche Gebäude, auf denen dein Name steht. Obwohl ich das Gefühl habe, dass da drin irgendwo eine Zeile versteckt ist, in der steht, dass wir zusammen wohnen müssen. Um die Ehe rechtens zu machen. Alan sagte, dass es Regeln gibt."

Er zog den Umschlag heraus und schüttelte ihn in der Luft.

Sie griff danach. „Mr. Cwedwick war ja ach so hilfreich. Den setze sich auf jeden Fall auf meine Liste mit Weihnachtskarten."

„Können wir eine Briefbombe schicken?"

Sie hielt inne, bevor sie den Umschlag öffnete. „Ich muss mich hinsetzen, bevor wir den öffnen."

„Deine Idee ist so viel klüger als meine. Ich wollte Tequila vorschlagen, wenn man alles bedenkt, ist das vielleicht nicht klug. Keine Sorge. Wir kriegen das hin."

Julia marschierte ihm voraus, unterwegs zu der Hütte, die er für sich beansprucht hatte.

„Alles ist einfach, oder?" Sie funkelte so heftig, er hätte geschworen, dass seine Haare kokelten. „Ich könnte dir sagen, dass ich mit einem Vampir verlobt bin, und du würdest abwinken und anbieten, der Dritte im Bunde zu werden."

Ein Schnauben kam von ihm. „Tut mir leid, nein. Mit einem Typen rummachen, das bringt es für mich einfach nicht. Außer deine arrangierte Vampirhochzeit ist mit einer Dame. Dann können wir reden."

Ihr Funkeln löste sich von Ärger in Erheiterung auf, während sie auf seiner vorderen Veranda stehen blieb. „Es ist die Zusammenstellung der Geschlechter, die dich zögern lässt, nicht der tatsächliche Dreier?"

„Meine größte Beschwerde ist eigentlich das mit dem Blutsaugen, aber ja ... was auch immer. Wenn es um Sex geht, habe ich überhaupt kein Problem, was immer bei anderen funktioniert. *Mein* Motor ist allerdings auf Damen eingestellt, etwa die sexy Lady vom Rettungsdienst, die eine so freche Haltung an den Tag legt."

Er öffnete die Tür, aber sie bog stattdessen zu den Stühlen ab, die er auf eine Seite der Veranda gestellt hatte – diejenigen mit dem großartigen Ausblick über das Panorama.

Sie wurde reglos, noch während sie sich hinsetzte. Ihr Blick traf seinen, und sie schien sich zu beruhigen, bevor sie seine letzte Anmerkung ignorierte und völlig ernst sprach. „Ich verstehe, dass das wichtig ist. Ich werde nicht weglaufen oder irgendwas tun, um meinen neuen Schwestern zu schaden. Oder Finn."

Zach achtete nicht darauf, dass sie es komplett verfehlte, zu erwähnen, dass sie auch *ihm* nicht schaden wollte.

Julia starrte über die Landschaft hinaus. „Das ist aus vielerlei Gründen unbehaglich, also sagen wir mal, wir stimmen der Sache zu."

„Dass wir verheiratet bleiben?"

„Dass wir so *tun*, als ob wir verheiratet bleiben", klärte sie ihn auf. „Wenn wir Mitbewohner sind, brauchen wir ein paar Grundregeln.“

Das ergab schon Sinn. Außerdem sagte ihm sein Bauchgefühl, er solle aufhören, sich um diese wilde Situation Gedanken zu machen, und einfach mitgehen. Es sogar genießen. „Was für Grundregeln?“

Sie wedelte mit dem Umschlag in der Luft. „Wir sehen nach, was dieser Fiesling von einem Anwalt uns hingeworfen hat, und finden raus, wie nahe wir beieinander leben müssen. Wenn wir uns ein Haus teilen, kann ich damit arbeiten. Ein Bett steht nicht zur Debatte.“

Zach richtete sich auf, noch während er über ihre Einschätzung von Alan lachte. „Ich bin völlig fähig dazu, mir ein Bett teilen, ohne dass etwas passiert, von dem du nicht willst, dass es passiert.“

„Ich mag meinen eigenen Raum“, sagte Julia gedehnt. „Es steht nicht auf dem Plan, sich ein Bett zu teilen.“

„Also gut, aber darf ich darauf hinweisen, dass wir uns tatsächlich schon ein paarmal ein Bett geteilt haben, ohne dass etwas Schreckliches passiert ist.“

Ihr Mund klappte auf. „*Wir. Haben. Geheiratet.*“

Oh. Stimmte ja. Es wurde immer noch darüber beraten, ob das der genialste Fehler war, den er jemals gemacht hatte, oder der schlimmste.

„Also gut. Keine geteilten Betten.“ Er verbarg sein Seufzen – sie war viel zu gut, um ein Jahr lang im Zölibat zu leben …

Moment mal.

Er versteifte sich. „Ich habe etwas für diese Liste.“

9

Julia zog den Stuhl neben sich heran, um ihn als Tisch zu nutzen, während sie ihr dauerpräsentes Notizbuch aus der Handtasche zog. „Leg los. Ich mache Notizen. Wir können sie später Alan vorlegen, um sicherzugehen, dass alles passt."

Auch eine geniale Idee, aber er war zu sehr auf die Regel konzentriert, die er betonen wollte, um ihr das zu sagen. „Wenn du dieses Jahr mit irgendjemandem rummachen willst, werde ich das sein."

Ihre Miene war unbezahlbar. Diesmal war es eine gehobene Augenbraue und ein *Willst du mich verarschen?*-Gesicht.

„Vertraue mir, ich habe kein Interesse daran, *irgendwen* zu finden, mit dem ich rummachen kann, und dazu gehörst auch du." Sie bohrte einen Finger in seine Brust. „Du wirst mich aber während dieses Jahres nicht betrügen. Denn wenn du mit jemand anderem rummachst, werden die Leute glauben, dass ich vielleicht fremdgehe, und wenn man bedenkt, dass dieser ganze Schlamassel damit angefangen hat, dass ich versucht habe, Gerüchte rund um mein Sexleben im Keim zu ersticken – nein.“

Wenn man bedachte, dass der einzige Mensch, mit dem er rummachen wollte, zwei Meter von ihm entfernt saß? „Ich stimme zu. Was mich wieder zu meinem Punkt bringt – wenn du irgendwie Spaß haben willst, lass es mich wissen.“

„Danke, aber ich bin bedient“, sagte sie trocken, während sie REGELN ganz oben auf die Seite schrieb. „Nummer 1. Kein Fremdgehen. Nummer 2 auf der Liste, nur damit das klar ist. Kein Sex.“

Er zögerte. „Ein Jahr lang?“

Diese Augenbraue ging wieder nach oben. „Die Eier explodieren nicht wirklich oder laufen blau an, weißt du. Außerdem gibt es da was ganz Tolles, das nennt man Masturbation. Fühlt sich gut an, und man braucht dazu nur … Na ja, ich wollte jetzt Eigeninitiative sagen, aber das klingt irgendwie blöd in der dritten Person.“

„*Dritte* Person? Das ist doch das Problem. In dem Bild, das du malst, sind weitaus weniger als drei Personen.“ Sie verdrehte die Augen so sehr, dass er lachte. „Sieh doch mal, wir reden über Selbstbefriedigung, als wäre das etwas, was ich ein ganzes Jahr lang tun möchte.“

„Wenn es dir nicht gefällt, musst du es ja nicht machen“, erklärte sie. „Ich will nicht ein Jahr mit dir verheiratet sein, aber ich nehme es hin und mache das Beste daraus.“

Das war bei ihm nicht mal annähernd dasselbe, besonders, wenn man bedachte, dass er sie mochte. Sie wollte.

Sie mehr wollte als diese gespielte Beziehung, die sie angefangen hatten.

Trotzdem schien es das Beste zu sein, jetzt erst mal zuzustimmen und sich in den folgenden Monaten damit zu befassen, dass sie es sich anders überlegte …

Lieber Gott, ein Jahr ohne Sex?

Pfeif drauf. Er war doch nicht irgend so ein Schweinehund, der die Hosen nicht anbehalten konnte, aber er mochte Sex, und er mochte Julia, und er wollte ...

Genau. Im Augenblick waren das, was er wollte, und das, worüber er verhandelte, zwei sehr unterschiedliche Dinge.

„Wenn wir ein Jahr zusammen verbringen, will ich, dass das etwas ist, das wir genießen." Er tippte auf die Zeile mit *kein Sex* in ihrem Buch. „Ich verstehe dich schon mit dieser Regel, aber ernsthaft, du hattest echt beschissene Freunde, wenn das Einzige, was du verhandeln willst, Sex ist. Wir müssen eine Menge Zeit rumbringen, während wir das echt genug wirken lassen, damit die Leute es nicht spitzkriegen. Wir sollten Dinge aufschreiben, mit denen wir Zeit verbringen *wollen*, während wir sie zusammen machen."

Außer Sex, verdammt.

Julia nickte und fügte dann auf der gegenüberliegenden Seite eine neue Überschrift an. GEMEINSAME AKTIVITÄTEN. „Das ist eine gute Idee. Wie wäre es, wenn du dir drei Sachen überlegst, die du willst, und ich überlege mir drei. Da können wir mal anfangen."

Endlich eine Stelle, an dem er ein paar Grundregeln zu seinen Gunsten festlegen konnte. Er dachte darüber nach, bevor er nickte. „Ich hab meine drei."

Sie fuhr mit dem Stift über die Fläche ihres Notizbuchs, Kritzeleien mit Blumen erschienen auf der Seite. „Moment mal. Gib mir kurz."

Zach lehnte sich zurück. Während sie ihre Notizen auf die niedlichste Art finster anstarrte, war es viel zu leicht, in den Bewunderungsmodus überzugehen.

Wie sie die Lippen verzog, kurz bevor sie sich auf die Unterlippe biss ...

Verflixt. Zach drehte sich im Stuhl und betete, dass sie

nicht in seine Richtung schaute, bis seine Erektion nicht mehr drohte, aus seiner Jeans zu platzen.

Ihre Augen leuchteten, sie schrieb etwas auf, nur um es eine Sekunde später wieder zu streichen, während ihr finsteres Gesicht noch finsterer wurde.

„Hast du Schwierigkeiten?", fragte Zach.

Julia nickte, dann zuckte sie mit den Schultern. „Du fängst an. Ich wette, da komme ich auf ein paar Ideen."

Das war ihm recht. „Erstens. Wir gehen einmal die Woche tanzen."

Sie blinzelte. „Echt jetzt?"

Er nickte heftig. „Ich mag tanzen. Es ist ein toller Sport, ich liebe die Musik, und es ist eine gute Möglichkeit, um sicherzustellen, dass die Leute uns zusammen sehen."

Es würde sie auch regelmäßig in seine Arme bringen.

„Ich schätze schon."

„Versuch bloß nicht, mir zu sagen, dass du Tanzen nicht magst. Rose und Tansy und Karen und ... verdammt, deine ganze Mädchenclique hat mich irgendwann in den letzten vier Monaten beiseite genommen und mir gesagt, wie sehr du es magst und dir wünschst, du könntest öfter hingehen." Er hob die Hände zu einem bescheidenen Schulterzucken. „Und ich bin ein fantastischer Partner."

Ihre Nase rümpfte sich auf sehr niedliche Art, bevor sie eine Zahl aufschrieb, gefolgt von *Tanzen gehen*. „Okay ... aber wir tanzen. Wir müssen nicht in den Ecken der Tanzhalle rumknutschen oder so was, damit die Leute glauben, dass es echt ist." Ein fieses Lächeln trat auf ihre Lippen. „Jetzt weiß ich es."

Diesmal schrieb sie entschieden in ihr Buch auf die Regelseite der Aufzeichnungen.

Zach glitt hinüber, um über ihre Schulter mitzulesen.

„Keine öffentliche Zurschaustellung von Zuneigung." *Verflixt doch.* „Ich stimme zu."

Entsetzen blitzte bei ihr auf. „Echt?", wiederholte sie.

Teufel, nein. „Mit einer Ergänzung."

Er klaute sich ihren Stift und fügte ein Schlüsselwort zu seinen Gunsten hinzu.

Julia seufzte. „Keine *unnötigen* öffentlichen Zurschaustellungen von Zuneigung?"

„Du hast es doch schon gesagt. Die Leute müssen glauben, dass wir ein Paar sind. Wenn wir niemals Händchen halten oder so was, werden sich die Leute fragen, was zum Teufel los ist." Er schenkte ihr sein bestes Welpengrinsen. „Die Frauen vom Ort, mit denen ich mal ausgegangen bin, haben sich irgendwie daran gewöhnt, dass ich sehr ... zuneigungsvoll bin."

„Du meinst handgreiflich", sagte sie gedehnt.

Er wollte nicht grinsen, aber es war unmöglich, es aufzuhalten.

„Das geht die doch nichts an, was wir ..." Ihre Stimme verklang. „Schön. Was ich als Aktivität will, ist Reiten. Weil, wie du schon gesagt hast, Touristenranch und so. Ist das möglich?"

„Auf jeden Fall." Und auch eine Aktivität, die ihm gefallen würde. „Mein zweites – du musst mit mir kommen, wenn ich Recherche für mein Brauereipub betreibe."

Die argwöhnische Julia war wieder da. „Recherche?" Sie legte den Kopf schief, und sie beäugte ihn, als wäre er ein aufgespießter Käfer. „Du willst mich zum Biertrinken treiben?"

„Du magst kein Bier?"

Sie wiegte den Kopf. „*Manche* Biere mag ich, aber Karen hat mich vor deinen Experimenten gewarnt."

„Vertraue mir. Ich gebe dir nur die Guten zum Probieren." Die Recherche würde beinhalten, dass sie mit ihm an noch festzulegende Orte reiste, aber da würde er sich hinarbeiten.

Die Gelegenheit zu bekommen, sie ein wenig zu verwöhnen, würde einiges bewirken, um sie in die Beziehung zu bugsieren, die er sich vorstellte.

Julias Lippen wölbten sich zum kleinsten Hauch eines Grinsens, aber sie schrieb es auf, bevor sie noch ein eigenes Projekt hinzufügte. „Mein zweites ... Ich will, dass wir Yoga machen."

„Wow, echt? Das wäre mein drittes gewesen", sagte er so ernsthaft wie möglich.

Sie funkelte ihn an. „Du bist nicht witzig."

„Ich bin zum Schießen. Okay, wir machen uns regelmäßig zur Brezel. Dafür hast übrigens du auf jeden Fall die Verantwortung. Ich weiß nicht mehr darüber, außer dass es Spaß macht, zuzusehen."

Das Geräusch, das von ihr kam, war zum Großteil ein Lachen, aber sie brachte es schnell zum Verstummen. „Das ist furchtbar."

„Ich bin ein Typ. Was meine letzte Bitte angeht, einmal in der Woche essen wir zusammen. Selbst gemacht, selbst gekocht, selbst aufgeräumt, kein Fernsehen."

Diese Bitte ließ sie stärker zögern als seine anderen beiden. Als sie den Blick hob, war ihre Miene eine Mischung aus Verwirrung und Argwohn. „Das ist ziemlich häuslich."

„Meine Eltern machen es. Familienabend. Es ist ..."

Er hielt inne, weil er nicht wollte, dass sie Panik bekam. Er übersprang seine erste Wortwahl für die Antwort, bei der es um wichtige Familientraditionen ging, denn er dachte sich, dass sie da vermutlich die Flucht einschlagen würde.

Zach entschied sich für den sicheren Weg. „Es ist billiger, als dich einmal die Woche auszuführen, aber es ist so was, das uns jeder einfach aus der Hand fressen wird. Damit lassen wir es echter aussehen."

Sie seufzte wieder, aber das war offensichtlich nur, um Drama zu machen.

Einen Augenblick später kam ein Gähnen von ihr. „Tut mir leid. Ich bin immer noch fertig von unserer Nacht, die die Welt auf den Kopf gestellt hat." Sie schaute sich auf dem Hof um, bevor sie sich zurückwandte. „Ich fange morgen Mittag mit der Arbeit an. Du hast erwähnt, dass ich nicht mehr in meiner Wohnung sein soll. Ich will nicht darum streiten, denn ich kenne die Wahrheit schon – dortzubleiben war eine Krise, die nur darauf wartete, zuzuschlagen."

„Wir richten dich hier oben ein. Wir müssen Alans Regeln durchgehen und uns dann dein Zeug holen, darunter auch dein Auto."

Julia nickte, aber ihr lag noch etwas im Sinn. Sie brauchte drei Versuche, damit sie ansetzen konnte, doch als sie loslegte, kam es entschieden heraus. „Ich will nicht, dass Karen die Einzelheiten erfährt. Den Teil, dass, wenn wir das nicht durchziehen, sie und Finn ihr Zeug verlieren."

Er zögerte. „Okay?"

Sie schaute ihm direkt in die Augen. „Meine Schwestern haben eine Menge vor den Latz geknallt bekommen, als ich aufgetaucht bin. Dass ich plötzlich so viel Kontrolle über sie habe, wäre schrecklich. Ich meine, irgendwie habe ich das, aber ich will nicht, dass sie es erfährt. Bitte, ich erwarte, dass du Finn irgendwas erzählen musst, aber dieser besondere Teil muss geheim bleiben. Ich meine, können wir ihnen einfach nur sagen, dass es irgendeine Komplikation gibt, weil wir keinen Ehevertrag haben, und wir müssen verheiratet bleiben, damit du nichts verlierst? Ich will Karen da nicht hineinziehen. Ich will nicht, dass unsere sich entwickelnde Beziehung von etwas belastet wird, für das sie nicht verantwortlich ist."

Die Tatsache, dass sie daran gedacht hatte, bevor er das

getan hatte, war demütigend. Andererseits suchte er nicht nach Möglichkeiten, warum es schiefgehen würde.

Aber er hatte vor Finn kein Geheimnis gehabt, seit ...

Na ja, ehrlich gesagt seit *immer*.

Trotzdem sah er ein, wie klug das war, und nickte langsam zustimmend. „Ich melde mich bei Alan, sobald ich kann, um sicherzustellen, dass er weiß, dass er sich dazu bedeckt halten sollte."

Julia musterte ihn, bevor sie ein schwaches Lächeln zum Besten gab. „Vielen Dank. Echt. Danke, dass du das verstehst."

„Hey, das sind für mich unbekannte Gewässer. Die ganze Beziehung über ein Jahr hinweg. Ich denke, wir müssen die Kommunikation offen halten, damit wir einander nicht wegen irgendeines sinnlosen Mists umbringen, und was du gerade erwähnt hast, ist ganz und gar nicht sinnlos."

„Ja." Sie tippte auf ihr Notizbuch, wechselte das Thema. „Ich habe jetzt grade kein drittes Ding."

„Mach dir keine Sorgen deswegen. Du bringst das später irgendwie raus, und wir fügen es an." Sie mussten immer noch den verdammten Umschlag lesen, aber er dachte sich, dass es Zeit für Action war, anstatt sie über etwas brüten zu lassen, was nicht zu ändern war. „Ich sag dir was. Ich bin sicher, du willst deinen Schwestern ein Update darüber geben, was los ist, und wir müssen dein Zeug aus deiner Wohnung holen. Weshalb meldest du dich nicht bei ihnen und bittest sie, dich da zu treffen? Ich fahr dich rüber, und mit unseren zwei Trucks können wir dich ziemlich schnell auf der Ranch einrichten."

Julia verzog wieder das Gesicht, diesmal ein wenig unbehaglich. „Ich glaube nicht, dass man dafür drei Trucks braucht."

„Es braucht eben, was es braucht." Er schob ihr den Umschlag wieder hin. „Ruf sie an, dann kannst du mir das vorlesen, während ich dich rüber zu deiner Wohnung fahre."

Es war die Ruhe vor dem Sturm. Julia schaute sich in ihrer stillen Wohnung um und fragte sich, wann sie die Kontrolle über ihr Leben verloren hatte.

Zach brachte sie die Stufen hinauf und wartete, bis sie sich verbarrikadiert hatte, bevor er ging, um weitere Umzugskisten zu holen.

Ihre Schwestern waren beide unterwegs, das Versprechen einer vollständigen Erklärung, sobald sie herkamen, sorgte wohl dafür, dass sie sich extra beeilten.

Julia schob eine Hand in die Tasche, und Papier knisterte. Die verdammte Nachricht vom Anwalt mit weiteren unerklärlichen Forderungen. Zum Glück war die Liste kurz gewesen, aber die drei Erfordernisse waren mehr als genug, um klarzumachen, dass es nicht viel Spielraum gab, um einfach getrennt ihrer Wege zu gehen.

Ihr sollt unter einem Dach leben.

Ihr sollt nicht länger als zwei Tage/Nächte während jedes Monats getrennt verbringen, ausgeschlossen davon sind medizinische Notfälle.

Einmal im Monat müsst ihr einen Brief schreiben und euch austauschen, auf dem jegliche Sorgen stehen, mit denen ihr es derzeit zu tun habt. Es gibt zwar keine festgesetzte Wortanzahl, aber alles, was weniger als eine Seite ist, gilt als nicht akzeptabel. [Der Inhalt dieser Briefe wird nicht von irgendjemandem sonst gelesen, aber ihr müsst mich in Kenntnis setzen, dass ihr es getan habt.]

Zach hatte bei diesem letzten Punkt geknurrt und einen Kommentar über verdammte Hausaufgaben abgegeben.

Ihre Lippen wölbten sich zu einem Lächeln, bevor sie es aufhalten konnte. Zumindest behielt der Mann seinen Sinn für Humor.

Zumindest *hatte* der Mann einen Sinn für Humor – Gott, sie konnte sich nicht vorstellen, in dieser Situation mit irgend so einem Stock-im-Arsch-Typen festzusitzen, der nicht wusste, wie man lachte.

Und die Fähigkeit zu lachen würde sich als praktisch erweisen, wenn man bedachte, dass es jeden Augenblick so weit sein würde, dass sie sich einen Weg durch die größte Lüge ihres Lebens pflastern musste.

Die Tür knallte gegen den Koffer, der den Weg versperrte, und sie schüttelte sich wach. „Ich komme."

„Verdammt, Julia." Karen stand auf der anderen Seite, spähte durch den kleinen Spalt, den sie aufbekommen hatte. Julia zerrte den Koffer zur Seite und stellte fest, dass sie einen Augenblick später in einer eisernen Umarmung steckte. „Hey, Kleine. Du hast ja echt ein teuflisches Wochenende."

Die Sorge in der Stimme ihrer Schwester machte Julia einfach fertig. „Ach, es war aufregend, das schon."

„Ich komme. Kistenlieferung." Lisa traf ein, ein Stapel Kartons in den Armen, während sie sich in die Junggesellinnenwohnung zwängte. Sie rümpfte die Nase. „Okay, ich kann endlich zugeben, wie sehr ich diesen Laden hasse. Sehen wir zu, dass du packst."

„Nur, wenn du packen und reden gleichzeitig kannst", sagte Karen, die Julia mit einem letzten Drücken losließ.

„Ich mache die Küche. Karen macht das Wohnzimmer. Julia, fang mit den Klamotten an. Und ja, rede beim Packen." Lisa reichte die Kisten zusammen mit den Befehlen herum.

„Sie organisiert gern das Leben von allen", sagte Julia trocken.

„Ich hoffe immer noch, ich kann ihr diese Angewohnheit austreiben", entgegnete Karen. „Natürlich hat sie nun Josiah, den sie rumkommandieren kann, und wir sollten weniger abkriegen."

Lisa streckte die Zunge heraus, bevor sie sich zur winzigen Küche wandte und die Schränke öffnete. „Was gibt es Neues, Julia?"

Vielleicht konnte sie mit etwas mehr Übung nicht mehr so seltsam fühlen, wenn sie es sagte. „Zach und ich sind verheiratet."

„Das haben wir bereits gehört", tadelte Karen.

„Wir sind verheiratet, und das bleiben wir auch ein Jahr lang. Es gibt Komplikationen mit dem Vermögen-Querstrich-Erbe, das Zach erhalten hat. Dass wir ohne Ehevertrag geheiratet haben, haut ihn finanziell in die Pfanne. Also weiß ich nicht genau, wie alles funktionieren wird, aber ich habe zugestimmt, dass ich ein Jahr lang bleiben würde."

Sie hatte Kleider aus den Schubladen ihrer Truhe in eine Kiste gelegt, richtete die Ränder eines jeden Gegenstands sorgsam, während sie sprach.

Im Raum wurde es still.

Sie schaute auf, um festzustellen, dass ihre beiden Schwestern stark blinzelten.

„Ihr bleibt verheiratet." Karen runzelte die Stirn. „Hat das was mit ihrem Mentor und dieser ganzen Sache mit dem Erbe zu tun?"

„Ja. Wenn ich gehe, verliert Zach alles."

Karen fluchte. „Ich weiß, dass die Typen Bruce verehren, aber der Mann ist manchmal echt ein Arschloch. War ein Arschloch? Tut mir leid, dass ich schlecht von den Toten rede."

„Ach, da stimme ich zu", entbot sich Julia. „War eins, ist eins – und ihren Anwalt mag ich auch nicht sonderlich."

„Ihr beiden führt echt ein seltsames Leben." Lisa schüttelte den Kopf und verschränkte die Arme vor der Brust. „Bist du sicher, dass du das tun willst, Julia?"

Julia zuckte mit den Schultern. „So schlimm ist es nicht. Zach und ich wollten doch bereits in den nächsten paar Monaten so tun, als wären wir zusammen."

„Zwei Monate und zwölf Monate sind ein leichter Unterschied, falls du mathematisch nicht ganz auf der Spur bist", erklärte Karen.

„Wir kriegen das hin." Himmel. Jetzt klang sie schon wie Zach. Sie hielt vor den beiden ihre beste Rede. „Wir haben ein paar Grundregeln festgelegt, und ich glaube, wir werden uns schon ganz gut verstehen. Ich denke, wenn alles durch ist, sind wir bestimmt gute Freunde." Sie hob einen Finger. „Aber da ich die Stadt nicht verlassen werde, müssen die Gerüchte über mich und Brad echt schnell sterben. Die Leute müssen glauben, dass Zach und ich echt ein Paar sind."

Lisa starrte an die Decke, dachte heftig nach. „Ich frage mich ..."

„Was immer ihr beschließt, den Leuten zu sagen, ich glaube, je weniger ihr ausschmückt, umso besser." Karen ließ den Finger kreisen, schloss das ganze Zimmer ein. „Du ziehst zu ihm, oder?"

Das Nicken fühlte sich seltsam an. „Na ja, nicht zusammenziehen, aber wir teilen uns ein Haus. Ja. Was nicht sonderlich schlimm ist, wenn man bedenkt, dass das hier nicht so gemütlich ist, und er hat eine Hütte mit zwei Zimmern."

„Ihr braucht Ringe", sagte Karen.

Ein scharfes Prickeln ging durch Julias Eingeweide. „Okay, ich werde es ihm sagen. Etwas Einfaches."

„Einfach ist gut", versicherte ihr Karen.

„Karen hat recht." Lisas Miene hatte sich regelrecht zur Freude gewandelt. „Nicht nur mit dem Ring. Ich glaube, je näher an der Wahrheit ihr es haltet, umso besser. Niemand wird glauben, dass ihr beiden so krass verliebt seid, dass ihr spontan beschlossen habt zu heiraten. Die Leute *werden* aber glauben, dass ihr euch besoffen habt, und während ihr unter Alkoholeinfluss standet, etwas getan habt, was ihr insgeheim auch *wolltet*. Und jetzt habt ihr beschlossen, dass es keinen Grund gibt, euch scheiden zu lassen, da ihr sowieso zusammen wart."

„Das ist lächerlich."

„Ja." Lisas Grinsen wurde breiter. „Alle hier werden über dich und Zach lästern, zwei wilde und impulsive junge Leute, die sich versehentlich festgelegt haben und jetzt viel zu stur sind, oder das Geld nicht ausgeben wollen, um sich die Mühe zu machen und sich scheiden zu lassen."

Karens Augen leuchteten. „Oh, das ist gut."

Es war brillant. „Alle werden über *mich und Zach* reden."

Was genau das war, was Julia wollte. Genau das, was sie brauchte – denn offen gesagt, wen interessierte schon, was die Leute über sie und Zach sagten? Solange es sie beide waren, um die die Gerüchte sich drehten.

Nur eine Frage blieb noch. „Ihr beiden kennt die Wahrheit, und Zach wird es Finn und Josiah erzählen. Aber was sage ich Tamara?"

Verwirrung trat in Karens Augen. „Das liegt ganz bei dir."

„Ich frage, was ihr für das Beste haltet", beharrte Julia. „Ihr drei seid doch schon seit Jahren eine Einheit. Ich will nicht, dass eines der ersten großen Dinge, die ich mache, ein Geheimnis zwischen euch treten lässt."

Daraufhin ging Lisa durch das Zimmer, nahm sie an den Handgelenken und riss sie hoch. Im nächsten Augenblick wedelte sie mit einem Finger vor ihrem Gesicht. „Julia

Blushing, nicht mal Schwestern erzählen einander alles. Das ist doch nicht irgendeine Art Schwesternschaft, aus der wir dich rausschmeißen, weil du den richtigen Handschlag nicht beherrschst."

„Wenn du Tamara erzählen willst, dass alles in Ordnung ist, und du zu ihr gehst, falls du Rat brauchst, reicht das mehr als nur aus." Karens Schultern hoben sich und senkten sich dann zu einem sanften Schulterzucken. „Das ist alles, was du einer jeden von uns erzählen musst. Deine Geheimnisse gehören dir. Wir wollen nur, dass du glücklich bist. Ehrlich."

Sie hatte wohl zu lange gezögert, denn als nächstes spürte Julia, wie sie von zwei Personen in den Arm genommen wurde.

Die Enge in ihrem Inneren ließ nach, und ihre Stimme war gedämpft an Karens Schulter. „Ihr seid echt gute Menschen."

„Oh, hey, Gruppenumarmung."

„Kann ich mitmachen?"

Zwei vertraute männliche Stimmen beendeten die impulsive, unterstützende Umarmung, aber nicht, bevor Lisa Julia ein letztes Mal gedrückt hatte.

„Zu spät", erwiderte Karen auf Finns Frage hochnäsig. „Aber ich sehe hier einen Garderobenständer, auf dem euer Name steht. Der verzweifelt von euch in die Arme geschlossen werden will."

Zach kicherte. „Ein verzweifelter Ständer. Das ist etwas Deprimierendes, wenn man es als frisch Verheirateter hört."

„Ich dachte, das wäre der Name deiner neuen Rockband, Zach", warf Julia ein.

Ein amüsiertes Zischen kam von Lisa und Karen, und dann machten sich alle wieder an ihre Aufgaben, die Schwere war beiseitegeschoben, die Sorgen auch.

Julia klappte den Deckel der nächstbesten Kiste zu und reichte sie Zach beim nächsten Mal, als er ins Zimmer kam. Er zögerte, als er ihr breites Lächeln sah. „Alles okay?", fragte er.

„Ich erklär dir die Einzelheiten später. Ich habe sehr schlaue Schwestern", setzte sie ihn in Kenntnis.

„Die Klugheit liegt euch in den Genen." Er zwinkerte und entwischte aus dem Zimmer.

Es dauerte nicht lang, ihre Wohnung auszuräumen, aber bis sie fertig waren, hatte sich eine Menge interessierter Zuschauer versammelt. Ein paar taten so, als würden sie sich auf der Bank auf der anderen Straßenseite ausruhen. Weitere spähten aus den Fenstern von Connies Restaurant, während Julias Habseligkeiten hinten in den Trucks verstaut wurden.

„Ich muss noch mein Auto von der Feuerwache holen", sagte sie zu Zach, nachdem die letzten Kisten herausgetragen worden waren.

„Ich lass dich raus, bevor ich zurück zur Ranch fahre." Er verzog das Gesicht. „Ich werde ein bisschen brauchen, um dir mein Zeug aus dem Weg zu schaffen."

„Staple meine Sachen vorerst einfach auf der Veranda oder in einer der leeren Hütten", schlug Julia vor. „Ich habe das, was ich für heute Abend brauche, in meinem Koffer. Und ich habe ein paar Arbeitsklamotten in meinem Auto verstaut, die ich mir für morgen schnappe."

„Klingt gut."

Einen Augenblick später wich alle Luft aus ihren Lungen. Er war so dicht an sie herangetreten, dass sich ihre Oberkörper berührten. Aber das schien nicht zu reichen, denn plötzlich glitt seine Hand um sie herum, drückte sich an ihren unteren Rücken. Der Kontakt zwischen ihnen vergrößerte sich, als er den Kopf neigte.

Julia drückte ihm die Handflächen auf die Brust, um seine Vorwärtsbewegung aufzuhalten. „Was machst du da?", flüsterte sie.

„Wir haben ein Publikum", flüsterte er zurück. „Tut mir leid."

Seine Lippen streiften ihre. Flüsterleicht. Kaum da. Gerade genug, ein Necken, das ihr Herz zum Klopfen brachte.

Ihre Finger spannten sich unabsichtlich an, legten sich um die weiche angeraute Baumwolle seines T-Shirts. Die harten Muskeln seiner Brust hoben sich unter ihren Handflächen. Sein Atem geisterte über ihre Haut.

Zach kam wieder näher, seine Zunge reizte ihre Lippen. Fuhr ihren Umriss nach, bis sie sie öffnete, und er nutzte es aus. Zwischen ihnen stieg die Hitze an, ein Feuer loderte in ihrem Bauch auf. Sein Geschmack kam zu ihr, überwältigte ihre Sinne und füllte ihren Kopf.

Er richtete sich neu aus, sodass ihre Körper aneinander klickten wie zwei Legosteine, die genau zusammenpassten. Seine Härte drückte sich an sie, und sie war geschockt, als sie feststellte, dass ihre Hände sich aus eigenem Antrieb bewegt hatten. Die Finger glitten durch seine Haare, während sie sich vorbeugte und hungrig an seinem Kuss teilnahm. Am Kontakt.

An dieser ... äußerst öffentlichen Zurschaustellung von Zuneigung, die ihnen schon Rufe und Pfiffe vom begeisterten Publikum einbrachte.

Zach löste den Druck zwischen ihnen, aber er hörte nicht auf. Nicht gleich. Er ließ sich verdammt noch mal Zeit. So langsam eigentlich, dass sie spürte, wie seine Lippen, bevor sie ihre verließen, sich zu einem Lächeln wölbten.

Seine Pupillen waren dunkel und faszinierend, während er herabstarrte und schwer atmete. „Alles gut?"

„Du bist schlimm", flüsterte sie.

„Genau wie du", scherzte er. „Aber es geht ja gerade rum, dass wir zusammen schlimm sind, also, Mission erfüllt." Er ließ sie nur lang genug los, um ihre Hände zu verbinden, während er sie zur Beifahrertür des Trucks führte. „Komm schon. Bringen wir dich nach Hause."

10

———————

Zach drängte nicht, als sie es schließlich beide zurück zur Ranch geschafft hatten. Tatsächlich sorgte er dafür, soweit wie möglich aus dem Weg zu bleiben, nachdem er Julia geholfen hatte, die Kisten zu tragen, mit denen sie ihr Zimmer organisieren wollte.

Sie brachte ihn auf den neuesten Stand zur Idee ihrer Schwestern, dass sie zu stur waren, um sich scheiden zu lassen, was es leichter machte, ihre Neuigkeiten zu verbreiten. Es bedeutete auch, dass er einen garantierten einjährigen Zeitrahmen hatte, um damit zu arbeiten, worüber er sich, wenn man alles mit bedachte, nicht beschweren würde.

Nachdem sie erwähnt hatte, dass sie Ringe brauchten, und er versprochen hatte, sich darum zu kümmern, schien es angemessen, ihr ein wenig Raum zu lassen, um sich an alles anzupassen, was sich in den letzten über achtundvierzig Stunden ereignet hatte.

„Ich muss ein paar Pflichten erledigen", setzte er sie in Kenntnis. „Es gibt übrige Pizza im Gefrierfach, die wir uns zum Abendessen machen können, wenn das okay klingt."

Sie hielt nicht in ihrer Aufgabe inne, ihr Bett zu beziehen. „Ich habe ein paar Sachen aus meinem Kühlschrank gerettet, um einen Salat zu machen. Wann willst du denn essen?"

„Klingt halb sieben okay? Ich meine, da werde ich wieder da sein, damit wir mit allem anfangen können, wir können etwas später essen."

„Okay. Bis dahin bin ich vielleicht auch organisiert." Sie winkte ihn weiter und stürzte sich auf einen Stapel Kisten.

Er ging langsam, die ganze Gewöhnlichkeit der Situation kam ihm extrem bizarr vor.

Draußen war die Luft kühler geworden, der Herbstwind wehte von den Bergen im Westen. Trotzdem hatte er nicht viel, worüber er sich beschweren konnte, als er zur Scheune ging, um Finn aufzuspüren.

Zunächst fand er ihren Vorarbeiter. Cody Gabrielle schaute zweimal hin, ließ den Huf zu Boden fallen, den er gerade reinigte, bevor er der Stute aufs Hinterteil klopfte und die Boxtür hinter sich schloss. „Hey."

Zach lächelte ihn rasch an. „Hast du Finn gesehen?"

Cody deutete tiefer in die Scheune. „Ich höre, man darf gratulieren."

Die Nachricht hatte sich schnell verbreitet. Zach beschloss, sich dumm zu stellen, nur um zu sehen, an welchem Teil Cody am meisten interessiert war. „Wozu?"

„Ach, jetzt komm schon." Cody neigte missbilligend das Kinn. „Wenn schon sonst nichts, hättest du mich mal vorwarnen können. Ich habe in Betracht gezogen, selbst mal bei Julia vorstellig zu werden", gab er zu.

Das Aufblitzen des Beschützerinstinkts, das auf Zach eindrang – das war nicht gut.

Sie ist meine *Frau ...*

Zach blieb abrupt stehen und ließ die tatsächlichen Worte tief einsinken. Er hatte eine Frau. Julia war seine *Frau.*

Herr im Himmel, er war verheiratet, mit Julia. Was ihn zu einem ...

„Dein Gesicht ist unbezahlbar", sagte Cody trocken. „Ich weiß nicht, ob ich dich kalt abspritzen oder dich in die Magengrube schlagen sollte, weil du so angibst."

Zach ließ ein Grinsen aufblitzen und nahm sich zusammen. „Spar dir die Schläge in die Magengrube. Du könntest mir einen Toast aussprechen."

Cody nickte, aber eine Spur Sorge schlich sich ein. „Ich gratuliere. Aber verdammt, Mann. Das ist echt eine krasse Dating-Methode."

Das lockere Schulterzucken fiel ihm leicht. „Wenn es richtig ist, warum soll man dann warten."

„Bitte." Der Mann schnaubte. „Versuch doch nicht, so zu tun, als hättest du dich so schnell verliebt. Ich meine, ihr beiden passt ja vielleicht zusammen wie Öl und Essig, aber es ist trotzdem lächerlich. Ihr habt irgendwas vor."

Neugier machte sich breit. Cody machte ihm keinen Stress wegen der „Hochzeit in Vegas"-Sache. „Ach? Du bringst unser tiefes, dunkles Geheimnis heraus?"

Cody grinste ihn an. „Das ist irgendwie Geld im Spiel."

Das war eine Untertreibung. Je weniger er allerdings darüber sagte, desto besser. „Das Wetter sieht in den nächsten Tagen anständig aus."

Das brachte ihm ein leises Kichern und ein Zwinkern ein. „In der Zwischenzeit hast du Julia im Bett – nicht gerade eine Strafe, Mann. Nicht im Geringsten."

Bis auf die verdammte Kein-Sex-Regel. Zach lächelte weiter. „Pass bloß auf, wie du über meine Frau redest", warnte er.

Der Vorarbeiter lachte. „Auf jeden Fall haben wir Dinge zu besprechen. Komm schon. Erst Arbeiten, dann kannst du zurück in deine Flitterwochen."

Wünschte sich Zach nicht, dass das der Wahrheit entspräche?

Trotzdem, die Stunde, die er mit Cody verbrachte, um ihre Liste mit Pflichten durchzugehen, die man auf der Touristenranch erledigen musste, gab Zach eine gute Gelegenheit, seine Gedanken auszuruhen.

Er hatte ein heftiges Jahr hinter sich. Es war nicht sinnvoll, sich zu sehr und zu schnell zu bemühen und damit Julias Widerstand anzuschüren. Obwohl sie ihm gefiel, wenn sie frech war, genauso, wie er ihren Sinn für Humor mochte.

Die einzige Stimmung, die ihm nicht gefiel, war, wenn in ihren Augen Angst aufstieg.

Nachdem er sich ein paar Minuten vor halb sieben von Cody verabschiedet hatte, eilte Zach zurück zur Hütte, seine Sorge wurde größer.

Sie hatte diese Sache mit dem Kidnapping so nebensächlich erwähnt, und doch musste es die Hölle gewesen sein. War es vielleicht noch. Sie zu bedrängen, stand auf jeden Fall nicht auf der Agenda.

Zum Glück hatte er alle möglichen anderen Optionen, wenn es darum ging, das Gespielte ins Echte übergehen zu lassen.

Er marschierte die Vorderstufen zu ihrer Hütte hinauf, bemerkte mit Interesse den kleinen Stapel Kisten und zufälliger Möbelstücke, die in einem ordentlichen Haufen zusammengetragen waren. Ein Schritt weiter, und er schob sich durch die Tür.

„Hey, Liebling, ich bin zu Hause", rief er frech.

Der Wohnzimmer-Querstrich-Küchenbereich war leer. Stimmen erklangen von weiter hinten in der Hütte, darauf folgte Lärm, und seine Neugier stieg an, während Julias Lachen über eine maskuline Stimme hinwegtrieb.

„Du hast vermutlich recht", sagte Julia, während Zach

vorsichtig den Kopf durch den offenen Eingang zum Gästezimmer steckte.

„Natürlich habe ich recht." Die Stimme schien aus dem Nichts zu kommen, bevor Zach ihr Handy auffiel, das an einem Stapel Bücher stand. „Ach, hallo. Du bist wohl Zach."

Julia drehte sich auf der Bettkante, winkte ihn näher heran. „Hey. Ich dachte, ich wäre inzwischen fertig. Das ist Tony."

Zach ließ sich neben ihr nieder, wie sie ihm bedeutet hatte, und wartete auf einen Hinweis darauf, ob er dieser Person gegenüber lügen sollte. Sollte er sie küssen? Sie ignorieren?

Er blieb vorerst bei etwas Einfachem. „Hi, Tony."

Gott sei es gedankt, Julia grinste und erlöste Zach aus seinem Elend. „Tony ist mein Therapeut. Er weiß alles. Tut mir leid, ich hätte erst fragen sollen, aber er hat unerwartet angerufen."

„Es bleibt unser Geheimnis. Außerdem bekommen Therapeuten eine Menge Spielraum", sagte Zach großzügig, während er ihr Gesicht musterte. Sie wirkte ein wenig ruhiger als sonst. „Alles gut?"

Sie nickte, deutete auf ihr Handy. „Bei der Aufregung am Wochenende habe ich vergessen, meinen nächsten Termin umzubuchen. Tony hat angerufen, um zu sehen, was los ist."

Auf dem winzigen Bildschirm beäugte der Mann ihn heftig. Ein ganz anständig aussehender Kerl, vielleicht in den späten Vierzigern. „Eine teuflische Situation, ihr beiden", sagte Tony gedehnt.

„Ist es", gab Zach bereitwillig zu. „Aber Julia hat eine Menge Familie, die auf sie aufpasst, und ich hoffe, dass ich ihr helfe, so mühelos durchzukommen, wie es nur möglich ist."

„Gut zu wissen", sagte Tony. „Sie sagte, du bist vertrauenswürdig. Das höre ich gerne. Ich bin auch bereit, jederzeit mit dir zu plaudern. Mit euch beiden. Ihr wisst schon, während ihr mit dieser Lage im nächsten Jahr fertig werdet."

Zach öffnete den Mund, um zu leugnen, dass er jemals Interesse daran haben würde, dann zögerte er. Wenn es darum ging, zu tun, was nötig war, um das zum Funktionieren zu bringen, warum nicht? „Wenn Julia will, sicher."

Der Mann nickte anerkennend, aber sein Blick blieb scharf und abschätzend, bevor er sich wieder an Julia wandte. Seine Miene wurde weicher.

„Ich sollte los", sagte Tony. „Melde dich in einer Woche mal, und wir bringen uns auf den neuesten Stand, okay?"

„Auf jeden Fall", erwiderte Julia.

Tony hob einen Finger, um zu verhindern, dass sie schon ging. „Ach, und denk über das nach, was ich vorgeschlagen habe."

Aus irgendeinem Grund sorgte diese Anmerkung dafür, dass ihre Wangen ganz rot wurden. „Tschüss, Tony."

„Tschüss, J."

Sie nahm das Handy an sich, ihr Blick wandte sich sehr viel weniger behaglich von Zachs Gesicht ab als nur einen Augenblick zuvor. „Tut mir leid, das."

„Kein Problem. Ich freue mich, dass ich ihn treffen konnte." Zach drehte sich weg, um ihr Platz zu lassen, unterwegs zur Küche. „Soll ich mit dem Abendessen anfangen, oder brauchst du erst noch bei irgendwas Hilfe?"

Julia kam ihm am Kühlschrank zuvor und begann, Gemüse raus zu räumen. „Erst Abendessen. Ich bin am Verhungern." Sie arbeiteten schweigend ungefähr dreißig Sekunden lang, bevor sie wieder etwas sagte. „Tony ist ziemlich cool."

Das war der beste Einstieg, den Zach wohl bekommen würde. „Schien mir wie ein lockerer Typ."

Sie hielt mitten im Auspacken eines Salatkopfs inne. „Ja und Nein. Wenn er versucht, auf den Punkt zu kommen, ist er wie ein Terrier, der sich festgebissen hat. Ich habe angefangen, mich mit ihm nach diesem Schlamassel mit dem Kidnapping durch Dwayne zu treffen. Die Gespräche mit Tony haben geholfen."

„Das freut mich für dich", sagte Zach aufrichtig, während er die gefrorenen Pizzascheiben auf das Backblech legte. „Es gibt nichts besseres, als sich den Kopf gerade rücken zu lassen und dabei Hilfe zu bekommen."

Julia beäugte ihn kurz. „Das stimmt, aber das glauben nicht alle. Ich meine, manche Leute denken, man sollte einfach damit fertig werden und klarkommen. Oder dass es genug sein sollte, mit einem Kumpel zu reden."

„Wenn es für sie reicht, toll. Was ist denn falsch daran, einen Freund mit Ausbildung zu haben, der ein wenig klüger in diesem besonderen Bereich ist, und einem einen einfacheren Weg zeigt?"

Er schob die beiden vollen Bleche in den Ofen und stellte den Timer ein.

Als er sich erhob, schaute sie ihn an, als wäre ihm ein drittes Auge gewachsen.

„Was?"

Sie schüttelte den Kopf. „Willst du Tomaten in deinen Salat?"

„Ja. Jetzt verarsch mich nicht, Jules. Gibt es ein Problem?"

Unter ihren Fingern bewegte sich das Messer rasch durch die weichen Salatzutaten. Sie zögerte zweimal, bevor sie einen langen, harten Seufzer ausstieß. „Du sagst immer die richtigen Dinge, Zach. Etwa, keine Sorge, dieses Jahr geht im Nu vorbei. Keine Sorge wegen eines Jobs oder der Tatsache, dass wir zusammen leben. Und jetzt klingst du nicht wie die Leute, die glauben, wenn man einen Therapeuten hat, heißt das, man ist gebrochen."

Es war falsch, aber er konnte nicht verhindern, dass ihm ein Kichern entwich. „Es wird nicht im Nu vorbei sein, aber wir können Spaß haben. Dass man sich Sorgen macht, ändert nichts an den Dingen, Taten ändern etwas. Therapie ist ein Werkzeug, das man benutzt, wenn man es braucht – das sind übrigens alles Dinge, die meine Mutter im Lauf der Jahre viele Male gesagt hat. Wenn ich damit richtig liege, danke. Freut mich, dass es dir aufgefallen ist."

Endlich bekam er ein Lachen von ihr. „Du hast echt mal ein gesundes Ego, Beau."

Zach erschauerte. „Hey, ich dachte, wir haben uns auf den weitaus weniger fiesen Kosenamen *Baby* geeinigt."

Ein Lächeln geisterte über ihre Lippen, während sie Salat in zwei Schüsseln austeilte. „Das wird ein Spaß für Karen und Finn."

„Tob dich ruhig aus", ermutigte er sie.

Einen Augenblick später saßen sie am Tisch, genehmigten sich den Salat, während die Pizza weiter warm wurde.

Julia machte wieder eine kurze, überlegte Pause, die Gabel hoch in der Luft, während sie ihre Gedanken zusammennahm, bevor sie die Worte hervorstieß. „Tony hat mir in Erinnerung gerufen, dich wegen meiner Albträume zu warnen. Obwohl du das irgendwie schon weißt."

Zach nickte, sein Mund war zu voll, um etwas anderes zu erwidern.

Sie pflügte weiter. „Ich bekomme sie ehrlich gesagt nicht mehr oft. Sie treten nur hin und wieder mal auf, ein bleibender Nervfaktor, mit dem man sich rumschlagen muss, und ein Ärgernis. Das Beste ist dann, mit mir zu reden. Du kannst das Licht anschalten und mir einfach sagen, ich soll aufwachen."

„Okay. Das kann ich machen."

„Schon mal vorab Entschuldigung, dass ich eine schwierige Mitbewohnerin bin." Sie rümpfte die Nase.

„Hör auf, dich zu entschuldigen." Zach schnappte sich ein Kartenspiel vom Seitentresen. „Die einzige echte Frage ist jetzt, wie heftig kann ich dich beim Rommé schlagen."

„Gin oder normal?" Der Stress fiel von ihr ab, als er das Thema wechselte.

„Ich schätze, wir müssen beides versuchen. Oder verschiedene Varianten."

Karten wurden ausgeteilt, Pizza verspeist. Bis sie das Geschirr gespült, ihren Terminplan für die Woche aufgeschrieben und eine Agenda an den Kühlschrank gepinnt hatten, waren Zachs Wangen schon müde vom ständigen Grinsen.

Der Kontrast zwischen seiner Liste und ihrer war wie Nacht und Tag.

Seine – einfach eine Zeile nach der anderen in seiner wilden Kritzelschrift, obwohl er es geschafft hatte, es leserlich zu gestalten. Julias perfekte Handschrift war mit kleinen Sternchen und Monden am Rand der Seite verziert, und sie hatte zwei Seitenbereiche eingetragen, einen mit Platz für Mahlzeiten und einen für die Einkaufsliste.

Als sie die Kühlschrankmagneten fertig angebracht hatten, schnappte sich Zach ein weiteres leeres Blatt und tat sein Bestes, um sich einen ganz schicken offiziellen Titel auszudenken.

„Was ist das?", fragte sie und spähte ihm über die Schulter.

Er hielt es vor. „*Plan für lustiges Zeug*. Du weißt schon, Dinge, bei denen die Zeit verfliegt."

Durch ihre Schichten und die Termine in seinem Kalender musste man ein wenig jonglieren, aber sie brachten es schließlich hin.

Julias Zustimmung war eindeutig, während sie ihn neben den anderen an den Kühlschrank heftete. „Mittwochabend Reiten, Donnerstagvormittag Yoga, Samstag Tanzen, Sonntagabend Essen."

„Zumindest diese Woche. Deine Schichten ändern sich ständig, oder?"

„In den nächsten paar Monaten habe ich zwei Tage, zwei Nächte und vier Tage frei."

Er nickte. Ihre Jobsituation über das Ende des nächsten Monats hinaus stand auf seiner To-do-Liste für die nächsten Tage. Nicht, dass er ihr das erzählen würde.

Von ihr kam ein Gähnen, dann schüttelte sie es ab. „Tut mir leid. Es war ein langer Tag."

„Lange Tage", stimmte er zu, während sie zu ihrem Zimmer weiterzog.

Er hielt inne, um das trockene Geschirr wegzuräumen, überrascht, ihr Spiegelbild im Fenster sehen, während er arbeitete. Anstatt zu verschwinden, blieb sie im Eingang stehen. Sie starrte ihn an, ihr Blick ging von oben nach unten, während er sich bewegte. Abschätzend? Besorgt? War es zu viel, unter einem Dach zu leben?

Dann glitt ihre Zunge heraus, Feuchtigkeit legte sich über ihre Lippen. Sein Körper verhärtete sich, noch während ihre Miene hungrig wurde. Er war nur eine Sekunde davon entfernt, sich umzusehen und zu fragen, was sie sonst noch auf ihre To-do-Liste setzen wollte – er hätte gern damit angefangen, ihren süßen Mund wieder überall zu schmecken – als sie den Kopf schüttelte und in ihr Zimmer floh.

Verdammt. Zwei Schritte vorwärts, ein Schritt zurück. Zach überlegte sich, schnell zu duschen und sich mit seinem Problem zu befassen ...

Keine Debatte. Mit einem Ständer im Zimmer neben ihrem zu liegen, war seine Vorstellung von Folter.

Eine versaute Dusche lag vor ihm.

Der Morgen dämmerte klar und hell am Vorhang vorbei, den Julia vergessen hatte, am Vorabend zu schließen,

Sonnenschein fiel über ihr Bett. Der Sonnenschein war ein Geschenk, aber eine noch größere Freude war das Gefühl des Friedens, das sich über sie legte.

Keine stampfenden Schritte im Gang, kein ängstliches Lauschen, ob jemand sich an ihrer Tür zu schaffen machte.

Sie hatte geschlafen wie ein Stein – was ein Wunder an sich war, wenn man bedachte, wie verworren es in ihrem Gehirn am Vorabend zugegangen war, als sie sich hingelegt hatte. Jeder Schritt des Prozesses war an und für sich logisch gewesen, aber im Rückblick wirkte es alles so unmöglich.

Sie war verheiratet und blieb es noch ein Jahr lang.

Nö. Immer noch nicht möglich.

Dass sie sich durch das Zimmer bewegte, sorgte dafür, dass diese Gefühle stärker wurden. Dankbarkeit strömte herein, dass sie einen sauberen, toll riechenden und sicheren Ort hatte, an den sie ihren Hut an den Nagel hängen konnte. Unglauben machte sich ebenso heftig bemerkbar, darüber, dass sie *hier* war und dass es echt war.

Ganz gleich, wie locker die Zeit gewesen war, die sie am Vorabend mit Zach verbracht hatte, zu entdecken, dass sie am Morgen eine leere Küche für sich hatte, ließ sie einmal mehr entspannen, während sie im Kühlschrank nach Frühstück wühlte. Ein rascher Blick auf den Kalender zeigte, dass er bereits vor ein paar Stunden aus der Hütte verschwunden war. Sie hatte keinen Ton gehört, als er aufgebrochen war. Ein rücksichtsvoller Mann – genauso wie sie es Tony am Vorabend erzählt hatte.

Julia erwischte sich beim Knurren. Verdammt sei er.

Tony, nicht Zach, denn die derzeitige vorrangige Quelle ihrer wirbelnden Gefühle war ihr Therapeut. Ein guter Mann, total hart, wenn es darum ging, Julia schwierige Wahrheiten eingestehen zu lassen.

Als sie eingeschlafen war, hatte Tonys Stimme weiterhin in ihrem Kopf nachgeklungen.

Er hatte sie gefragt, wie sehr sie Zach vertraute, und diese Frage war leichter zu beantworten gewesen, als sie erwartet hatte. Sie hatten in den letzten Monaten genug Zeit miteinander verbracht, dass es ihr behagte, wenn er da war. Mit all dem Guten, das ihre Schwestern hinzufügten, wenn sie über ihn sprachen, und dem Wissen, dass Finn niemals etwas Schlimmes zulassen würde, war Zach ein sicherer Hafen.

Es war eine große Offenbarung gewesen, aber dann war Tony losgezogen und hatte es noch einen Schritt weiter getrieben. Seine Vorschläge, die Sex und Zach betrafen ...

Nö. Sie würde diese Ideen nicht mal vor sich selbst wiederholen, wenn man bedachte, dass der Gedanke allein schon dazu führte, dass ihre Wangen heiß wurden.

Und letzte Nacht an ihn zu denken, hatte für einige sehr interessante Träume gesorgt.

Nein. *Mitbewohner. Konzentriere dich darauf, Blushing, und belasse es bei Freunden.*

Außerdem war Zach heute die geringste ihrer Sorgen. Zurück zur Arbeit bedeutete, dass sie sich der Feuerwache stellen musste. Bis sie ihr Auto draußen vor der Feuerwache parkte, hatte Julia ihre Geschichte noch immer nicht fertig.

Es war Zeit, ihnen was vorzumachen.

Natürlich musste es einer der Tage sein, an der das ganze Gebäude randvoll mit jedem verdammten Freiwilligen der Stadt zu sein schien. Was vielleicht etwas Gutes war. Dann musste sie das nur einmal machen.

Der Jubel und das Gelächter fingen sofort an, als sie einen Fuß in den ersten Stock der Feuerwache setzte. Dort war die große Küche, und ein Tisch, der groß genug war, dass zwanzig Leute daran passten, ging um den ganzen Raum.

Es gab kein Aufwärmen, es ging direkt zur Sache.

„Hochzeit in Vegas? Echt jetzt?" Alex, ein Cowboy vom Ort und einer der Aufseher der Schicht, trat vor sie.

„Hast du nie von jemandem gehört, der in der Stadt der Sünde den Jackpot gewinnt?", fragte Julia fröhlich, ging um ihn herum und entschied sich, das auf größtmögliche Weise hinzubiegen.

Sie stieg auf den nächstbesten Tisch und pfiff einmal scharf.

Sobald alle Blicke auf sie gerichtet waren, fuhr sie fort. „Ich bin sicher, ihr habt es jetzt alle gehört, aber ja, es stimmt. Zach und ich haben uns schon insgeheim eine Weile getroffen, und es scheint, während wir unter dem Einfluss von Jose Cuervo standen, haben wir versehentlich geheiratet. Da wir sowieso schon zusammenziehen wollten, haben wir beschlossen, einfach damit weiterzumachen. Ich nehme jetzt Fragen von den billigen Plätzen an ..."

Ein paar Hände gingen hoch, während einige Leute versaute Vorschläge machten.

Julia beäugte die Grobiane mit Missbilligung, dann deutete sie auf den anderen Aufseher der Freiwilligen, Ryan Zhao, der die Finger gehoben hatte.

Seine dunklen Augen funkelten. „Mit beiden Füßen voran – so kann man es auch machen. Willst du, dass wir für einen Scheidungstopf sammeln? Oder was fürs Baby zusammenlegen?"

Die nächstbeste Freiwillige schlug ihm auf den Arm, bevor sie die Stimme erhob. „Ich gratuliere, Jules. Zach ist ein ganz Heißer."

„Sehe ich auch so, Crystal. Was ihn zu einem passenden Partner für mich macht, da ich doch auf der Feuerwache arbeite und so." Julias Wangen war waren bestimmt tomatenrot.

Denn Zach war ein Heißer, und verdammt, wenn Tonys

Vorschläge nicht wieder in ihren Gedanken aufploppten, detailliert und versaut.

„Blushing?"

Julia schüttelte sich aus ihrem schmutzigen Tagtraum heraus. „Ja?"

Alex wieder, diesmal mit einem Kichern. „Ist uns aufgefallen."

Sie verdrehte die Augen, dann verschränkte sie die Arme vor der Brust, während sie ihn gespielt anfunkelte. „Du Komiker. Also, auf jeden Fall, nur um die schmutzige Wahrheit rauszubringen. Ja, ich bin verheiratet, ja, er ist heiß, und nein, weitere Details bekommt ihr nicht." Gelächter dröhnte durch den ganzen Raum, und plötzlich kam ihr eine geniale Idee. Sie hob ein letztes Mal eine Hand. „Wir werden am Samstagabend im *Rough Cut* sein, falls irgendjemand uns beim Feiern helfen will. Keine Geschenke, aber spendet was für die Tafel. Wir werden die Sammlung als umgekehrtes Hochzeitsgeschenk an die Gemeinde dann verdoppeln."

Weitere Jubelrufe erklangen. Julia stieg vom Tisch, während die Menge sich in Gruppen fürs Training und Ruheschichten auflöste.

Alex und Ryan winkten zum Abschied, bevor sie mit ihren Mannschaften aufbrachen, was bedeutete, dass sie in schockierend kurzer Zeit allein im Raum mit ihren Schichtkameraden war.

Wozu auch Brad gehörte.

Sie hatte den Blickkontakt während ihrer kleinen improvisierten Rede gemieden, aber in den nächsten paar Minuten gab es kein Entkommen.

Jetzt bitte sollten sich die Oscar-trächtigen Schauspielkünste einstellen ...

Sie ging vor und probierte es abermals mit einem direkten Ansatzpunkt. „Das hast du nicht kommen sehen, oder?"

Brad bewegte sich nicht von der Stelle, wo er am Küchentresen lehnte, die großen Arme vor der Brust verschränkt. Einen Augenblick lang sagte er nichts, schaute sie nur mit diesem abschätzenden Blick eines großen Bruders von oben bis unten an, den sie in den letzten paar Jahren so gut kennengelernt hatte.

Die anderen im Raum waren am Tisch ein paar Schritte entfernt beschäftigt, was es zu einer völlig öffentlichen Diskussion machte. Doch seine Antwort war, als sie kam, so leise, dass man sie nicht mithören konnte.

„Den Teil mit der Hochzeit habe ich nicht kommen sehen, nein." Brads Blick blieb direkt auf sie gerichtet. Sie wollte gerade eine klugscheißerische Antwort geben, als er weitersprach. „Ich freue mich aber, dass es dazu gekommen ist."

Es war nun an Julia, still zu bleiben. Gedanken wirbelten durch sie hindurch, während sie Mühe hatte, zu verhindern, dass ihr Lächeln sich vor Schock verzerrte. „Echt?"

Brad nickte. „Er ist ein guter Kerl. Du hast jemanden verdient, der dich vergöttert – und das tut er."

Das war jetzt interessant *und* seltsam. „Äh, Danke?"

Er lachte. „Du dachtest, du würdest mich damit schockieren? Ich meine, die Hochzeit war offensichtlich ein Unfall, aber ihr beiden? Ich hatte schon eine ganze Weile einen Verdacht."

Eine weitere Dosis der Seltsamkeit, und in diesem Augenblick nahm Julia sie hin. „An dir kann ich einfach nichts vorbei schmuggeln, schätze ich."

Er grinste noch breiter, dann senkte er die Stimme weiter. „Ich freue mich für dich. Hanna und ich tun das. Wenn wir mit irgendwas helfen können, musst du nur fragen."

„Danke. Mache ich."

Er richtete sich auf und ging zum Tisch, ließ sie leicht erheitert darüber zurück, wie einfach es gewesen war.

Bis auf den Teil, wo er mehr in Zachs und ihre Beziehung vor dem Alkohol und Vegas hineininterpretiert hatte, schien es, dass sie den Segen genau des Typen hatte, dessen gute Meinung von ihr sie am meisten interessierte.

Sie holte ihr Handy heraus und schickte ein rasches Update an Zach, bevor sie in den Bereitschaftsmodus für ihre Schicht ging.

Julia: *Die Mannschaft wurde informiert, und bis auf ein paar grobe Vorschläge sind sie darauf reingefallen. Brad auch, also ist alles gut.*

Julia: *Außerdem habe ich ihnen womöglich gesagt, dass wir am Samstagabend im* Rough Cut *eine Party geben. Ups.*

Zach antwortete ihr beinahe sofort: *Die Party ist eine tolle Idee. Und Teufel,* ups *ist doch die Art, wie wir diese Show hier fliegen lassen. Wir besprechen die Einzelheiten beim Abendessen. Ich koche.*

Das war alles. Es gab im Verlauf des Tages genug Geflüster und verstohlene Blicke, um eindeutig zu zeigen, dass Geschichten umgingen, und zwar so richtig schnell, aber sie gingen nur um sie und Zach. Kein Wort über sie und Brad.

Julia hätte nicht glücklicher sein können, als sie durch ihren Tag ging, sich mit Besuchen bei diversen Älteren in der Gemeinde und einer Kindergartenklasse beschäftigte, in der ein Junge beschlossen hatte, dass die Schlafenszeit eine tolle Gelegenheit wäre, sich eine Murmel in die Nase zu schieben.

Und falls sie zufällig viel zu oft abdriftete in Erinnerungen an Tonys Vorschläge, die Zach betrafen, dann schrieb sie es den ständigen sexuell aufgeladenen Neckereien zu, die Hand in Hand mit ihrer erfolgreichen Betrugsmasche gingen.

Sie würde auf diese Vorschläge hin nicht handeln. Nein, Sir.

Ganz gleich, wie sehr der Teufel auf ihrer Schulter darauf beharrte, dass sie es zumindest in Betracht ziehen sollte.

11

Zach war nicht mal sicher, wann es ihm auffiel, aber das tat es. Die Klopapierrolle war rückwärts drauf.

Okay, vermutlich fiel es ihm auf, weil er kein Tier war. Seine Schwestern und seine Mutter hatten ihn dazu erzogen, dass eine leere oder fast leere Rolle ein Verbrechen war, das sich auf einer Stufe mit jenen befand, auf die die Todesstrafe stand.

Er hatte den Rest der vorherigen Rolle aufgebraucht, also hatte er sie ersetzt. Ganz einfach.

Nur dass sie nun in die andere Richtung gedreht war, und statt dass die Blätter bei einem ersten Ziehen leicht herausrollten, musste er ein paarmal auf die Rolle schlagen, damit das Ende auftauchte. Und als er dann daran zog, riss es nach nur ein paar Blättern ab.

Am Arsch, und zwar so richtig.

Er zog den Halter von der Wand, drehte die Rolle um und setzte sie wieder ein.

Zufrieden mit einer gut erledigten Aufgabe wusch er sich

die Hände und legte die letzten Handgriffe ans Abendessen an, während er darauf wartete, dass Julia nach Hause kam.

Tag drei des Zusammenlebens, und so weit, so gut. Er hatte ihren Austausch leicht und einfach gehalten, und sie hatte es genauso gemacht.

Eine Wahrheit war bereits klar – Julia war ein Ordnungsfreak. Sein lockerer Ansatz, seine Dinge auf jede Fläche zu werfen, während er die Hütte betrat, war bereits bemerkt und missbilligend beäugt worden.

Es war allerdings eine schwierige Gewohnheit, die er aufgeben musste.

Tatsächlich sah er schon wieder seine abgelegte Jeansjacke über dem Arm des Sofas, und das Sweatshirt, das er am Nachmittag getragen hatte, auf einem Küchenstuhl. Schuldgefühle brachten ihn auf die Beine, und einen Augenblick später hatte er sie beide an Haken neben der Tür gehängt, die auf magische Weise gestern Abend aufgetaucht waren, während er Pflichten erledigt hatte.

Ein festes Klopfen erklang an der Tür.

„Herein.“

Einen Augenblick später war Finn im Eingang, seine Miene das nicht zu deutende versteinerte Gesicht, das er auf hatte, wenn er böse Pläne aussheckte.

Zach kannte die Warnzeichen viel zu gut. Trotzdem ließ er sich nichts anmerken, sondern ließ seinen Freund einfach an ihm vorbei in das Häuschen gehen. „Was ist los?“

Finn blieb am Tisch stehen, beäugte die Sammlung von Paketen, die überall verteilt waren. „Läufst du von zu Hause weg?“

„Wohl kaum. Picknick zum Abendessen.“

„Mit Julia?“

„Nein, mit Dandelion Fluff. Ich dachte, Karens Katze würde gern mal im großen Stil das Wegesystem erkunden.“

Finn hielt alles bis auf einen Sekundenbruchteil der Erheiterung zurück. „Bring mich mal auf den neuesten Stand. Wie läuft es?"

„Das kannst du an diesem Punkt genauso gut einschätzen wie ich", gab Zach zu. „Es ist zu früh für einen Durchbruch. Ich habe nicht erwartet, dass Julia in dem Augenblick in mein Bett fällt, in dem wir nach Hause kommen."

Sein Freund ließ ein Grinsen sehen. „Schade auch."

„Ich hau dich", warnte ihn Zach. „Du Glückspilz."

Finn zwinkerte, dann wurde er aber wieder ernst. „Eine Vorwarnung. Karen sagte, irgendwas braut sich zusammen, was eine Versammlung nächste Woche angeht."

„Solange es nicht das Wochenende ist. Julia muss mit mir nach Nelson kommen."

„Diese Versammlung ist für die Familie." Finn pausierte, weil er etwas betonen wollte. „Die *erweiterte* Familie."

„Okay." So, wie Finn ihn anstarrte, bedeutete es, dass Zach etwas Wichtiges entging, aber er konnte es sich um alles in der Welt nicht vorstellen ...

Oh.

Oh, *verdammt.*

„Familie, also so, dass Julias Dad herkommen wird?"

„Korrekt."

Na gut. Es gab nichts wie so eine altmodische Panikattacke, um das Herz eines Mannes zum Pochen zu bringen. „Hat George Coleman erwähnt, dass er ein Schrotgewehr mitbringt? Ich schätze, Karen hat von irgendwem Schießen gelernt, aber ich hatte gehofft, noch eine ganze Weile lang vermeiden zu können, zum Ziel zu werden."

Finn grinste. „Du kommst schon klar. Ich wollte dich nur vorwarnen, damit du bereit bist, wenn Julia die Neuigkeiten auf dich loslässt."

„Du bist der Beste." Zach hob eine Faust, und Finn stieß fest dagegen.

Die Tür schwang auf, Julia rannte herein und redete, während sie noch ging. „Zach, bist du da? Tut mir leid, ich bin ..."

Sie stieß im vollen Lauf gegen ihn.

Er legte die Arme um Julia, um sie zu fangen, bevor sie zu Boden fiel. „Ganz sachte, Hübsche."

Ihr Gewicht in seinen Armen war auf so viele Arten perfekt, aber in dem Augenblick, in dem sie sich rauswinden wollte, ließ er sie los.

„Tut mir leid. Ich wollte nicht wie so ein Pinball reinpreschen. Hey, Finn. Bleibst du?"

„Hey, Julia. Und nein. Karen und ich haben was vor." Finn neigte den Kopf in Zachs Richtung. „Wir sehen uns morgen."

Der Wirbelwind fuhr fort. Julias Aufregung hatte sie fast dazu gebracht, zu hüpfen, während sie weglief, um sich umzuziehen. „Essen wir vor oder nach dem Ritt?", rief sie über die Schulter.

„Währenddessen", erwiderte er. „Erst umziehen, dann Einzelheiten."

Eine halbe Stunde später waren sie auf dem Weg. Julias Grinsen ging bis über beide Ohren. Sie beugte sich vor und tätschelte den schlammfarbenen Wallach Corncob am Hals. „Was für eine tolle Art, den Tag zu beenden."

Das war es, auch wenn Zach sich ein Dutzend Sachen vorstellen könnte, die er auch gerne mit Julia getan hätte, zu denen sie die Hütte nicht hätten verlassen müssen. „Ausritte stehen doch auf der Liste mit tollen Sachen."

Sie richtete sich plötzlich auf und musterte sie ihn. „Dir gefällt doch das Reiten, oder nicht?"

„Ja."

Julia seufzte erleichtert. „Zum Glück. Kurz habe ich

gedacht, ich quäle dich vielleicht, anstatt was machen, was wir beide genießen."

„Das ist doch das Yoga morgen." Er sagte es mit einem Zwinkern, versicherte ihr aber rasch: „Ich scherze. Es macht mir gar nichts aus, es zu versuchen. Meine Schwestern schwärmen die ganze Zeit, wie es ihre Beweglichkeit verbessert und ihnen bei der Konzentration geholfen hat."

„Tut es", stimmte Julia zu. Sie hielt inne, und ihr Ton wurde ganz beiläufig. „Welche deiner fünf Schwestern?"

Ein Gespräch über Familie war ein nettes, sicheres Thema. „Zumindest die Hälfte von ihnen jeden einzelnen Augenblick. Versuch dir bloß nicht ihre Namen zu merken, denn ich werde sie dir in Erinnerung rufen, wenn du sie brauchst. Lindsay, Mattie, Rachelle und Quinn sind älter als ich. Petra ist jünger."

„Sie ist diejenige, die immer schwört", sagte Julia mit einem Lächeln.

„Das tut sie. Sie hat auch meine Spielzeuge gestohlen, mein Fahrrad kaputtgemacht, und uns einmal in den Dachboden des Hauses eingesperrt. Sie war meine Spielkameradin beim Aufwachsen."

Was die Unterhaltung auf Geschichten darüber verlegte, wie es war, wenn man mit vielen Frauen unter einem Dach lebte. Er redete, und sie stellte Fragen, der Fluss der Unterhaltung wurde immer wieder unterbrochen, wenn einer von ihnen etwas in den Wiesen sah, oder ein Falke über ihnen flog, oder wenn die Bäume in der Ferne sich bewegten, um ein Reh zu enthüllen, das sie interessiert und wachsam beobachtete.

Der Herbstabend war so warm, dass sich Julia, als er die Decke auf dem Boden am Fluss auslegte, mit einem zufriedenen Seufzen darauf entspannte.

Sie rollte sich auf den Rücken und starrte zum Himmel.

„Es ist friedlich und ruhig. Das ist genau das, was ich gebraucht habe."

Zach ließ sich neben ihr zu Boden, der Korb mit Essen stand an einer Seite. Ihre Miene drückte pure Zufriedenheit aus.

Sein Blick wanderte anerkennend über ihre Kurven. „Ich auch."

Irgendwie klangen die Worte nicht *zu* lustvoll.

Julia holte tief Luft, und einen Augenblick lang trafen sich ihre Blicke. Er wollte sich langsam über sie legen. Seinen Körper über ihrem ausstrecken und diese geschürzten Lippen, über die sie gerade geleckt hatte, in einem Kuss nehmen, der die Luft um sie heiß wie einen Frühlingstag gemacht hätte.

Der Augenblick schwand, als Julia lachte und nach dem Picknickkorb griff. „Ich bin am Verhungern."

Er auch. Nur nicht nach Essen.

Zach kämpfte seine Lust nieder und zwang sich zu einem sorglosen Lächeln. „Essen wir."

Sie lenkte die Unterhaltung wieder zu seiner Familie, was bedeutete, als sie gegessen hatten, wusste sie, wie viele seiner Schwestern verheiratet waren (drei), wie viele Nichten und Neffen er hatte (sieben, und eines war unterwegs), und wie oft er sie alle traf (oft, aber in kleinen Dosen).

Sie ritten zurück, und ihre Stakkato-Unterhaltung war versiegt. Es wirkte allerdings nicht unangenehm. Nur zwei Leute, die eine kameradschaftlichen Stille teilten, ihren eigenen Gedanken nachhingen.

Seine drehten sich genau darum, wie richtig es war, Zeit mit ihr zu verbringen. Um ehrlich zu sein, konzentrierten sich auch mehr als nur ein paar Gedanken darauf, wie bald er sie überzeugen konnte, dass es nicht sinnvoll war, zu warten, um sich näher zu kommen ...

Die Hitze zwischen ihnen ließ sich nicht leugnen.

„Ich bin es nicht gewöhnt, Familie um mich zu haben."

Ihre Worte unterbrachen einen äußerst lustvollen Tagtraum. Zach blinzelte, als er aufmerksam wurde. „Wie kommst du denn darauf?"

Sie zuckte mit den Schultern. „Meine Schwestern hatten einander schon ewig. Du hattest auch eine Menge Leute."

„Mehr, um mich zu quälen, meinst du."

Julia lachte. „Quälen, necken, zum Spielen, Ideen austauschen ... Es waren ewig nur ich und meine Mom. Manchmal fühlt es sich an, als würden sie alle eine Fremdsprache sprechen, die ich nicht verstehe."

Interessanter Punkt. „Du hast recht. Allerdings ist die beste Art Familie die, die man sich selbst aussucht. Manchmal bedeutet das die, in die man geboren ist, manchmal bedeutet es die Leute, für die man sich entscheidet, weil man sie im Leben haben möchte. Finn ist mein Bruder auf jede erdenkliche Weise, nur nicht im Blut."

Ihre Augen leuchteten. „Das ist süß."

„Sag ihm nicht, dass ich das gesagt habe", wandte Zach ein. „Er soll mich bloß nicht wegen eines Familienkredits anhauen."

Sie kicherte. „Bitte. So, wie es klingt, habt ihr beide alles Geld, das ihr braucht ..."

Ihre Worte verklangen.

Sie ließ ihn das nicht weiter klarstellen. Er spürte es. Der Grund, weshalb sie mit dieser ganzen Farce weitermachten, war, damit das Geld unangetastet blieb. Er wollte ihr sagen, dass es schon mehr als das war, doch es war viel zu früh für diese Art Versicherung.

Stattdessen grinste Zach. „Genug Geld, dass ich mich für den Nachtisch ins Zeug gelegt habe. Es gibt zwei Kuchen im Kühlschrank. Da ich nicht wusste, welche du am liebsten magst."

„Kuchen ist mein Lieblingskuchen", scherzte sie zurück, und der unangenehme Moment verschwand.

Aber es war eine Erinnerung daran, dass er sich um diese Sache bemühen musste. Die Wurzeln für eine Beziehung waren da, aber es würde nicht einfach werden, voranzuschreiten.

Er musste sehr geduldig und entschieden sein, um klarzumachen, dass ihre Beziehung sehr viel mehr Wert hatte als irgendeinen Kontostand bei der Bank.

Es war eigentlich eine ganz schöne Hütte, und bis jetzt hatte Julia sie für geräumig gehalten. Sie hatte ihren Platz, er hatte seinen, dass geteilte Bad zwischen ihren Zimmern war riesig und gemütlich.

Doch selbst den Beistelltisch zur Seite zu schieben, hatte nicht genug freien Raum im Wohnzimmer geschaffen, damit sie sich auf ihren Yogamatten ausstrecken konnten, ohne einander ganz nahe zu sein.

Vertraut nahe, sodass sich hin und wieder ihre Gliedmaßen berührten.

Nerviger war die Tatsache, dass jeder Atemzug, den er machte, durch sie hindurch hallte, als hätte sie ein Sonar und würde seine Frequenz aufnehmen.

Sie waren erst zehn Minuten dabei, und sie war bereits erhitzt.

Sie warf einen Blick zur Seite. Zach blieb in der verdrehten Sitzposition, in die sie ihn geleitet hatte. Seine Augen waren geschlossen, und auch wenn seine Beweglichkeit nicht unbedingt großartig war, versuchte er es. Einatmen. Ausatmen und weiter drehen, sowie sie es ihm erzählt hatte.

Während er beschäftigt war, war es zu verführerisch, nicht

einen kleinen Blick zu riskieren. Er trug eine lockere Jogginghose und ein graues T-Shirt, das sich über seine Brust und seinen Bizeps dehnte. Während er sich drehte, wanderte das Shirt nach oben, löste sich weit genug, dass sie einen schmalen Streifen gebräunte Haut sah.

Nackte Füße. Nette nackte Füße – was seltsam war, dass ihr das auffiel, aber sie hatte in Duschsälen und medizinischen Situationen genug Typen um sich gehabt, um zu wissen, dass manche Leute gute, solide, aber hässliche Stützsysteme hatten.

Seine Füße waren ... sexy.

Verdammt, Gehirn, hör auf, mich in diese Richtung zu führen.

„Okay, gehen wir weiter zum nächsten." Julia riss ihren Blick von einem Körper los, den Zehen und allem, und erhob sich.

Zach kopierte sie. „So weit, so gut", scherzte er. „Ich bin nur einmal fest gesteckt."

Sie lachte. „Keine Brezelbewegungen, ich verspreche es."

„Mach du mal weiter. Mir macht es nichts aus, zuzusehen." Sein Blick wanderte über sie, und sie spürte ihn wie eine Liebkosung. Er richtete sich neu aus, die Füße in die Matte gestemmt. Diese Jogginghose wirkte nicht mehr annähernd so locker ...

Scheiße. Sein Teil anzustarren und herauszukriegen, ob er wirklich angeturnt war, weil er sie ansah, war keine gute Idee.

Halt dich ans Programm, Blushing. „Wir machen jetzt eine Grundbewegung, die wir auf beiden Seiten wiederholen."

„Leite mich an", murmelte er, kopierte ihre Stellung ganz oben auf der Matte.

Eine Bewegung nach der anderen führte sie ihn durch eine Sonnengruß-Routine. Er scherzte nicht und gab auch keine Kommentare mehr ab. Tatsächlich, jedes Mal, wenn sie in seine Richtung schaute, schien er voll darauf konzentriert zu sein, die Balance zu halten.

Sie verfiel in einen Rhythmus und ignorierte ihn, so gut sie konnte. Es war eine seltsame Übung, wenn man bedachte, wie viel Platz er brauchte. Wie nahe er in jedem Moment zu sein schien. Wie viel weniger Sauerstoff im Raum zur Verfügung stand als üblich, während ihr schon schwindlig wurde, weil er neben ihr stand.

Als sie sich in eine neue Position drehte, hätte sie schwören können, dass sein Blick an ihrem Körper haftete.

Sie hatte sich eine Yogahose und einen Sport-BH angezogen. Nichts Schickes, aber gemütlich. Etwas, das sie beim Training mit ihren Kameraden schon eine Million mal getragen hatte.

Das hier fühlte sich ... anders an. Heißer, vertrauter.

Gefährlich?

Nein, das nicht. Nicht bei Zach.

Warum versuchst du es dann nicht mit ihm? Der kleine Teufel saß wieder auf ihrer Schulter.

Sie ließ sich viel zu heftig in den Ausfallschritt sinken, versuchte, sich wieder zur Vernunft zu zwingen. Die zu schnelle Bewegung brachte sie aus dem Gleichgewicht, sie kippte zur Seite und krümmte sich zusammen, um zu versuchen, sich abzufangen.

„Hab dich." Zachs starke Arme legten sich um sie, zogen sie dicht heran, während sie zu Boden fielen. Die Landung war weicher, als sie hätte sein können, doch trotzdem fest, während er sie auf seinen Schoß setzte.

„Tut mir leid." Julia blieb reglos, wollte ihn nicht verletzen, weil sie unbedingt wegwollte.

Sein Grinsen sagte alles. „Dir muss nichts leidtun. Ich dachte mir, das wäre eine neue, interaktive Yogabewegung, und ich bin hundert Prozent dabei."

Ihre Schultern waren im rechten Winkel zu seinen, eine Hand auf seine Brust gepresst. Einer seiner Arme hielt ihren Rücken, und bis auf Peinlichkeit war Hitze das Gefühl, das am stärksten zunahm.

„Du bist schrecklich", sagte sie so ruhig wie möglich.

Sein Blick war auf ihre Lippen gefallen, seine blauen Augen ganz fest auf sie gerichtet. „Ich habe schon mal von Hot Yoga gehört, aber ich dachte nie, dass ich es mal mitmachen dürfte."

Sie schnaubte. „Lieber Gott, das klingt nach einem echt schlimmen Anfang für einen *Penthouse*-Leserbrief."

„Gibt es überhaupt gute *Penthouse*-Leserbriefe?" Er sah sie immer noch an, auf seinem Gesicht stand Verlangen.

Es war viel zu verführerisch, sich vorzubeugen und den Abstand zwischen ihnen zu verringern. Ihre Lippen zusammenzubringen und einmal mehr den Geschmack des Mannes und seine wunderbaren Küsse zu genießen.

Aber sie mussten durch zwölf verdammte Monate kommen, und das würde es nicht vereinfachen.

Sie wollte gerade einen Weg finden, sich zu lösen, als er sich herumrollte. Ein Quietschen kam von ihr, und er lachte, setzte die Bewegung auf die Füße fort und ließ sie auf der Yogamatte zurück.

Er hielt ihr eine Hand hin, sein sexy Blick wurde durch kameradschaftliche Erheiterung ersetzt. „Komm schon. Ich habe eine Idee."

Zu seiner Idee gehörte, dass sie ihre Schuhe anzogen, sich die Yogamatten unter den Arm klemmten und zur nächsten Hütte eins weiter gingen.

„Unser eigenes privates Yogastudio", sagte er mit großer Geste, während er sie hineinwinkte.

Die Hütte war kleiner als die von Zach, aber das Wohnzimmer und der Essbereich hatten noch keine Möbel, sodass nur ein offener Dielenboden blieb, auf dem er sich mit sehr viel mehr Platz ausbreiten konnten.

Julia schüttelte den Kopf. „Toll. Wieso haben wir nicht gleich hier angefangen?"

„Ich habe es vergessen." Er trat auf die Mitte seiner Matte und beäugte sie erwartungsvoll. „Ich bin bereit, wenn du es bist."

Das rasche Ersticken ihrer Libido war etwas Gutes. Zumindest versuchte sie, sich das zu sagen, während sie die Stunde abschlossen. Der Zach mit den sexy Sprüchen war spurlos verschwunden, und als sie zurück in ihren geteilten Wohnraum gingen, war es, als hätte sie sich das Ganze nur eingebildet.

„Tolle Yoga-Session", sagte Zach, eine Hand hoch erhoben, bis sie mit einem festen High-Five auf seine Handfläche schlug. „Ich bin aber erst in der Dusche. Ich muss mich in einer halben Stunde mit Cody treffen."

„Kein Problem."

Er verschwand in sein Zimmer, und sie blieb mit verworrenen Gedanken zurück, bei denen sie sich einfach nur winden wollte.

Sich Zach in der Dusche vorzustellen, die starken Hände, die sich über seinen Torso bewegten. Seinen Körper hinab ...

Über seinen festen ...

Nein. Dort hausten Ungeheuer.

Die nächsten zwei Tage vergingen in einem Rausch, während sie zwei Nachtschichten hintereinander hatte. Die Arbeit von sechs Uhr abends bis acht Uhr früh bedeutete, dass sie das Haus verließ, bevor Zach zurück von seiner Arbeit war, und ins Bett fiel, ohne ihn am nächsten Morgen zu sehen.

Sie war dankbar für das weiche Bett und den sicheren Raum, in den sie nach Hause kommen konnte. Das ließ sich nicht leugnen.

Am Samstagmorgen aber, als sie nach mehr Anrufen als üblich zurück in die Hütte stolperte, entdeckte sie, dass Zach auf sie wartete.

„Hey. Bist du unterwegs nach draußen?" Sie legte sich kaum eine Hand über den Mund, bevor sie ihm ins Gesicht gähnte.

Er lachte leise. „Nein. Ich habe den Tag frei."

„Ich auch. Nachdem ich geschlafen habe. Duschen. Erst duschen." Sie schnüffelte und stöhnte dann. „Komm mir bloß nicht nahe. Mr. Heller hat sich entschieden, über den Rand seines Heuschobers zu laufen."

„Klingt spannend. Und gefährlich."

„Zum Glück ist er in einem Misthaufen gelandet, den er gleich vor der Scheune aufgestapelt hat." Zach hatte ihr ihre Jacke abgenommen, und ... ihre Schuhe? „Leider ist er im Misthaufen gelandet. Nicht der schönste Ort, um mit einem gebrochenen Bein drin zu sitzen."

„Das wird eine tolle Geschichte abgeben", versicherte ihr Zach.

Sie standen im Bad. Wann war denn das passiert? „Dusche."

Sie zog sich ihr Shirt aus, darauf konzentriert, sich sauber genug zu machen, um ins Bett fallen zu können.

Ein leises Stöhnen hallte durch den Raum, aber das Wasser prasselte herab, rief ihren Namen. Sie stieg aus ihrer Hose und Unterwäsche, warf ihren BH ab und trat unter den himmlischen Regen.

Sechs Stunden später wachte Julia auf, ohne sich daran zu erinnern, die Dusche verlassen zu haben, musste nur unbedingt pinkeln, und ihr Bauch grummelte, als hätte sie tagelang gefastet, nicht nur stundenlang.

Sie beendete ihr Geschäft so schnell wie möglich, dann ging sie geradewegs zum Essen.

Im Kühlschrank standen ein zugedeckter Teller und eine Nachricht.

Ich habe gestern Abend Lasagne gemacht. Hab dir ein Stück aufgehoben. Denk dran, dass wir heute Abend im Rough Cut *auf unserer Hochzeitsparty sind. Wird bestimmt toll.*

Julia hatte die Lasagne innerhalb von drei Sekunden in die Mikrowelle geschoben, der Geruch, während sie warm wurde, brachte sie zum Sabbern.

Die Party heute Abend würde schon irgendwie werden, aber *toll* wäre nicht unbedingt ihre Wortwahl gewesen. Trotzdem war das ein weiterer Nagel im Sarg der Gerüchte, und es würde nicht schaden, beim Tanzen Spaß zu haben und Zeit mit ihren Schwestern zu verbringen.

Eine gute Ausrede, um in Zachs Armen zu liegen, ist ja auch kein Problem. Der verdammte Teufel auf ihrer Schulter konnte die Worte aussprechen, bevor er sich in Luft auflöste.

Ja. Es gab viel zu viele gute Gründe, beim Status quo zu bleiben, aber die Versuchung, diese Seitentür zu öffnen, wuchs weiter an. Julia verspeiste die Lasagne entschlossen und konzentriert, denn zumindest konnte sie, während sie aß, keine allzu großen Fehler planen.

Die restlichen Stunden, die vor ihr lagen, würden schon genug Ärger mit sich bringen.

12

———

Zach fuhr auf einen freien Parkplatz vor dem *Rough Cut* und wandte sich mit einem Lächeln an Julia. „Partyzeit. Bereit?"

Kurz schaute sie finster drein. „Du musst nicht so glücklich klingen."

„Was?", wollte er leicht verwirrt wissen. „Wir werden tanzen und ein wenig trinken und ein wenig Geld für die Tafel eintreiben. Das ist doch eine Menge, über das man sich freuen kann."

Sie rümpfte die Nase. „Schätze schon. Nur kein Tequila, abgemacht?"

Zach zog feierlich ein X über sein Herz.

Julias besorgte Miene wankte. „Du bist unmöglich", beschwerte sie sich. „Ich versuche zumindest ansatzweise, ernst zu sein, bevor wir da reingehen, und du bist einfach nur ein Scherzkeks voller Unsinn."

Er zuckte mit den Schultern. „Es hat doch keinen Sinn, so zu tun, als wäre das mehr, als es ist. Die Leute hoffen vermutlich, dass wir noch mal zu tief ins Glas schauen und

171

ihnen schmutzige Details präsentieren. Ich nehme an, unsere beste Antwort darauf ist, viel zu lächeln und sie mit Schwachsinn einzudecken."

Nachdem die verdammte Yogasession und der unschuldige Striptease, den Julia heute Vormittag abgezogen hatte, ihn in den Modus kalte Dusche versetzt hatten, war Zach nur einen Schritt davon entfernt, einfach nach dem zu greifen, was er wollte.

Doch das absolute Vertrauen, das sie gezeigt hatte, während sie neunzig Prozent weggetreten gewesen war, war ein Geschenk, das er nicht ertragen konnte, wegzuwerfen.

Er hatte dieser Frage jede wache Minute gewidmet und alles abgewogen, bis er zu dem Schluss gekommen war, dass es nur eine Möglichkeit gab, sie für sich zu gewinnen.

Er musste sie dazu bringen, nach mehr zu betteln.

Das musste alles ihre Entscheidung sein. Obwohl er reinrauschen und genauso vehement nach Dingen verlangen konnte wie jeder andere Typ, brauchte sie einen zarten Ansatz.

Was bedeutete, dass er Ja zu absolut allem sagen würde, was sie von ihm wollte. Er würde zurückstehen und ihr so viel Platz lassen, wie sie behauptete, zu brauchen. Anstatt zu drängen, würde er Yoga machen, sie auf Austritte mitnehmen, und was immer sonst sie verlangte, denn wenn sie Zeit miteinander verbrachten, würde er Teil zwei seines Plans in Position bringen können.

Die Chemie zwischen ihnen war leicht entzündlich. Mit ausreichend Zeit würde das verhaltene Feuer hochlodern, und sie würde verlangen, dass er ...

„Küss mich."

Zach blinzelte, wandte sich an Julia. Redete sein Unterbewusstsein inzwischen laut?

„Zu langsam", beschwerte sie sich. Sie kroch auf seinen

Schoß, schlang ihm eine Hand um den Hals und führte ihre Lippen zusammen.

Sein Gehirn holte noch auf, aber der Instinkt sprang ein. Zach fasste sie um die Hüften, zog sie dicht an seinen Körper und übernahm, während in seinen Ohren ein Halleluja erklang.

Ihr Geschmack bohrte sich in ihn hinein – Pfefferminz und Lust. Ihr Oberkörper drückte sich warm an seinen, weiche Brüste ließen Hunger und Verlangen aufkommen. Er knabberte an ihrer Lippe, nahm ihr Keuchen auf, während ...

Ein scharfes Geräusch erklang am Fenster der Fahrerseite. Sie fuhren auseinander, oder zumindest lösten sie die Lippen voneinander. Zach hielt ihre Hüfte weiter fest.

Er war nicht so dumm, dass er sie vorzeitig gehen lassen würde.

„Die Party ist drinnen." Josiah trat vom Truck weg, war die Stufen hinauf unterwegs, Lisa im Arm.

Hinter ihnen flanierten zwei Frauen vorbei, die rasche Blicke über die Schultern warfen, während sie langsam gingen, um nur ja keine Sekunde zu verpassen.

Zach grinste, redete aber leise mit Julia. „Ich nehme an, du hast was gesehen?"

„Zwei der größten Klatschtanten der Stadt, wenn man nach Tamara geht. Ich wette, sie werden einander übertrumpfen, um die Nachricht verbreiten, dass wir die Finger nicht voneinander lassen können."

Na, das war ja mal ein guter Anfang für einen sehr unterhaltsamen Abend. „Jederzeit. Wir sollten auf die Tanzfläche und ihnen noch was geben, über das sie sich das Maul zerreißen können."

Er hob sie vorsichtig weg – immer noch leicht aufgeregt, ganz gleich, wie kurz die Verbindung gewesen war.

Sein Freund und Julias Schwester grinsten wie blöd, als Zach Julia die Stufen hinauf führte.

„Ihr beiden scheint euch ja anständig zu verstehen", murmelte Josiah Zach zu, während die Frauen dicht vor ihnen durch die Tür gingen.

„Klappe", entgegnete Zach, doch er lächelte ebenfalls.

Ja, er würde *ja, ja, ja* zu jeder einzelnen Forderung sagen, die Julia stellte. Und wenn das Karma weiterhin nett zu ihm war, könnte es eher früher als später ein paar erfreuliche Ergebnisse bringen.

Auf den dunklen Holzwänden glänzten goldene Lichtpunkte, und der Geruch nach Bier und Pub-Mahlzeiten trieb durch die Luft. Musik dröhnte, aber noch lauter waren die Stimmen, die Grüße und fröhliche Glückwünsche riefen.

Zach eilte an Julias Seite, ließ ihre Hände ineinandergleiten.

Sie zuckte kurz überrascht zusammen, bevor sie sich absichtlich dichter an ihn lehnte, während sie Freunden zu winkte.

Ihr Kopf wurde nach hinten geneigt, ihre Lippen streiften sein Ohr. „Gleich auf die Tanzfläche? Da können wir einer Weile Fragen aus dem Weg gehen."

Er hatte keine Widerworte. Er half ihr mit ihrer Jacke, schlüpfte aus seiner Jeansjacke und hängte sie beide an einen Haken an der Seite der Tanzfläche.

Er nahm ihre Finger in seine und führte sie ins Getümmel. Einen Augenblick später war sie in seinen Armen, und die Welt war noch einen Hauch näher an *richtig*.

Das war perfekt.

Ihr Gesicht war zu ihm geneigt, ihr breites Lächeln strahlte zu ihm herauf. „Du bist echt witzig", sagte sie.

Er zog sie dichter heran, wirbelte sie von den Massen um

sie herum weg. „Da habe ich keine Einwände, aber hat dieser Kommentar einen besonderen Hintergrund?"

Sie löste den Kontakt zwischen ihren Händen, damit sie ihm auf die Brust klopfen konnte. „Du hast dein GROOM-Shirt angezogen."

„Auf dieses Shirt bin ich stolz", beharrte er. „Sogar betrunken habe ich es geschafft, aus dieser Hochzeitskapelle zu kommen, ohne dass du mich in einen GROO verwandelt hätte, oder einen ROOM, oder am allerschlimmsten, ein G OO."

Lautes Gelächter tänzelte zu ihm heran, die Erheiterung war ihr klar bis in die Zehen hinab anzusehen. „Gutes Argument. Und ich werde dich wissen lassen, dass ich in Betracht gezogen habe, mein RIDE-Shirt zu tragen, aber ich habe beschlossen, du hast nicht das Durchfahrthaltevermögen, mit dem ständigen Necken klar zukommen, dass das bei der Mannschaft der Feuerwache auslösen würde."

Sie hat eine blassgelbe Bluse angezogen, die unter den Lichtern der Tanzfläche schimmerte, zusammen mit einem Jeansrock, der über den Knien endete. „Mir gefällt, was du anhast. Das ist süß."

Und sexy. Auf *jeden* Fall sexy, mit der langen Linie ihrer trainierten Beine, die jedes Mal sichtbar wurden, wenn sie sich bewegte, aber im Interesse dessen, ihre Miene weiterhin strahlen zu lassen, als hätte er ihr gerade eine Trophäe gereicht, behielt er den *gut genug zum Vernaschen*-Kommentar für sich.

Er gab sich damit zufrieden, sie an sich zu ziehen und heftig herum zu wirbeln. Julia blieb bei ihm, so fest an ihn geschmiegt wie möglich, während sie ihm gestattete, die Führung zu übernehmen. Ihre Hände waren stark, und ihr warmer Atem strich über seine Haut.

Es war nicht nur das Tanzen, von dem ihm das Herz pochte.

Als die Musik endlich das Tempo änderte und in eine

langsame Ballade überging, war Zach mehr als nur bereit, eine kleine Änderung vorzunehmen. Er drückte eine Handfläche an Julias Rücken, ihre anderen Finger waren auf Brusthöhe ineinander verschränkt. Händchen halten, vor und zurück wiegen, während ihre Augen leuchteten.

Ja. Das konnte er brauchen, und viel, viel mehr.

Ihr Blick huschte weg und dann wieder zurück, ein Geheimnis lag ihr auf den Lippen.

Zach drückte ihre Wangen aneinander. „Was?"

Sie ließ die Hand seine Brust hinaufgleiten, legte sie ihm um den Hals. Ihre Stimme war kaum laut genug, dass er sie hören konnte. „Da wird eine Menge geflüstert und gestarrt."

„Das sind meine Tanzschritte." Zach beugte sie nach hinten, legte sie über seinen Arm. Die Hüften aneinander, die Beine verschränkt.

Julia verdrehte die Augen, während er sie wieder hochzog. „Ja, na klar. Das muss es sein."

„Pssst. Versau mir nicht meine Konzentration." Erneut Wange an Wange wiegte sich Zach und genoss den Kontakt zwischen ihren Körpern viel mehr, als klug war. „Ich muss mich auf meine *Dancing with the Stars*-Moves konzentrieren, oder wir bekommen Schwierigkeiten."

Julia holte tief Luft, entspannte sich an ihm. Hitze und Feuer leckten an seinem Rückgrat, und die Versuchung, das Gesicht zu drehen und ihre Lippen zu streifen, wurde stärker.

Die Tatsache, dass sie sich in sinnlicher Art an ihm bewegte, musste vorerst reichen, ganz gleich, wie viel mehr er wollte.

Das Lied endete, und Julia schmiegte sich an seine Seite, zog ihn zu den Stühlen an der Seite der Tanzfläche. „Komm schon. Ich brauche was zu trinken."

Ihre Schwestern waren da. Alle drei, was bedeutete, auch Tamara Stone. Ihr scharfer Blick richtete sich auf eine Art und

Weise auf Zach, die besagte, dass sie nicht ganz sicher war, ob sie ihm die Hand schütteln oder die Knie wegtreten sollte.

Julia hatte keine Bedenken, sie lief in die Umarmung ihrer Schwester, um sich rasch drücken zu lassen. „Tut mir leid, dass ich es diese Woche nicht rüber nach Silver Stone geschafft habe, um mit euch zu reden. Ich bin froh, dass Caleb und du heute Abend kommen konntet."

„Natürlich konnten wir kommen. Es kommt ja nicht jeden Tag vor, dass wir feiern können, dass jemand in der Familie heiratet." Ihr Blick huschte zu Zach hinauf. „Ich meine, *zwei* neue Brüder an einem Wochenende. Das ist was Besonderes."

Sie wirkte gefährlich. Zach freute sich, sich von Julia weiter weg von Tamara und ihrem übergroßen Mann Caleb ziehen zu lassen.

Der kleine Tisch hatte kaum genug Platz für acht, besonders nicht, da auf der Fläche genug Gläser für sie alle warteten.

Finn schnappte sich ein Glas und hob es hoch. „Ich dachte nie, dass ich das so bald nach meiner eigenen Hochzeit tun würde, aber wenn das Schicksal spricht, hören wir zu. Auf Julia und Zach. Es ist nicht das, was in der Vergangenheit liegt, auf das es ankommt, sondern die Zukunft. Mögt ihr die kommenden Tage genießen. Einen Weg finden, der für euch der Richtige ist, und ihm folgen, wohin er führt."

Caleb hob sein Glas. „Und wenn ich das hinzufügen darf, ihr habt auf der ganzen Strecke Familie neben euch. Glaubt niemals, dass ihr allein seid."

Zach warf einen Blick auf Julia. Sie hatte auch ein Glas genommen, aber ihre Augen glänzten verdächtig. Er legte den Arm um sie und zog sie dicht an sich. „Für Julia und für mich, vielen Dank. Das bedeutet uns alles."

Julia räusperte sich, doch ihre Stimme war noch brüchig, als sie wieder sprach. „Auf die Zukunft."

Der ganze Tisch hob die Gläser zum Anstoßen. „Auf die Zukunft!"

Der Jubel hallte durch den Raum, dicht darauf folgten Rufe und Gelächter.

Julia Blick ging an ihm vorbei zur Eingangstür. Einen Augenblick später schlug sie sich die Hand vor den Mund.

Lisa drehte sich um, um zu sehen, was los war, und ihre Augen wurden groß. „Oh. Mein. Gott."

Eine langsame Drehung später, während er dafür sorgte, dass Julia in seinen Armen blieb, wurde ihm der Quell der allgemeinen Erheiterung klar.

Seine Überraschung war eingetroffen.

DER MANN, der die Bar betrat, war von Kopf bis Fuß in glänzenden Metallstoff gekleidet. Seine dunklen Haare waren sorgsam in einem Stil zurückgekämmt, der viel zu vertraut war.

Elvis hatte das Gebäude betreten.

Er ging direkt zu ihrem Tisch, das Licht glitzerte auf den Pailletten auf seinem breiten Revers.

Innerlich stieg so viel Gelächter so schnell auf, dass Julia keuchte und Schwierigkeiten mit dem Atmen hatte. Während sie einen Arm um Zachs Hals gelegt hatte, beugte sie sich dichter zu ihm und rieb ihm mit den Knöcheln über den Kopf. „Du bist ein absoluter Witzbold."

Er grinste sie breit an. „Hey, du hast dich so darüber aufgeregt, dass ich ihn auf unserer Hochzeit nicht bekommen habe. Ich dachte mir, so ist es die zweitbeste Lösung."

Es war bereits ein höchst seltsamer Abend gewesen, doch als die Ernsthaftigkeit kurz davor gewesen war, sie zu überwältigen, hatte Zach die Gewinnerkarte gespielt.

Elvis stellte sich vor ihnen auf, verbeugte sich zur

Begrüßung förmlich. „Ich höre, es gibt da zwei frisch Vermählte, denen man ein Ständchen singen muss."

Zach nahm sie an der Hand und zog sie zurück auf die Tanzfläche.

Im Hintergrund ließ die normale Musik nach, während Elvis seine Gitarre in Position brachte und ein paar wilde Akkorde anschlug.

Die Musik fing in den Lautsprechern über ihnen an, einen Augenblick später stellte sich der Darsteller vor und schloss sich an, gab „Blue Suede Shoes" auf der Gitarre zum Besten und sang laut – und ziemlich gut –, während die ganze Menge im *Rough Cut* mitmachte.

Zach wirbelte sie aus seinen Armen vor und wieder zurück, sein Lächeln war mehr als nur zufrieden.

Der Augenblick mit ihrer Familie war beinahe zu viel gewesen. Karen und Lisa mochten einen Teil der Wahrheit kennen, aber einen Großteil dessen, weshalb sie und Zach zusammenblieben, hielten sie geheim, und das ganze Ding machte es für Tamara und Caleb zu einem Rätsel ...

Sie hatten trotzdem ihre bedingungslose Unterstützung angeboten.

So eine Art Verbindung konnte man nicht einfach annehmen. Nicht, wo es ihr doch vorher an Familie gemangelt hatte. Nicht mit den unbefriedigten Schuldgefühlen, die in ihren Eingeweiden brodelnden, weil sie wütend auf das einzige Familienmitglied war, das sie gehabt hatte.

Familie war etwas verdammt Kompliziertes. Das hatte sie nie erwartet.

Und das war der Grund, weshalb diese kleine Unmöglichkeit, die sich gerade abspielte, es leichter machte, fortzufahren und sich nicht zu fühlen, als läge das Gewicht der Welt auf ihren Schultern.

„Erde an Julia." Zach legte den Kopf schief, damit sie ihn

anschaute. „Willst du dir einen Lieblingssong von Elvis wünschen?"

Der Darsteller spielte alle Klassiker, zumindest all die fröhlichen und glücklichen. Und auch wenn sie ein oder zwei Lieblingsliebeslieder hatte, würde sie die nicht von ihm fordern.

Der Grad der Verführung war im Lauf der letzten Woche gewachsen, und Julia war sehr nahe daran, nachzugeben und eine interessante Unterhaltung mit dem Mann zu beginnen, der sie derzeit in den Armen hielt.

Aber sie würde nicht so tun, als wäre diese Sache zwischen ihnen mehr als Freundschaft und Hitze.

Trotzdem war es ziemlich angemessen, mit Zach zu tanzen, während die Worte von „Fever" das Pub erfüllten.

Sie tanzten und tranken, und dann tanzten sie noch mehr. Alle wechselten mindestens ein Lied lang die Partner.

Es schien, als würden ihr alle Freunde von Zach unbedingt einen Rat geben wollen.

„Ich weiß, dass er ganz locker wirkt", sagte ihr Finn, „aber er hat ein zartes Herz. Ich glaube, das hat damit zu tun, dass er unter so vielen Mädchen aufgewachsen ist."

„Du meinst, er ist zartbesaitet?", fragte Julia mit der fröhlichsten Miene, die sie zustande brachte.

Finns Lippen zuckten ein winziges bisschen. „So was in der Art."

Josiah wartete fast bis ganz zum Ende des Tanzes, bevor er seine lockere Unterhaltung in eine ernstere übergehen ließ. „Ich weiß, ich habe Zach erst kürzlich kennengelernt, aber eines, was ich dir sagen kann, der Mann weiß, wie man arbeitet. Es scheint die ganze Zeit, als würde er spielen, aber er bringt in der Zwischenzeit einen Riesenberg Zeug zustande. Das ist etwas, was ich respektiere."

„Einen guten Arbeitsethos?", fragte Julia neugierig.

„Eher schon den Teil, dass er es nicht auf ein Schulterklopfen abgesehen hat. Wenn etwas getan werden muss, tut er es auch." Josiah zwinkerte und wirbelte sie in Zachs Arme.

„Ich nehme an, sie haben alle über mich geredet?" Zach bewegte sie anmutig über die Tanzfläche. „Der Grund, weshalb ich das sage, ich habe mir das Ohr über dich von all deinen Schwestern abkauen lassen."

„Was haben sie gesagt?", fragte Julia aufrichtig neugierig.

Zach hielt kurz inne. „Na ja, es gab die üblichen Drohungen gegen mich, falls ich irgendwas tun sollte, was dir wehtut."

Ihr stand der Mund offen, aber sie schaffte es, wieder einen normalen Ausdruck aufzusetzen. „Hör doch auf."

„Das war todernst, aber ich habe das irgendwie erwartet." Er wirbelte sie näher heran, einen Augenblick, bevor er weit genug zurückging, damit sie sein Gesicht deutlich sehen konnte. „Sie haben mir alle gesagt, dass sie sich wünschen, dass du glücklich wirst und dass das nun meiner Verantwortung obliegt."

Sie konnte nicht anders. Sie verdrehte die Augen. „Na, was für ein Haufen Schwachsinn."

Er blinzelte überrascht. „Ich soll dich nicht glücklich machen?"

„Na ja, ich wüsste es echt zu schätzen, wenn du mich nicht traurig machst. Aber was das mit der Verantwortung angeht? Teufel, nein. Wir sind beide erwachsene Menschen. Wir werden unser Bestes tun, uns zu verstehen und etwas Spaß zu haben, aber wenn ich unbedingt der Stinkstiefel sein und grollen will? Das ist nicht deine Schuld. Ich erwarte, dass du mir sagst, ich soll mich zusammenreißen."

Zach nickte heftig. „Genau das habe ich gedacht. Keine Sorge, keine von ihnen hat mir mit dem sofortigen Tod gedroht.

Aber sag du es mir. Kommt dir Tamara ein wenig blutrünstiger vor als die anderen beiden? Und das sagt schon was, wenn man bedenkt, dass ich gesehen habe, wie Karen auf jemanden geschossen hat, ohne zu blinzeln."

Julia traf ihre eigene Einschätzung von Tamara und musste zustimmen. „Ich glaube, das hat etwas damit zu tun, dass sie eine Mutter ist. Beschützerinstinkt und so."

Schmerzen wogten durch sie hindurch, unerwartet und nicht willkommen. Mütter sollten einen Beschützerinstinkt haben, und na ja ... Obwohl sich das als wahr erwiesen hatte, erfuhr Julia jetzt, dass es so etwas gab wie ein zu viel an Beschützerinstinkt.

Ihre eigene Mutter – die einzige Familie, die sie je gekannt hatte – hatte Julias Ursprünge geheim gehalten. Damals war das nichts gewesen, bei dem sie gedrängt hatte, um mehr herauszubekommen. Mom hatte sie geliebt, hatte sie sich gewünscht. Das war das Ende der Geschichte.

Nur dass sie der Beweis dafür, wie es war, eine erweiterte Familie zu haben, jeden verdammten Tag ins Gesicht schlug ... Abermals schob Julia den Schmerz zur Seite. Jetzt war nicht die Zeit, diesen unbehaglichen Knoten in ihrem Bauch herum zu schieben. Irgendwann allerdings musste sie ihren Frust und ihren Zorn bei Tony rauslassen und darüber reden.

Ein paar weitere Tänze noch, und langsam löste sich die Party auf. Sie lachte auf dem ganzen Heimweg zu ihrer kleinen Hütte, während Zach sie mit einer dramatischen Kritik des Abends unterhielt.

Als sie an der Eingangstür ankamen und in die Wärme des Wohnzimmers schlüpften, zögerte Julia am Rand.

Es war nur das bleibende Unbehagen vom Gedanken an ihre Mutter, das sie dazu brachte, noch einen weiteren Tag auszuharren. Sie hatte keine Ahnung, was zwischen ihr und Zach passieren würde, aber es würde nicht beginnen, wenn es in ihrem Hirn wegen unbehaglicher Familienentscheidungen brodelte. Wegen Dingen in ihrer Vergangenheit, die sie unfassbar nervten.

Trotzdem musste man etwas sagen.

Sie drehte sich zu Zach und trat dicht genug an ihn heran, um ihm die Hand auf die Brust zu legen.

Er wurde reglos.

Julia schaute in sein Gesicht. Auf seine freundliche, begierige Miene. „Danke, dass du diesen Abend sehr viel angenehmer gestaltet hast, als ich erwartet habe."

„Gern geschehen."

Bevor sie den Nerv verlor, rückte sie näher und drückte ihm einen raschen Kuss auf die Wange, zog sich zurück, bevor er sie in die Arme schließen oder den Abend nicht ohne weitere Komplikationen abschließen konnte.

„Gute Nacht." Julia flüchtete in ihr Schlafzimmer. Anders konnte man das nicht ausdrücken.

Teufel, sie hatte vermutlich kurz davor gestanden, wegzusprinten, aber gleichzeitig zog sie nun ihre Partyklamotten aus, machte sich bettfertig, während sie das sonderbarste Gefühl umgab. Wie eine warme Decke um ihre Schultern.

Wie etwas, das am Horizont schwebte mit dem Potenzial, wunderbar und gut zu werden.

Dass sie sich in ihrem eigenen Bett zusammenrollte, nahe bei Zach, aber nicht mit ihm zusammen, erhöhte ihr Gefühl der Vorfreude auf gute Weise. Wie wenn man sich auf einen Urlaub freute oder auf Geschenke, die unter dem Weihnachtsbaum warteten.

Ein paar wunderbare Geschenke, die man sehr, sehr bald auspacken konnte.

Als sie am nächsten Morgen zum Geruch nach Bacon aufwachte, wurde diese köstliche Vorfreude nur noch größer.

Die Essensglocke erklang, und Zach rief fröhlich: „Zeit fürs Frühstück, Schlafmütze."

„Ich bin wach", erwiderte sie, schob die Decke zurück. Sie zog sich einen Morgenmantel und Hausschuhe an und schloss sich ihm in der wunderbar duftenden Küche an.

Er hatte ein Frühstück mit vier verschiedenen Arten von Proteinen gemacht, dazu einen Stapel perfekt gebutterten Toast.

„Du bist ein Gott", setzte Julia ihn in Kenntnis, stapelte Bacon auf eine Scheibe Toast und tränkte den Stapel mit Senf. „Vielen Dank."

„Du bist eine Heidin", erwiderte er mit einem Grinsen. „Das sollte doch Ketchup sein. Aber gern geschehen."

Sie wartete, bis ihr Mund wieder leer war, genoss die Aromen, während sie ihn genau beäugte. „Was machst du heute?"

„Nicht viel. Finn nimmt die Sache ernst, mal langsamer zu machen damit, die Touristenranch flott zu kriegen. Da wir die Dinge erst im Frühling zum Laufen bringen müssen, haben wir beide Zeit, um uns mit anderen Aufgaben zu befassen."

„Ich habe nie verstanden, weshalb ihr beiden vom Turbogang auf einen Sonntagsspaziergang runtergeschaltet habt."

Und so ging Zach in den nächsten paar Minuten die Einzelheiten dessen durch, was mit der Red Boot Ranch passiert war. Über die Herausforderung für Finn und Zach, die sich am Ende als überhaupt keine Herausforderung erwiesen hatte.

Es schien alles sehr weit hergeholt, oder zumindest, bis Julia ihre eigene seltsame Lage bedachte.

„Jetzt verstehe ich, weshalb Karen sagt, dass euer Mentor nicht unbedingt ihr bester Freund ist." Julia stapelte die leeren

Teller und brachte sie zur Anrichte, bereitete sich auf den Abwasch und das Saubermachen vor.

„Bruce hat es gut gemeint", entgegnete Zach. „Er war ein toller Mann, aber er hat auf jeden Fall nicht nach den Regeln gespielt." Er warf ihr einen Blick zu. „Es tut mir leid, dass du in seine Machenschaften verstrickt worden bist. Ich werde alles tun, was ich kann, damit es so glatt läuft wie nur möglich."

Julia nickte, schob die Hände in das heiße Wasser und fing an. „Ich glaube, wir verstehen uns ganz gut – so weit, so gut." Sie ignorierte das große Thema, über das man irgendwann würde sprechen müssen, sobald sie nicht mehr bis zu den Ellbogen in Bacon-Fett steckte. „Wir müssen über meine Arbeitsmöglichkeiten reden. Wie stehen die Chancen, dass du eine Weile weiter nach Norden ziehen willst?"

Es schien, als hätte sie es geschafft, ihn zu schockieren. Er starrte sie an. „Weshalb willst du von deiner Familie wegziehen?"

„Weil mein Praktikum Ende Oktober vorbei ist. In High River gibt es einen Job, aber ich würde es hassen, jeden Tag für meine Schichten zwei Stunden lang zu fahren."

Zach trat an ihre Seite, um abzutrocknen und das Geschirr zu verräumen. „Jetzt, da du es erwähnt hast, habe ich irgendwie schon einen Job für dich."

Es war an ihr, zu erstarren. „Was für einen Job?"

„Betriebssanitäterin hier auf der Red Boot Ranch." Zach hob eine Hand. „Hör erst zu. Es geht nicht darum, dass ich aus reiner Wohltätigkeit einen Job schaffe, wegen der Lage, in der wir uns befinden. Das ist eine echte Stelle, die man auch besetzen muss. Ich kann es dir sogar zeigen – der steht schon seit Tag eins in den Büchern."

„Du willst, dass ich die Betriebssanitäterin für eine Touristenranch werde." Julia hörte, wie sie die Worte sprach, aber es schien unmöglich.

Da war wieder dieses Wort. Es schien möglich, dass es vielleicht nicht bedeutete, was sie dachte …

„Wir werden uns die genauen Vorgaben ansehen müssen, und natürlich muss man das Gehalt festsetzen …“

„Ich nehme an. Oh, verdammt noch mal, ich nehme an.“ Sie warf die Arme um ihn, ignorierte die nassen Flecken, die sie hinterließ, während sie ihn fest drückte. „Ich wollte auf einer Touristenranch seit dem Augenblick arbeiten, als ich weggegangen bin. Ich habe es geliebt, auf so einer aufzuwachsen, und es gehasst, dass ich wegmusste, um in die Schule zu gehen. Und ich weiß, dass das eine echte Stelle ist – man muss irgendjemanden haben, und ich bin perfekt dafür, das schwöre ich.“

Zach tätschelte ihr sanft den Rücken. „Ich habe dir den Job bereits angeboten. Du musst mir deinen Lebenslauf nicht zeigen.“

Sie grinste über beide Ohren. Es war in mancher Weise ungewöhnlich, aber die ganze Lage, in der sie sich befanden, war – na ja, nicht typisch. „Ich bin sicher, wir können die Details ausarbeiten, aber vielen Dank. Das ist eine echte Bürde, die von mir genommen wird.“

Er zwinkerte. „Gern geschehen.“

Sie waren gerade mit dem Aufräumen fertig, und Julia wollte ins Bad gehen, um sich für den Tag vorzubereiten, als ein lautes Klopfen die Vordertür erbeben ließ.

Zach verdrehte die Augen. „Das passiert also, wenn Finn sagt, er will sich einen Tag freinehmen.“ Er marschierte zur Vordertür und sprach laut, wohl in der Hoffnung, Finn würde es hören. „Es würde nicht schaden, wenn du mal einen Tag auf dem Hintern sitzen bleibst und uns übrige es genauso machen lässt.“ Er riss die Tür auf.

Es war nicht Finn. Es war Julias Vater George Coleman,

der überlebensgroß mit einer äußerst unfreundlichen Miene auf dem Gesicht dastand, während er auf Zach herab schaute.

„Ich verbringe normalerweise nicht sonderlich viel Zeit auf meinem Hintern, besonders wenn eines meiner Mädchen heiratet, ohne es mich wissen zu lassen. Am Montag ist ein Familienessen. Ich dachte mir, das wäre ein guter Zeitpunkt, um vorbeizukommen und meinen neuen Schwiegersohn ein wenig besser kennenzulernen.“

13

———

Unerwartet war gar kein Ausdruck. Zach wich nicht zurück, noch während Julia den Bademantel fester um sich raffte. Sie rückte aus dem Mittelpunkt des Zimmers ab.

„Hey", sagte sie. „Gib mir mal kurz, um mich anzuziehen, und ich komme, um dich zu begrüßen."

Sie verschwand außer Sicht, zog sich ins Bad zurück.

Mit ihrem Vater alleingelassen zu werden, ließ Zachs Nackenhaare zucken. Trotzdem raffte er sich genug zusammen, um den Mann weiter hereinzubitten. „Kann ich Ihnen einen Kaffee bringen?"

George Coleman nickte steif, schlüpfte an der Tür aus den Stiefeln und begab sich hinüber zum Tisch. „Ich war schneller unterwegs, als ich erwartet habe. Ich dachte, es würde mindestens bis zur Mitte des Vormittags dauern, hierher zu kommen."

Zach arbeitete an der Kaffeemaschine. „Haben Sie jemanden, der Ihre Pflichten erledigt, während Sie weg sind?"

Der Mann ließ sich auf dem Stuhl mit der steifen Lehne nieder, von dem aus Zach noch vor kurzer Zeit die zerzauste

Julia angeschaut hatte. Tatsächlich waren ihm alle möglichen köstlichen Pläne dafür, wie der Tag laufen sollte, durch die Gedanken gegangen.

Und auch wenn sich die Information über den Job etwas früher eingeschlichen hatte als geplant, hatte ihre impulsive Umarmung eine Menge bedeutet.

Er machte sie gern glücklich.

Zach stellte die Kaffeekanne auf den Tisch, zusammen mit einer Tasse und Sahne und Zucker. Als er sich auf dem Stuhl niederließ, wurde ihm klar, dass der Mann nicht geantwortet hatte. Er saß nur da und starrte ihn an.

George verschränkte die Arme vor der Brust. „Glauben Sie, ich würde hier rauskommen, ohne dass sich jemand zu Hause um die Dinge kümmert?"

Verdammt. Zach war stolz darauf, dass er sich fast aus allem herausreden konnte. Normalerweise konnte er für sich und Finn Gott und die Welt von profitablen Unternehmungen überzeugen.

Es schien, als hätte er seine Achilles-Ferse getroffen.

Er wollte gerade zu seiner Verteidigung ansetzen, als Julia wieder auftauchte, und nun in Jeans und einem T-Shirt zurück in den Küchenbereich schlüpfte.

Zach blinzelte. Sie hatte das Zimmer betreten, nachdem sie aus seinem Schlafzimmer gekommen war.

„Hey, Dad. Das ist eine unerwartete Überraschung." Julia kam dicht genug heran, um dem älteren Mann rasch einen Kuss auf die Wange zu geben, bevor sie sich in den Sessel neben Zach setzte.

Als sie seine Finger in ihre nahm, fand Zach schließlich sein Lächeln wieder. Ein wahres Lächeln, denn sie stellte sie als echtes Paar dar.

Es fühlte sich gut an.

George beäugte sie beide, bevor er seine Tasse füllte und

einen Hauch Milch hinzufügte. Er starrte in die Flüssigkeit, während er umrührte. „Tamara hat mir gesagt, ich soll am Montagabend zum Abendessen kommen, aber ich dachte mir, ich komme mal etwas früher, um Zeit mit dir zu verbringen." Er hob einen Finger zu Zach, schaute ihm nicht in die Augen. „Und mit dem da würde ich mich gern mal unterhalten."

Julias Miene spannte sich an. „Ich hoffe, du hast nicht vor, bei Zach irgendwas über ‚seine Absichten mit meiner Tochter' abzuziehen. Unsere Beziehung ist unsere Angelegenheit."

George neigte das Kinn, schien fasziniert von seiner Tasse Kaffee. „Das hat mir Tamara auch gesagt. Ist aber nichts falsch daran, dass ein Kerl mal nachfragt, ob seine Mädchen richtig behandelt werden."

Neben ihm vibrierte Julia beinahe. Obwohl Zach einen Teil ihres Ärgers verstand, verstand er noch sehr viel mehr, wie George Coleman argumentierte. „Natürlich machen Sie sich Sorgen. Aber ich versichere Ihnen, Julia und mir geht es wirklich gut. Wir haben alles raus."

„Wäre trotzdem gut, Zeit zum Plaudern zu haben", sagte George angespannt. Er warf einen Blick auf Julia. „Die anderen Mädchen haben mir gesagt, ihr hättet hier in der Hütte ein freies Zimmer. Ich dachte, bei dieser Reise schlafe ich mal bei euch. Da wird es leichter, Zeit zu finden, während ich hier bin."

Zachs erste Reaktion war der dringliche Wunsch, laut und ausgiebig zu fluchen. Einen Hausgast zu haben, würde die Dinge komplizierter gestalten. Das zweite, was ihm durch den Verstand raste?

Einen Hausgast zu haben, könnte die Dinge tatsächlich sehr interessant gestalten.

Julia zögerte, bevor sie ein brüchiges Lächeln zustande brachte. „Klar. Du musst mir ein paar Minuten geben, um aufzuräumen. Ich habe mich irgendwie überall ausgebreitet."

Völliger Schwachsinn. Die Frau ließ niemals irgendwas unordentlich liegen, und ihr Raum wirkte, als wäre eine Militäreinheit dort abgestiegen. Trotzdem dachte Zach, dass er wusste, was sie vorhatte.

„Warum bringe ich deinen Dad nicht mal zu einer Tour über die Ranch, während du dich darum kümmerst, Liebling?" Zach drückte sie mit dem Arm, den er ihr um die Taille gelegt hatte.

Julias Miene, als sie zu ihm aufschaute, war auf halbem Weg zwischen Erheiterung und Schrecken. „Klingt nach einer tollen Idee, Baby."

Er unterdrückte ein amüsiertes Schnauben, trank den restlichen Kaffee aus, bevor er den Kopf in Richtung George schief legte. „Bereit zum Aufbruch?"

Es war ziemlich unwirklich, mit Julias Dad über die Red Boot Ranch zu spazieren. Der Mann stellte ein paar allgemeine Fragen, aber zum Großteil marschierte er einfach neben Zach her, spähte in Winkel und Nischen, als wären sie unheimlich interessant.

Sie waren gerade in die Hauptscheune gegangen, wo die Pferde untergebracht wurden, als Finn auftauchte. Zum Glück gab es immerhin kleine Gnaden.

Georges Miene hellte sich ein klein wenig auf. „Finn."

Es schien, die Ankunft ihres Schwiegervaters – das war eine seltsame Erkenntnis. *Schwiegervater!* – wäre auch für Zachs besten Freund ein Schock gewesen.

Finn erholte sich aber schnell, marschierte nach vorn, um ihm eine Hand zu reichen. „Ich habe nicht erwartet, dich so früh zu stehen. Das Essen ist doch erst morgen Abend."

„Ich habe mir ein paar Tage wenig freigenommen." George verschränkte wieder die Arme vor der Brust, schaute zwischen Finn und Zach hin und her. „Also welcher von euch beiden sagt mir jetzt, was zum Teufel vorgeht?"

Noch während Zach sich bereit für den Kampf machte, lachte Finn leise und lockerte die Stimmung auf.

Sein bester Freund hatte Erfahrung damit, mit dem älteren Mann umzugehen. Falls Finn eine Möglichkeit finden konnte, um das Ganze glatter laufen zu lassen, würde Zach es ihm den ganzen Tag lang zurückzahlen.

Sanft rollte Finn die Schultern. „Keine Ahnung, ob du das selbst mitbekommen hast, aber was ich mir denke, ist, dass der hier" – Finn wies mit dem Daumen auf Zach – „gesehen hat, was Karen und ich hier Gutes am Laufen haben, und beschlossen hat, dass er selbst dafür bereit ist."

Georges gerunzelte Stirn blieb. „Es geht ein wenig schnell."

Zach folgte Finns Anweisungen. „Nicht wirklich. Julia und ich sind uns im letzten Frühling begegnet. Wir haben zwar erst im Sommer angefangen, offiziell zusammen zu sein, aber wie Finn schon sagte, gibt es eine Menge Liebenswertes an Julia."

George Colemans Miene zuckte kaum. „Versuch nicht, mir irgendeinen Schwachsinn zu verkaufen, Junge. Was immer los ist, es liegt nicht daran, dass ihr bis über beide Ohren verliebt seid."

Lügen oder die Wahrheit sagen?

Er bekam nie die Gelegenheit, zu entscheiden, was er versuchen sollte, denn weibliches Lachen erklang hinter ihnen. Karen und Julia tauchten auf, als wären sie einfach zufällig am selben Ort zur selben Zeit gelandet.

„Hey, Dad. Julia hat mir gesagt, dass du hier bist. Es freut mich, dass du es früher geschafft hast." Karen kam und umarmte ihn rasch, bevor sie mit einem scheinbar aufgeregten Lächeln zurücktrat. „Tatsächlich ist es das perfekte Timing. Finn und ich wollten dich zu einem Ausritt mit einigen der neuen Tiere mitnehmen, die wir gekauft haben."

Georges Miene wurde zögerlich. „Ich wollte etwas Zeit mit

Julia verbringen. Und ihm." Der Fingerzeig sah danach aus, als wolle er eine unerwünschte Fliege verscheuchen.

Zach rieb sich mit der Hand über die Lippen, um ein Lächeln zu verbergen.

Julia war an seiner Seite, ihre Hand glitt wieder in seine. „Wir würden gern ausreiten. Es gibt auch keinen Grund, dass wir nicht alle fünf aufbrechen können."

Das brachte offensichtlich die Entscheidung. Finn wies den älteren Mann weiter in die Scheune. „Komm schon. Ich zeig dir ein paar, von denen du dir eins aussuchen kannst."

Die Verführung war offensichtlich zu groß. Julias Dad ließ ein Lächeln sehen und ging hinter Finn her. „Karen hat mir erzählt, du hast einige tolle Käufe getätigt."

An Zachs Seite trat Ärger auf Julias Gesicht. „Karen war diejenige, die diese Käufe getätigt hat", murmelte sie und lehnte sich an ihn.

Der zu erwartende Fehler ihres Vaters war nicht das erste, was Zach in den Kopf kam. „Ich dachte, du hättest dein Zimmer ausgeräumt, damit dein Dad es heute Abend nutzen kann."

„Ich habe angefangen, aber dann ist mir klar geworden, dass ich dich auf keinen Fall länger mit ihm allein lassen sollte. Ich habe Karen angerufen, und wir dachten uns, da wir schon hier sind, wären wir das schnellste Rettungsteam. Lisa kommt rüber. Sie wird sich in die Hütte schleichen und mein Zeug in dein Zimmer bringen."

Teamwork vom feinsten. Zach nickte. „Das bedeutet, dass wir nicht viel zu tun haben, außer einen weiteren Austritt zu genießen. Dein Dad wird sich nicht daneben benehmen, solange Finn da ist. Ihn respektiert er zu sehr."

Was bedeutete, dass die nächsten paar Stunden in einem behaglichen Nebel vergingen. George Coleman wurde angemessen unterhalten, während Finn die letzten Entwicklungen auf der Ranch erklärte.

Außerdem fragte Karen immer wieder nach der Meinung ihres Vaters zu verschiedenen Tieren. Ratschläge, die sie nicht brauchte, aber die Fragen schmeichelten dem Ego des Mannes genug, dass er nicht zu seinem Thema zurückfand.

Zach war gezwungen, das in Kontrast zu den letzten Unterhaltungen mit seinen Eltern zu setzen. Zachary Senior und Pamela Sorenson forderten, dass ihre Kinder ihr Potenzial verwirklichten – aber das besagte Potenzial basierte immer auf dem, was jeden von ihnen persönlich glücklich machte, und nicht einem Kniefall vor elterlichen Erwartungen.

Es schien, als wäre das, was er hatte, nicht so verbreitet. Seine Familie war immer für ihn da gewesen. Selbst jetzt wusste er, dass sie ihn unterstützen und ihm helfen würden, seine Ziele zu erreichen – sobald er mal dazu gekommen war, seine derzeitige Situation zu erwähnen, und wie viel auch immer er beschloss, ihnen mitzuteilen.

Bei Finn war das nicht der Fall. Zach hatte in den letzten Monaten auch Bruchstücke erfahren, die nahelegten, dass die Mädchen von Whiskey Creek nicht immer Unterstützung bekommen hatten.

Als er sah, wie George Coleman sich durch diesen Vormittag mit seinen Töchtern und Finn bewegte – und zugegebenermaßen einem weiteren unerwarteten Schwiegersohn – fragte sich Zach, ob der ältere Mann die Fähigkeit hatte, sich so weit zu verändern, um das zu sein, was Julia brauchte.

Dieses seltsame besitzergreifende Gefühl traf ihn, aber diesmal mit einem kleinen Dreh. Zach war nicht wirklich wichtig, was der Mann von ihm hielt, aber ihm war extrem wichtig, wie Julia sich am Ende des Tages fühlte.

Das gab Zach einen zusätzlichen Grund, aufmerksam zu

bleiben. Vielleicht beinhaltete sein jüngster Beschluss, Ja zu allem zu sagen, was Julia forderte, unausgesprochen, dass es genauso wichtig war, Nein zu allem zu sagen, was ihr wehtun würde.

Irgendwie musste er das auf eine Art und Weise tun, die ihr klarmachte, dass man sich um sie kümmern, aber auch auf sie hören würde. Falls George Coleman ein Problem damit hatte, dass Zach in ihrem Leben dieser Mensch war, dann war es besser, das möglichst früh herauszufinden.

Die Familie kam zur Rettung.

Noch während der Gedanke daran seltsam erschien, war er auch süß und erfreulich. Julia rückte näher an Zachs Seite, zum Teil, um so zu tun, als würde sie sich aus der Unterhaltung auf der anderen Seite des Feuers heraushalten, wo ihr Vater sie alle mit einer Geschichte von etwas Großem und anscheinend Wichtigem unterhielt.

Obwohl das offizielle Familienabendessen erst morgen Abend war, hatte Lisa einen spontanen Grillabend bei ihr und Josiah angeboten.

Grillabend bedeutete, dass sie weniger lange am Tisch saß, und mehr Zeit damit verbrachte, sich neben Zach zu entspannen.

Beim Gedanken an Zach – den ganze Tag lang war es mit ihm wunderbar und schrecklich zugleich gewesen. In Reichweite, aber niemals überwältigend. Wenn es angemessen gewesen war, hatte er ihr die Hand gehalten oder einen Arm um ihre Schultern gelegt.

Julia musste sich der Wahrheit stellen. Dieses gespielte Ding zwischen ihnen reichte nicht mehr. Nach kaum einer Woche war sie schon bereit, die Vernunft über Bord zu werfen.

Was sie wirklich zur schlimmsten gespielten Freundin machte – ups, der vermutlich schlimmsten gespielten *Ehefrau.*

Denn dass sie mehr wollte, würde sie einfach beide nur in Schwierigkeiten bringen.

Während der Abend später wurde und die Sonne hinter den Rocky Mountains unterging, beschloss Julia, dass sie das Risiko einfach eingehen konnte. Zach konnte man vertrauen. Er würde nicht weglaufen und überall Geschichten herumerzählen.

Aber das hieß immer noch nicht, dass er zu ihrem Vorschlag Ja sagen würde.

Das Feuer knisterte, und von ihr kam ein Gähnen.

Zach nahm das als Hinweis, um ihr die Taille drücken. „Bist du bereit für den Heimweg?"

Sie warf einen Blick hinüber dorthin, wo ihr Vater immer noch in eine intensive Unterhaltung mit Finn und Josiah verstrickt war. „Er wirkt noch nicht, als wolle er schon gehen."

Zach zuckte mit den Schultern. „Er hat Beine. Wenn er darauf besteht, bei uns zu schlafen, kann er mit Karen und Finn zurückfahren, und dann rüber zur Hütte kommen und selber reingehen."

Auf der anderen Seite tippte Lisa mit der Hand auf ihr Bein, um ihre Aufmerksamkeit zu bekommen. Sie krümmte den Finger und wartete, bis Julia sich soweit heranbeugte, dass sie ihre leise gesprochenen Worte hörte.

„Geht nach Hause. Dad hat euch erst mal überrascht, aber wir haben das unter Kontrolle. Ihr werdet morgen den ganzen Tag damit verbringen, euch mit ihm herumzuschlagen." Ihre Augen wurden groß, dann trat ein schelmischer Ausdruck auf ihr Gesicht. „Allerdings wollte ich dich daran erinnern. Wir haben doch gesagt, wir beide würden uns um zehn bei *Buns and Roses* treffen."

„Haben wir?"

Lisa nickte ernst.

Erkenntnis strömte durch Julia hindurch. „Oh, genau. Haben wir."

Das Grinsen ihrer Schwester blitzte hell. „Bring ihn mit. Wir teilen und herrschen."

Impulsiv nahm Julia Lisas Finger und drückte sie fest. „Vielen Dank."

„Gern geschehen. Alles."

Julia war sich nicht ganz sicher, was dieser letzte Kommentar bedeutete, aber sie drückte die Schulter an die von Zach, und Julia zwinkerte und hob dann die Stimme, damit man sie über das Feuer hinweg hörte. „Zach und ich sind unterwegs nach Hause. Willst du jetzt mit uns kommen, Dad? Oder mit Karen fahren?"

George Coleman schaute kurz zu ihnen, bevor er das Kinn neigte. „Geht ihr Jungen schon mal vor. Finn wird sich um mich kümmern."

Julia fing kurz Karens Blick auf. So viele geteilte Gefühle gingen zwischen ihnen hin und her. Es war mühsam, sich wieder zusammenzunehmen, um eine lockere Antwort zu geben. „Okay. Wir sehen dich dann morgen."

Es war nicht ganz so einfach, zu flüchten. Alle wollten eine Umarmung, darunter ihr Dad. Irgendwie. Er legte eine Hand auf ihre und Zachs Schulter und drückte sie. „Lasst einfach die Tür offen. Ich bin auch leise."

Durch die Tür der Hütte zu gehen, war, als würde man tief einatmen. Bebend am Rande einer Entscheidung, wusste Julia, dass sie die Wahl treffen musste. Entweder war es Zeit, weiterzupflügen oder für immer aufzuhören, sie beide zu quälen.

Zach drehte sich mitten im Küchenbereich, gab ihr genug Platz, während seine Miene entschuldigend wurde. „Ich schätze, wir sind wieder dabei, uns ein Zimmer zu teilen."

Sie nickte. „Versuch bloß nicht, mir wieder so eine halbseidene Idee einzupflanzen, dass du auf dem Boden schlafen willst. Dielenboden ist schön, aber nicht als Matratze."

Er zögerte. „Na ja, warum machst du dich nicht bettfertig? Hoffentlich findest du alles dort, wo Lisa es versteckt hat."

„Geh du vor", beharrte sie. „Ich muss mir ein paar Notizen für morgen machen, solange ich mich noch erinnere." Sie nahm ihr Tagebuch und wedelte damit in der Luft. „Ich brauche nicht lang."

Er warf einen Blick auf das Buch in ihrer Hand, dann drehte er sich gehorsam um. „Ich sehe dich, wenn du fertig bist."

Das Geräusch laufenden Wassers, das aus dem Bad kam, mischte sich mit dem Stift, der sich langsam über die Seiten bewegte. Wenn sie das tun wollte, könnte sie es auch gleich offiziell machen.

Es dauerte dreißig Sekunden, die tatsächlichen Worte zu schreiben, aber es schien, als wäre sie kaum fertig geworden, als Zach zehn Minuten später die Schlafzimmertür einen Spalt breit öffnete. „Das Bad gehört dir."

Mit erhobenem Kinn marschierte sie entschlossen durch das Zimmer und über die Schwelle, schloss die Tür fest hinter sich.

Auf den ersten Blick gab es nicht viele Sachen im Zimmer. Aber andererseits neigte sie auch nicht dazu, eine Menge Krimskrams herumstehen zu lassen.

Zach deutete auf die Kommode. „Das muss ich ihr lassen, sie ist effizient. Lisa hat mein Zeug in die Schubladen links zusammengeräumt. Deine Sachen sind rechts."

Sie verzog das Gesicht. „Tut mir leid. Mir war nicht klar, dass sie in deine Privatsphäre eindringen würde, während sie mir hilft."

Ein Schnauben kam von ihm. „Ich bin am Boden zerstört,

dass sie entdeckt hat, dass ich in meiner Sockenschublade nicht zusammen passende Socken habe."

Julia verschränkte die Arme vor der Brust und starrte ihn an.

Seine Augenbrauen gingen nach oben. „Was?"

„Du bist schon wieder viel zu vernünftig."

„Die Vernunft wird noch mein Untergang", gab er zu. „Irgendwann wirst du es einfach mit meinen Schwestern aufnehmen müssen. Ich bin sicher, es ist ihre Schuld."

„Da bin ich auch sicher."

Während sie immer noch lachte, schnappte sich Julia das, was sie aus den Schubladen rechts brauchte, dann verschwand sie ins Bad.

Fünf Minuten später gab sie sich einen strengen Anfeuerungsspruch und schaute in den Spiegel. „Das ist eine Situation, in der nichts schief gehen kann. Entweder sagt er Ja, oder er sagt Nein, und so oder so werden wir wissen, wie wir weitermachen."

Nachdem sie fest das Kinn geneigt hatte, öffnete sie die Tür und marschierte zu ihrer Seite des Bettes.

Zach steckte schon unter der Decke. Er trug ein blassgraues T-Shirt, seine breiten Schultern und seine muskulöse Brust waren sichtbar, als er sich aufsetzte, während er an einem Stapel Kissen lehnte. Er hatte einen E-Reader in der Hand, und …

Heilige Scheiße, das war sexy. „Du hast eine Brille?"

Ein äußerst niedliches Erröten trat auf seine Wangen. „Manchmal?"

Sie sorgte dafür, dass ihre Miene zu ihrer Anerkennung passte. „Mir gefällt sie."

„Ich mag sie auch, denn sie hilft mir beim Sehen und so." Trotzdem nahm er sie ab, legte sie auf den Nachttisch. „Das ist eine spezielle Brille mit einer leichten Färbung. Damit komme ich besser mit digitalen Geräten zurecht. Ich habe kein großes Problem, wenn es um Papier geht, aber Bildschirme sind etwas ganz anderes. Meine Mom dachte, das wäre der Grund, weshalb ich damals an der Highschool so üble Kopfschmerzen bekommen habe."

„Gut gemacht, Mom." Julia holte tief Luft und setzte sich auf die Stelle, von der sie annahm, dass es ihre Seite des Bettes war. „Können wir über etwas reden?"

Seine Miene wurde fragend, seine ganze Aufmerksamkeit lag auf ihr.

Sie hielt ihr Tagebuch vor. „Da ich dachte, wir würden ganz verlegen sein, wenn wir uns ein Bett teilen, weil wir meinen Dad nicht die Wahrheit rausfinden lassen, habe ich beschlossen, dass wir vielleicht die Peinlichkeit ganz auf die Spitze treiben können."

Zach nahm ihr das Notizbuch ab. „Was ist das?"

„Ich habe festgelegt, was wir als drittes zusammen unternehmen." Sie sagte das so trocken, wie sie nur konnte.

Seine Miene veränderte sich nur ein klein wenig. Ein Hauch Enttäuschung, was äußerst zufriedenstellend war, wenn man bedachte, was er gleich lesen würde.

Sie öffnete das Buch auf der Seite, in die sie das Lesezeichen gelegt hatte. Sein Blick überflog die Seite, und sie erkannte den Augenblick, in dem er den Zusatz las.

Zach schaute auf, seine blauen Augen waren weit geöffnet. „Du machst doch Scherze."

„Nö."

Seine Miene blieb noch etwa drei Sekunden zögerlich, bevor sein Lächeln zu reiner Zufriedenheit wuchs. „Liebling, ich habe null Probleme damit, deiner dritten Forderung nachzukommen. Es ist eine Herausforderung, aber eine, bei der ich mehr als nur bereit bin, das Opfer zu bringen, um sie zu schaffen."

Julia lachte. „Ich bin so froh, dass du bereit bist, dich auf den Altar des Knutschens zu werfen. Aber reden wir noch kurz drüber, bevor deine Vorfreude zu groß wird."

Er wackelte mit den Augenbrauen. „Sehr witzig."

Ein weiterer Anflug von Erheiterung überkam sie, doch sie mussten immer noch über die Sache reden. Sie stützte sich auf die Ellbogen nach vorne ab. „Wir müssen Knutschen und Rummachen genauer definieren."

14

———

Falls das Karma ein tatsächlicher Mensch mit einer Adresse war, hätte Zach ihr eine ganze Kiste gefüllte Donuts geschickt. Mit Schokoladenüberzug, und vielleicht auch noch mit Streuseln.

Das war nicht die Art, wie er gedacht hatte, dass der Abend enden würde.

Ach, er hatte sich schon Hoffnungen gemacht, wenn man an diese ganze Situation dachte, dass sie in ein Zimmer gepfercht waren. Aber nicht mal in seinen wildesten Träumen hätte er sich ausgemalt, dass Julia ihm ein Notizbuch mit der Bitte reichen würde, dass sie anfingen, rumzumachen, die schwarz auf weiß dort geschrieben stand.

Obwohl er nicht begierig darauf war, dem Ganzen eine Definition zu verleihen, war er bereit. Er klopfte auf den leeren Platz dicht dabei ihm. „Reden wir.“

Julia wölbte trocken die Lippen. „Ich glaube, ich bleibe erst mal hier, danke.“ Ihr Kopf neigte sich, während sie ihn beobachtete. „Erst mal vertraue ich dir. Weshalb wir diese Unterhaltung überhaupt erst führen.“

„Vielen Dank." Er verschränkte die Hände hinter dem Kopf, machte es sich gemütlich für die Zeit, die dieser Prozess nun mal dauern würde.

Nun, da der Abend nicht nur damit enden würde, dass Julia in seinem Bett war, sondern *mit* ihm ins Bett gehen würde, stellte er fest, dass er plötzlich eimerweise Geduld hatte.

Sie öffnete und schloss den Mund ein paar Mal. Sie rümpfte die Nase – verdammt, warum war das so niedlich?

Die Worte strömten aus ihr heraus, als hätte sie beschlossen, ihre Beichte müsse in kürzestmöglicher Zeit stattfinden. „Ich mag keinen Sex. Ich meine, den tatsächlichem Teil, wo der Typ seinen Penis in meine Vagina schiebt. Mir gefallen schon ein paar andere Sachen. Küssen ist toll – dich zu küssen war gestern richtig spektakulär. Und ich mache mich gern nackt und mag Berührungen, aber wenn es um den tatsächlichen ... Na ja, ums Kommen geht, ist einer besser als zwei."

Er hatte versucht, mitzuhalten, aber um ehrlich zu sein, sein Gehirn hatte sich irgendwie abgeschaltet, als sie zu reden angefangen hatte. „Das musst du vielleicht noch ein paarmal wiederholen, damit ich alle Nuancen mitbekomme. Du magst keinen Sex?"

Ein entschiedenes Kopfschütteln. „Nein."

Das hatte er gehört. Als nächstes ... „Aber Küssen gefällt dir schon, und Berühren, und ... Da bin ich schon wieder ein wenig verwirrt."

Interessanterweise wirkte sie überhaupt nicht mehr peinlich berührt, sondern ziemlich entschieden, und vielleicht ein wenig verärgert. „Ich habe kein Problem damit, einen Orgasmus zu genießen, wenn ich mich selbst befriedige. Ich habe nur selten einen, wenn noch jemand anderes beteiligt ist."

„Das ist scheiße."

Die Worte waren das erste, was ihm in den Sinn kam, darum sprach er sie aus. Nur dass er, der Miene auf ihrem Gesicht nach zu urteilen, vielleicht ein wenig diplomatischer hätte sein sollen.

Sie starrte ihn kurz an, dann zuckte sie mit den Schultern. „Irgendwie. Auf jeden Fall frustrierend, aber ich will nur mal etwas klarstellen. Ich bin nicht auf der Suche danach, repariert zu werden oder so was. Ich weiß genau, wie ich mich selbst anturne, aber es macht mehr Spaß, mit einem Typen heiß zu werden als ohne."

Sein Gehirn lief mit einer Million Kilometern pro Stunde, während die Tatsache, dass er einen Ständer bekam, nur weil er an dieser Unterhaltung beteiligt war, klarmachte, selbst wenn sie den Sex jetzt gerade nicht zur Debatte stellte, war er immer noch interessiert.

„Okay. Wir werden besprechen müssen, was das im Weiteren bedeutet, aber ich bin dabei."

Luft wich aus ihren Lungen, als hätte er zugestimmt, ein lebensverändertes Geheimnis zu bewahren. „Vielen Dank."

„Also." Man konnte ein paar schmutzige Details auch gleich auf den Tisch bringen. Oder aufs Bett, sogar noch besser. „Du hast gesagt, Berühren ist in Ordnung. Heißt das, voller Körperkontakt? Mein Mund überall, wo ich ihn will? Meine Finger?"

Ein Beben kam über sie, was ihm echt gefiel. „Ja, aber nur in einem gewissen Rahmen. Es gibt nichts nervigeres als einen Typen, der so darauf aus ist, dass er mich befriedigen kann, dass er immer weiter drängt. Wenn es dir Spaß macht, mich zu berühren, mach es. Aber mach nicht weiter, nur weil du denkst, dass irgendwann mal, *Badaboom, Badabing,* du es schaffen wirst, mein Universum auf den Kopf zu stellen."

Die Unterhaltung war faszinierend, aber Zach musste sich schon fragen ... „Ich will nicht dagegenhalten, aber darf ich mal fragen? Mit wie vielen Typen warst du schon zusammen? Zum richtigen Sex oder sonst wie?"

Sie hob eine Augenbraue. „Wirst du mir auch deine sexuelle Vorgeschichte erzählen?"

Zach zuckte mit den Schultern. „Wenn du willst. Ich habe so richtig oder sonst wie im Lauf der Jahre mit etwa zwei Dutzend Frauen rumgemacht, mehr oder weniger. Tatsächlichen richtigen Sex mit Penetration hatte ich mit vier."

Sie blinzelte. Julia hatte offensichtlich nicht erwartet, dass er sie beim Wort nehmen und ihre Frage beantworten würde. „Echt?"

Er lachte. „Welchen Teil glaubst du denn nicht?"

Ihre Wangen wurden rot. „Okay, ich hatte mit drei Typen Sex. Mit etwa zehn habe ich rumgemacht."

„Und wie viele von den Typen, mit denen du rumgemacht hast, haben dir Spaß gemacht, anstatt dich zu frustrieren?"

Sie seufzte schwer. „Drei."

Verdammt. Vermutlich die drei, mit denen sie tatsächlichen Sex versucht hatte. „Du bist fünfundzwanzig, oder?"

Ihre Lippen zuckten. „Genau wie es auf unserer Hochzeitsurkunde steht."

Es war zu einfach, im Gegenzug zu grinsen. „Okay, ich verspreche, dass ich nicht versuche, dich hinzubiegen, aber gleichzeitig ist das nicht gerade viel Erfahrung. Es ist möglich, dass dir Sex eines Tages Spaß macht."

„Möglich, ja, aber ich will mich jetzt nicht gerade für eine extra Ladung Frust anmelden. Finger mag ich schon. Der G-Punkt ist kein Mythos, aber wenn du nicht demonstrieren kannst, dass du einen sehr ungewöhnlichen Penis hast, wirst du diese Stelle damit nicht genauso gut treffen wie mit den Fingern."

Wie gut, dass er nichts getrunken hatte, denn das hätte er jetzt überall hingespuckt. „Einen sehr ungewöhnlichen Penis?"

Julia schnaubte. „Abgekürzt SUP, wenn du magst."

Er schnaubte. „Ich dachte, kurze Penisse wären ein Problem."

Anstatt zu lachen, wirkte sie nachdenklich. „Tatsächlich ist der beste Teil, dort unten irgendwie berührt zu werden, gleich am Anfang. Also würde vielleicht ein kurzer, stämmiger Penis besser funktionieren. Das ganze *rein, rein, rein* wie ein Kolben ist bei mir verschwendete Energie. Es ist unbehaglich, um ehrlich zu sein."

Die Unterhaltung hätte nicht so verdammt amüsant sein sollen, aber das war sie auf jeden Fall. „Ehrlich ist am besten. Kein Presslufthammer für Jules, ich hab's verstanden."

„Kein Sex für uns", rief Julia ihm in Erinnerung. „Dieser letzte Teil war eine völlig fiktive Unterhaltung. Ich bin nicht kaputt, und ich suche nicht nach einem magischen Penis."

„Nur Rummachen. Ist für mich auch in Ordnung." Zach beschloss, es völlig offen zu gestalten, denn es schien das zu sein, was sie wollte. „Hast du irgendein Problem damit, dass ich im richtigen Moment abspritze?"

„Sei mein Gast. Außerdem habe ich auch keine Einwände dagegen, dir manchmal zu helfen."

Das war die seltsamste Unterhaltung, die er sein ganzes Leben lang geführt hatte. Wenn man bedachte, dass da so einige erzwungene Rohrkrepierer mit seiner Mutter, der Krankenschwester, und seinen äußerst mitteilsamen Schwestern dabei gewesen waren, sagte das schon was aus.

Julia saß reglos auf ihrer Seite des Bettes, er auf seiner, sein E-Reader lag immer noch in seinem Schoß.

Er nahm ihn und legte ihn sicher auf den Nachttisch, dann drehte er sich zurück. „Müssen wir deine Bitte nach Rummachen auf den Kalender mit dem witzigen Zeug setzen, oder ist es für dich in Ordnung, wenn wir es irgendwie spontan machen?"

Ein Teil ihrer Selbstsicherheit ließ nach, während in ihren Wangen Röte aufstieg. „Ich glaube, zwischen uns gibt es eine Verbindung, die ziemlich heiß ist. Da irre mich nicht, oder?"

Heilige Scheiße. „Auf einer Skala von eins bis zehn für deine drei Bitten und ein Interesse an ihnen, ist Yoga eine Sieben, Reiten eine Zehn, und Rummachen ist eine echte Neunundzwanzig."

Sie blieb reglos, starrte ihn an. Ihr Oversize-T-Shirt lag eng an ihrem Körper, der Stoff hob sich über ihren Brüsten. Sie hatte eine Hand in den überschüssigen Stoff an ihrem Bauch geschlungen und ihn ganz fest gezogen.

Es schien, als läge der nächste Schritt an ihm.

Zach krümmte einen Finger. „Du sagst, dass du mir vertraust."

Er ihre Augen waren riesig. Sie nickte.

„Dann vertraue mir auch damit."

Er sagte es ganz leise, aber es schien zu reichen. Julia kroch über das Bett, um sich neben ihm niederzulassen, mit Platz zwischen ihnen, ihre Miene einen Augenblick lang mutig, doch im nächsten bedürftig. Wie ein Kätzchen, das nicht ganz sicher war, ob es in Ordnung war, die letzten paar Zentimeter näherzukommen.

Damit konnte Zach arbeiten.

Er hob sie hoch, ignorierte ihr leises überraschtes Keuchen, während er sie auf seinen Schoß setzte. Ihre Knie lagen zu beiden Seiten seiner Hüfte, ihre Nasen waren auf gleicher Höhe.

Er starrte sie an, während er eine Hand hob, um ihr sanft über die Wange zu streichen, die Fingerspitzen kamen nach vorne, bis er ihr Kinn nehmen und ihr Gesicht im perfekten Winkel neigen konnte.

So weiche Haut. So riesige Augen. So ein Vertrauen, als würde sie darauf warten, dass er Magie wirkte.

Mit Vergnügen.

Er ließ die Finger um ihren Nacken und in ihre Haare gleiten. Seine andere Hand legte sich um ihren unteren Rücken, die Position war so vertraut wie das Luftholen. Die Körper dicht einander, rückte er vor und drückte ihre Lippen aufeinander.

Seine Absicht war, sie ein wenig zu necken. Die Asche über den Kohlen langsam anzufachen, sodass die Verbindung zwischen ihnen sich nicht mehr leugnen lassen würde.

Es schien, als hätte Julia andere Vorstellungen. In dem Augenblick, in dem ihre Lippen aufeinandertrafen, schoss sie in eine höhere Gangart hoch. Schmiegte sich an, presste ihre Lippen fester an ihn. Ihre Zunge schnellte vor, um sich in seine zu verstricken, und er stöhnte, weil es so perfekt war.

Sie erwischte ihn am Kopf, strich mit den Fingern durch seine Haare, während sie ihn begierig küsste. Hungrig. Ihre Hüfte bewegte sich, als wäre sie besessen von seinem inzwischen äußerst harten Schwanz.

Himmel, sie war Feuer und Hitze und jede Menge Ärger. Denn gerade im Augenblick waren sie auf einem Kurs hinauf in die Stratosphäre, was überhaupt nicht sein Ziel für ihr erstes Mal war.

Er griff fest in ihre Haare und zog leicht daran. Die Bewegung war heftig genug, um ihr ein Keuchen zu entlocken, während sich ihre Lippen lösten.

Zach grinste, zufrieden mit ihrer Reaktion, doch auf einer dringlichen Mission, wieder die Kontrolle zu bekommen.

Zumindest über sich.

„Mach langsamer, Süße. Man muss nichts überstürzen. Ich verspreche, der Buffettisch ist das ganze Jahr über geöffnet."

Sie wurde rot und biss sich auf die Unterlippe. „Tut mir leid.“

Erheiterung kam auf, wich einem leisen Lachen. „Ich will auch keine Entschuldigung. Aber wieder zurück zu der Sache mit dem Vertrauen – nehmen wir uns Zeit und genießen einander. Wir machen dann später auch mal schnell, aber ich habe davon geträumt, dich zu berühren. Dich zu küssen. Das ist nichts, was ich überstürzen will.“

Sie blinzelte. „Du hast davon geträumt?“

„Oh, aber so was von. Tagträume, schmutzige Träume.“ Er zwinkerte. „Feuchte Träume. Der Status quo im letzten Monat war so ziemlich, dass ich mit meinem Schwanz in der Hand und dir in meinen Gedanken aufgewacht bin.“

Die Worte hatten kaum seinen Mund verlassen, als ihm sein Fehler bewusst wurde.

Ihre Augen wurden groß. „Ich hab dich doch in der Bar erst vor zehn Tagen geküsst.“

Er zuckte mit den Schultern. „Ich hab doch gesagt, dass ich daran interessiert bin, richtig mit dir zusammenzukommen.“

Julias Gedanken kamen ins Taumeln. Zu wissen, dass Zach versaute Gedanken von ihr gehabt hatte, länger als sie erwartet hatte? Interessante Wendung.

Aber da das Verlangen durch sie hindurch summte, war diese Information nicht das Wichtigste.

„Küss mich“, forderte sie.

Er wirkte viel zu erheitert. Mehr als das, der Griff, in dem er ihre Haare hatte, ließ nicht nach, was bedeutete, dass sie kaum Platz hatte, sich zu winden. „Mach langsamer“, wiederholte er.

Sie unterdrückte das Knurren, das ihr unfreiwillig

entwichen war, schloss die Augen und stellte sich vor, mitten in einer Yogastunde zu sein und zu versuchen, etwas Selbstbeherrschung zu finden.

Während der vordere Teil ihres Körpers sich an seinen drückte, glitten seine Hände weiter um sie, bis sie in einer festen Umarmung war.

Die ganze Luft, die sie geholt hatte, wich langsam aus ihr, während sie sich einen Wirbel nach dem anderen an ihm entspannte. Es hatte keinen Sinn, sich zu wehren, nicht mit diesem eisernen Griff, in dem er sie hatte.

Um die Wahrheit zu sagen, die Umarmung, in der sie sich nicht bewegen konnte, fühlte sich gut an.

Ihre Wange drückte sich an seine, und Julia gestattete sich, ihn auch zu umarmen. Ihre Körper schmiegten sich fest einander, während sie sich an seinem muskulösen Oberkörper entspannte.

Er hielt sie fest, und im Lauf der nächsten Minuten saß sie da. Ihr Blut hämmerte noch immer, prickelnde Gefühle blitzten über die empfindsamen Teile ihrer Anatomie, aber ihr größtes Empfinden war – Behaglichkeit.

Langsam, ganz langsam wurde die Umarmung sanfter. Julia blieb entspannt, inzwischen neugierig auf seinen nächsten Schritt.

Zach drehte das Gesicht in winziges Bisschen, knabberte an ihrer Wange. Seine Lippen bewegten sich auf ihrer Haut in einer neckenden Liebkosung. Knabbern, leichte Bisse.

Das Beben war wieder da, aber diesmal, anstatt mit beiden Händen zuzupacken und zu versuchen, das Boot zu lenken, gestattete Julia Zach, die Führung zu übernehmen.

Was sich als eine wunderbare Entscheidung erwies, denn diese Küsse, die sie schon mal von ihm genossen hatte? Sie waren nur der Anfang gewesen. Nun, da er grünes Licht hatte, war er nicht zufrieden damit, einfach nur ihre Lippen aneinander zu bringen. Er erkundete ihr Kinn, neckte und leckte sich um ihr Ohrläppchen, und fand eine magische Stelle an ihrem Halsansatz, bei der es eine direkte Verbindung ganz hinunter zwischen ihre Beine zu geben schien.

Sie ließ ihre Hände dorthin wandern, wo sie wollte, passte sich an die Geschwindigkeit an, die er vorgegeben hatte. Ihre Fingerspitzen strichen langsam über seine Schultern und seinen Rücken hinab. Ihre Handflächen kreisten über festen Muskeln, als ein Bizeps sich wölbte.

Über seinen Oberkörper hinab zu wandern, führte zu Aufregung, als sein Sixpack sich an ihrem vorsichtigen Vordringen anspannte.

Irgendwann war sie plötzlich in der Luft, und dann flach auf dem Rücken auf dem Bett, schaute in seine strahlend blauen Augen.

Seine Finger spielten an ihrem Schlüsselbein. „Du hast gesagt, nackt wäre durchaus eine Option."

Unbedingt. „Für dich auch, hoffe ich."

Seine Zähne blitzten kurz auf, dann griff er über den Kopf. Einen Augenblick später hatte er sein T-Shirt ausgezogen und es auf dem Boden geworfen. „Ich bin ganz für Gleichstellung."

Als sie ihm geholfen hatte, ihre Klamotten auszuziehen, stellte sie fest, dass ihre eine Hand auf das Bett gedrückt wurde. Die andere nahm er am Handgelenk und legte ihre Handfläche dann über seinen rechten Nippel.

Wortlos ließ er seine Hand an der Taille unter den Saum ihres Shirts gleiten und breitete die Finger über ihrem Nabel aus.

Die Hitze flammte sofort auf. „Du hast große Hände", sagte sie ernst zu ihm.

Zach grinste. „Danke."

Lieber Gott. Seine Reaktion war jenseits von Gut und Böse. „Habe ich gerade irgendeine sexuelle Anspielung gemacht, die ich gar nicht verstehe? Sollen etwa Typen mit großen Händen auch große Penisse haben?"

Sein Blick war auf ihre Brüste gerichtet, aber die Erheiterung sorgte dafür, dass seine Augenwinkel sich in Falten legten. „Da wir schon mal festgelegt haben, dass ganz große Penisse nicht unbedingt besser sind als kleine, nein." Seine Fingerspitzen bewegten sich inzwischen, liebkosten ihre Haut und sorgten langsam dafür, dass ihr T-Shirt immer höher hinaufwanderte, bis er ihre Brust entblößt hatte. „Ich warne dich nur, dass ich wirklich große Hände habe, dazu gehören auch große Finger, wenn ich also irgendwas mache, was dir nicht gefällt, lass es mich wissen."

Diese Fingerspitzen strichen nun in kleiner werdenden Kreisen immer näher an ihren Nippeln, die sich zu einer schmerzenden Spitze zusammenzogen. „Okay. Ich lass dich auch wissen, was mir gefällt."

„Aber bitte."

Sein Blick hob sich dann zu ihren Lippen, und er beugte sich vor und küsste sie wieder. Sein Körper drückte sich fest an ihren, seine Hand strich über ihre Rippen, bevor sie wieder dorthin zurückwanderte, wo sie ihn brauchte. Das sanfte Zupfen an ihren Nippeln reichte nicht aus, aber es war nicht die Art Frust, die das Wissen verursachte, dass jemand versuchte, sie zu erregen, und ihr langweilig wurde.

Sie schaute nach unten, aber nichts an ihm sagte etwas anderes als eine Bestätigung dessen, was zu geschehen schien. Zach war hundertprozentig begeistert davon, sie zu berühren.

Julia schloss die Augen, zog leicht, um ihn über sich zu ziehen. Sein Gewicht drückte sie nach unten, nagelte sie fest, kaum eine Sekunde lang. Er war weg, bevor irgendeine Angst sich breitmachen konnte.

Und dann küsste er sie, und jegliche Gedanken an die

Traumata der Vergangenheit hatten im Hier und Jetzt keinen Platz mehr.

Er schob den Stoff ihres T-Shirts nach oben an ihren Hals und senkte den Mund, um an ihren Brüsten zu saugen und sie zu beißen. Eine Hand liebkoste sie, noch während sein Mund sie neckte.

Sie ließ eine Hand zwischen ihre Beine und in ihr Höschen gleiten, berührte ihre Klitoris kaum. Ein sanfter Weckruf, denn alles andere, was gerade jetzt los war, war so spektakulär, dass die große Chance bestand, wenn sie anfing, sich richtig zu berühren?

Dann konnte es heute Abend schnell gehen.

Besser dachte man nicht daran. Es war besser, einfach nur zu spüren, und oh, es gab so viel zu genießen. So viel, um sich ablenken zu lassen.

Irgendwo im Hintergrund schwor sie, dass sie hörte, wie eine Tür sich öffnete und schloss, aber Zach murmelte an ihrer Haut Worte. Eigentlich fluchte er. Außerdem stöhnte er und knurrte, ein Geräusch, als hätte er gerade etwas absolut Leckeres zu sich genommen.

Ihr T-Shirt war verschwunden, und ihr Höschen ebenfalls. Ihre Finger, die zwischen ihren Beinen spielten, waren feucht. Ihre eigene Berührung würde aber nicht ausreichen.

„Moment mal."

Sie rollte sich weg. Zach griff nach ihr, fluchte enttäuscht.

Sie ging direkt an ihre Unterwäscheschublade, zog die Tasche heraus, in der sie ihre Spielzeuge aufbewahrte. Heute Nacht ging es nicht darum, irgendwas zu verlängern. Heute Nacht war es an der Zeit, zur Sache zu kommen. Sie schnappte sich einen einfachen, völlig gewöhnlichen Vibrator und kam wieder zu ihm ins Bett.

Sie wand sich unter seinem Körper, weigerte sich, peinlich

berührt zu sein. „Tut mir leid. Nächstes Mal bin ich besser vorbereitet."

Er hatte eine Augenbraue gehoben, machte perfekt einen Vulkanier nach. Zach hielt eine Hand vor. „Darf ich?"

Sie reichte ihm den Vibrator. „Heute Abend fahre ich", warnte sie ihn.

Das brachte ihr ein weiteres leises Lachen ein, während er das Ende des Gerätes drehte, sodass es anfing zu summen. „Keine Sorge. Ich verstehe, wie besitzergreifend man mit Spielzeugen werden kann. Ich lasse auch nicht von irgendwem Delilah fahren."

Sein klassisches Cabrio. Julia schnaubte. „Genau dasselbe."

Zach legte den Vibrator an seine Lippen, leckte ihn langsam.

Das Pulsieren der Hitze, das zwischen ihren Beinen zuschlug, war fast schon ein kleiner Orgasmus. Dann senkte er das Spielzeug zwischen ihre Beine, nahm die Finger weg, damit sie es halten konnte.

In dem Augenblick, in dem sie das Ende an ihre Klitoris legte, erklang neben ihr ein lautes Stöhnen. Sie warf einen Blick zur Seite, um zu sehen, wie Zachs Gesicht sich verzog, als würde er Schmerzen leiden.

Er starrte zwischen ihre Beine, sein Mund stand leicht offen, während er keuchte. „Scheiße. Das ist so verdammt sexy."

Er ließ eine Hand in seine Boxershorts gleiten und legte eine Faust um seinen Schwanz.

Ein weiteres Beben überkam sie. „Lass mich zusehen."

Es schien, als würde heute Abend einer der seltenen Zeitpunkte sein, an dem sie rasch kam. Es passierte nicht oft, aber das war ein guter Abend dafür. Julia freute sich über die schnelle, schmutzige Erleichterung, die mit der Geschwindigkeit eines Güterzugs auf sie zu raste. Mit dem

Vibrator, der strategisch dort platziert war, wo sie ihn am meisten brauchte, und Zach, der nur zu bereitwillig seine Shorts nach unten zog ...

Seine Knöchel waren weiß geworden, sein Griff fest, während er auf seinen Schwanz auf- und abwärts pumpte. Er war auf den Knien, dicht genug, dass er mit den Fingern seiner freien Hand über ihren Oberschenkel streichen konnte. Seine Knöchel streiften über ihren Bauch, und hinauf zu ihren Brüsten.

Sein Blick blieb auf ihre Finger gerichtet, während sie sich an den Abgrund brachte.

Anspannung zog sich in ihr zusammen, und Julia ignorierte alles, was an dieser ganzen Sache seltsam war. Konzentrierte sich stattdessen auf die Lust, die wie der Blitz einschlug. Sie keuchte, ihre Hüften stießen nach oben. Schaute hin und her zwischen seinem Gesicht und dem stetigen Auf und Ab seiner Hand.

Er spannte sich an, seine Bauchmuskeln waren ein Kunstwerk, aber es war der Anblick seines Schwanzes, der immer wieder zwischen seinen Fingern hervorkam, zusammen mit dem unnachgiebigen Druck des Vibrators, der sie über den Abgrund hinausstieß. „O mein Gott. *Zach.*"

Zachs hohes Tempo ließ nach. Während er näher an sie rückte, kam aus seiner Kehle ein Keuchen wie von einer Dampfpfeife, während er kam. Er war so dicht an ihr, dass es sie beide traf. Samenflüssigkeit spritzte in Linien über ihrem Bauch und seinen Arm und die Finger, die auf ihrer Haut ausgebreitet lagen.

Er brach neben ihr zusammen, seine Brust hob und senkte sich noch. Ein paar Minuten lagen sie still da.

Das war unerwartet heiß gewesen, und auf jeden Fall versaut. Genau das, worauf sie gehofft hatte.

Julia spürte ihr Lächeln auf dem ganzen Gesicht, und es

war unmöglich, ihren zufriedenen Tonfall zu unterdrücken. „Also. Das hat Spaß gemacht.“

Er drehte den Kopf so weit, dass sie ihn zwinkern sehen konnte. „Der Meinung bin ich auf jeden Fall auf auch.“

In ihrem Körper waren genug Endorphine freigesetzt, dass Julia versucht war, einfach nur die Decke zu nehmen und sie über ihren Körper zu ziehen, aber das würde offensichtlich nicht so passieren. Nicht, ohne sich vorher erst mal sauber zu machen.

Widerstrebend rollte sie sich zum Sitzen hoch und schnappte sich ihr Spielzeug, um direkt ins Bad zu laufen. „Bin gleich wieder da.“

„Warte mal.“ Zach war auf den Beinen und an der Tür, bevor sie ankam. „Lass mich erst mal nachsehen, ob die Luft rein ist.“

Hitze flammte in ihren Wangen auf. Oh. Mein. Gott. Sie hatte keinen einzigen Gedanken daran verschwendet, dass ihr Vater auf der anderen Seite der Wand übernachtete.

Dazustehen, während ihr Samenflüssigkeit über den Bauch lief, war nicht das peinlichste, was im Augenblick vorging. Nicht, wenn sie an die Geräusche dachte, die sie beim Kommen von sich gegeben hatten.

Zach schaute im Bad nach. Er kehrte mit einem Waschlappen in der Hand zurück. „Ich habe die andere Seite abgeschlossen. Du bist sicher.“

Noch während sie dastand, nackt und tropfend, musste sie fragen. „Wie laut waren wir?“

Seine Lippen zuckten. „Ich würde gern lügen und dir sagen, dass wir mucksmäuschenstill waren.“

Oje. Sie schüttelte den Kopf. „Toll.“

Er kicherte. „Na ja, positiv zu vermerken ist, dass es nun so ziemlich sicher sein dürfte, dass dein Dad glaubt, dass wir echt ein Paar sind.“

Julia verschwand ins Bad, denn darauf gab es wirklich keine Antwort. Sie duschte kurz, verließ das Bad eingewickelt in ein Handtuch. Ihren inzwischen sauberen Vibrator verstaute sie und wandte sich zum Bett.

Zach wartete. Seine Reinigung hatte weniger Arbeit gemacht als ihre. Seine Brust war entblößt, und er lehnte wieder an den Kissen. „Nur dass du es weißt, ich trage Boxershorts. Was immer du gerne anziehst, nimm es. Ich hoffe allerdings auf ein wenig Kuscheln. Wenn du dafür zu haben bist."

Was ihr sagte, was sie brauchte. Sie zog sich ein frisches Höschen an und rettete das liegen gelassene T-Shirt vom Boden. „Du bist echt ein unordentlicher Mitbewohner", setzte sie ihn knapp in Kenntnis, während sie neben ihm ins Bett stieg.

Er war um sie herum. Ein starker Arm zog sie an seinen Körper, legte ihren Kopf auf seinen anderen Arm. „Ja, tut mir leid mit dem Saustall."

Er sagte es mit einer solchen Erheiterung, dass sie nicht sicher war, ob er über das T-Shirt sprach oder ihre sehr viel intimere Sauerei. „Schlaf jetzt, Engel."

Zach summte, vergrub seine Nase in ihren Haaren. Er atmete tief ein und seufzte dann zufrieden.

Julias Gedanken rasten ganze drei Minuten lang mit einer Million Kilometer die Stunde. Dann sorgten die Hitze seines Körpers und das ebenmäßige Atmen dafür, dass sie einschlief.

Als sie aufwachte, schmiegte er sich nicht mehr an sie. Stattdessen war sie an seinen Rücken gedrückt, ein Arm unter seinem, als würde sie ihm gestatten, sie huckepack reiten zu lassen.

Es war nichts, was sie so erwartet hatte, aber irgendwie war es gleichzeitig der richtige Ort. Es war nicht mal unbehaglich, aus dem Bett zu steigen, obwohl sie beide viel zu sehr grinsten.

Auf gar keinen Fall konnte sie ihrem Dad aber während des Kaffees in die Augen schauen. Was für ein Glück, dass sie die Ausrede hatte, sich heute Vormittag mit Lisa zu treffen.

George Coleman war derjenige, der es erwähnte. „Ich höre, du sollst dich heute mit deiner Schwester treffen."

„Heute Vormittag", stimmte Julia zu. „Du kannst gern mitkommen."

Ihr Vater schüttelte den Kopf. „Geh doch ohne mich. Josiah hat mich zu einem Austritt mit zu seinen tierärztlichen Besuchen eingeladen. Er holt mich in etwa fünfundvierzig Minuten ab."

Wieder einmal war sie von der Familie gerettet worden.

Erst als das Frühstück weggeräumt war und Zach sie zur Tür brachte, merkte sie, dass sie um eine Ecke gebogen waren, die sie nicht erwartet hatte. Er half ihr in ihre Jacke, hielt den Stoff fest, um sie dicht an sich zu ziehen. Sein Blick musterte sie genau, und ihm gefiel wohl, was er sah, denn er nickte fest.

„Hab Spaß mit deinen Mädchen. Redet nicht zu viel über mich", flüsterte er, kurz bevor er die Lippen auf ihre drückte und ihr Herz schneller schlagen ließ.

Sie war draußen auf der vorderen Veranda, die Tür schloss sich hinter ihr, als ihr klar wurde ...

Was um aller Welt würde sie ihren Schwestern erzählen?

15

Etwas Seltsames ging vor. Nicht, dass Zach sich hätte beschweren wollen, nur wenn man bedachte, dass George Coleman konkret verfrüht raus nach Heart Falls gekommen war, um offensichtlich Zach die Leviten zu lesen, weil ...

Julia verließ das Haus, und ... nichts passierte.

Zach räumte den Tisch ab, dann folgte er am Schluss dem Mann durch die Eingangstür nach draußen, wohin er verschwunden war.

Es war verführerisch, sich bedeckt zu halten, aber irgendwann, dachte sich Zach, mussten sie die Dinge zwischen ihnen regeln.

Doch anstatt hart mit ihm ins Gericht zu gehen, schien Julias Dad mehr Interesse daran zu haben, ihre Umgebung zu mustern. „Ist ein ziemlich hübsches Stück Land, das Finn gekauft hat", behauptete George.

Finn und Zach, aber das klarzustellen, war nicht wirklich nötig. „Finn kann Ranchland gut einschätzen. Ich kann mir vorstellen, dass die Red Boot Ranch in nur kurzer Zeit ordentlich Profit macht.“

Es war die perfekte Gelegenheit, dass George endlich anfangen konnte, ihn zu verhören, und er nahm sie auch wahr. „Bist du auf einer Ranch aufgewachsen?“

„Ich bin im ländlichen Manitoba aufgewachsen, aber meine Eltern haben Land an die anderen Ortsansässigen verpachtet, damit sie was anbauen oder Vieh auf die Weide stellen konnten. Sie wollten, dass wir Kinder viel Platz zum Herumstreifen haben, und genug Platz, dass mein Dad an seinen Experimenten arbeiten konnte, ohne die Nachbarschaft in die Luft zu jagen.“

Ganz kurz blinzelte der Mann.

Zach wollte sich schon auf eine Erklärung stützen, denn das geschah normalerweise, nachdem er die Arbeitsgewohnheiten seines Vaters erwähnte.

Aber es war, als hätte der Mann null Neugier auf die Teile, die die meisten Leute zu Fragen trieben. Stattdessen lehnte sich George in dem Stuhl auf der Veranda zurück, in den er sich gesetzt hatte, während sie darauf warteten, dass Josiah eintraf. „Leben deine Eltern noch da?“

Einfach mittreiben lassen. „Mom ist als Krankenschwester in den Ruhestand gegangen, aber Dad bastelt noch immer herum. Er sagt, solange er die Werkstatt und Platz für seine Experimente hat, wird er immer Unterhaltung haben. Meine Schwestern haben sich alle in der Nähe niedergelassen, darum haben meine Eltern eine Menge Zeit, in der sie Oma und Opa sein können.“

„Den Teil habe ich mir nie so spaßig vorgestellt“, gestand George aus dem Nichts heraus. „Auch gruselig. Ich bin mir nie sicher, was diese Mädchen von Tamara im Schilde führen, wenn ich da bin. Emma hat kürzlich erst beschlossen, sich von der Schaukel auf mich zu stürzen. Mir sprang fast das Herz aus der Brust, als ich kaum genug Zeit hatte, sie zu fangen."

Das war nur zu leicht vorstellbar. Zach lachte leise. „Ich hab schon gesehen, wie diese Mädchen sind. Ich schätze, der gute Teil ist, Sie haben erfolgreich drei Mädchen aufgezogen, während Sie auf einer Ranch gewohnt haben. Sie sind alle klug und äußerst fähig, alles zu tun, was sie sich in den Kopf setzen. Julia auch."

Die Unterhaltung geriet kurz ins Stocken. Zach schaute auf und stellte fest, dass George ihn heftig anstarrte.

Zach hätte den Mund halten sollen, aber er konnte einfach nicht widerstehen. „Fragen Sie mich jetzt, was meine Absichten sind?"

„Dafür ist es ein bisschen spät, wenn man bedenkt, dass du sie bereits geheiratet hast", sagte George gedehnt. Er beugte sich vor, die Ellbogen auf die Knie gestützt. „Wie ich gestern gesagt habe, ich weiß, dass da was vorgeht, das keiner von euch mir sagt. Ich würde gern Antworten einfordern, aber gestern Abend hat man mir wieder in Erinnerung gerufen, dass ich das Recht dazu nicht habe. Ich muss immer noch lernen, wie ich Julias Dad bin. Das Einzige, was ich sicher weiß, ist, dass sie gute Leute in ihrem Leben verdient hat."

Da konnte Zach zustimmen, besonders dem Teil, zu lernen, was Julia brauchte. „Das will ich für sie sein. Das habe ich vor, für sie zu sein", versicherte er dem Mann.

Staub stieg in der Ferne auf, als Josiahs Fahrzeug näherkam.

George Coleman nahm seinen Hut vom Beistelltisch und setzte ihn auf, kam auf die Beine.

Er wandte sich einmal mehr an Zach. „Versteh das nicht falsch, aber ich behalte dich im Auge."

„Damit habe ich kein Problem." Zach verschränkte die Arme vor der Brust. „Ich mache es bei Ihnen genauso."

Julias Dad versteifte sich.

Zach hatte sichergestellt, es so höflich wie möglich zu sagen, aber in Wahrheit ging es eben in beide Richtungen.

Der Truck hielt vor der Veranda an und Josiah stieg aus, neigte kurz das Kinn zur Begrüßung. Sein Hund Ollie raste um die Rückseite des Trucks und kam direkt auf Zach zu, während er heftig mit dem Schwanz wedelte.

Kurz den Hund streicheln, Josiah zuwinken und dann stand Zach da und grinste so breit wie möglich, während George Coleman aus dem Fenster starrte, als würde er versuchen, seine Haare mit Gedankenkraft in Flammen aufgehen zu lassen.

Ja. Es gab nicht viele flauschige Gefühle, die zwischen ihm und Papa Coleman hin und her zischten. Zach ging ihre Unterhaltung im Geiste noch mal durch und fand immer noch nicht, dass er sich daneben benommen hatte.

Er wollte nicht, dass George Coleman ihn verabscheute, aber ganz gleich, was der Mann behauptete zu versuchen, Zach glaubte nicht, dass er sich schon genug bemühte. Julia hatte fünfundzwanzig Jahre ohne Vater verbracht, und er hatte das Gefühl, obwohl ihr einige der neuen Interaktionen mit der Familie, in die sie geworfen worden war, nichts ausmachten, war es ein schmaler Grat. Sie hatte gefestigte Meinungen, und sie hatte Sorgen.

Herauszufinden, was sie im Innersten antrieb, war etwas, worauf sich Zach sehr freute.

Er machte sich mit ein paar Pflichten von seiner Liste an die Arbeit, noch während sein Gehirn weiterhin Probleme löste. Die letzte Nacht war toll gewesen, weil es körperlich geworden war, aber sie hatten noch einen langen Weg vor sich. Er wollte sie nicht nur in seinem Bett. Er wollte eine Partnerin, die mit ihm redete, ihre Ziele und Träume mit ihm teilte, und all die Dinge, die er in der Beziehung seiner Eltern im Lauf vieler Jahre als Vorbild gesehen hatte.

Als nicht mal eine Stunde später sein Handy läutete, musste Zach grinsen. Er wusste nicht, ob er instinktives Glück besaß, aber er hatte oft das Gefühl, dass für etwas einfach die richtige Zeit gekommen war. Seine Eltern hatten ein anderes Talent.

Wenn er zu sehr an sie dachte, riefen sie ihn an.

Er nahm den Anruf als Video entgegen und stellte fest, dass seine Mom und sein Dad ihn angrinsten, während sie mit ihrem Telefon vor unterschiedlichen Hintergründen standen.

„Wie kommt's, dass ihr beide nicht irgendwo Unfug treibt?", wollte Zach wissen.

Seine Mom verdrehte die Augen. „Aber bitte. Dein Vater treibt auf jeden Fall Unfug. Ich andererseits bin wie üblich eine absolute Heilige. Ich habe gerade drei Bleche Zuckerplätzchen gebacken."

In Zachs Eingeweiden grollte Erheiterung, nicht nur wegen ihres zufriedenen Grinsens, sondern auch wegen der Fähigkeit seines Vaters, nicht loszulachen. „Lass mich raten. Quinn kommt mit den Mädchen heute Abend auf Besuch rüber."

„Ich habe doch gesagt, er bringt es raus", sagte Zachary Senior mit einem leichten Nicken. „Willst du uns erzählen, wann du mal vorbeikommst, damit sie *deine* Lieblingskekse backen kann?"

„Da meine Lieblingskekse auch deine Lieblingskekse sind, habe ich das Gefühl, es spielt irgendein Eigeninteresse in diese Frage hinein", sagte Zach gedehnt.

Sein Vater zwinkerte.

Seine Mutter wedelte den beiden mit der Hand zu. „Das ist aber eine ernste Frage. Wann kommst du auf einen Besuch vorbei?"

Das war die Frage. „Bald. Vielleicht.“

Er wollte auf jeden Fall Julia seiner Familie vorstellen, aber er wollte es nicht zu weit und zu schnell treiben. Das letzte, was sie brauchte, waren noch mehr Leute, die auf sie losgelassen wurden.

Dann fragte er sich, was ihr Lieblingskeks war. Sie hat auf jeden Fall einen Hang zu Süßem, aber hatte sie in der ganzen Zeit, die sie geredet hatten, jemals eine Vorliebe erwähnt? Etwas zu langsam fiel ihm auf, dass er gedankenverloren einen Teil der Unterhaltung verpasst hatte, während er Tagträume gehabt hatte. So viel war offensichtlich, denn als er zurück auf seinen Bildschirm schaute, hatten seine Eltern beide die Augenbrauen gehoben und eine fragende Miene auf.

„Was?“

Seine Mom verschränkte die Arme vor der Brust. „Zachary Beauregard Damien. Was erzählst du uns nicht?“

Sein Dad verzog das Gesicht. „Wow, Pam. Einfach so mal alle drei Namen benutzen?“

„Er hat ein Geheimnis“, beharrte sie. „Glaubst du nicht, dass er ein Geheimnis vor uns hat?“

„Natürlich hat er ein Geheimnis, darum haben wir ihn überhaupt erst angerufen. Aber du sollst dich doch diesen Dingen verstohlen annähern, nicht direkt reinplatzen.“

„Pah. Direkte Konfrontation ist die beste Vorgehensweise.“ Irgendwie war klar, dass ihre Aufmerksamkeit nun mehr auf ihrem Mann lag als auf ihrem Sohn. „In dieser Familie haben wir keine Geheimnisse. Richtig?“

Sein Vater schaffte es, gleichzeitig beleidigt und schuldbewusst zu wirken. „Der neue Auftrag, den ich angenommen habe, war kein Geheimnis. Ich war nur noch nicht dazu gekommen, dir davon zu erzählen.“

Diese ganze Unterhaltung war so typisch für seine Eltern,

dass Zach nicht verhindern konnte, dass er kicherte. „Ich liebe euch beide."

Beide hielten in ihrer Unterhaltung inne, um ihn anzustrahlen. Perfekt synchronisiert erwiderten sie: „Gleichfalls, Kleiner."

Ach, zum Teufel damit. „Ich bin mit jemandem zusammen", verkündete er.

Sein Vater blinzelte, aber ein träges Lächeln breitete sich auf seinen Lippen aus.

Die Augen seiner Mutter wurden groß. „Julia", sprach sie akzentuiert aus. „Ich heiße das gut. Wann dürfen wir sie kennenlernen?"

Sie waren unmöglich.

„Wie macht ihr das?", wollte Zach wissen. „Ich sollte euch einfach sagen, dass es nicht Julia ist. Dass es jemand ist, den ich letztes Wochenende in Vegas getroffen habe, und ich habe beschlossen, mit ihr durchzubrennen und zum Zirkus zu gehen."

Sein Vater zuckte mit den Schultern. „Das mit dem Zirkus hast du doch schon gemacht, als du acht warst. Außerdem, Zach, du bist nicht sonderlich subtil. Jedes Mal, wenn wir in den letzten vier Monaten mit dir geredet haben, hast du uns erzählt, was da draußen in Heart Falls los ist."

„Unvermeidlich redest du von Julia. Und Karen und Lisa, aber wenn man bedenkt, dass die beiden vergeben sind, war Julia eine sichere Bank", erklärte seine Mom.

„Also gut. Es ist Julia." Die Katze mit der Hochzeit aus dem Sack zu lassen, klang verführerisch, aber da die ganze Idee dahinter war, zu versuchen, ihnen die Neuigkeiten langsam mitzuteilen, widerstand er dem Schocker, den er damit liefern würde.

„Die Frage steht noch. Wann treffen wir uns mit ihr?" Sein

Vater beugte sich zum Handy. „Moment. Wenn sie Sanitäterin ist, hat sie sicher einen furchtbaren Dienstplan. Du lässt uns wissen, was funktioniert, und wenn du stattdessen willst, dass wir zu euch rauskommen, schaffen wir uns die Zeit."

„Und wenn du uns noch ein kleines bisschen davon abhalten willst, machen wir das auch." Seine Mutter verzog das Gesicht. „Falls wir müssen."

„Gerade im Augenblick ist sie, glaube ich, ein wenig von Familiendingen überwältigt", gab Zach zu. „Und du hast recht, Dad, ihr Dienstplan ist ziemlich krass. Aber ich verbringe gern Zeit mit ihr. Es ist echt gemütlich, mit ihr zusammen zu sein, aber nicht, als würde man auf einer ausgeleierten Couch sitzen. Einfach interessant gemütlich."

Seine Eltern strahlten erneut, und sein Dad wollte gerade etwas sagen, als ganz plötzlich eine Explosion im Hintergrund laut wurde, Rauchschwaden stiegen hinter ihm auf.

Zachary Senior winkte rasch zum Abschied, dann ging sein Bildschirm aus.

Pamela Sorenson blinzelte kaum, da kleinere Katastrophen für die Arbeit ihres Mannes im Lauf der Jahre zum Handwerk gehörten. „Na, ich werde dich nicht weiter ausfragen, aber ich bin froh, die Neuigkeiten zu hören. Ich hoffe, für dich und Julia läuft es gut."

„Ich auch. Und ich weiß, wenn ich jemals reden will, *blablabla.*"

„Bitte." Seine Mutter verdrehte die Augen. „Falls du das mit dem Sex bis jetzt noch nicht raus hast, bin ich mir nicht sicher, ob ich überhaupt versuchen möchte ..."

„Mom", sagte Zach mit einem anklagenden Lachen.

Sie grinste. „Dich kann man leicht aufziehen. Falls du jemals über schwärmerische, emotionale Dinge reden willst, ruf deinen Vater an. Er ist der Romantische. Aber lass uns wissen, ob du was brauchst. Wir lieben dich echt."

„Umarme Quinn und ihre Familie für mich", sagte er, bevor er auflegte.

Er war im Auto und unterwegs zur Stadt, bevor er es sich überlegt hatte. Es gab vermutlich nicht mehr viele Tage, an denen er es genießen konnte, Delilah auszuführen. Die kurze Fahrt an dem herrlichen Herbsttag, mit offenem Verdeck und frischer Luft überall um ihn herum, bestätigte nur, was bereits ein gefestigter Teil seines Tages war.

Er und Julia hatten da was Gutes. Vielleicht war George Coleman kein Fan, aber *Julia* hatte gesagt, dass sie ihm vertraute. Das war genug, um den weiteren Weg sehr viel glatter laufen zu lassen.

Er fuhr auf einen leeren Parkplatz vor dem Café *Buns and Roses*, und pfiff vor sich hin, als er durch den Eingang marschierte.

Es war viel zu früh für solche Gedanken, aber: Wie würden er und Julia sich in vierzig Jahren verhalten? Als er sie am Tisch sah, wo sie mit ihrer Schwester lachte, konnte er nicht verhindern, dass die Tagträume einsetzten.

DER VORMITTAG WAR süß und behaglich gewesen, auf mehr als nur eine Art. Lisa hatte Julia und Karen mit schickem Kaffee und einigen der besten Backwaren der Stadt abgefüllt, dann hatten sie in aller Ruhe über nichts geredet.

Es war ein kleines Stück Gewöhnlichkeit, das Julia unbedingt gebraucht hatte. Es half auch, die Bande zwischen ihr und den beiden Frauen am Tisch noch weiter zu verweben. Sie verstanden, dass ein Gespräch über Kalender und Hobbys oder ihre Lieblingssandalen, die sie vermissen würden, sobald es zu schneien begann, etwas Wichtiges war.

Erst als Lisa zu einem Gespräch mit Tansy Fields an den

Tresen ging, legte Karen Julia eine Hand auf den Arm. „Wie war es denn, Dad gestern Nacht da zu haben?"

Julias Wangen wurden vermutlich leuchtend rot, wenn sie daran dachte, dass sie und Zach belauscht worden waren, als sie rumgemacht hatten. „Ich habe irgendwie vergessen, dass er da war", gestand sie.

Ihre älteste Schwester zog die Augenbrauen hoch. „Das ist ... gut?"

Nein. Nicht wirklich, aber Julia war nicht bereit, den Wandel in der körperlichen Beziehung zwischen ihr und Zach zu erklären.

Es gab ein anderes Thema, das sie ansprechen wollte. „Er ist manchmal echt ahnungslos, oder?"

„Dad?" Karen schnaubte, ein wenig damenhaftes Geräusch. „Ähm, ja."

Julia holte tief Luft. „Es tut mir leid, wenn meine Anwesenheit dazu führt, dass er öfter zu Besuch kommt. Es scheint, als wäre es für dich schwer, ihn um dich rumzuhaben."

Karen starrte sie lange an, bevor sie ein Seufzen ausstieß. „Ich will deine Beziehung zu ihm nicht vermasseln, indem ich meine Bürde da reinziehe. Du musst selbst rausbringen, was du bei *all* deinen Begegnungen mit dem Coleman-Clan willst. Ich verbringe gern Zeit mit dir, und ich will, dass du Spaß hast. Da beginnen und enden meine Gedanken dazu irgendwie."

„Aber du hast dich gestern absichtlich ins Zeug gelegt, um zu helfen, dass alles glatter läuft. Das habe ich gemerkt", sagte Julia leise. „Ich weiß, dass es nicht einfach war. Also danke."

„Gern geschehen." Karen zwinkerte. „Du musst einfach die Tatsache verstehen, dass wir Mädchen im Whiskey-Creek-Clan auf die harte Tour gelernt haben, dass wir einander unterstützen müssen. Es spielt keine Rolle, dass wir dich nur kurz kennen, du bist meine Schwester. Ich werde immer für dich da sein."

Verdammt. Die Tränen waren gleich um die Ecke. Julia war verstrickt in Gedanken, die ihre Mom und all die Geheimnisse betrafen, die sie im Lauf der Jahre nicht mit ihr geteilt hatte. Nun gab es auch noch gemischte Gefühle, was George Coleman und seine Versuche anbetraf, sich in ihr Leben einzumischen.

Trotzdem, ganz gleich, wie wirr ihre Gefühle waren, was ihre Eltern anging, eines war kristallklar.

Julia nahm Karen an der Hand. „Was ihr als Schwestern habt, ist stark und echt. Ich fühle mich, als würde ich betrügen, weil ich da mitten reintreten darf, aber ich werde es auf keinen Fall abweisen. Ich sehe mich sehr glücklich, deine Schwester zu sein."

Karen blinzelte fest, ihre Augen genauso wässrig wie die von Julia. Als sie ihren Stuhl rüber rückte und Julia in eine feste Umarmung nahm, war das Gefühl unglaublich.

Sie drückte sie eine gute Minute lang. Als sie sich schließlich weit genug trennten, um einander brüchig anzulachen, meldete sich Karen wieder zu Wort. „Es gibt ein paar Dinge an Dad, die ich nicht mag. Ich lerne, damit klarzukommen. Ich lerne, dass es in Ordnung ist, wegen der Vergangenheit wütend zu sein, aber dass ich auch die Erlaubnis habe, meine Zukunft zu bestimmen. Ich will, dass in der Zukunft gute Dinge stehen. Daran erinnert mich Finn immer wieder."

Lisa kehrte auf den Stuhl auf der anderen Seite des Tisches zurück, schaute mit wissender Miene zwischen ihnen hin und her.

„Ihr beiden braucht mehr Schokolade", sagte sie entschieden, und stellte vor sie einen Teller mit drei riesigen, schokoladenüberzogenen, sahnegefüllten Donuts.

Karen hob eine Augenbraue. „Danke. Hast du ein Messer dabei, damit wir den dritten teilen können?"

Sofort schnappte Lisa sich den zusätzlichen Donut. „Machst du Witze? Ich brauche auch Schokolade. Ernste Unterhaltungen liegen in der Luft und können nur durch den Verzehr riesiger Mengen Kalorien aufgelöst werden."

Julia hätte nicht mehr zustimmen können. Ihr Gelächter erklang immer noch, während sie die Zähne in den klebrigen Leckerbissen schlug. Schokolade und süße Cremefüllung exponierten auf ihre Zunge, als gerade eine Hand auf ihrer Schulter landete.

Zach schlüpfte auf den Stuhl neben ihr. „Sieht lecker aus." Ihr Mund war zu voll, um etwas zu antworten. Er starrte auf ihre Lippen, was das Kauen und Schlucken so viel schwieriger machte.

„Holst du Zeug für die Ranch ab?", fragte Lisa, als sie schließlich geschluckt hatte.

„Zweifelhaft, wenn man bedenkt, dass Finn und Cody heute Morgen nach Calgary gefahren sind", sagte Karen, die sich Schokolade von den Fingern leckte, während sie ihn beäugte.

„Ich sehe nur mal nach meinem Mädchen", entgegnete Zach gerissen. „Soll ich noch eine Runde ausgeben?"

„Vielleicht." Lisa beugte sich vor, ein verschlagenes Lächeln auf dem Gesicht. „Keine von uns ist so dumm, zusätzliche Schoko-Donuts abzulehnen."

Er legte den Arm über die Rückenlehne von Julias Stuhl. „Lasst euch Zeit. Wenn ihr fertig seid, kann ich dich vielleicht zu einer Fahrt ausführen."

Der letzte Teil war an sie gerichtet. Julia hatte schließlich einen leeren Mund und leckte sich die Lippen sauber. „Ich bin in die Stadt gefahren."

Er zuckte mit den Schultern. „Wir werden zurückkommen und dein Fahrzeug abholen, wenn wir fertig sind. Es ist ein schöner Tag da draußen, und da Josiah deinen Dad bis zum Abendessen unterhält, könnten wir deine Freizeit genießen."

„Ihr könntet immer noch etwas Yoga machen", schlug Lisa vor.

Zach ließ sein Grinsen aufblitzen. „Vielleicht später. Herabschauender Hund in Delilah wird ziemlich schwierig."

Bis sie mit dem Scherzen und Plaudern fertig waren, hatten Lisa und Karen beide Schachteln mit Donuts, während ein weiteres für Tamara beiseite gestellt war.

Julia setzte sich auf den Beifahrersitz in Zachs Cabrio, und einen Augenblick später waren sie auf dem Highway unterwegs zum Highwood Pass.

Da das Verdeck der speziell ausgestatteten Corvette unten war, war die Lufttemperatur perfekt. Die Brise in ihren Haaren gab Julia das Gefühl, lebendig zu sein. Sie redeten nicht und hörten auch kein Radio, sondern fuhr nur über den Highway, während er anstieg und abfiel, vorbei an riesigen Fichten, die wie Türme aufragten, ihre dunkelgrünen Nadeln hoben sich vor dem blauen Himmel ab.

Hier und da waren Lärchen, die sich färbten, ihre Nadeln manchmal sogar leuchtend orange. Auch ein paar der Laubbäume wurden bereits herbstlich, sodass hin und wieder im Meer aus Grün helles Rot aufleuchtete.

Dreißig Minuten später fuhr Zach auf einen Ausblick über die Rocky Mountains. Julias Herz hämmerte vor reiner Freude, dass sie am Leben war, und ihre Wangen schmerzten schon vom vielen Lächeln.

Sie drehte sich zu ihm. „Hier draußen ist es wunderschön."

Sein Blick huschte über ihr Gesicht, blieb an ihrem Mund hängen. „So was von schön."

Sie wurde rot.

Ihre Wangen wurden sogar noch heißer, als sein Daumen

über ihren Mundwinkel strich. Und als er sich vorbeugte und das Wort Schokolade flüsterte, war sie nicht sicher, ob ihr Herz vom Adrenalin der Fahrt hämmerte, oder wegen des Wissens, dass er sie gleich küssen würde.

Seine Küsse waren zum Sterben. Sie lösten ein Beben aus, waren verführerisch und machten süchtig.

In diesem Augenblick gab es so viel zu genießen, während sie sich zu ihm drehte und die Finger in seinen Haaren vergrub. Im Gedanken an die vorige Nacht versuchte sie, nicht schneller zu machen, sondern genoss nur, wo sie hier und jetzt waren.

Er war derjenige, der es ein Stück weiter trieb, während der Hunger größer wurde. Eine Hand strich über die Seite ihres Halses, bis sie sich ganz vertraut um ihre Brust legte. Sie einfach nur hielt, während sich seine Lippen bewegten, als würde er versuchen, jeden Quadratzentimeter ihres Mundes in Erinnerung zu behalten.

Als er sich von ihr löste, keuchte sie und schnappte nach Luft, in ihrem Kopf drehte sich alles leicht.

Zach öffnete seine Tür, griff nach hinten, um eine Hand nach ihr auszustrecken. „Komm schon. Gehen wir spazieren.“

Er führte sie einen breiten Weg hinab, das Geräusch der Vögel stieg über ihren Köpfen auf, zusammen mit dem leisen Rauschen des Windes in den Baumwipfeln. Keiner sagte etwas, sie genossen nur die Aussicht und das zunehmende Geräusch des brausenden Wassers.

Nur fünf Minuten später kamen sie aus den Bäumen heraus. Drüben am Fluss stand eine kleine Bank an der Aussicht, strategisch hinter einem sicheren Geländer platziert.

Julia beugte sich vor, bis der Wasserfall unter ihnen in Sicht kam. „Ich wusste gar nicht, dass der hier ist.“

Zach stützte die Ellbogen auf das Geländer, den Blick nach

vorne gerichtet. „Die meisten Leute in der Stadt gehen zu den Heart Falls statt diesem hier. Das ist nur eine kleine Stromschnelle, verglichen mit den spektakulären Wasserfällen gleich bei der Silver Stone Ranch."

„Die sind ziemlich umwerfend", stimmte Julia zu. Sie holte tief Luft, der schwache Nebel des Wassers durchtränkte ihre Sinne mit dem üppigen Geruch nach Moos und Feuchtigkeit. „Aber ich mag auch so einen Wasserfall. Er ist wild und lebendig, tanzt über den Felsen."

Zach deutete stromaufwärts. „Auf jeden Fall wild."

Sie folgte seinem Fingerzeig und beobachtete voller Freude, wie ein Reh den Kopf aus den Bäumen steckte. Langsam kam es nach vorn, zwei Kitze folgten ihm vorsichtig.

Julia warf einen Blick zurück zu Zach. „Glaubst du, die wurden dieses Jahr geboren?"

Er neigte das Kinn, sein Blick auf die drei gerichtet, die auf dem Weg zum Wasser waren, um verstohlen etwas zu trinken. Das Glück auf seinem Gesicht war so eindeutig, und Julia war verzaubert.

Sie hatte nur selten Typen erlebt, die so offen mit ihren Gefühlen umgingen. Na ja, okay, sie zeigten ziemlich schnell zu Wut oder Frust. Aber Zach schien kein Problem damit zu haben, andere sehen zu lassen, dass die Dinge in Ordnung waren. Dass er einen guten Tag hatte, und hätte man nicht gerne auch einen guten Tag zusammen mit ihm?

Irgendwie Mister Rogers in einem Western-Setting. Sie kicherte erheitert, konnte sich nicht zurückhalten.

Zach stieß sie mit der Schulter an. „Was?"

Er wäre vermutlich nicht begeistert, zu wissen, dass sie ihn mit einem Darsteller im Kinderfernsehen verglich, aber andererseits ...

Vielleicht schon.

Sie wusste nur sicher, dass es sehr viel einfacher war, Zeit mit Zach verbringen, als sie erwartet hatte.

Sie brachen auf, und dann fuhren sie, genossen eine lockere Unterhaltung, und der Nachmittag verging zu schnell. Er brachte sie zurück, um ihr Auto zu holen, und sie fuhren rüber zu Tamara und Caleb zum Abendessen.

Der Abend ging glatt über die Bühne, da alle ihre Schwestern zusammenarbeiteten, um George Coleman zu zähmen, wenn es nötig war, aber selbst das wirkte natürlich. Und es war nicht sonderlich oft nötig, denn Grampa George, auch bekannt als Geegee, war toll gelaunt. Er hatte Geschichten, die er über seinen Tag mit Josiah erzählen konnte, und die Mädchen waren Feuer und Flamme.

Mit Zach an ihrer Seite und ihren Schwestern, die den Abend leiteten, war das Einzige, was Julia noch im Kopf hatte, was später passieren würde, wenn sie nach Hause kamen.

So sehr sie auch noch mal rummachen wollte ... Die Tatsache, dass ihr Dad sich auf der anderen Seite der Wand befand, war ziemlich abträglich.

Als sie schließlich mit Zach im Schlafzimmer war, stellte Julia fest, dass sie richtig rot wurde. Ihre Kleider zusammenzulegen und wegzuräumen, so ordentlich es möglich war, war entscheidend, bevor sie zu ihm ging.

Er war bereits auf seiner Seite des Bettes, das Buch in der Hand, die Brille auf dem Kopf. Julia warf einen Blick nach dem anderen in seine Richtung, bis er schnaubte, sein Blick immer noch auf das Buch gerichtet.

„So sehr du mich auch anschaust, verschwinden werde ich nicht", warnte er sie.

„Ich bin mir nicht sicher, ob ich will, dass du verschwindest, oder mein Dad", gestand sie.

Zach schaute sie an, griff hinüber, um neben sich auf das

Bett zu klopfen. „Liebling, entspann dich. Heute Nacht wird gekuschelt, sonst nichts."

Sie hielt inne, während sie die Decke zurückzog. Runzelte die Stirn. „Ach, echt?"

„Jaja." Er stieß mit dem Finger an das Tagebuch, das auf dem Nachttisch lag. „Schau auf deine To-do-Liste."

Verwirrt ließ Julia sich nieder, den Rücken ihm zugewandt. Sie klappte ihr Tagebuch dort auf, wo ein brandneues Lesezeichen eingeschoben worden war. Die Oberfläche war glänzend, mit einer ländlichen Szene, auf der eine Ranch und Berge und Rehe mitten in einem Feld standen. Die glitzernde goldene Quaste legte sich um ihre Finger.

Sie drehte es um, um zu sehen, dass es mit einer inzwischen vertrauten unordentlichen Schrift bedeckt war. Zachs Handschrift.

Ein Tag nach dem anderen. Suche nach besonderen Augenblicken.

Sie wollte sich gerade umdrehen und ihm danken, als ihr auffiel, dass er das Lesezeichen auf die Seite mit den REGELN gelegt hatte. Er hatte Anpassungen vorgenommen und ein paar Notizen hinzugefügt.

Die Regel *kein Sex* hatte ein Sternchen daneben. Darunter besagte die Fußnote: *Unbegrenzte Umarmungen. Unbegrenzt Küsse.*

An ihrem dritten Punkt auf der gegenüberliegenden Seite waren zwei Sternchen, und die erklärende Notiz darunter besagte: **einmal pro Woche bis auf weiteres.*

Was zum Teufel? Julia drehte sich sofort um. „Was ist denn das für eine Regel?"

Zach schaute über den Rand seiner Brille hinweg. „Wie bitte?"

Plötzlich in dem Bewusstsein, dass sie ziemlich laut gesprochen hatte, senkte sie die Stimme zu einem Flüstern. „Einmal die Woche? Ich dachte, wir haben gestern Nacht gesagt, dass wir Rummachen nicht auf den Terminplan setzen müssen."

Seine Miene blieb heiter, aber in seine Augen trat ein ernster Ausdruck. „Ich habe mich geirrt."

16

———

Irgendwo zwischen der Unterhaltung mit seinen Eltern und der Beobachtung, wie der ganze Whiskey-Creek-Clan sich zusammenraffte, um den Abend glatter laufen zu lassen, war Zach zu einem erstaunlichen Schluss gekommen.

Seine Entscheidung, Ja zu absolut allem zu sagen, was Julia wollte, erforderte einen Zusatz.

Die einzige Art, wie sie etwas Langlebiges aufbauen konnten, war, eine solide Basis zu schaffen, und obwohl das Feuer zwischen ihnen zwar verdammt heiß war, wollte er so viel mehr. Ein wenig Vorfreude würde die Dinge nur besser machen, wenn man ihn fragte.

In der Zwischenzeit musste er sein Bestes tun, um sie zu überzeugen, dass sie aus mehreren Gründen zusammen waren, nicht nur, um seine Finanzen zu retten, oder weil sie Spaß im Bett hatten.

Auch wenn die letzte Nacht fantastisch gewesen war, und er Runde zwei gar nicht erwarten konnte, wie immer und wo immer es auch dazu kam.

Aber mittlerweile sah Julia ihn an, zwei rote Flecken auf den Wangen, eine Falte zwischen ihren Augenbrauen. „Fahr fort."

Er zuckte mit den Schultern. „Ich habe nachgedacht. Es gibt zwar ein paar Dinge, die Spaß machen, wenn man sie täglich macht – und ja, jeden Tag Sex irgendwann in unserer Beziehung würde schon Spaß machen –, aber ich genieße jetzt im Augenblick, dass ich etwas habe, auf das ich mich freuen kann. Außerdem werden wir sehr oft umeinander rum sein, besonders, sobald du anfängst, auf der Ranch zu arbeiten. Wir finden immer noch unsere Erwartungen heraus, und wie wir Zeit zusammen verbringen wollen. Das eindeutige Wissen, dass zwischen uns heute Nacht nichts passiert, bedeutet, wir können uns entspannen und nicht anfangen, uns insgeheim zu fragen, was wäre, wenn."

Sie drehte sich, um ihn ganz anzuschauen, das Notizbuch war vergessen. „Etwa, was wäre, wenn wir heute Abend wieder zu laut werden? Würde ich vor Scham vergehen, und dann, was wäre, wenn ich dir sage, du sollst aufhören, aber mir dann Sorgen mache, dass du denkst, ich will, dass du aufhörst, weil mir nicht gefällt, was du tust, und dann, was wäre, wenn diese Sorge dafür sorgt, dass ich keinen Spaß haben kann?"

Wow. Er blinzelte. „Okay, das war eine sehr viel direktere Beschreibung, als ich sie mir wohl hätte einfallen lassen können."

Julia lächelte trocken. „Lebhafte Vorstellungskraft. Ich verbringe eine Menge Zeit damit, mich zu fragen, *was wäre, wenn.*"

Er wartete, während sie das Notizbuch zur Seite legte, es sorgsam ausgerichtet an der Kante des Seitentisches platzierte. Sie strich mit dem Finger über das Band, dann kroch sie unter die Decke und drehte sich, bis sie zu ihm aufschaute. Große braune Augen, die Haare auf dem Kissen offen, wo sie im Licht von den Nachttischlampen glänzten.

Sie trug ein weiteres seiner T-Shirts. Nicht dasselbe wie vorige Nacht, was bedeutete, dass sie sich an seine Schubladen geschlichen und genommen hatte, was sie wollte.

Er lächelte sie an. „Schläfst du gleich?"

„Ich kann vor dem Schlafengehen nicht lesen, weil ich mich sonst vielleicht in die Geschichte vertiefe. Ich habe viel zu viele potenzielle Schlafzeiten mit Lesen verbracht. Das ist nichts Gutes bei meiner Arbeit."

Zach legte sein eigenes Buch weg, und seine Lesebrille, bevor er das Licht abschaltete. Damit tauchte er sie ins Mondlicht, das durch die Fenster fiel.

Er drehte sich, um sie anzuschauen, griff nach ihren Fingern, die oben auf der Decke lagen. „Bist du wütend?"

„Nein." Es gab genug Licht, um ihr Stirnrunzeln zu sehen. „Ein bisschen verwirrt, aber ehrlich? Zum Großteil erleichtert. Ich war heute Morgen ziemlich verlegen, und auch jedes Mal, wenn mir wieder einfällt, dass George Coleman uns vermutlich letzte Nacht gehört hat."

„Ich verstehe das schon." Er lächelte. „Deine Situation ist etwas anders, aber ich möchte schon sagen, dass meine Eltern dafür leben, mich und meine Schwestern in peinliche Situationen zu bringen. Ich glaube, sie haben da eine Wette laufen, und am Ende jedes Jahres vergleichen sie ihre Notizen, um zu sehen, wer von ihnen am aufdringlichsten sein konnte."

„Wie zum Beispiel?"

„Lass mich nachdenken." Zach rollte sich leicht herum, die Hände unter dem Kopf, während er an die Decke sah. Seine Beine streckten sich bis ganz ans Bettende, und während er sich neu ausrichtete, stieß er mit den Knien an ihre.

Julia bewegte sich, aber statt wegzugehen, schmiegte sie

sich etwas dichter an ihn. Das hatte sie fast instinktiv getan, doch plötzlich wurde sie reglos. „Ist das okay?"

Auf gar keinen Fall würde er sie von seiner Seite weglassen. Zach streckte einen Arm aus, hob sie leicht an, bis ihr Kopf an seiner Brust ruhte und er sie leichter in die Arme nehmen konnte. „Ja. Jetzt ist es perfekt."

Aneinandergeschmiegt, vertraut und warm und doch völlig keusch.

Es war auf jeden Fall Zeit für eine Geschichte. „Okay, hier ist eine gute. Meine ältere Schwester Nummer zwei hatte einen festen Freund an der Highschool. Die Familienregel besagte, dass man das andere Geschlecht nicht im eigenen Zimmer empfangen durfte. Was einfach bedeutete, wenn sie knutschen wollten, mussten sie das im Fernsehzimmer machen, was bedeutete, dass die ganzen anderen Kinder sich ekeln würden."

Julia kicherte. „Obwohl ich nicht mit meinen älteren Geschwistern aufgewachsen bin, stelle ich mir vor, dass das vermutlich zum Spaß dazu gehörte."

„Auf jeden Fall. Aber denk daran, das war das Fernsehzimmer, was bedeutete, wenn wir was anschauen wollten, mussten wir es dort machen. Nach einer Weile haben wir gelernt, sie zu ignorieren. Nur dass eines Tages meine Mom hereinkam und aus irgendeinem Grund beschloss, dass es eine tolle Zeit für einen zusätzlichen Aufklärung-Unterricht wäre. Sie holte ein Kondom und eine Banane raus, und als nächstes wussten wir nur noch, dass Matties Freund verschwunden war."

„O mein Gott." In Julias Augen tänzelte das Licht. „Das ist schrecklich."

Zach zuckte mit den Schultern. Ihm gefiel die Art, wie sich ihr Gewicht an seinem Körper anfühlte. Ihm gefiel die Art, wie sie sich dicht anschmiegte, und er hatte kein Bedürfnis, dieser neuen Anordnung zu entkommen. „Ich schätze, am Ende war es nicht so schlimm. Ronan und Mattie sind inzwischen über zehn Jahre verheiratet."

Das entlockte ihr ein weiteres Lachen. „Ich schätze, er wusste, worauf er sich da eingelassen hat."

Eine Weile lagen sie still da. Julia strich mit den Fingern über seine Brust, fast als wäre sie sich nicht bewusst, was sie da tat. Dann ein wenig dreister. „Ist das in Ordnung?"

Er nahm ihre Finger und holte sie an seine Lippen. „Du machst, was immer dich glücklich macht. Du nimmst, was immer du nehmen musst."

„Und was kriegst du dabei?", fragte sie, abermals lag ein Hauch Unglauben in ihrem Tonfall.

Hoffentlich für immer.

Zach brummte nachdenklich. „Unbegrenzte Küsse, unbegrenzte Umarmungen. Das ist kein schlechter Ort für den Anfang. Und wir werden eine Menge rummachen. Versteh mich nicht falsch, Julia. Ich habe den Sex-Knopf nicht für immer kaltgestellt ..."

Er hielt inne, als sie kicherte.

„Okay, schlecht formuliert. Wir kümmern uns darum, was sich beim Sex gut anfühlt, wie es sich ergibt, aber alles andere ist echt schnell passiert."

„Stimmt schon", stimmte Julia nachdenklich zu. „Ich gebe zu, heute war der erste Tag, an dem ich endlich das Gefühl hatte, dass ich tief Luft holen konnte, nachdem ich die letzten eineinhalb Wochen gerannt bin." Sie neigte den Kopf und schaute zu ihm auf, hob eine Hand, um mit der Handfläche über die Bartstoppel an seinem Kinn und seinen Wangen zu streichen. „Du bist ein ziemlich komplizierter Mensch, Zach Beauregard Damien Sorenson."

Er wollte es schon leugnen, aber dann erinnerte er sich an etwas aus den Jahren, in denen er seinen Vater, den

Erfinder, beobachtet hatte. „Manchmal kommt die einfachste Lösung, sobald man den ganzen komplizierten Aufbau unter der Oberfläche weggenommen hat. Ich bin mir ziemlich sicher, dass ich ein Typ bin, bei dem man bekommt, was man auch sieht, aber ich habe im Lauf der Jahre gelernt, an einen Punkt zu kommen, wo ich das weglasse, was mir nicht wichtig ist.“

„Und uns Zeit zu lassen ist wichtig?“

Ein weiteres Schulterzucken. „Schon eher, *wir* sind wichtig. Was wir brauchen, um da durch zu kommen, hier und jetzt, ist nicht das, was wir nächste Woche brauchen werden, oder nächsten Monat, et cetera. Es hat keinen Sinn, es durchzupeitschen.“

Julia blieb still, bis ihr Kopf sich leicht bewegte, als hätte sie es durchdacht und wäre bereit, die Wahrheit anzuerkennen.

Nicht mal fünf Minuten später schlief sie in seinen Armen ein. Ein Bündel aus Wärme und weicher, weiblicher Haut, ihr Geruch füllte seine Nase. Das Gefühl, sie in den Armen zu haben, sank bis in sein Innerstes ein und veränderte ihn aus dem Innersten heraus.

Diese Empfindung in seinen Eingeweiden, die ihm gesagt hatte, dass diese Verbindung mit ihr richtig war, wurde immer sicherer.

Er *würde* die Basis aufbauen, die sie brauchte, angefangen mit unbegrenzten Umarmungen und unbegrenzten Küssen, und dazu, was immer sie sich erbat, dass sie beide stärker machen würde.

George Coleman brach am Vormittag mit nur wenigen Anmerkungen auf, die man als Warnungen nehmen konnte. Julia entgingen die meisten davon, weil sie damit beschäftigt war, Karen und Finn zu begrüßen, die rüber gekommen waren, um den älteren Mann zu verabschieden.

Finn verschränkte die Arme vor der Brust, während sein

Schwiegervater über die Straße verschwand. *Ihr* Schwiegervater, verbesserte Zach sich.

„Was habt ihr in dieser Woche vor?", fragte Finn.

Zach neigte den Kopf dorthin, wo Karen und Julia auf den nächstbesten Reitplatz schlüpften. Ein halbes Dutzend Pferde kam vor, darunter Karens gerettetes wildes Fohlen Moonbeam.

Zach und Finn gingen zu ihnen. „Julias Schichten sind diese Woche Mittwoch bis Samstag. Ich dachte mir, ich helfe dir während dieser Zeit mit allem, was du hier brauchst. Am Sonntag führe ich sie auf einen Roadtrip nach Nelson aus."

„Weiß sie das schon?"

„Nö", gab Zach zu.

Sein bester Freund lachte leise, bevor er sich den Mund abwischte, um seine Erheiterung zu verbergen. „Ein kleiner Ratschlag. Du willst Julia vielleicht ein bisschen mehr in deine Pläne einbeziehen. Dieses ganze spontane Ding, das du machst, ist unterhaltsam, aber irgendwann wird es dich in den Arsch beißen."

Vermutlich. „Nicht alle von uns führen ihr Leben, indem sie Pläne mit drei Ebenen schmieden, die sie jederzeit in die Tat umsetzen können."

„Nö", wiederholte Finn sein Wort von gerade eben. Er hielt neben dem Tor inne, bevor er es öffnete, um Zach rein zu lassen. „Glaubst du, dass Julia in dieser Hinsicht mehr wie ich ist, oder mehr wie du?"

Verflixt. „Ich hasse es, wenn du recht hast", beschwerte sich Zach.

Während sie sich den Mädchen anschlossen, war klar, dass Karen seinen letzten Kommentar mitgehört hatte. „Gibt Finn dir Ratschläge?"

„Immer", sagte Zach trocken. „Wie gut, dass ich nur manchmal darauf hören muss."

Julia lachte, das Geräusch wurde zu einem Quietschen, als

Moonbeam seine Nase mitten auf ihren Rücken setzte und schob.

Einen Augenblick später war sie in Zachs Armen, an seinen Körper gedrückt, während er sie sicher auffing.

Julia legte instinktiv die Arme um ihn, und es fühlte sich mühelos an, sie zu ihm auflächeln zu sehen, Erheiterung auf dem Gesicht und Dankbarkeit auf den Lippen. „Danke, dass du mich gefangen hast."

„Keine Ursache", erwiderte er. „Also, was die kommende Woche angeht …"

~

„JULIA. Warte mal."

Am Ende ihrer letzten Nachtschicht hatte sie ausgestempelt und freute sich jetzt auf wunderbare vier Tage am Stück, die Zach versprochen hatte, mit gutem Essen, gutem Bier und der Gelegenheit, ganz unter sich rumzumachen.

Sobald wie möglich heimzukommen, um das verrückte Abenteuer zu beginnen, stand hoch oben auf ihrer Prioritätenliste.

Trotzdem drehte sie sich zurück zur Feuerwache und wartete, als Brad aus seinem Truck stieg und zu ihr kam. „Guten Morgen. Ich dachte nicht, dass ich dich sehe, bevor ich nach Hause gehe."

Er blieb neben ihrem Auto stehen. „Ich bin früh reingekommen. Ich muss dich mit etwas auf den neuesten Stand bringen."

Julia zögerte. „Gibt es ein Problem?"

Brad verzog das Gesicht. „Nicht mit deiner Arbeit oder deinem Praktikum. Und ich gratuliere übrigens, dass du draußen auf der Red Boot Ranch angestellt wirst, sobald du hier fertig bist. Es tut mir leid, dass wir dich nicht über den September hinaus Vollzeit anstellen konnten."

„Danke. Ich muss zugeben, ich bin ziemlich aufgeregt wegen des Jobs. Wenn ich nicht für dich arbeiten kann, ist die Arbeit auf einer Touristenranch so ziemlich mein Traumjob."

Er nickte, aber Sorge hatte sich eingeschlichen. „Ich weiß, dass du in den nächsten paar Tagen unterwegs bist. Ich habe mir schon überlegt, ob ich das jetzt erwähnen soll, aber du hast das Recht, es zu wissen. Dwayne wurde aus seinem offenen Vollzug entlassen."

Eine eisige Kühle strich über sie hinweg, obwohl sie schon gewusst hatte, dass das kam. Die Reaktion war noch nerviger, da sie sich nicht wirklich Sorgen machte, dass er sie verfolgte oder so was.

Ihr Entführer hatte eindeutig psychische Probleme, anstatt also ins reguläre Gefängnissystem zu gehen, hatte er zu Recht eine Therapie und Anleitung bekommen, während er in Gewahrsam gewesen war. „Das stimmt. Ich hatte es nicht auf meinem Kalender oder so was, aber ich wusste, dass es irgendwann in nächster Zeit sein würde."

Sie erkannte daran, wie genau Brad sie beobachtete, dass er sich nicht gefreut hatte, diese Neuigkeiten mit ihr zu teilen. Julia blieb aufrecht sitzen, und ihre Miene war so neutral wie möglich.

„Die einstweilige Verfügung gilt immer noch, also solltest du dir keine Sorgen machen müssen." Brad zögerte einen Augenblick, dann seufzte er schwer. „Er hat sich bei mir gemeldet."

„Was?" Das Wort kam sehr viel schärfer heraus, als sie beabsichtigt hatte. „Weshalb sollte er das tun? Was hat er gewollt?"

Brad verzog das Gesicht. „Er hat sich noch mal bei mir

entschuldigt. Er hat gesagt, er hätte sich bei dir entschuldigen wollen, aber du hättest dich nie gerührt."

„Weil ich das nicht musste. Es ist nicht meine Aufgabe, zu versuchen, ihm ein besseres Gefühl zu geben", fuhr Julia ihn an, bevor sie tief Luft holte. „Tut mir leid, ist nicht deine Schuld."

„Nein, ich freue mich, dass du das gesagt hast", beharrte Brad. „Besser noch, ich bin froh, dass du dieses Gefühl hast."

„Jede Menge Therapie", gab Julia trocken zu. „Tony hat es schließlich bei mir ankommen lassen, dass ich Dwayne nicht für das verzeihen muss, was er mir angetan hat."

„Gut." Brad sagte es ganz entschieden. Er räusperte sich, leicht peinlich berührt. „Ich habe ihn abgewiesen. Ich habe ihm auch gesagt, falls er jemals wieder versucht, Kontakt zu dir aufzunehmen, durch mich oder irgendeine andere Quelle, würde es schlimme Konsequenzen geben."

Julia nahm sich zusammen, bevor sie Brad noch umarmte, nickte stattdessen. „Danke."

„Hab einen schönen Ausflug, und falls du irgendwas brauchst, ruf mich an." Er wollte sich schon abwenden, dann hielt er inne, schaute sie direkt an. „Du erzählst Zach davon, oder?"

Sie öffnete den Mund, um ihm zu versichern, dass alles gut werden würde und sie niemanden brauchte, der für sie den Babysitter spielte, als ihr klar wurde, dass sie bereits vorhatte, Zach ihren Frust mitzuteilen, sobald es möglich war.

Das fühlte sich echt seltsam an.

Sie neigte das Kinn. „Keine Sorge. Zach stützt mir den Rücken."

„Das freut mich." Brad verabschiedete sich rasch mit einem Winken, bevor er sich zur Feuerwache begab.

Die Fahrt zurück zur Red Boot Ranch ging recht schnell, während verwirrende Gedanken und Erinnerungen sich in

Julias Gehirn miteinander verstrickten. Sie schlüpfte in die Hütte, machte sich bettfertig, und wollte das Nickerchen machen, das sie brauchte, bevor sie und Zach an diesem Nachmittag wie geplant aufbrachen.

Sie schlief wieder im Gästezimmer, nachdem ihr Vater aufgebrochen war. Es hatte sich richtig angefühlt, die Idee, etwas langsamer zu machen, ernstzunehmen. Außerdem, da Zach plante, sie sowieso zu einem Ausflug aus der Stadt zu bringen, dachte sie sich, dass der Teil mit dem Rummachen schon bald kommen würde.

Es wurde immer schwerer, einzuschlafen, während der Vormittag voranschritt, aber irgendwann hatte sie wohl die Augen lange genug geschlossen, um ihre taumelnden Erinnerungen zu ignorieren, denn plötzlich hörte sie ihren Namen, der laut wiederholt wurde.

„Julia. Wach auf", sagte Zach, in seiner Stimme lag Sorge.

Sie schoss im Bett hoch, drehte sich zu der Stimme hin. Ihr Herz hämmerte, und sie klebte an den Bettdecken, als hätte sie heftig geschwitzt.

Sie konnte immer noch das schwere Gewicht spüren, unter dem sie festsaß. Die eisige Kälte des Wassers, das sie nach unten zog.

„Albtraum." Das Wort kam flüsternd über ihre Lippen. „Zach?"

Das Bett neigte sich leicht, während er sich neben sie setzte. „Ich bin da, Süße."

Einen Augenblick später hatte sie sich an ihn geklammert, sich in seinem Schoß zusammengerollt, die Arme um seine Taille gelegt.

Er hielt sie fest, streichelte ihr über den Rücken. Flüsterte beruhigende Worte. Ihr Beben wurde leichter, bis sie schließlich zu dem Punkt kam, an dem sie tief Luft holen und sie in kleinen Mengen wieder aufstoßen konnte.

Zach drückte die Lippen an die Schläfe. „So ist es schön. Schon besser."

Sie lehnte sich weit genug zurück, um ihm ins Gesicht zu sehen. „Ich hasse diesen verdammten Albtraum."

„Das weiß ich doch."

Er hatte keine tröstenden Worte für sie, dass es ihr eines Tages besser gehen würde. Oder wie viel besser es jetzt schon ging als früher. Was etwas Gutes war, denn obwohl sie sich mit ihrer derzeitigen Reaktion auf diese ganze Entführungssituation so viel stärker fühlte, Albträume hin oder her, hatte Tony eindeutig gesagt – das Ziel war nicht, drüber *hinweg*zukommen.

Es gab einige Dinge, über die man als Mensch einfach niemals hinwegkam.

Sie brachte ein Lächeln zustande, tätschelte Zach die Wange. „Ich brauche eine Dusche, dann bin ich bereit, aufzubrechen."

„Okay." Zach ging langsam zurück. „Brauchst du irgendwas? Willst du, dass ich ein Picknick zum Mittagessen einpacke, für während der Fahrt?"

„Du würdest mich in Delilah essen lassen?" Julia legte so viel Erstaunen in ihren Tonfall wie nur möglich.

„Klar. Was sind ein paar Brösel zwischen Freunden?" Er hielt inne. „Ich nehme den Handstaubsauger mit. Du kannst ihn benutzen, wenn du fertig bist."

Julia kicherte auf dem Weg in die Dusche, völlig abgelenkt, genau wie Zach es beabsichtigt hatte.

Die Fahrt zwischen Heart Falls und Nelson dauerte vier ganze Stunden. Es war kühl genug, dass Zach das Verdeck geschlossen hielt. Julia nutzte Bluetooth, um ihre Musik über die Anlage abzuspielen, und die Zeit flog nur so dahin.

Wieder einmal war die Unterhaltung mühelos. Zach hatte eine Liste toller Themen, die er jedes Mal ansprach, wenn sie zum Erliegen kam, aber das tat sie nicht oft. Sie gingen so ziemlich natürlich von einer Unterhaltung in die nächste über, die Worte purzelten manchmal übereinander, während jede Geschichte, die sie erzählten, den anderen an etwas anderes erinnerte, über das dann gesprochen wurde.

Das Einzige, was Julia nicht erwähnte, war die Information, die Brad ihr diesen Vormittag gegeben hatte.

Es war nicht, dass sie versuchte, der Diskussion aus dem Weg zu gehen, aber die Geschichte war nichts, das sie Zach mitteilen wollte, während er fuhr.

Und je näher sie an ihr Ziel kamen, desto weniger hatte sie das Gefühl, dass sie ein so großes Thema aufbringen sollte, bevor sie auf einen Ausflug gingen, der witzig und locker sein sollte.

Die kurvenreiche Straße, auf der sie in den letzten eineinhalb Stunden gefahren waren, öffnete sich unerwartet zu einem breiten Parkplatz am Rande eines riesigen Sees.

Julia beugte sich interessiert vor. „Wo ist die Straße?"

„Wir nehmen jetzt die Fähre. Es gibt einen anderen Weg nach Nelson, der den Pass überquert, aber ich dachte, es würde dir Spaß machen, diese Richtung erst so zu fahren."

„Cool. Wie lange dauert die Fahrt?" Julia spähte aus dem Fenster auf den See. „Oh. Ist das dort die Fähre?"

Zach stellte Delilah auf Parken, deutete über die glatte Oberfläche des Wassers dorthin, wo die seltsam geformte Barke langsam näherkam. „Das ist sie. Es sind nur fünfundvierzig Minuten Überfahrt, wenn wir mal an Bord sind. Das ist nicht wie die riesigen Fähren, die raus nach Vancouver Island gehen, nur ein einfaches Transportfahrzeug. Wir fahren an Bord, dann kannst du entweder im Auto sitzen oder auf eines der Beobachtungsdecks gehen."

Fünfzehn Minuten später waren sie auf dem breiten Boot mit dem flachen Deck.

Zach nahm ihre Hand und zog sie zur Treppe. „Komm schon. Ich zeig dir meine liebste Aussicht."

Er führte sie zu einem Bereich auf dem oberen Stock mit stabilen Sitzen, die sie hinaus über die Weite des Kootenay Lake schauen ließen, während die Motoren brummten und sie stetig hinüber zur anderen Seite schoben.

Der Wind war frisch. Julia schaute auf die Berge, die überall um den See aufragten, manche von ihnen waren schon weiß bekränzt. „Hier ist es kälter als in Heart Falls."

„Hier in der Gegend gibt es Gletscher. Wenn der Wind drüber weht, führt das dazu, dass die Brise immer kühl ist." Er legte einen Arm um sie, zog sie dicht an sich, um sie mit seinem Körper zu schützen.

Eine Fahrt von einer Dreiviertelstunde. Julia beobachtete das Wasser, das sich hinter dem Schiff in Wellen ausbreitete, und überlegte sich ihre Optionen. Sie wollte diesem Ausflug keinen Dämpfer verpassen, nicht, wenn man bedachte, wie aufgeregt Zach war, dass sie unterwegs waren.

Aber er hatte gesagt, sie sollten ehrlich sein, und er hatte gesagt, sie sollte tun, was sie glücklich machte, und obwohl ein Gespräch über die Vergangenheit sie nicht *glücklich* machen würde, zumindest nicht an und für sich, wäre es gut, es offen anzusprechen.

Julia drehte sich zu ihm, rückte weit genug zurück, um seine Hände zu nehmen und ihn direkt anzuschauen. „Es gibt da was, das ich dir sagen muss."

Er neigte leicht den Kopf, blieb aber still.

„Nur damit du es weißt, der Grund, dass ich dir das erzähle, ist nicht der, dass es riesig und angsteinflößend ist, oder weil es irgendwas an dem ändert, was wir in den nächsten paar Tagen machen. Wir gehen nach Nelson, um Recherche für dein zukünftiges magisches Brauereiding zu betreiben. Ich will das immer noch machen. Das ist mir wichtig."

Sein Grinsen war nicht mehr ganz so gefestigt. „Jules, soll diese Eröffnung denn beruhigend sein? Das geht nämlich weit am Ziel vorbei."

„Verdammt. Es ist nur ... Brad hat mir heute Vormittag gesagt, dass der Typ, der mich entführt hat, freigelassen wurde. Ich wusste, dass das kommt, aber ich hatte es irgendwie absichtlich vergessen. Das lässt mich auch nicht ausflippen, und ich mache mir keine Sorgen wegen ihm, aber mir ist klar geworden, dass ich was zu dir sagen muss, denn – na ja, ich glaube, du musst es wissen."

Zach nickte langsam. „Darum hattest du einen Albtraum, oder?"

Julia schnaubte laut. „Ja. Eines Tages werde ich erwähnen können, was passiert ist, oder jemand anders spricht es an, ohne dass ich diese Reaktion bekomme. Aber im Augenblick sagt Tony, körperliche Manifestationen nach Triggern sind eines der Dinge, die unser Gehirn einfach macht, während wir mit unglücklichen Erinnerungen umgehen. Aber da es mir nicht wehtut, außer, dass es nervig ist, sollte ich mir darum keine Sorgen machen."

„Okay." Zach wirkte ein wenig unbehaglich. „Ich meine, okay, ich verstehe schon, aber ein Teil von mir findet es nicht in Ordnung, dass du Albträume hast."

Er war so ein Süßer.

Julia umfasste sein Gesicht mit den Händen. „Ich weiß. Aber du hast mir heute gut geholfen, indem du mich geweckt hast."

Sie drückte ihm einen raschen Kuss auf die Lippen, zum Teil, damit sie einen Augenblick hatte, um ihre Gedanken zu sammeln, bevor sie sich wieder zurücksetzte. Im Wasser um sie herum spiegelte sich der blaue Himmel mit weißen Wolken. Niemand sonst war draußen, sodass sie genug Privatsphäre hatten.

Außerdem, wenn sie Zach erzählte, was passiert war, während sie auf der Fähre waren, bedeutete es, sie konnten darüber reden und dann gehen, was ihr echt gefiel.

„Es ist keine lange Geschichte. Bei der Ausbildung zur Sanitäterin – ich habe auf dem Campus gewohnt, und wie üblich gab es eine ganze Gruppe von uns, die irgendwie immer zusammen rumhingen. Ich war mit niemandem zusammen. Es war schon überwältigend genug, mit der Schule klar zukommen, in einer neuen Stadt zu wohnen, und zum ersten Mal nicht zu Hause bei Mom zu sein."

Sie passte den Griff ihrer Hände an, Zachs große Finger gaben ihr etwas Festes, an das sie sich klammern konnte.

„Wir haben eine Menge Gruppenunternehmungen gemacht. Witzige Sachen wie Filmabende, außerdem Aktivitäten der Schule, zu denen Gruppenprojekte gehören. Dwayne und ich wurden einer Vierergruppe zugeteilt, wo einer unserer Teamkollegen aufhörte, und der andere krank wurde. Wir beide haben echt hart gearbeitet, um alles ohne sie hinzukriegen. Ich war wirklich stolz, dass wir unsere Aufgabe rechtzeitig fertig bekamen."

„Nur dass Dwayne dachte, ihr wärt mehr als nur Klassenkameraden?"

Julia schüttelte den Kopf. „Das ist das Seltsame. Es ging nicht darum, dass wir zusammen sind, also romantisch zusammen. Dwayne hatte irgendwelche nicht diagnostizierten psychischen Probleme, und aus irgendeinem Grund hat er sich in den Kopf gesetzt, ich wäre in Gefahr."

Zachs Hand drückte rasch ihre. „Okay."

„Er dachte, die anderen beiden in unserem Projekt wären verschwunden, weil jemand sie ausgeschaltet hat. Er fing an, darüber zu reden, dass wir aufpassen und in Sicherheit bleiben mussten."

Sie hatte so oft an diese Zeit zurückgedacht, dass sie sich

manchmal fragte, wo ihre Erinnerungen nachließen und sie sich vielleicht etwas ausgedacht hatte, um zu erklären, was passiert war. Es war nicht ihre Schuld, dass sie nicht erkannt hatte, wie Dwaynes Geisteskrankheit auf eine gefährliche Stufe hochgekocht war, aber manchmal wünschte sie sich immer noch, sie hätte mehr tun können.

„Ich habe versucht, ihn zu überzeugen, dass das nur seine Vorstellungskraft war, und ich dachte, ich wäre durchgedrungen. Ich bin rausgegangen, um Lebensmittel einzukaufen, und da war er. Er hat mir eine Fahrt nach Hause angeboten, was ich natürlich angenommen habe."

Ein leiser Fluch kam von Zachs Lippen. „Er hat dich nicht nach Hause gefahren."

„Nö. Er hat darauf beharrt, dass er für meine Sicherheit sorgen müsse, also hat er mich in eine Hütte mit einem Bootshaus an einem See in der Nähe gebracht. Ich merkte ziemlich schnell, dass Dwayne im Augenblick nicht richtig denken konnte, aber er war größer als ich, und stärker, und obwohl ich versucht habe, zu flüchten, war ich am Schluss an einen Stuhl gefesselt."

Einen Augenblick später wurde Julia von ihrer Bank gehoben und auf Zachs Schoß gesetzt. Er drückte sie fest, den Kopf an ihrer Wange, vibrierte beinahe unter ihren Fingern.

„Tut mir leid. Gib mir mal kurz." Seine Worte kamen abgehackt heraus.

Sie war nicht sicher, ob es angemessen war, Zach auf den Rücken zu klopfen, darum hielt sie sich einfach nur fest. Sie hatte diese Geschichte inzwischen ein paarmal erzählt, aber das war das erste Mal, dass jemand so reagierte.

Als wäre er die ganze Zeit dabei gewesen und würde gerade jetzt genau das erleben, was sie durchgemacht hatte.

17

Zorn peitschte durch seine Adern, noch während Zach darum kämpfte, seine Wut zu beherrschen. Dass er ausflippte, war nicht das, was Julia brauchte.

Er war so verdammt stolz darauf, dass sie bereit gewesen war, sich ihm mit dieser Sache zu öffnen, was seine Reaktion darauf umso wichtiger machte. Sie durfte nicht erfahren, dass er in diesem Augenblick, hätte er Dwayne vor sich gehabt, den Mann langsam von innen nach außen gestülpt hätte.

Es war nicht besitzergreifend. Es war nicht, weil er dachte, Julia hätte sich nicht um sich selbst kümmern können, oder dass sie es nicht ganz toll gemacht hätte, alles hinter sich zu lassen, was mit ihr passiert war.

Aber gottverdammt, er wollte sie davor beschützen, jemals wieder eine solche Angst spüren zu müssen, ob in einem Albtraum oder im echten Leben.

Er drückte sie, dann ließ er sie los und schob sich zurück, um ihr wieder in die Augen zu sehen. „Okay."

Julia hob eine Augenbraue. „Wir müssen mal über deine

Vokabelprobleme reden. Ich glaube nicht, dass okay das bedeutet, was du glaubst, dass es bedeutet."

Unwillkürlich schnaubte er. „Du hast recht. Ich nutze nicht gerade die Definition, die im Wörterbuch steht. Eher so was wie: Ich habe mich genug zusammen gerissen, bitte fahr fort."

Es war etwas Gutes, dass er Selbstbeherrschung so gut vorspielen konnte. Denn Julia beschrieb dann im Weiteren kurz, dass sie in den nächsten vier Tagen in der Hütte zurückgelassen worden war. Jedes Mal, wenn Dwayne wiedergekommen war, um ihr Essen und Wasser zu geben und sie ins Bad zu lassen, hatte er sie erneut gefesselt zurückgelassen.

Julia holte tief Luft. „Dwayne fing an, davon zu labern, dass wir flüchten mussten, und das sicherste wäre, zu einer Insel raus zu paddeln, die er kannte." Sie schaute hinab, wo ihre Finger in denen von Zach verschränkt waren. „Er würde nur mal kurz weg sein, sagte er. Also hat er mich wieder gefesselt und mich zum Ruderboot im Bootshaus getragen. Er war gerade erst gegangen, als mir auffiel, dass der Kiel des Bootes kaputt war und das ganze Ding langsam sank."

Kein Wunder, dass sie Albträume hatte. Teufel, Zach würde Albträume haben, nur weil er daran dachte, wie hilflos sie in dieser Lage gewesen war.

Julia drückte ihm die Hände. „Brad ist etwa eine halbe Stunde aufgetaucht, nachdem Dwayne gegangen ist. Ich war noch niemals in meinem ganzen Leben so dankbar, jemanden zu sehen."

Zach schüttelte den Kopf. „Ich weiß nicht mal, was ich sagen soll."

„Du musst nicht wirklich was sagen. Ich meine, es war schrecklich, das weiß ich. Aber nichts davon war meine Schuld.

Dwayne sollte es jetzt besser gehen, nachdem er behandelt wurde, darum kann ich ihm nicht mal ehrlich einen Vorwurf machen, denn der Typ, der das getan hat, den gibt es nicht mehr." Sie verzog das Gesicht. „Nein. Es *war* seine Schuld, und es *war* seine Entscheidung, aber ich verstehe auch, dass eine Geisteskrankheit bedeutet, dass Leute Dinge tun, die sie nicht tun würden, wenn das chemische Ungleichgewicht überhaupt gar nicht erst bestünde."

„Du bist um einiges verständnisvoller als ich." Zach ließ die Finger unter ihr Kinn gleiten. „Danke, dass du das mit mir geteilt hast. Und wenn es irgendwas gibt, was ich tun kann, oder etwas, um das ich mich kümmern soll, lass es mich wissen."

„Danke. Ich habe Brad gesagt, ich würde dir von Dwayne erzählen. Dass er freigelassen wurde und dass ich die Nachricht erhalten habe."

Etwas in ihm stand stockstill. Zach musterte vorsichtig ihr Gesicht, versuchte die Sorge, die hochgeschnellt war, zu verbergen.

War Brads Einfluss der einzige Grund, weshalb sie es ihm erzählt hatte?

Er war nicht daran gewöhnt, dass Zweifel durch seine Gedanken strichen, aber da waren sie, zumindest kurz, bevor er sich auf das Wichtigste konzentrierte.

Zach schob alles zur Seite, bis auf die Tatsache, Julia wissen zu lassen, dass sie sich auf ihn verlassen konnte, selbst wenn der Boden unter seinen Füßen sich wacklig anfühlte.

Er hob ihre Hand und küsste sie auf die Knöchel, schaute ihr in die Augen, versuchte herausfinden, was gesagt werden musste.

Julia übernahm die Kontrolle, schwang sich über seinen Schoß, sodass ihre Knie auf der Metallbank unter seiner Hüfte ruhten. Sie saß rittlings auf ihm, ihr Hintern wärmte ihm die Oberschenkel, und sie nahm seinen Kragen und richtete ihn sorgsam. „Kein Themenwechsel oder so was, aber es ist Zeit, das Thema zu wechseln. Du hast gesagt, das wäre ein Rechercheausflug."

Erheiterung stellte sich ein. Natürlich war diese Frau nicht nur stark genug, ihm zu erzählen, was passiert war, sondern auch stark genug, um die Ereignisse dann zur Seite zu schieben, als wären sie nicht auf so vielen Ebenen lebensverändernd.

Trotzdem nahm er den Hinweis an. „Es *ist* ein Rechercheausflug", stimmte er zu. „Es ist ein doppelter Rechercheausflug. Nein, ein *dreifacher* Rechercheausflug."

Julias Lippen wölbten sich nach oben. „Nicht vierfach? Wie enttäuschend."

„Tut mir leid, ich konnte kein viertes Thema finden, um das man sich diesmal kümmern kann, aber vielleicht nächstes Mal, wenn wir abhauen." Er legte ihr die Hände auf die Hüften, fühlte sich bestens unterhalten, während sie ihn wieder ordentlich herrichtete. Seinen Kragen zurechtzupfte, mit den Fingern durch seine Haare fuhr, die Falten auf seinen Ärmeln glättete.

„Lass mich raten. Das erste Recherchethema hat mit Bier zu tun. Ich habe gegoogelt, und es gibt eine echt gute Brauerei in Nelson. Ich schätze, wir werden da zu einer Probe hinfahren."

„Auf jeden Fall. Ein paar der Restaurants haben Menüs mit empfohlenen Getränken vom Ort zusammengestellt. Wir haben Tapas und Verkostungen von verschiedenen Läden vor uns."

„Wir hätten Karen und Finn fragen können, ob sie mit wollen. Und Lisa und Josiah. Sie probieren gerne neue Sachen."

Er brauchte alles, was er hatte, um sie nicht verwundert anzuschauen. Er zwang sich dazu, ganz cool und gefasst zu antworten. „Gute Idee. Das werden wir irgendwann mal machen müssen."

„Was ist die zweite Recherche? Und die dritte?" Die Motoren grollten leicht, und sie blickten beide über das Wasser. „Wir kommen allmählich zur anderen Seite des Sees."

Zach half ihr von seinem Schoß und brachte sie an die Reling. Er legte den Arm um sie und hielt sie an seiner Seite, während sie zusahen, wie die Fähre durch das flache Wasser zur Anlegestelle manövrierte. „Zur zweiten Recherche gehört es, morgen Vormittag in ein paar Cafés zu gehen. Tansy will, dass ich eine Auswahl der Backwaren von dort mitbringe. Sie hat gute Sachen über den Laden gehört, und sie will versuchen, das Repertoire von *Buns and Roses* zu erweitern."

Julia drückte sich an seine Seite. „Das ist sehr nett, dass du das für sie tust."

Er lachte herzhaft. „Ach, ja, es ist schon echt hart, wenn man gefragt wird, ob man in eine Bäckerei geht und ein Dutzend von allen süßen Sachen mitbringt."

Sie drehte sich, bis er sie anschauen musste. „Siehst du, das ist es doch. Du lässt es klingen, als wärst du hier bei all den Sachen, für die du dich freiwillig meldest, der absolute Gewinner, aber du legst dich doch auch ins Zeug." Sie beugte sich dichter heran, schaute ihm in die Augen. „Ich bin dir auf der Spur, Baby. Ich habe dich total durchschaut."

Sie tippte ihm auf die Nase, aber bevor er zupacken und sie kitzeln konnte, duckte sie sich unter seinem Arm durch und huschte weg.

Er hielt ihr die Hand hin und wartete, bis sie die Finger mit seinen verschränkte, damit er sie zurück zu Delilah führen konnte. „Ich sage immer noch, dass ich bei dem Deal gut abschneide. Wenn dazu Leckereien zum Frühstück gehören."

Julia wartete, bis sie von der Fähre gefahren waren und sich wieder auf dem letzten Stück Highway befanden, bevor sie fragte: „Wo übernachten wir?"

„Einem Airbnb. Nicht, dass wir die Küche brauchen, aber ich habe gern Platz, um mich auszubreiten."

Sie nickte, dann spielte sie kurz mit ihrem Handy. Er wartete höflich, nur dass es offensichtlich war, dass sie Unheil im Sinn hatte, als die Playlist, die sie auflegte, nur aus Elvis bestand.

Als sie als nächstes „A Little Less Conversation" anspielte, lachte Zach lauthals. Er griff über die Gangschaltung und nahm ihre Finger in seine. „Was für eine interessante Beobachtung. Hast du es satt, mit mir zu reden?"

Sie zwinkerte. „Eigentlich nicht. Erzähl mir noch eine Geschichte von deinen Schwestern."

Was sie in der letzten halben Stunde unterhielt, bis sie in die Zufahrt zu dem Haus oben am Hang in Nelson fuhren.

Julia starrte das Haus verwirrt an. „Wie weit genau musst du dich denn ausbreiten? Heilige Scheiße, das ist doch riesig."

Er eilte herum, um ihr die Tür zu öffnen. „Das hängt alles davon ab, wie laut deine Nachbarn sind."

„Vielleicht. Aber unsere Nachbarn könnten eine Blaskapelle und das Symphonieorchester sein, und man würde vermutlich trotzdem innerhalb dieser Monstrosität nichts von ihnen hören."

Zach schob die Tür auf und winkte sie nach drinnen. „Ja, ich schätze schon. Aber andererseits, hast du jemals gehört, wie laut Finn wird, wenn er Pictionary spielt und es spannend wird?"

Julia blieb abrupt gleich hinter der Tür stehen. „Warum redest du von Finn – was?"

„Überraschung." Ausgebreitet auf dem Sofa mitten im offenen Wohnzimmer, hoben Karen und Lisa Gläser.

Lisa winkte leicht mit ihrem. „Ich habe Mojitos gemacht,

aber Josiah hat eingeschenkt. Er scheint zu glauben, dass ich beim ersten Satz ein kleines Problem mit dem Verhältnis zwischen Rum und Mix hatte."

Josiah kam in Sicht, in einer Hand einen Mixer und in der anderen ein volles Glas, das er zur Eingangstür hob. „Ich hoffe, euch ist klar, dass keiner von uns für den Ausflug heute Abend als ausgewiesener Fahrer durchgeht."

„Wie gut, dass das Essen geliefert wird", erklärte Zach, der den Ausdruck liebte, der über Julias Gesicht flackerte.

Überraschung und Freude, und als sie zurück zu ihm wirbelte und sich in seine Arme warf, um ihn so fest zu drücken, dass er kaum atmen konnte, dachte Zach, dass er vermutlich etwas richtig gemacht hatte. „Ist das okay?"

„Okay, was hier bedeutet: Eigentlich ich kann nicht glauben, dass du das durchgezogen hast, und Teufel auch, es ist wunderbar." Nur als sie sich von ihm löste, waren ihre Wangen gerötet.

Zach hielt sie fest, liebte die Art, wie sich ihr Körper an seinen schmiegte. „Was bedeutet denn dieser Gesichtsausdruck?"

Julias Stimme senkte sich zu einem bloßen Flüstern. „Du wirst mich wohl für dumm halten, aber falls *sie* mithören, wie wir rummachen, wäre es mir genauso peinlich wie bei meinem Dad."

Das war zu lustig.

Er senkte seinen Tonfall, um sich ihr anzupassen. „Dann machen wir eben erst rum, wenn sie gehen. Wir haben drei Nächte, und ich habe sie nicht für den ganzen Aufenthalt eingeladen."

Sie grinsten einander an, und in diesem Augenblick wurde ein unausgesprochener Pakt geschlossen, bevor Julia sich umdrehte und den Drink von Josiah mit Dank entgegennahm, bevor sie sich ihren Schwestern im Wohnzimmer anschloss.

„Was kann ich dir zu trinken bringen?", fragte Josiah, während Finn hereinkam und stehen blieb, um seiner Frau einen Kuss zu geben, und dann durch das Zimmer zu ihnen kam.

Zach musterte seine Freunde mit wachsender Zufriedenheit. „Ich sollte dir einen Drink einschenken. Alles Gute nachträglich zum Geburtstag übrigens."

Josiah neigte das Kinn. „Danke, dass du diese spontane Party auf die Beine gestellt hast. Das weiß ich zu schätzen."

„Danke, dass du Geburtstag hast. Es ist immer gut, einen Grund zu kriegen, um eine oder zwei Nächte zu verschwinden."

Aber nicht drei. Die dritte Nacht war nur für ihn und Julia.

Denn obwohl er ein toller Freund war, war er auch klug genug, um zu wissen, dass es einige Dinge gab, die sehr viel erfreulicher wären, sobald die Zeit des Familienzusammenwachsens um war.

Zwei Tage später fühlte sich Julia, als hätte sie ein Dauerlächeln auf dem Gesicht.

Sie hatten nicht nur das Rechercheabendessen zu sich genommen, das Zach versprochen hatte, und den Frühstücksausflug mit verschiedenen Backwaren, sie hatten es am nächsten Tag alles noch mal gemacht.

Heute Vormittag waren sie alle in Tandemkajaks Paddeln auf dem See gegangen, gefolgt von einem Essen auswärts. Die anderen sollten am frühen Nachmittag nach Hause fahren, und Julia konnte nicht entscheiden, ob sie traurig war, dass sie abfuhren, oder begierig darauf, herauszufinden, was für einen Schabernack Zach für sie geplant hatte, nachdem sie das Haus für sich hatten.

Es war eine brutale Form der Folter gewesen, in seinen Armen zu schlafen. Sie hatte sich überlegt, ob sie sich nach ihm strecken und die Hitze hochschrauben sollte, denn sie bezweifelte, dass ihre Schwestern irgendwas davon mitbekommen würden, was in ihrem entlegenen Abschnitt des Hauses passierte.

Doch Zach hatte letzte Woche recht gehabt, als er gesagt hatte, das Warten hätte seine Vorteile. Vorfreude pumpte nun durch ihre Adern, stark wie eine Droge.

Die Lust wurde nur davon eingehegt, dass ihr Bauch so voll war.

Sie brach auf dem Sofa zusammen, sank in das luxuriöse Leder. „Ich könnte keinen Bissen mehr essen."

„Vom Nachtisch sind noch ein paar Schoko-Eclairs übrig." Lisa erschien aus dem Nichts, stand über ihr und wackelte mit den Millionen-Kalorien-Päckchen der Perfektion in ihren Fingern. „Ups, um genau zu sein, es gibt noch drei. Wenn man bedenkt, dass wir zu sechst sind, willst du vielleicht lieber früher als später zuschlagen."

Lisa schob sich das eine, das sie in der Hand hielt, in den Mund und stöhnte begeistert.

Am Küchentisch, wo die Typen saßen und ein letztes Mal Karten spielten, fluchte Josiah.

„Entschuldigt mich, Gentlemen." Er schob sich vom Tisch zurück und marschierte herüber zu Lisa, schwang sie sich über die Schulter und ignorierte ihr protestierendes Quietschen. „Liebling, wenn du so ein Geräusch machst, willst du doch einfach nur aus dem Zimmer geholt werden."

„Entweder das, oder sie spricht für einen Pornofilm vor. So oder so", sagte Karen im Scherz, bevor sie sie warnte, „brechen wir in einer Stunde auf."

Lisa schob sich hoch, die Arme auf Josiahs Rücken gestemmt, sodass sie ihnen zuzwinkern konnte, während er sie aus dem Zimmer trug. „Keine Sorge. Wir werden nicht zu spät kommen.“

Josiahs Lachen grollte, dann wurde es hinter der Tür abgeschnitten, die zu ihrem Zimmer führte. Julias Wangen wurden glühend heiß, und das Verlangen in ihrem Körper schnellte erneut hoch, als sie Zach in die Augen schaute.

Er schaute sie mit allen möglichen schmutzigen Absichten im Blick an.

Eine Stunde später, als ihre Freunde und Familie endlich das Haus verlassen hatten, fühlte sich Julias ganzer Körper an, als wäre er seit Stunden an einen riesigen Vibrator angeschlossen und gereizt worden.

Zachs Hände lagen auf ihren Hüften. Er stand hinter ihr, während sie zum Abschied winkten, und er ließ eine Hand über ihren Bauch gleiten, während seine Lippen sich auf ihren Hals senkten. „Ich bin froh, dass sie da waren, aber ich bin auch froh, dass sie weg sind“, gab er zu.

Sie neigte den Kopf auf eine Seite, Gänsehaut machte sich überall bemerkbar. „Diese ganze Sache mit der Vorfreude, weißt du?“

Als er sich an ihren Rücken drückte, war sein muskulöser Körper nicht das Einzige, was hart war. „Ja?“

Das Wort klang tief und atemlos. Was für ein Glück, denn sie wollte nicht die Einzige sein, die so empfand. „Ich bin extrem mit Vorfreude angefüllt.“

Sie drehte sich in seinen Armen, strich ihm mit den Handflächen über die Brust. Die weiche Baumwolle seines blassgrünen T-Shirts kitzelte auf ihrer Haut. Taktile Verführung, aber es reichte nicht. Julia ließ die Hände auf seine Taille sinken und löste den Stoff, damit sie die Finger unter das T-Shirt schieben und nackte Haut finden konnte.

An ihren Fingern spannten sich seine Bauchmuskeln an. „Ich muss dich vorwarnen, meine Vorfreude ist so groß, dass meine Selbstbeherrschung wankt. Andererseits wird meine Erholungszeit auch jenseits von Gut und Böse sein, also tob dich ruhig aus."

„Alles, was ich will?" Julia summte fröhlich, während sie sein T-Shirt nach oben schob. Es wurde zu einem zufriedenen Seufzen, als er ihr rasch half, das Hindernis aus dem Weg zu bekommen. „Ich will eine Menge."

„Ja? Was denn zum Beispiel?" Sein Lächeln strahlte zu ihr herab, noch während er stöhnte. „Ich hoffe echt, eines der Dinge, die du willst, sind deine Hände auf meinem Schwanz. Das wäre was Gutes für ganz oben auf der Liste."

„Vielleicht." Sie beugte sich dichter heran und drückte ihm einen Kuss auf die Brust. Leckte an der Haut und atmete seinen sexy Geruch ein. *„Hmmmm."*

Er stand reglos, während sie langsam um ihn herum schwebte, ihn mit den Fingerspitzen und Lippen neckte. Sie beobachtete ihn genau, um jede Reaktion mitzubekommen, denn es war eindeutig, dass er jeden Augenblick genoss.

Hier war sie auch ehrlich. Das war der Teil, den sie am meisten daran vermisst hatte, mit einem Typen zusammen zu sein. Nicht nur selbst berührt zu werden, sondern auch einem anderen ein wunderbares Gefühl zu verschaffen.

Und als sie die Finger unter den Bund seiner Jeans schob, traf sie den Jackpot. Die Muskeln seines Nackens wölbten sich wie ein Relief, als sein Kopf zurückfiel und er laut stöhnte.

Das Geräusch wurde zu einem Keuchen, als sie die Finger um seinen steifen Schwanz legte. Julia strich darüber, so gut sie konnte, während er noch unter dem groben Stoff steckte.

Als könne er ihre Gedanken lesen, öffnete Zach rasch seinen Knopf und den Reißverschluss, schob den oberen Teil seiner Jeans auch auf ...

Die Klingel läutete, und jemand klopfte heftig an der Tür.

Sie fluchten beide. Zach nahm sie und wirbelte sie beide

zur Eingangstür. Er drückte sie einen Augenblick später an seinen robusten Ständer, bevor er sich vorbeugte, um durch das Seitenfenster zu schauen.

„Teufel noch mal." Er zog die Tür nur einen Spalt breit auf. „Was?"

„Tut mir leid." Josiah klang sehr bedauernd, wenn auch leicht erheitert. „Lisa hat ihre Handtasche vergessen."

Man konnte sich nirgendwo verstecken. Wenn man bedachte, dass sie nicht diejenige war, die halb nackt war, war Julia nicht sicher, warum sie so rot wurde. Josiah marschierte hinüber zur Couch, schnappte sich Lisas Handtasche vom Kissen, dann eilte er zurück dorthin, wo Zach die Tür weit offen hielt, damit er rasch fliehen konnte.

Er hatte sich nicht die Mühe gemacht, seine Jeans wieder hochzuziehen. Vielleicht als Warnung, sich nicht die Mühe mit Small Talk zu machen. Es funktionierte, denn Josiah brach auf, ohne noch ein Wort zu sagen. Allerdings zwinkerte er im Vorbeigehen.

In dem Augenblick, als Zach die Tür schloss, drückten die beiden sich mit den Nasen an das Seitenfenster, beobachteten genau, bis der Truck die Straße entlang verschwand.

Lisa und Karen winkten vom Rücksitz, als wüssten sie, dass sie beobachtet wurden.

Julia kicherte, und Zach nahm sie an den Fingern und führte sie zurück zu ihrem Zimmer, Lachen wirbelte um sie herum.

„Ich hätte wissen sollen, dass sie es nicht schaffen, aufzubrechen, ohne uns eins auszuwischen", beschwerte sich Zach, aber in seinen Tonfall lag Erheiterung.

„Mit solchen Freunden, wer braucht da noch Feinde?", sagte Julia gedehnt. Sie schnappte sich seine hintere Gürtelschlaufe an der Jeans und zog daran, damit er anhielt. „Nicht so schnell. Ich habe da was Interessantes gemacht."

Zach hob die Hände, seine Lider wurden schwer. „Okay."

„Was diesmal offensichtlich heißt, mach ruhig und tob dich an mir aus, ja?"

„Aber so was von", knurrte er.

Sie lernte aus ihrem letzten Fehler und kümmerte sich um seine Hose, bevor sie weitermachte. Sie schob seine Jeans und seine Unterhose bis ganz zu den Knöcheln, dann half sie ihm, aus dem Stoff zu steigen.

Nachdem sie aufgestanden war, holte Julia tief Luft, während sie die langen, muskulösen Beine bewunderte, die den Rest seiner nackten Perfektion stützten. „Wow."

Zach ließ ein Lächeln aufblitzen, noch während er ihre Hände nahm, sie an seinen Oberkörper drückte. „*Wow* doch so viel du willst, aber sag mir, dass du das kannst, während du mich berührst."

„Berühren ist gut. Küssen." Sie trat zu ihm, ließ die Hände über seinen unteren Rücken gleiten. Sie neigte den Kopf, bis sich ihre Lippen begegneten, der Kuss wurde mit jeder Sekunde tiefer und heißer.

Dass sie ganz angezogen war und er völlig nackt, turnte sie auf unerwartete Weise an. Sie fühlte sich mächtig und völlig überlegen. Sie ließ eine Hand zwischen ihre Körper gleiten, um die Finger um seinen Ständer zu legen.

„*Julia.*" Keine Warnung, aber auf jeden Fall ein Flehen, und eines, dem sie unbedingt entgegenkommen wollte. Sie legte ihm ihre freie Hand auf die Brust und ließ ihn rückwärtsgehen, bis er an der Wand stand. Dann nahm sie sich Zeit, streichelte ihn fest, beobachtete, wie die breite Spitze seines Schwanzes immer wieder zwischen ihren Fingern hervorkam. Schaute auf, um sein Gesicht zu mustern, während die Lust sich dort ausbreitete.

Als sie sich vorbeugte und leckte, zischte Luft durch seine Zähne. „*Himmel.*"

Obwohl sie eine ganze Menge Sachen auf ihrer Liste hatte, war plötzlich das wichtigste, Zach völlig das Hirn wegzublasen. Und dazu war Blasen genau das Richtige.

Sie lachte, während sie vor ihm auf die Knie ging, ihre Finger bewegten sich neckend über seinen Schwanz, während sie ihren Mund in Position brachte. Sie war keine Expertin, aber seine Aufregung, das Beben seiner Beine und die unstete Berührung seiner Finger, während er sie durch ihre Haare schob, reichten als Aphrodisiakum, dem sie nicht widerstehen konnte.

Julia legte den Mund über die Spitze seines Schwanzes und saugte dann langsam.

Eine Reihe leiser Flüche kam von seinen Lippen, und die Muskeln unter ihren Fingern spannten sich an, während sie seine Oberschenkel packte.

Zachs Hüften zuckten zu ihr vor, seine Finger in ihren Haaren spannten sich warnend an. „Ich komme."

Er ließ sofort los, und sie hätte zurückgehen können, falls sie das gewollt hätte, doch sie entschied sich, zu bleiben, wo sie war. Sie wollte ihn schmecken, sich weiter um ihn bewegen, während sein Schwanz zwischen ihren Lippen zuckte. Mächtig? Zweifellos. Glücklich? Sie schluckte, dann leckte sie sich die Lippen und lächelte, während er die Hände an die Wand klatschen ließ und Mühe hatte, aufrecht zu bleiben.

„Heilige Scheiße." Zach sagte es, während er ausatmete, griff nach unten, um ihren Arm zu nehmen und ihr aufzuhelfen. Dann zog er sie an sich, bedeckte seinen nackten Körper mit ihrem bekleideten. „Lehn dich kurz mal an mich, bis sich mein Kopf nicht mehr dreht."

Julia stellte fest, dass sie grinste. „Okay."

Er kicherte. „Fräulein, du bist frech."

„Einer von uns muss das doch sein. Ich glaube, du hast gerade ein bisschen deinen Schneid verloren."

Lachen kam auf, und er schmiegte sie dichter an seinen Körper. „Schneid verloren? Du hängst zu oft mit Lisa rum."

„Hey, mach dich nicht lustig über das tolle wortfinderische Talent meiner Schwester." Sie keuchte, während er sie von den Beinen holte und sie zurück zu ihrem Schlafzimmer trug.

„Du hast noch genug Energie, um dreist zu sein. Ich sollte dagegen wohl was unternehmen."

„Das solltest du auf jeden Fall", sagte sie ermutigend. Julia deutete auf ihre Reisetasche, die auf der nächsten Kommode stand. „Das Spielzeug ist in der rechten Tasche."

Er legte sie auf das Bett und kroch über sie, ignorierte ihre Anweisungen. „Später Spielzeuge. Erst mal ich."

Diese Aussage hätte in der Vergangenheit ihre Warnleuchten aufblitzen lassen. Jeder Typ, mit dem sie rumgemacht hatte, war auf den Gedanken gekommen, dass er magische Finger hatte.

Aber das war Zach, und während er sie auszog, hing genug elektrische Energie in der Luft, sie hätte schwören können, sie hatte bereits einen Vibrator zwischen den Beinen.

„Versprich mir, dass du das machst, was dich glücklich macht", warnte Julia. „Ich will kommen, aber ich will auch nicht ..."

Er flüsterte „Ssssch" an ihrer Haut, leise und beruhigend. „Vertrau mir."

Sie konnte es dieses eine Mal tun, aber in dem Augenblick, in dem sich der Frust breitmachte? Dann würde sie auf jeden Fall zu den Zaubertricks in ihrer Tasche greifen. „Okay, was diesmal heißt, berühre mich."

Da war Zach mehr als nur dabei. Er war auch mehr als nur fähig, ihren Puls zum Hämmern zu bringen. Vielleicht hatte es etwas mit dieser Vorfreude zu tun, aber während er sie küsste und neckte, schien ihre Haut zu erwachen.

Er schlüpfte zwischen ihre Schenkel, seine Fingerspitzen

liebkosten sie von den Knöcheln bis zu den Knien. Seine Daumen machten kleine Kreise, bewegten sich immer näher an ihr Innerstes, während er langsam ihre Knie in die Luft drückte. Ihr Geschlecht anschaute, der Hunger in seinen Augen wurde größer. „Ja?"

Je eher, desto besser.

Julia rollte sich hoch und nahm ihn an den Armen. „Berühre mich", wies sie ihn an, während sie ihn dichter heranzog. „Überall."

Bereitwillig kam er näher, seine Finger öffneten sie, sein Mund legte sich auf ihr Geschlecht. Seine Zunge neckte, und seine Lippen bewegten sich wieder an ihr, eine sanfte Berührung, aber eine, die sie überall spürte.

Als seine Zunge auf ihre Klitoris stieß, bog sich ihr Rücken unwillkürlich durch, drückte sich fester an seinen Mund. Sie brauchte mehr. „Das gefällt mir. Du musst nicht sanft sein", sagte sie zu ihm.

Die Worte kamen alle auf einmal heraus, denn gerade jetzt fühlte sich das gut an, und der Druck baute sich auf, aber es gab keine Garantie, dass es so weitergehen würde.

Zach lernte schnell. Die sanften Berührungen wurden fester. Seine Zunge neckte nicht mehr, sondern schnalzte in einem fordernden Rhythmus, der sie zum Keuchen brachte. Und als er den Mund schloss und saugte, standen ihr die Haare im Nacken zu Berge. „Oh. Mein. *Gott.*"

Zwischen ihren Beinen erklang ein leises Lachen, aber er hörte nicht auf. Plötzlich flüsterten Finger über die Ränder ihres Geschlechts. Neckten, glitten nicht weiter hinein als vielleicht bis zum zweiten Knöchel.

Als er sie weiter in derselben Tiefe liebkoste, verschwand die Anspannung, die hochgeschossen war, dass er ihre Konzentration brechen würde, und sie ließ sich dort unten auf all die guten Dinge ein, die vorgingen.

Seine Finger wiegten sich hinaus und wieder hinein, noch während er den Druck auf ihre Klitoris erhöhte und fest daran saugte.

Sie kam. Unerwartet, hart und schnell. Lust brach über sie herein, und sie stieß die Knöchel ins Bett, ihre Hüfte rieb sich an seinem Gesicht.

Zach lachte, machte aber weiter, zumindest bis sie die Finger in seinen Haaren vergrub und fest genug zog, dass er die Versiegelung seines Mundes löste.

„Langsam", keuchte sie. „Langsam."

Er brummte und kehrte zurück, um zart ihre Schamlippen zu küssen. Mit der Zunge sanft über ihre angeschwollene Haut zu streichen, während weiterhin Endorphine in ihrem Körper kreischten.

Als die Nachbeben ein Ende fanden, kroch er neben ihr auf die Matratze und wischte sich den Mund ab, bevor er sie breit angrinste. „Das hat Spaß gemacht. In ein paar Minuten Runde zwei?"

Lieber Gott. „Das könnte mich umbringen", warnte sie ihn.

„Wir machen langsam. Aber du hast doch alle möglichen Spielzeuge dabei, die wir noch nicht benutzt haben. Außerdem habe ich dir ein neues gekauft. Ich kann nicht erwarten, es auszuprobieren."

Julia schoss auf die Ellbogen hoch und starrte ihn verwundert an. Ihre früheren Freunde hatten es alle verabscheut, wenn sie nach einem Vibrator gegriffen hatte. „Du hast mir ein Toy gekauft?"

Er nickte. Begierde kam zu der Freude in seiner Miene hinzu. „Das nennt man Womanizer, und es soll unfassbar sein. Ich brauche mal deine Einschätzung dazu, bevor ich der Werbung glaube. Recherche ist wichtig, das weißt du."

Erheiterung blitzte auf. „Echt jetzt? Sextoys Ausprobieren ist die dritte Recherche?"

„Natürlich." Er rollte über sie, ihre nackten Körper waren ganz rutschig vor Hitze und der Verheißung einiger sehr angenehmer Erinnerungen. „Ich bin sehr gründlich bei der Recherche", warnte er. „Ich hoffe, du hast heute Vormittag deine Vitamine zu dir genommen."

18

Julia war auf dem Weg durch die Tür, unterwegs zur Arbeit, als Zach neben ihr hochschoss. „Da hast du es."

Sie nahm den Umschlag, den er ihr hinhielt, entgegen. „Was ist denn das?"

„Meine Hausaufgaben. Ich habe Alan eine E-Mail geschickt, um ihn wissen zu lassen, dass ich wie gefordert den ersten unserer monatlichen Briefe abgegeben habe." Er verdrehte dramatisch die Augen, eine gute Darstellung als genervter Teenager. „Ich gebe dir seine E-Mail, damit du es später auch machen kannst."

Diesen Teil der Regeln hatte sie fast vergessen. „Ich habe meinen noch nicht geschrieben."

Zach wedelte mit der Hand. „Wir haben am Einunddreißigsten geheiratet, also ist es ja nicht so, als wären wir spät dran. Ich dachte, es wäre leichter, am Ende des Monats daran zu denken, statt am Anfang. So oder so ist hier meiner."

Julia schüttelte ihn. „Wie lang ist deiner?"

Er kicherte.

Nun war es an ihr, die Augen zu verdrehen. „Du bist so ein Scherzkeks. Ich habe den Brief gemeint."

„Ich lache trotzdem, Liebling. Es spielt keine Rolle, wie lang meiner ist, dein Brief ist dein Brief."

Sie tat so, als würde sie die Lippen schürzen. „Heißt das, dass ich deinen nicht erst lesen darf?"

„Mach, was dich glücklich macht." Er drückte ihr einen raschen Kuss auf die Wange, dann nahm er zwei Stufen auf einmal zur Veranda und pfiff, während er weiter zur Ranch ging. „Wir sehen uns später. Heute Abend sind es Kochabenteuer mit Zach. Wir werden versuchen, asiatische Nudel-Bowls nicht anbrennen zu lassen."

„Klingt toll."

Sie warf den Umschlag auf das Armaturenbrett, wo er sie die ganze Fahrt zur Stadt über anstarrte.

Da sie auf den Parkplatz der Feuerwache fuhr, als gerade die Türen aufgingen und das Feuerwehrauto herauskam, bedeutete das, dass alles aus ihren Gedanken wich, bis auf die Tatsache, sich so schnell wie möglich dem Rest des Teams anzuschließen.

Es war erst nach dem Mittagessen, als sie endlich wieder zurück auf der Wache war, nachdem sie das Buschfeuer gelöscht hatten, hatte Julia Zeit, sich mit dem Dilemma zu befassen.

Würde sie erst ihre Aufgabe erledigen, oder Zachs lesen, um zu sehen, wie offen und direkt er gewesen war?

Sie tippte auf den Umschlag auf dem Tisch vor ihr, die geistige Debatte tobte laut, bevor sie seufzte und seinen Brief senkte, um einen ihrer stets anwesenden Blöcke heranzuziehen. Die Wahrheit war, sie befand sich in der wunderbaren Lage, beides zu tun. Sie konnte eine Nachricht schreiben, dann die von Zach lesen, und es falls nötig neu schreiben, um sich seinem Tonfall anzupassen. Es war nur irgendwie gemogelt.

Da sie es sowieso neu schreiben würde, machte sie sich nicht die Mühe, es schick zu gestalten. Sie warf einfach das hin, was gesagt werden musste.

30. September.

Nachdem ich in eine unmögliche Situation geworfen wurde, kann ich zurück auf diesen ersten Monat schauen und sagen, dass er nicht schrecklich gewesen ist. Ich kann immer noch nicht glauben, dass wir hier gelandet sind, und nur, um es klar zu sagen, Tequila Shots stehen für uns nie wieder zur Debatte.

Das ist der Teil des Briefes, in dem ich ausschweifend werde, damit er mindestens eine Seite lang wird. Nur für den Fall, dass dir das nicht klar war.

Positive Dinge: Unsere To-do-Liste war unterhaltsam. Alle drei Aktivitäten von mir haben Spaß gemacht.

Yoga bekommt von mir eine solide Acht, denn es ist körperlich herausfordernd, aber auch unterhaltsam, dich anzuschauen. Danke, dass du dazu gute Miene machst. Wenn du vielleicht mal engere Klamotten oder weniger anhast, könnte es Yoga sogar auf eine Neun schaffen.

Es war so wunderbar, regelmäßig reiten zu gehen. Mir ist nicht klar gewesen, wie sehr ich das vermisst hatte. Karen hat auch gesagt, sie würde mich helfen lassen, Moonbeam auszubilden, wenn die Zeit kommt, das ist also was, auf das ich mich freue.

Rummachen – das war sehr viel interessanter, als ich erwartet habe. Das ist alles, was ich zu diesem Thema gerade jetzt sagen möchte. Ja, ich werde rot, während ich das schreibe.

Sie schrieb ein wenig mehr, erwähnte seine drei Einträge, aber als sie fertig mit dem Lesen dessen war, was sie hingeschrieben hatte, war es schon über eine Seite – und um ehrlich zu sein – verdammt trocken.

Was sie mitgeteilt hatte, war ein Tatsachenbericht mit dem winzigsten Hauch Wahrheit, der sich hineinmischte.

Wollte sie mehr sagen? Wollte sie darüber reden, wie sie Zeit mit seinen Freunden und ihren Schwestern verbracht hatten, die sich größer angefühlt hatte als ein zufälliges Zusammentreffen?

Dass sie irgendwie zum ersten Mal in ihrem Leben allmählich diese Menge an Familie verstand, die sie nie zuvor im Leben erfahren hatte. Dass es sie sowohl begeisterte als auch entsetzte, und sie war nicht sicher, weshalb.

Julia schob den Aufruhr in ihren Eingeweiden beiseite und griff entschlossen nach Zachs Brief. Sie riss ihn mehr oder weniger aus seinem Umschlag, knallte ihn auf den Tisch vor sich und stürzte sich darauf.

Zachs vertraut schlampige Handschrift erstreckte sich über zwei Seiten.

30. September.

Vor einem Monat, ein paar Tage weniger, hast du zugestimmt, ein großes Opfer zu bringen, um mir den Arsch zu retten. Ich bin sehr dankbar.

Ich weiß, dass diese ganze Situation viel ist. Du musst einen Brief schreiben, zusätzlich dazu, dass du dich täglich mit meinem dummen Arsch herumschlagen musst. Das ist einfach fies – der Teil mit dem Brief, meine ich. Mein Arsch ist nicht fies, der ist nur nervig.

Ich habe darüber nachgedacht, was ich schreiben soll. Ich dachte, du würdest vermutlich eine detaillierte Analyse unseres letzten Monats basierend auf den Notizen in deinem Tagebuch abgeben, vielleicht mit Zahlen und Spiegelstrichen. Darum versuche ich, diesen Monat deine Sprache zu sprechen.

DIE REGELN
•diesmal keine weiteren Zusätze.

Ich glaube, du solltest trotzdem ein Datum auf die ursprüngliche Seite schreiben und eine neue anlegen, die etwas weniger unordentlich ist. Echt mal, Julia, ich weiß nicht, wie du alles im Kopf behalten kannst, wenn du es dir immer wieder anders überlegst :-)
(Hinweis – ich bin sehr froh, dass du es dir anders überlegt hast)

DIE AKTIVITÄTEN
•Yoga: ich würde gern um ein paar weitere dieser Bewegungen bitten, wo ich auf dem Bauch liege. Besonders, wenn du darauf bestehst, diese blassrosa Yogahose zutragen. Ähem. Zu offen?

•Tanzen: null Veränderungen auf unserer Tanzkarte..

Moment – streich das. Ich möchte dich warnen, falls Trevor Daniels versucht, mir wieder in die Quere zu kommen, wird es Konsequenzen geben. Es ist nicht so sehr, dass ich nicht will, dass du jemals wieder mit anderen Typen tanzt, sondern dass er total scheiße ist. Es besteht die große Chance, dass ihr in ein weiteres Paar knallt, und sie wird ständig höher, jedes Mal, wenn es dieser Trottel versucht. Sorge nicht dafür, dass ich einschreiten und über die Tanzfläche hechten muss, um dich zu retten.

•Reiten: keine Veränderungen.

Ich weiß die Red Boot Ranch jedes Mal mehr zu schätzen, wenn wir ausreiten. Verdammt. Da draußen ist es schön.

•Kochen: das mit dem Hackbraten tut mir leid. Er war echt eklig, aber zu meiner Verteidigung stand in dem Rezept was von Haferflocken. Mir war nicht klar, dass die Packung, die ich hatte, Pfirsich- und Sahnegeschmack hatte.

•Recherche: Daumen hoch. Ich würde irgendwann mal gern in die Staaten rüber. Willst du bis November warten? Sobald du mit deinen Sanitäter-Schichten fertig bist? Muss man besprechen. Ansonsten wusste ich es wirklich zu schätzen, dass du dabei warst. Du bist eine gute Gesellschaft, und deine Kommentare zu den Getränken und dem Essen helfen sehr.

Was andere Sorten der Recherche angeht? Heh-heh. Siehe nächste Notiz.

•Rummachen: Hier ist auf jeden Fall eine Beschwerde festzuhalten.

Ich muss immer noch den blauen oder den neongelben Vibrator in Aktion sehen, das ist offen gesagt eine echte Schweinerei.

Weiter in den Oktober. Ich hoffe, du genießt den letzten Monat, in dem du mit dem Team unten an der Feuerwache arbeitest. Lass mich wissen, falls es irgendwas gibt, was ich tun kann, um

*es dir leichter zu machen, ob es der Übergang in der Arbeit ist
oder irgendetwas anderes.*

Du bist eine verflixt gute Frau und ein echt guter Mensch.

Julia starrte auf das Blatt hinab, dann auf ihren eigenen
Brief.

Er hatte den Nagel auf den Kopf getroffen, dass sie die
Kommentare ordentlich abgeben würde, obwohl er ihr etwas
voraushatte, weil er tatsächlich Spiegelstriche benutzt hatte.

Sie faltete seinen Brief so klein zusammen, dass er in die
Lasche hinten in ihrem Tagebuch passte.

Dann schrieb sie ihre eigene Nachricht neu, einfach, um es
ordentlicher zu machen, und nutzte seinen Umschlag. Nur
dass sie zögerte und ihre Farbstifte herauszog. Sie verzierte die
Außenseite mit winzig kleinen Bildern und Worten.

Als sie fertig war, sah die Oberfläche aus der Ferne aus,
als hätte sie bunt gefärbtes Konfetti drüber verstreut. Erst aus
der Nähe wurden die kleinen Worte in Großbuchstaben
deutlich. YOGA und REITEN und der Rest von ihnen,
darunter das eine, das sie zum Kichern brachte –
RECHERCHE.

Und die Bilder? Ihre Yogamatten waren klar, obwohl einige
ihrer Mini-Pferde aussahen wie Hunde. Die winzig kleinen
Vibratoren waren allerdings perfekt zu erkennen.

Julia sorgte dafür, dass sie so locker wie möglich war, als sie
ihm den Umschlag beim Essen an diesem Abend
zurückreichte. „Das geht an dich, Baby.“

Zach hielt inne, er war gerade dabei, seinen Suppenlöffel
zu heben. Er hob eine Augenbraue, nahm aber den Umschlag
an, sein Lächeln wurde breiter, als er ihn sich näher anschaute.
„Das ist urkomisch.“

Sie erwiderte das Grinsen, konzentrierte sich auf die

leckere Suppe und die Schale vor ihr, während er vorsichtig das Blatt heraushob und es las.

Während er rasch nickte, steckte er den Brief zurück in den Umschlag, erhob sich und legte ihn sorgsam auf den Kühlschrank, bevor er zurückkehrte. „Ich habe auch Spaß. Aber offensichtlich hast du das in meinem Brief gelesen."

„Ich fand das mit den Spiegelstrichen echt gut gemacht", sagte Julia kokett.

„Na, danke." Er lehnte sich vor, schaute ihr in die Augen, darin stand Schabernack. „Ich denke aber, dass deine Vibratoren ein wenig überproportional sind. Vielleicht sollten wir bei unserer nächsten Recherche ein Lineal rausholen und ..."

„O mein Gott", erwiderte Julia lachend. „Was ist das denn mit Kerlen und Linealen und Schwänzen? Und das ist nicht mal eine rhetorische Frage, denn man möchte ja nicht glauben, wie oft dieses Thema unten auf der Feuerwache aufkommt."

Ein herzhaftes Lachen brach aus ihm hervor. „Ich glaube nicht, dass ich das wissen möchte."

Julia änderte das Thema, aber nur leicht. „Wo wir gerade bei Recherche sind ..."

Zachs Miene wurde lustvoll.

Sie beugte sich auch vor, senkte die Stimme. „Wann ist unser nächster Ausflug geplant? Mich verlangt es irgendwie nach einem Lager."

Seine Brust hob und senkte sich, als er stumm lachte, und er rückte zurück, um die Arme vor der Brust zu verschränken. „Genau das meine ich. Man macht einem Kerl Hoffnung, und dann wirft man ihn in einen grausamen Bottich mit Hopfen und Maische."

„Klingt nach Kink. Auch versaut. Ich glaube, wenn wir wo rummachen, wo Flüssigkeit eine Rolle spielt, sollte es die Dusche sein."

„Abgemacht." Er sagte das sofort, schnappte sich den kaum angefangenen Oktober-Kalender vom Kühlschrank und fügte RECHERCHE am nächsten Dienstag an. Gleich zwischen REITEN am Montag und YOGA am Mittwoch. „Du bringst die Toys, und ich bringe das Lineal. Wir treffen uns in der Dusche – sei bloß nicht zu spät."

Es war leicht, mit ihm zusammen zu sein. Einen Hauch Albernheit zu genießen, selbst wenn sie verdammt gut wusste, dass das Warten bis Dienstag, um sich herumzutollen, eine weitere Gelegenheit war, dieses ganze Vorfreude-Ding noch mal beweisen zu lassen, dass die richtige Art Anspannung Wunder für ihre Libido wirkte.

Ein Monat erledigt, elf vor ihnen. Es würde nicht langweilig werden.

AN DIESER STELLE in ihrem Spiel dachte Zach nicht mehr, dass er sich die Dinge nur einbildete. Nein. Irgendwann mitten im Oktober war klar geworden, ganz gleich, wie oft er die Toilettenpapierrolle umgedreht hatte, sie endete immer wieder in der gegensätzlichen Richtung.

Wenn man bedachte, dass die Bewohner der Hütte, die mit der besagten Toilettenpapierrolle Unfug treiben konnten, sich auf nur zwei Leute belief, wusste er genau, wer sein Gegner war. Warum aber Julia beschlossen hatte, wegen dieses besonderen Themas Krieg zu führen, war er sich nicht sicher.

Es war witziger, sie nicht über Einzelheiten zu befragen und einfach weiter in den Kampf zu ziehen.

Das letzte Mal, als er die Rolle gerichtet hatte, damit sie nach vorne hing, hatte er eines der echt dicken Gummis von einer Brokkolistaude genommen und damit den Rand des

Halters festgeklemmt, damit Julia, wenn sie sie umdrehen wollte, mehr als ihre üblichen paar Momente brauchen würde.

Beim nächsten Mal war er zurückgekehrt, um festzustellen, dass sie sein Gummi abgenommen, die Rolle umgedreht und irgendwie den mittleren Kartonring festgeklebt hatte, sodass er sie nicht umdrehen konnte, ohne das ganze Ding zu ruinieren, wozu er zu geizig war. Also ließ er es und grollte jedes Mal erheitert, wenn er sich mit dem Beweis herumschlagen musste, dass sie in ihrem Schlagabtausch ums Klopapier derzeit vorne lag.

Es war eine kleine Erheiterung, die zu all den anderen positiven Dingen dazukam, die sich bei ihnen abspielten. Nicht nur die wöchentlichen Aktivitäten, sondern auch als er Delilah verstaute, ließ er sich von Julia helfen. Er bezog sie in das Gespräch über seine Pläne in der Zukunft für das Brewster-Gebäude unten in Heart Falls ein. Wollte ihre Gedanken dazu hören und einige frische Ideen bekommen, und es machte unendlich Spaß.

Hoffnung baute sich auf, dass sie einen guten Start hinlegten, wenn man alle Dinge einbezog.

Als es Ende Oktober wurde, begann Zach seinen nächsten Brief zu planen. Er dachte, jeden Monat würde er den Einsatz ein bisschen erhöhen und mehr von seinen Gefühlen preisgeben, obwohl es wichtig schien, dass er kleine Schritte machte.

Außerdem hatte er beschlossen, dass er diesen Monat die Ränder seines Briefes mit kleinen Bildern verschönern würde, genau, wie es Julia getan hatte.

Nach dem Abendessen war das Haus leise, da Julia über Nacht arbeitete. Zach marschierte nach draußen, eine warme Jacke übergezogen, denn der Abend wartete mit kühlen Temperaturen. Das war eines der seltenen Jahre, in denen es noch nicht geschneit hatte, obwohl klar war, dass der Winter jederzeit eintreffen konnte.

Auf der anderen Seite des Hofes winkte Finn ihn herüber. Sein bester Freund wirkte derzeit erstaunlich zufrieden, während er und Karen zusammen weiter daran arbeiten, ihr Heim zu bauen und die Red Boot Ranch für die Eröffnung nächstes Jahr im Frühling vorzubereiten.

Zach nahm sich Zeit, um über den Hof zu gehen, erfreut über die Erkenntnis, dass in nur ein paar Tagen Julia auch Vollzeit auf der Ranch arbeiten würde. Das würde Gelegenheiten schaffen, dass sie zusammen waren, und er freute sich enorm darauf.

„Du siehst aus wie eine Katze, die am Sahnetopf genascht hat", bemerkte Finn trocken.

„Julias Abschiedsparty ist morgen Abend. Sie hat nur noch eine Nachtschicht, bevor sie ganz mir gehört." Zach hielt inne. „Ich meine *uns*. Da sie ab nächster Woche Sanitäterin für die ganze Ranch wird."

Sein Freund lachte leise, wies mit dem Kopf auf seinen Truck. „Ich glaube, beim ersten Mal hast du das schon richtig gesagt. Du hast auf jeden Fall den Besitz beansprucht."

Zach passte sich Finns Geschwindigkeit an, ohne eine Frage zu stellen, bis sie im Truck und in die Stadt unterwegs waren. „Hast du schon erzählt, wohin wir fahren?"

„Nö." Finn starrte auf der Straße nach vorne.

Zach zögerte. „Sollte ich wissen, wohin wir fahren?"

Finn schnaubte. „Dieses Mal nicht. Deine Konzentration hat zwar in den letzten paar Monaten total nachgelassen, aber diesmal kann ich dir deine Verwirrung nicht zum Vorwurf machen, weil du von Julia besessen bist."

Da konnte er zu seiner Verteidigung nicht viel sagen, darum lehnte Zach sich zurück, genoss die Fahrt und lächelte, als sie in den Hof vor Josiahs Haus fuhren. „Braucht er etwa kostenlose Arbeiter?"

„Auf jeden Fall. Seine Schwester hat ein Päckchen mit Hochprozentigem aus Irland geschickt. Ich habe uns freiwillig gemeldet, dass wir es verköstigen."

Zach drückte seinem Freund die Schulter, bevor er aus dem Truck sprang und ihm sich auf dem Weg zum Haus hinauf anschloss. „Habe ich dir in letzter Zeit schon dafür gedankt, dass du mein zweitbester Freund bist?"

„*Zweitbester?*"

Zach öffnete Josiahs Tür, ohne zu klopfen, dann stieß er einen lauten Pfiff aus. „Hey, bester Kumpel. Wo bist du? Und wo ist der Schnaps?"

Gelächter erklang einen Augenblick, bevor Finn ihn mit der Faust in den Arm stieß. „Du Arsch."

Sie grinsten einander an, während Josiah aus der Küche rief. „Ihr zwei seid auf Ärger aus. Kommt schon. Wir müssen uns auf den neuesten Stand bringen. Ganz zu schweigen von Trinken."

Eine Stunde später war der Bereich um die Feuergrube voller leerer importierter Bierleichen und einer hübschen Sammlung offener Whiskeyflaschen.

„Ich sage nicht, du solltest es ihr gleich direkt sagen, aber gleichzeitig, warum sagst du es nicht gleich?" Josiah wirbelte seinen letzten Nachklapp im Glas herum, während er in die Tiefen der Flüssigkeit starrte und sich zum dritten oder vierten Mal an diesem Abend wiederholte.

Ein sogar für ihn sehr dramatischer Seufzer entschlüpfte Zach. „Ich habe ihr gleich am Anfang gesagt, dass ich echt mit ihr zusammen sein wollte. Die Dinge wurden nur sehr viel schneller um eine ganze Ecke komplizierter, als ich erwartet habe."

„Entkompliziere sie." Finn schüttelte den Kopf. „Achte gar

nicht auf uns. Du bist derjenige mit dem unheimlich guten Bauchgefühl. Wenn du glaubst, langsam und stetig ist nach zwei Monaten verheiratet sein immer noch der richtige Weg, dann soll es so sein."

„Langsam und stetig. Klingt, als wärst du draußen unterwegs, um Weideland zu bearbeiten, anstatt jeden freien Moment im Schlafzimmer zu verbringen und sie zu überzeugen, dass du ein guter Fang bist." Josiah schüttelte traurig den Kopf.

Zach hatte wohl ein Geräusch von sich gegeben, oder vielleicht hatte er wieder geseufzt, denn plötzlich schauten ihn die beiden Männer betont an.

Eine sehr berechnende Miene trat auf Finns Gesicht, und er kniff die Augen zusammen. „Jeden freien Moment …?"

„… im Schlafzimmer?" Josiah stand der Mund offen. „Du bist gerade zusammengefahren, als ich das Schlafzimmer erwähnt habe. Bitte sag mir, dass du und Julia nicht immer noch in unterschiedlichen Zimmern schlaft."

„Wir führen diese Unterhaltung nicht", sagte Zach so entschlossen wie möglich. Einen Augenblick später griff er nach unten, um ein paar herumliegende Holzschnitzel zu finden, damit er sie auf seine grinsenden Freunde werfen konnte. „Schwirrt ab. Ich rede mit euch nicht über mein Sexleben."

„Offensichtlich, denn du hast keins", entgegnete Finn trocken. „Ich dachte, die Idee wäre, dass du dein übliches unwiderstehliches Ich an den Tag legst. Wie kommt es, dass ihr beiden euch noch nicht in den Laken wälzt?"

„Wir machen schon rum", gab Zach zu. „Wir haben Spaß. Jetzt lasst es auf sich beruhen, außer du willst, dass ich bespreche, wie oft ich mir in den letzten fünf Jahren anhören musste, wie du von Karen schwärmst."

Sie waren gut genug befreundet, dass sie zuhörten, oder zumindest einen Moment lang so taten.

Viele Stunden später erschienen Lisa und Karen, beide eindeutig amüsiert, neben ihnen am Feuer.

Lisa legte eine Hand auf Josiahs Schulter. „Hi, Liebling. Haben du und die Jungs euch von allem was genehmigt?"

Josiah winkte mit seinem leeren Glas, bevor er ihre Finger nahm und sie auf seinen Schoß herabzog. „Ich habe mir noch nicht alles genehmigt. Aber das können wir ändern."

Sie drückte ihm einen Finger auf die Lippen und lachte, während sie ihn zurechtwies. „Mach mich nicht vor meiner großen Schwester verlegen. Sie muss ja nicht wissen, welche versauten Spiele wir spielen."

„Was das angeht, bevor jemand noch was sagt, das ich bedauern werde, gehört zu haben, lass mich die Bierleiche hier nach Hause bringen. Oder die beiden Bierleichen", verbesserte sich Karen, während sie Finn auf die Beine zog und den Finger vor Zach krümmte. „Kommt schon, ihr wilden Männer. Ich fahre, und wir holen euren Truck später ab. Du holst dir besser mal etwas Schlaf, Zach. Julia will dich sicher für ihre Party morgen Abend in Bestform."

„Er darf keine Party machen. Bei ihm steigt da nichts. Völlig tote Hose." Josiahs Worte waren kaum hörbar, seine Lippen waren an Lisas Hals vergraben.

Sie kicherte. „Was?"

Zach dachte darüber nach, seinem Freund eine Hand vor den Mund zu schlagen, beschloss aber, dass er vermutlich angetrunken genug war, dass er vorbei schlagen und Josiah stattdessen ein blaues Auge verpassen würde. Das würde womöglich wehtun.

Ha. Vielleicht war das gar keine so schlechte Idee.

Zach erinnerte sich nicht an die Einzelheiten, aber er war immer noch im Bett, als Julia von der Arbeit heimkam. Dieser

Teil war sonnenklar, denn sie kam direkt in sein Schlafzimmer gestürzt und sprang aufgeregt auf der Matratze auf und ab.

„Ich bin fertig. Ich bin fertig. Ich hatte eine gute Zeit, und ich bin froh, dass ich die Ausbildung gemacht habe, aber ich freue mich so sehr darauf, auf der Red Boot Ranch zu arbeiten." Sie hielt inne, stützte sich auf die Hände und Knie neben ihm, während sie ihn genauer musterte. Ihre Erheiterung wurde größer. „Hast du einen Kater?"

„Sei nicht grausam", flüsterte Zach.

Ihr Gesicht verzog sich schelmisch. Sie kniete sich aufrecht hin und tat so, als würde sie sich ein Mikro an den Mund halten. „To a heart that's blue."

Als sie ihm weiterhin Elvis vorsang, ziemlich schlecht mit zunehmender Lautstärke, gab Zach auf. Er nahm sie in eine riesige Umarmung und rollte sie unter sich. Knabberte an ihrem Hals und kitzelte sie, bis sie vor Lachen brüllte.

Als sie schließlich losließ, rollte er sich weg und zog sie auf die Beine. Er küsste sie auf die Stirn, dann wandte er sie bestimmt Richtung Bad. „Ich gratuliere zum letzten Tag. Jetzt hol dir etwas Schlaf. Ich höre, dass es zu deiner Ehre heute Abend eine Party gibt."

Es brauchte eine Menge Kaffee und ein bisschen Schmerzmittel, aber bis er Julia durch die Tür im *Rough Cut* führte, war Zach hundertprozentig wiederhergestellt.

Es war eine ziemlich ruhige Party, da Leute auftauchten, wann immer es für sie funktionierte, und vorbeikamen, um Julia die Hand zu schütteln oder, falls angemessen, sie zu umarmen.

In der Zwischenzeit tanzten Zach und seine Freunde abwechselnd mit ihren Damen, Musik und Energien schossen höher, während der Abend fortschritt.

Als Brad mit seiner Frau Hanna kam, drückte Julia Zach fest und riss ihn über die Tanzfläche dorthin, wo sie warteten.

„Schön, euch beide zu sehen", merkte Zach an. „Danke, dass ihr meine neue Mitarbeiterin des Monats ausgebildet habt."

Hanna zwinkerte, dann wandte sie sich an Julia. „Ich bin froh, dass du noch in der Nähe bist. Ich bin dran, nächsten Monat den Mädelsabend zu organisieren. Ich habe mich gefragt, ob du mir helfen würdest."

„Das wäre toll. Ich melde mich diese Woche", sagte Julia mit einem Lächeln. Brad bot ihr seine Hand. „Es war ein Privileg, mit dir zu arbeiten. Und mir geht es auch so, ich bin froh, dass du noch in der Nähe sein wirst." Er schüttelte ihr die Hand, dann drückte er sie, als Julia zu einer Umarmung näher kam. Über ihre Schulter schaute er Zach an. „Es ist gut, zu sehen, dass du dich in der Gemeinde niederlässt."

„Heart Falls fühlt sich echt wie Heimat an", sagte Julia, die sich wieder löste.

Zach schaute sich um, aber niemand schien in negativer Weise auf sie aufmerksam geworden zu sein. Trotzdem war es nicht schlecht, proaktiv zu handeln.

Er nahm Brads Hand selbst und klopfte ihm herzlich auf den Rücken. „Danke, dass du für Julia ein so guter Mentor warst. Das hat etwas ausgemacht."

Er wollte noch etwas zu allem anderen sagen, für das er dankbar war, aber das waren nicht der richtige Ort und die richtige Zeit.

Als Zach Julia zurück auf die Tanzfläche führte, wurde ihm klar, dass er völlig mit Julia übereinstimmte. Jedes Opfer, das sie brachten, um Brads Ruf intakt zu halten – das war es wert. Auf jeder einzelnen Ebene.

Obwohl es kein allzu großes Opfer war, Julia in den Armen zu haben.

Sie tanzten einen raschen Two-Step, dann endeten sie irgendwo am Rande des Raums, als die Musik zu einer langsamen Ballade wurde. Zach richtete sie in seinen Armen neu aus, die Hand an ihrem unteren Rücken, damit er ihre Körper so dicht zusammenbringen konnte, dass es beinahe schon nicht mehr öffentlich hinnehmbar war.

„Jemand ist hier aber ziemlich dreist", murmelte Julia, ihre Hände um seinen Hals gelegt. „Ich nehme an, du bist über deine leichte Unpässlichkeit heute Vormittag hinweg?"

Er antwortete nicht. Er nutzte nur die Gelegenheit und schob ein Bein zwischen ihre, sodass sie sich noch näher aneinanderschmiegten. Sein Oberschenkel streifte ihr Geschlecht bei jedem Schritt, und es dauerte nicht lang, bevor ihre Atmung unregelmäßig wurde.

Julias Wangen glühten, und ihre Augen leuchteten, als würde sie entweder Mord oder Chaos in Betracht ziehen. „Zach. Was machst du da?"

Er wirbelte sie herum, dann hob er sie an seinem Körper nach oben. Das darauf folgende langsame Herabrutschen über seinen Oberschenkel zwang ein Stöhnen von ihren Lippen. „Wenn du nicht erkennst, was ich mache, dann mache ich das nicht sonderlich gut."

Ein halbes Lied später strömte ihr Atem in raschen Zügen über seine Wange. „Du bringst mich um, Baby."

Er war echt gut darin, sich auch selbst zu quälen. Zach schaute sich im Raum um und sah einen Personalkorridor, der zu den Lagerräumen hinten führte. Langsam tanzte er mit ihr in die Schatten und außer Sicht.

Die Musik war noch hörbar, darum tat er weiterhin so, als würde er tanzen, aber es war eine ziemlich schmutzige Runde, die versprach, ein spektakuläres Finish bringen.

Julia rieb sich fester an seinem Bein, von ihren Lippen kamen leise Geräusche, die auch ihn immer näher an den Abgrund brachten. Zach biss die Zähne zusammen, damit er nicht fluchte. Damit er sie nicht beide auszog, gleich hier und jetzt, und sie flach hinlegte und heftig in sie hinein stieß.

Sie nahm ihn an den Ohren, riss sie ihm verdammt noch mal fast ab, während sie ihre Münder zusammenbrachte. Sie küsste ihn wie wild, ihre Hüften pulsierten in einem Rhythmus, der ganz klar sagte, dass das Ende in Sicht war. Er konzentrierte sich voll darauf, für sie da zu sein. Zu sein, was sie brauchte. Griff fester um ihren Arsch, damit sie sich ein bisschen mehr Hebelwirkung verschaffen konnte.

Ihr Keuchen strömte an seinen Lippen vorbei. Er drängte sie weit genug, um in ihre aufgerissenen Augen zu schauen, während ihre Züge sich anspannten und ihre Lippen sich zu einem perfekten Kreis öffneten.

Ihr wiegender Rhythmus ließ nach, aber er hielt sie dicht an sich, zog sie höher hinauf.

Das war es.

„Zach.“ Sie stöhnte seinen Namen, bevor das Wort sich in ein lang hinausgezogenes Beben verwandelte, das auch bei ihm die Sicherungen durchbrennen ließ. Er kam, während er ihr ins Gesicht schaute, liebte, wie die Lust weiter wuchs, während sie sich völlig locker an ihm entspannte.

Sie etwas zu sehr entspannte, wenn man bedachte, dass er in keinem Teil des Körpers mehr Blut hatte, außer in seinem Schwanz. Seine Beine bebten, und er schaffte es kaum, sie neu auszurichten, bevor er auf den Boden glitt. Mit dem Rücken an die Wand gestützt, landete er mit Julia aus dem Schoß, die Beine ausgestreckt bis ganz in den Gang.

Ihr Atem bebte jetzt, nicht nur wegen der Leidenschaft, als sich ein leises Lachen hineinmischte. „Wir sind furchtbar“, flüsterte sie. „Wir sind in der Öffentlichkeit.“

„Zumindest sind wir nicht mitten auf der Tanzfläche“, erklärte Zach.

Sie schnaubte, tippte ihm mit den Fingern an die Brust. „Zumindest das nicht.“

Die Musik spielte in der Ferne, während sie in den Schatten saßen. Geheim, und doch nicht. Zach holte tief Luft und drückte ihr einen Kuss auf die Schläfe. „Schönen Ruhestand. Willkommen auf der Ranch.“

Sie lachte, bevor sie sich eine Hand vor den Mund schlug und dann zurück auf die Tanzfläche starrte, als könne ein gewisser jemand sie jeden Augenblick sehen.

Als sie sich zurückdrehte, um seinen Blick zu treffen, wirkte sie immer noch viel zu erheitert. „Vielen Dank. Jetzt glaube ich, dass wir uns besser mal von meiner eigenen Party schleichen.“

Da hatte er keine Einwände. Und so unangenehm es in diesem Augenblick auch war, er würde an diesem Abend rein gar nichts ändern.

19

———

*D*er Schnee traf nicht mal zwei Tage nach dem Anbruch des Novembers mit Vehemenz ein. Zach war enorm unterhalten davon, wie aufgeregt Julia war, als sie aus dem Fenster der Hütte schaute, eine Kaffeetasse in der Hand.

Ihr Glück ließ den Raum strahlen, und er trat neben sie, um zu sehen, weswegen sie auf der Stelle vibrierte. „Was bist du denn so aufgeregt?"

„Es ist einfach so schön", sagte sie. „Deshalb liebe ich es hier in Alberta. Winter bedeutet rein weiße Felder, soweit das Auge reicht, statt grauer Himmel und Regen."

„Ich liebe es auch, aber denk dran, es hat auch seinen Preis. Wir werden irgendwann einen Kälteeinbruch bekommen. Und sie reden bereits von El Niño, was rund um Weihnachten zu extremen Schneefällen führen wird."

Julia schüttelte entschieden den Kopf. „Nein. Du kannst meine Freude nicht schmälern. Tatsächlich ..." Sie stellte ihre Kaffeetasse ab und nahm ihm seine aus den Fingern, schnappte sich seine nun freie Hand und zog ihn dorthin, wo ihre Stiefel und Jacken ordentlich an der Tür warteten. „Komm schon. Gehen wir spazieren.“

Ihre Aufregung war nicht nur ansteckend, sie war köstlich. Der Drang, ihre Finger zu halten, während sie marschierten, war fast unmöglich zu ignorieren. Stattdessen schob er sich die Hände in die Taschen und ging an ihrer Seite, während sie in die kühle Morgenluft marschierten.

Sie deutete auf das Gebäude, das als allgemeiner Versammlungsort für die Ranch ausgewiesen war. „Als Teil meiner ersten offiziellen Woche hier auf der Ranch will ich die Erste-Hilfe-Station einrichten. Cody sagte, dass bereits ein paar Kisten da sind. Willst du mir später helfen?“

Zach überdachte seine To-do-Liste und schob ein paar Punkte zur Seite, die verhindert hätten, dass er helfen konnte. „Mache ich nur zu gerne. Du bist echt begeistert am Loslegen.“

„Hoffentlich bleibt der Job ziemlich langweilig, selbst nachdem die zahlenden Gäste eintreffen, aber ja.“ Sie stieß etwas Schnee hoch und lachte, als die Pferde auf dem Reitplatz neben ihnen herübereilten, weil sie auf einen Leckerbissen hofften.

„Langweilig ist gut. Ich hoffe, du wirst nicht zu sehr an Unterbeschäftigung leiden.“

Julia hielt inne, stützte die Arme auf das Geländer und schaute hinüber zu den Pferden. „Die Sache ist die, ich weiß, dass die Arbeit nicht dasselbe ist wie der Bereitschaftsdienst für Notfälle. Weil ich auf einer Touristenranch aufgewachsen bin, weiß ich außerdem, dass unsere Sanitäterin sich damals mehr auf die ganzheitliche Versorgung der Vollzeitmitarbeiter konzentriert hat. Sie hatte alles im Blick und sichergestellt, dass sie gesund und zufrieden waren, was etwas anderes ist, als sich nur mit fiesen Platzwunden und gebrochenen Beinen zu befassen.“

Zach nickte. „Das ist eine große, wichtige Verantwortung.“

„Ich habe viele, die mich unterstützen werden", erklärte Julia. „Darunter Tony, wenn es ans Eingemachte geht." Sie grinste, drehte sich zur Seite. „Ich bin auch noch auf der Reserveliste der Feuerwache, wenn es um Notfälle geht. Wenn es in der Gemeinde eine Katastrophe gibt, wird man mich rufen."

„Das wusste ich nicht. Schön für dich. Falls irgendwas für deinen Job hier in Heart Falls angepasst werden muss, damit das möglich ist, lass es mich wissen." Zach beobachtete, wie sie ein paar Schritte vom Geländer wegtrat.

„Sollte alles passen. Obwohl es eines gibt, weswegen ich dich warnen muss." Ihre Miene wurde ernst.

„Was?"

Etwas Eiskaltes traf ihn seitlich am Gesicht, regnete auf ihn herab, während der Schock sein Rückgrat hinaufschoss.

Julia lachte und duckte sich weg. „Hier kommt ein Schneeball."

Zach drehte sich kaum rechtzeitig, um einem zweiten Angriff mit Schneebällen zu entgehen, die von dort heranflogen, wo Karen und Finn hinter der Ladefläche eines Trucks hervorspähten.

Es war die erste von vielen Schneeballschlachten in den kommenden Wochen. Julia richtete ihre Erste-Hilfe-Station ein. Sie genossen weiterhin Ausritte und Yogasessions und all die anderen Dinge auf ihrer To-do-Liste.

Mitten im November kam Julia von einem Mädelsabend zurück und wirkte, als wolle sie ihm unbedingt etwas erzählen, konnte es aber nicht.

Ein paar Tage später, als er sie dabei erwischte, wie sie ihn anschaute, ein leichtes Grinsen auf den Lippen, hatte er allmählich genug. „Was zum Teufel hast du vor?"

Julia zuckte mit den Schultern. Nur ein Geräusch irgendwo zwischen einem Kichern und einem Schnauben kam von ihr, und sie rieb sich mit der Hand über die Lippen, als wolle sie ein Lächeln verbergen.

Es war inzwischen kalt genug, dass sie den Holzofen in der Hütte verwenden konnten, und die gemütlichen Sessel, die er gekauft hatte, wurden strategisch davor platziert, damit sie sich in der Wärme entspannen konnten.

Zach schloss den Abstand zwischen ihnen, nahm sie an der Hand und zerrte sie aus dem Sessel. Einen Augenblick später hatte er sich auf ihren Platz gesetzt, zog sie auf seinen Schoß. „Du hast dich doch in irgendeinen Schabernack verwickeln lassen", warf er ihr vor.

„Aha." Als sie ihm diesmal in die Augen schaute, stand allerdings zusammen mit dem Lachen auch Hitze in ihrem Blick. „Du willst mein Geheimnis wissen?"

Ihre Miene allein reichte schon aus, um ihn allem zustimmen zu lassen. „Ja. Ist es ein gutes Geheimnis? Ist es ein schmutziges Geheimnis?"

„Sehr gut." Sie starrte auf seinen Mund, ihre Zunge schnellte kurz hervor, sodass ihre Lippen befeuchtet wurden. „Schmutzig? Eher schon witzig."

„Fahr fort."

„Weißt du noch, als ich mit meinen Freundinnen und Schwestern unterwegs war? Wir haben auf dem Mädelsabend eine Tradition, dass wir abwechselnd die Abende organisieren."

Zach glitt mit der Hand über ihren Oberschenkel, die weiche Baumwollschlafanzughose, die sie trug, strich über seine Handfläche. „*Ooooh*, bekomme ich Geschichten vom Mädelsabend zu hören?"

„Vielleicht? Diesmal waren nur drei verheiratete Damen dabei, und Lisa, denn sie sagte, sie und Josiah sind offiziell dauerhaft beieinander einquartiert, was so gut wie verheiratet ist. Und was Hanna mit meiner Hilfe auf die Beine stellen wollte, war ein Boudoir-Shot."

„Ein Buuh-was?" Erinnerungen machten sich breit, bevor sie etwas sagen konnte. „Ach, Moment mal. So was haben meine Schwestern mal gemacht. Wie so ein Glamour-Fotoshooting? Alle aufgebretzelt und sexy – allerdings nicht meine Schwestern. Nicht den Teil, dass sie sexy sind. Sexy galt nur für *dich*. Auch nicht deine Schwestern."

Julia lachte. „Ja. Ein luxuriöses Fotoshooting. Es ging vor allem darum, uns selbst zu lieben und uns gut damit zu fühlen, wie wir aussehen, und es hat Spaß gemacht. Ich habe auch von dieser interessanten Webseite gehört, aber mehr dazu in einem Augenblick. Es war toll, Zeit mit ihnen zu verbringen, außerdem haben wir über euch Typen geredet, während wir zusammen waren."

Zach legte sich die Finger über den Mund, als wäre er geschockt. „Sag doch so was nicht."

Sie tippte ihn mit ihrer Faust an. „Aber hier ist der Punkt – und ich komme schon noch drauf." Ihre Miene wurde ernst. „Sie alle haben darüber geredet, wie ihre Kerle sie glücklich machen. Und ich habe mir gedacht, obwohl wir kein echtes Paar sind, haben wir uns echt gut angefreundet. Und ich denke, es gibt etwas, was wir tun könnten, das dich besonders glücklich machen würde."

Sein Gehirn hatte einen Augenblick lang ausgesetzt, weil sie kein *echtes* Paar waren. Verdammt. Es schien, als würde sie immer noch in die gegenteilige Richtung dessen gehen, wie er es gern hätte laufen lassen.

Ihre Finger berührten sein Gesicht und holten ihn aus seinen Gedanken zurück. „Zach?"

Zeit, sich zu konzentrieren. „Ich werde nur wiederholen, was ich immer schon sage. Du musst das tun, was dich glücklich macht."

Entschieden nickte sie, dann griff sie neben ihren Sessel nach etwas, das sie ihm in die Hand drückte.

Er schaute hinab. Sie reichte ihm ein weiches Gummigerät in der Form eines gestauchten C. „Danke dir. Das wollte ich schon immer." Er zwinkerte ihr zu. „Was ist das denn?"

„Es ist ein Vibrator, den wir beim Sex benutzen können. Weil ich Sex haben will. Mit dir", erklärte sie, als wäre der erste Teil nicht schon ausreichend gewesen, um ihn überrascht blinzeln zu lassen.

Heilige Scheiße. Zach trug seinem Körper auf, sich zu benehmen, noch während er versuchte, die richtige Antwort zu finden. *„Ähhhm ..."*

„Ich weiß, dass ich dir erzählt habe, dass mir Sex nicht wirklich gefällt, aber mir hat es *echt* gefallen, mit dir rumzumachen. Und diese Webseite, die ich erwähnt habe? Die heißt WowYes und geht nur um Orgasmus und Sexualität. Wir können sie uns hin und wieder ansehen, wenn du möchtest, aber es gab da ein paar gute Ideen, wie diesen Vibrator. Ich habe mir überlegt, wenn man bedenkt, was wir sonst noch so gemacht haben, und all die Toys, die wir benutzt haben, dass ich bereit für ein Experiment sein sollte. Also habe ich das bestellt. Und es ist heute gekommen."

Alles in ihm wollte auf und ab springen, aber er hielt sich an seine Vorgehensweise. „Ich will nichts tun, was du nicht willst."

Julia strich mit den Fingern über die Vorderseite seines Körpers. „Hör doch zu. Ich *will. Sex.* Mit *dir*."

„Okay." Er grinste. „Was diesmal heißt, ja, verdammt, aber du musst mir sagen, ob irgendwas nicht funktioniert, denn wir hatten schon Sex, und es war alles verflixt fantastisch und ..."

Sie legte ihren Mund über seinen und hielt damit seinen Wortschwall auf. Was total funktionierte.

Es war ja nicht, als wäre es so viel anders, grünes Licht für echten Sex zu kriegen. Er hatte nicht gelogen. Jedes Mal, wenn er sie hatte berühren dürfen und mit ihr zusammen gewesen war, hatte das etwas in ihm erfüllt. Das musste sie wissen.

Doch während sie ihn küsste, ihre Finger über seine Brust wanderten und seine Seiten neckten, dachte sich Zach, dass das wohl eine Unterhaltung für ein andermal war.

Er hob sie auf und trug sie blind zurück ins Schlafzimmer, küsste sie auf dem ganzen Weg. Er stieß sich nur am Küchentresen an. Und am Türrahmen ins Zimmer.

Julia hatte die Beine um seine Hüften gelegt, klammerte sich fest. Er drückte die Finger, die um ihren Hintern lagen, fest zusammen, ließ sie an sich gleiten und feuerte jedes Nervenende in seinem Körper an.

Dass er sie auf das Bett hinab ließ, machte ihn noch so viel heißer.

Seine Finger bebten beinahe, als er sich bemühte, ihr die Kleider auszuziehen. Er hielt jedes Mal inne, wenn ein neues Stück Haut enthüllt wurde, setzte seine Lippen, Zunge und Zähne ein, bis ihre Nippel ganz hart waren und sie sich wand.

Und dann machte er noch weiter, denn dass Julia stöhnte, während er ihr Lust verschaffte? Nichts auf dem ganzen Planeten war so sexy.

Sie nahm ihn am Arm. „Mehr. Ich will mehr."

Er reichte ihr den neuen Vibrator. „Sehen wir mal, wie das funktioniert."

Sie zeigte ihm, wo er sich ein- und ausschalten ließ, und zusammen klickten sie sich durch die ersten paar Settings auf der Fernbedienung.

„Sieht nach Spaß aus. Wollen wir es versuchen?" Er ließ den flacheren Teil des Cs in ihr Geschlecht gleiten, was bedeutete, dass der obere gerundete Teil direkt auf ihrer Klitoris landete. „Oh, ja. Das wird episch."

Julia keuchte, während er verschiedene Settings durchging.

Als der Rhythmus langsam zu einer Vibration wurde, die erst höher und dann niedriger pulsierte, packte sie ihn am Handgelenk. „Das da."

Zach beugte sich vor und nutzte seine Zunge. Lauschte ihrem Summen und Stöhnen, während sie dichter rankam, und das machte ihn vor Vorfreude immer härter. Sein Griff um ihre Hüften ließ ihn spüren, als das Beben begann, und da schob er sich zwischen ihre Schenkel, sein in ein Kondom verpackter Schwanz richtete sich an ihrem Geschlecht aus.

Dass er sich langsam in sie hinein vorarbeitete, ließ ein Prickeln hinten in seinem Rückgrat aufkommen. Als sich die Spitze seines Schwanzes zwischen ihre Schamlippen schob, drückte seine empfindlichste Stelle immer wieder an ihren Körper. Das bedeutete auch, dass der Vibrator auf der anderen Seite sich in einer bizarr erotischen Art an ihm bewegte.

Er fing ihren Blick auf, legte ihr eine Hand an die Wange. „Ja?"

Sie schluckte schwer, aber ihr Kinn neigte sich rasch. „Du?"

„So was von." Er schaute weiter hin und glitt tiefer in sie hinein. Langsam, er hielt immer wieder inne, um zu sehen, ob irgendwas ein Problem verursachte.

Ihre Augen rollten fast in ihrem Kopf nach hinten. „O mein *Gott*."

„Gut?" *Bitte sag, dass es gut ist,* denn er fühlte sich verdammt noch mal fantastisch.

Sie packte ihn an den Schultern, zog ihre Körper aneinander. „Küss mich."

Das nahm er als grünes Licht, um einen stetigen Rhythmus anzuschlagen. Während ihre Lippen aneinanderprallten, zog er abwechselnd seine Hüften zurück und drückte sie wieder vor. Anfangs langsam, ihre Zungen tanzten im selben Rhythmus. Zumindest, bis sie die Beine hob und ihre Fersen in seinen unteren Rücken stieß. Starke Oberschenkelmuskeln zogen ihre Körper in einem zunehmend härteren Rhythmus aneinander. Sie ließ die Fingernägel über seinen Rücken hinabkratzen, und jeder Quadratzentimeter Haut war absolut lebendig und so verdammt glücklich.

„O mein Gott, *ja.*"

Der feste Griff um seine Hüften, zusammen mit dem festen Druck auf seinem Schwanz, der ihren Orgasmus anzeigte, entriss ihm eine Reaktion. Es ließ sich nicht mehr zurückhalten, als der Druck tief in seinem Rückgrat in einem Rausch der Lust explodierte, bei dem ihm Sterne vor den Augen tanzten. Vielleicht war es der zusätzliche Vibrator, der auch seine Erfahrung ins Weltall katapultierte.

Irgendwie hatte er die Geistesgegenwart, sich daran zu erinnern, dass Julia nach dem Orgasmus empfindlicher wurde. Er drehte die Hüften und zog sich traurigerweise zurück, griff nach unten, um sich den Vibrator zu schnappen und ihn abzuschalten.

Er brach auf halbem Weg auf ihr zusammen, sein Ellbogen hielt kaum noch sein Gewicht, sodass es sie nicht in die Matratze drückte.

Sie gab ihm einen Kuss auf die Wange, den Hals, ihr rasches Ausatmen war auf seiner schweißgebadeten Haut spürbar, kühlte ihn aber kein bisschen ab.

Bevor sie noch eine Sauerei bekamen, die man sauber machen musste, schlüpfte Zach ins Bad, um sich um das Kondom zu kümmern. Als er zurückkam und sie in die Arme nahm, schmiegte Julia sich fest an, schlang sich völlig schamlos wieder um ihn.

Als er nach unten schaute, waren ihre Lippen zu einem zufriedenen Lächeln gewölbt.

Ihr Kopf ging auf dem Kissen ungläubig von Seite zu Seite. „Ich hatte ja keine Ahnung."

„Macht Spaß, oder?"

„Besser, als ich es *je* in Erinnerung hatte", gab sie trocken zu. „Heißt das, du hast einen magischen Penis?"

Zach lachte dreist, bevor er sich nach unten beugte und sie auf die Nasenspitze küsste. „Es heißt, dass dir einfach viel Stimulation an der Klitoris gefällt. Das hat überhaupt nichts damit zu tun, dass mein Schwanz magisch ist."

Sie wirkte aber nachdenklich. „Beim Sex geht es nicht nur um unsere Körper, Zach. Es geht um unser Gehirn. Dir hat es anscheinend nie was ausgemacht, Toys zu verwenden, das hat es leichter gemacht. Danke. Es hat mir echt Spaß gemacht."

„Ich freue mich echt darauf, es wieder zu machen", sagte Zach. „Und deine Webseite zu erkunden." Von ihm kam ein Gähnen. „Scheiße. Tut mir leid."

Sie lachte, legte die Stirn an seine Brust, während sie tief einatmete und sein Gähnen erwiderte.

Nachdem sie so lange Schicht gearbeitet hatte, fand Julia den Übergang zum Dasein als Ranch-Sanitäterin faszinierend. Teil dessen war das, was sie auch Zach gesagt hatte – sie wollte einen ganz anderen Rhythmus in ihrer täglichen Routine. Dass sie all die ständigen Mitarbeiter der Ranch kennenlernte, bedeutete, dass zu ihrer Arbeit gehörte, sich mit verschiedenen Gruppen hinsetzen und zu viel Kaffee zu trinken, während sie plauderten.

Kein schlechter Job.

Im frühen Dezember kam Karen mit Neuigkeiten vorbei.

Sie schob sich den Schnee von den Schultern, der sich dort auf dem kurzen Weg zwischen ihrem Haus und der Hütte angesammelt hatte, dann hängte sie ihre Jacke auf und kam zu Julia ans Feuer. „Danke, dass du mich eingeladen hast."

„Willst du einen Drink, Karen?", fragte Zach aus der Küche, wo er heute Abend Geschirrspülpflichten erledigte. „Mit oder ohne Kick, deine Wahl."

„Heiße Schokolade?", bat Karen. „Ohne Kick allerdings. Wir sind bald in der Weihnachtssaison, und der Himmel weiß, dass es genug Gelegenheiten zum Trinken geben wird."

„Zwei heiße Schokoladen, kommen sofort."

Karen blinzelte Julia zu. „Mir fällt auf, dass er sich nicht die Mühe gemacht hat, dich zu fragen, ob du eine willst."

„Du hast das Wort *Schokolade* erwähnt. Es ist noch niemals vorgekommen, dass ich dazu Nein gesagt hätte", gab Julia zu.

Karen lehnte sich in ihrem Sessel nach vorn und hielt die Hände zum glühenden Kamin hin. „Urlaubsplanung. Da das das erste Jahr ist, an dem keines von uns Mädchen in Rocky ist, haben wir uns unterhalten, welche Traditionen wir anstreben. Die Coleman-Clans versammeln sich normalerweise am ersten Weihnachtsfeiertag in ihren Familieneinheiten und haben dann ein riesiges Treffen am zweiten Weihnachtsfeiertag."

Es war ein unerwarteter Thema, aber eines, das sie hätte kommen sehen sollen. „Ich habe nichts, also erzähl es mir."

Ihre Schwester nickte, warf kurz einen Blick zur Küche, aber dann konzentrierte sie sich sofort wieder auf Julias Gesicht. „Tamara hat ganz zurecht gesagt, dass sie mit dem weitermachen will, was sie in der Familie Stone tun. Finn und ich haben geredet, und er will, dass wir Heiligabend für uns haben, aber der Weihnachtsfeiertag könnte für die etwas erweiterte Familie sein. Lisa sagte, irgendwann während der Feiertage könnten sie und Josiah auf Reisen sein, also beläuft es sich darauf, wenn wir die Familie in Rocky besuchen wollen, müssen wir es früh machen."

Ein Hauch Schuldgefühle machte sich breit. „Heißt das, Dad wird am ersten Weihnachtsfeiertag allein sein?"

Karen schüttelte den Kopf. „Tamara sagte, er ist immer auf

Silver Stone willkommen. Dad hat Finn auch gesagt, dass meine Onkel ihn eingeladen haben, sich ihnen anzuschließen, genauso ein paar von den Typen, mit denen er regelmäßig rumhängt. Sie haben auch alle keine Kinder mehr in der Gegend."

Das war so ziemlich die Antwort, die sie erwartet hatte. Das ungute Gefühl in ihren Eingeweiden blieb, und Julia zögerte. „Dieses Weihnachtsfest wird echt seltsam", sagte sie. „Ich meine, mit der ganzen Situation von mir und Zach. Ich weiß nicht, ob ich zu diesem großen Coleman-Ding gehen möchte."

Die Geräusche aus der Küche hörten auf. Plötzlich war Zach da, reichte zwei Tassen heiße Schokolade rüber, auf denen kilometerhoch Schlagsahne stand.

Er räusperte sich. „Tut mir leid, dass ich mithöre, aber ich muss zugeben, dass ich eine Weihnachtssituation habe, über die wir auch reden müssen."

Wieder hätte Julia es kommen sehen sollen. „Mist. Erwarten deine Eltern, dass du zu ihnen nach Manitoba kommst?"

Zach wirkte erstaunlicherweise wie ein kleines Kind, das man mit der Hand in der Keksdose erwischt hatte. „Irgendwie schon? Wenn du das so formulierst, dass meine Eltern erwarten, dass *wir* zu ihnen kommen, und dann Manitoba mit Hawaii austauschst. Ja."

Karen kicherte. „*Aww.* Julia, was für ein Opfer. Ein Ausflug zu Palmen und Sand anstatt verschneiten Feldern bis in alle Ewigkeit?"

„Nimmst du mich auf den Arm?" Julia fand schließlich ihre Sprache wieder, starrte Zach ungläubig an.

„Tut mir leid. Ich wollte es immer wieder erwähnen, aber es ist mir irgendwie entfallen."

Von Karen kam weiteres Gelächter. „Na, ihr zwei könnt

dieses winzige Problem diskutieren, sobald ich weg bin, aber hier ist der Plan. Die Whiskey-Creek-Mädchen und ihre Partner planen, nächstes Wochenende nach Rocky zu fahren. Wenn du dich uns anschließen willst, seid ihr willkommen. Raus am Freitag, Rückkehr am Sonntag."

„Wir reden drüber", versprach Julia, bevor die Unterhaltung sich auf Geschenkideen für Tamaras und Calebs Kinder verlegte.

Während sie stumm am Feuer saß, sobald Karen weg war, rasten eine Million Gedanken durch Julias Kopf.

Zach schloss sich an, richtete seinen Sessel, bis er ihr die Hand drücken konnte. „Alles in Ordnung?"

Sie nickte und lächelte, so gut sie konnte. „Erzähl mir mehr von dem Treffen in Hawaii."

„Finn wird sich den Arsch ablachen, denn er hat mich gewarnt, dir das früher zu erzählen. Meine Eltern haben ein Haus auf Hawaii. Alle dürfen es nutzen, wann immer sie wollen, aber etwa zehn Tage rund um die Feiertage öffnen meine Eltern den Laden, und jeder versucht, sich ihnen anzuschließen."

Die Vorstellung war umwerfend. „Fünf Schwestern, vier Schwager, zwei Eltern und sieben Kinder. Und sie haben rein zufällig ein Haus, in das so viele Leute passen?"

„Du erinnerst dich doch daran, dass mein Dad ein Erfinder ist?"

„Was hat er erfunden? Eine Gelddruckerei?" Aber es war nicht die wichtigste Frage, auf die man sich konzentrieren musste. „Ich dachte, du hast deinen Eltern nicht gesagt, dass wir geheiratet haben."

„Das habe ich nicht. Ich ..." Er kam so schnell zu einem Halt, dass sie dachte, er hätte seine Zunge verschluckt. Er sah richtiggehend verlegen aus, bevor er ihr wieder in die Augen schaute. „Ich habe ihnen gesagt, dass wir zusammen sind."

Aus einem seltsamen Grund flatterten Schmetterlinge in ihrem Bauch. Julia hielt einen Augenblick inne, um wieder gerade denken zu können.

Sie konnte damit umgehen. Es war nur richtig, wenn er mit ihr nach Rocky kommen und sich mit allen herumschlagen musste, die dachten, dass sie verheiratet waren, konnte sie nach Hawaii gehen, Sand und Sonne aushalten und so tun, als wäre sie seine Freundin.

Sie nickte entschieden, versuchte sich erst mit dem einfachen Problem zu befassen. „Ja, ich komme mit dir. Nicht nur, weil es Hawaii ist, sondern weil ich denke, ich würde sie gerne treffen. *Und* weil es Hawaii ist", gab sie zu.

Sein Grinsen blitzte auf, dieses vertraute Glück füllte seinen Blick. „Zum Glück, denn ich habe uns bereits Flüge gebucht."

Sie warf ein Kissen nach ihm.

Dann starrte sie ins Feuer und dachte einen Augenblick lang über das andere Problem nach, bis Zach sie sachte anstieß. „Ich glaube nicht, dass du da bist."

„Bin ich nicht." Sie war in einem Wirbel aus Wut und Bedauern verloren.

„Willst du darüber reden?", bot er an.

„Ich bin nicht sicher, ob ich den Irrgarten erklären kann, in dem ich mich verlaufen habe." Sie wandte sich zu ihm, legte die Arme um die Beine. „Ich habe schon Einzelteile des erweiterten Coleman-Clans getroffen. Ich bin sehr dankbar, dass ich meine Schwestern gefunden habe. Ich erfahre mehr über meinen Dad, und das ist manchmal gut und manchmal schlecht. Aber die ganze Familie wird hin und wieder überwältigend."

Zach verzog das Gesicht. „Und dann lege ich auch noch eine ganze Familie drauf dich, was die Dinge sicher nicht leichter gemacht hat. Tut mir leid."

Julia blinzelte. „Weißt du was? Ehrlich, wenn ich daran denke, deine Familie kennenzulernen, erfüllt es mich nicht mit demselben Gefühl von – ich weiß auch nicht. Das – da bleibe ich immer hängen. Es ist, als würde etwas Düsteres und Negatives über einer Seite der Gleichung hängen, das auf der anderen nicht da ist, also geht es nicht nur darum, dass es unbekannte Leute sind."

Er dachte kurz nach, bevor er in den Lösungsmodus überging. „Ich werfe nur mal mit Ideen um mich. Willst du allein hingehen? Willst du an einem anderen Wochenende gehen und dir nicht das große Coleman-Ereignis antun? Oder willst du einfach nur einen Tag lang hin?"

„Das", sagte Julia. „Aber nicht allein. Kommst du mit mir?"

„Natürlich mache ich das. Es gibt keinen Grund, weshalb wir nicht am Vormittag rausfahren, den Tag in Rocky Mountain House verbringen und dann nach Hause kommen können."

Die pure und völlige Erleichterung, die in sie einströmte, sagte ihr, dass es die richtige Entscheidung war. Der Frieden, den sie spürte, während sie das erzählte, als sie zum nächsten Mal mit Tony redete, bestätigte es noch einmal.

Und deshalb erwachte sie früh am Samstagvormittag mit leichterem Herzen, als sie erwartet hatte. Etwas nagte noch an ihr, das sie nicht ganz greifen konnte, aber mit Zachs unterhaltsamen Geschichten, die sie auf der Fahrt ablenkten, schob Julia ihre Sorgen beiseite.

Sie schafften es kurz nach Sonnenaufgang nach Rocky Mountain House, fuhren ein wenig weiter ins Land, dorthin, wo die Whiskey Creek Ranch sich befand.

Ihr Vater kam heraus, um sie mit einem breiten Lächeln zu begrüßen, Julia umarmte er fest.

Er schüttelte Zach die Hand und gab ihm einen raschen

Schlag auf die Schulter. „Willst du hier mal eine Runde drehen?"

„Erst Frühstück, Dad", rief Tamara bestimmt von der vorderen Veranda und winkte ihnen, dass sie ins Haus kommen sollten.

Die Mädchen rannten vor, um Julia an der Hand zu nehmen. „Wir durften hier übernachten", setzte die kleine Emma sie ernst in Kenntnis. „Willst du erst unsere Zimmer sehen oder die Kätzchen?"

Tamara lachte, führte alle zum Tisch. „Erst Frühstück", wiederholte sie.

Julia ließ sich an einem alten Farmtisch nieder, eine gemischte Sammlung aus Stühlen war um die robuste Fläche zusammengestellt. Jede Menge Essen, darunter viel Bacon, erschien auf den Tisch, und mit Zach an ihrer Seite war das Zimmer gemütlich und warm.

Da hielt sie ihn auch für den Rest des Vormittags. Zach sagte nichts, aber sie erwischte ihn dabei, wie er ein paar Mal ein Lächeln verbarg, als sie seine Hand weiter festhielt und sich weigerte, ihn von ihrem Vater wegzerren zu lassen.

Als Zach dazu überging, ihr jedes Mal, wenn ihr Dad hinsah, den Arm um die Schultern zu legen und zuneigungsvolle Küsse auf die Schläfen zu geben, stellte Julia fest, dass sie ihre eigene Erheiterung verbarg.

Lisa sah aber genauer hin als üblich.

In einem kurzen Augenblick, als Zach aufgebrochen war, um Sasha und Emma zu helfen, die Katzenmama zu erwischen, nutzte ihre Schwester die Gelegenheit, um ihre Schultern aneinanderzustoßen. „Du und Zach wirkt ziemlich gemütlich."

Ein warmes Gefühl kam in ihrem Inneren auf. „Er entspannt alles ein bisschen", gab Julia zu. „Er ist ein guter Freund."

„Freund. Na, das ist gut. Schätze ich." Lisa nickte weise, dann verschwand sie, bevor Julia sie anstoßen konnte, weil sie so sich so rätselhaft benahm.

Nach dem Mittagessen machte sich der Whiskey-Creek-Clan auf den Weg zur Hauptversammlung, die sich, wie sich erwies, zwischen zwei Häusern aufteilte, die auf dem ursprünglichen Land standen. Die Männer verschwanden in etwas, dass sie Peters Haus nannten, während die Frauen sich dort versammelten, wo derzeit Jaxi und Blake wohnten. Kinder wurden wie Päckchen zwischen den beiden Gruppen hin und her gereicht.

Julia spürte sofort, dass Zach nicht mehr an ihrer Seite war. Sie war sicher, dass die Colemans gute Leute waren, es gab nur so *viele* von ihnen.

Sie hielt sich dicht an Lisa und ließ ihre Schwester alles ein wenig filtern.

Nach einer Weile jedoch kamen ein paar Mitglieder der riesigen Menge herüber, zogen sie auf eine Art in Unterhaltungen, die Julia sehr zu schätzen wusste. Besonders Beth und Becky, eine älter und eine jünger. Becky war gerade erkenntlich schwanger, und eine Hand lag auf der sanften Rundung ihres Bauches, während sie mit Julia redete. Beide Frauen strahlten eine ruhige Würde aus, die es einfach machte, sich in ihrer Gesellschaft zu entspannen.

Die Anführer der derzeitigen Generation waren eindeutig Jaxi und Dare. Allerdings ...

Julia warf einen Blick auf Lisa und die Art, wie sie fast unsichtbar die Unterhaltung lenkte, falls es nötig war. Ihre Schwester, beschloss Julia, war eine gefährliche Naturgewalt, und sie war sehr froh, sie auf ihrer Seite zu haben.

Was den Rest anging, war es ein wenig, als würde man sich in Staffel sieben in eine Fernsehserie einschalten. Die Stunden, die sie mit ihnen verbrachte, gaben ihr Hinweise auf den

Charakter der Einzelnen und ließen in Julia die Frage aufkommen, was für Geschichten es jeweils gab, die sie an diesen Ort geführt hatten.

Aber sie waren gute Menschen, und obwohl sie nicht mehr wusste als das, hatte Julia Spaß.

Dieses anhaltende Gefühl blieb. Dasjenige, das Julia nicht genau benennen konnte. Was bedeutete, als Zach kam, um sie nach Hause zu bringen, nahm sie die rasche Fluchtmöglichkeit bereitwillig an.

20

———————

Zach musste Julia an der Hand nehmen und sie in die richtige Richtung ziehen, damit ihre Füße sich weiter bewegten. „Gehen *und* glotzen", scherzte er.

„Auf dem Parkplatz sind Palmen", sagte sie aufgeregt. Sie holte tief Luft und quietschte beinahe. „Die Luft riecht tropisch."

Er drängte sie zu ihrem Mietauto. „Es ist nicht schlecht."

Als er neben dem Fahrzeug stehen blieb, das auf dem Kundenparkplatz auf sie wartete, bekam er ein wohlwollendes Grinsen und dann ein breites Lächeln von ihr. „Ein Jeep. Ich hätte total erwartet, dass du uns ein Cabrio buchst."

„Und dass ich damit Delilah betrüge? Niemals." Er hob ihre Koffer hinten rein und öffnete für sie die Tür. „Außerdem muss man zu einigen meiner Lieblingsstrände ab von den Straßen fahren, damit man hinkommt."

Die halbstündige Fahrt zum Haus seiner Eltern nördlich des Flughafens verging rasch, während Julia sich mehr oder weniger aus dem Fenster lehnte, während sie ununterbrochen die Landschaft kommentierte, die draußen vorbei zog.

Zach stieß sie mit der Wasserflasche in den Arm. „Trink noch was. Du wirst noch umkippen, wenn du nicht bald mal Luft holst."

Sie beugte sich weit genug vor, um seinen Blick aufzufangen, Freude tanzte über ihre Züge. „Danke, dass du mich an Weihnachten nach Hawaii mitgenommen hast. Ich bin äußerst aufgeregt."

„Gern geschehen. Und das wäre mir kaum aufgefallen", sagte er trocken.

Zur letzten Anfahrt zum Haus gehörte eine Pause am großen Sicherheitstor.

Julia pfiff über das riesige schmiedeeiserne Gebilde, das langsam zurückschwang. „Das ist wunderschön. Es ist eine ganze Unterwasserszene. Fische und Korallen und Delfine. Wow."

„Das ist in Gehweite vom Haus. Wir können wieder herkommen und es uns genauer ansehen. Es ist tatsächlich spektakulär – es gibt einige tolle Sachen, die in den Einzelheiten verborgen sind."

„Das will ich auf jeden Fall machen. Und ich will am Strand spazieren. Und ich will Gezeitentümpel erkunden." Ihr stand der Mund offen. „Zach. Das sind echt große Häuser."

„Auf die Größe kommt es doch nicht an, weißt du noch?"

Ihr Kichern schien sie wieder ins Gleichgewicht zu bringen. Sie zog einen Fuß auf den Sitz und schlang den Arm um das Knie. „Ich bin nur ein kleines bisschen beeindruckt – *heilige Scheiße.*"

Ja. Das war so ziemlich, was er zum ersten Mal gesagt hatte, als er diesen Ort gesehen hatte. „Komm schon. Ich führe dich rum, und dann kommen wir zurück und holen die Koffer."

Er hatte mitten auf der Zufahrt geparkt, da sonst in den nächsten paar Tagen niemand auftauchen sollte. Er hatte Julia absichtlich früh aus der Stadt rausgebracht, genug, dass sie sich eingewöhnen und vielleicht ihren Schock überwinden konnte, bevor seine Familie eintraf.

Sie wartete zögernd am Weg, der hinter der riesigen Lavasteinwand verlief, die den Häuserkomplex umgab. Sie rümpfte die Nase – verdammt, liebenswert bis ins Innerste.

Er legte die Arme um sie und drückte sie fest, bis die Anspannung nachzulassen begann.

Zach saugte seine Lippen an ihrer Wange fest und schmiegte sich sanft an sie. „Fühlst du dich besser?"

„Immer noch ein wenig nervös", gab sie zu. „Bitte sag mir, dass es nichts extrem Wertvolles gibt, dass ich versehentlich zerbrechen könnte."

Er legte einen Arm um sie, hielt sie fest an seiner Seite, während er auf die Haupttüren zuging. „Weißt du noch, dass ich gesagt habe, meine Eltern haben über die Feiertage die ganze Familie hier? Dazu gehören Kinder, von Kleinstkindern bis zu neun Jahren, und das Haus ist ziemlich kindersicher. Ich verspreche dir, es gibt nichts, was du kaputtmachen kannst, das ich nicht schon mindestens einmal vorher kaputtgemacht habe."

Nachdem er den Code in die Eingangstür eingegeben hatte, schob er sie auf und bedeutete ihr, vor ihm reinzugehen.

Langsam trat Julia ein, ein bebendes *Wow* kam von ihren Lippen.

Es ließ sich nicht verhehlen, dass das Haus beeindruckend war. Die Familien- und Wohnzimmer im offenen Bereich erstreckten sich über die ganze Länge des Haupthauses. Zwei Küchen, eine Hauptküche, die zur Insel schaute, und die zweite, damit eine Bar näher am Pool und am Meer verfügbar war.

„Diese Fenster sind unfassbar." Sie keuchte und wirbelte zu ihm. „Es sind Schiebefenster, oder?"

„Komm und hilf mir. Du kannst auch gleich die ganze Wirkung sehen."

Es dauerte etwa fünfzehn Minuten, die ganzen Abschnitte, die vom Boden bis zur Decke gingen, zu entriegeln und aufzuschieben. Mit weit offener Terrassentür und den geöffneten Fenstern, die zum Wasser gingen, fühlte sich das ganze Haus an, als wäre es nur einen Schritt vom Strand entfernt.

Julia schob den Kopf um die Ecke, trat aber hinter ihn, ließ sanft ihre Hände ineinandergleiten. Sie lächelte. „Ich bin sehr überwältigt, aber Teufel auch. Lisa hat mir gesagt, dass ich so tun soll, als wäre ich in eine Art Märchen gewandert, und genau das mache ich."

„Schön für dich." Zach deutete auf den Abschnitt, den sie noch nicht erkundet hatten. „Diese beiden Gänge führen zum Nord- und Ostflügel des Hauses. Das große Schlafzimmer meiner Eltern ist den Gang runter, und es gibt ein paar Zwei-Zimmer-Suiten mit Bädern, die die Familien meiner Schwestern übernehmen. Ja, es ist ein großes Haus, aber es ist sehr schön, dass jeder einen eigenen Platz hat, wenn sich so viele Leute treffen."

Sie nickte, dann trat sie zu seiner Überraschung zu ihm und schlang ihm die Hände um die Taille. „Heißt das, dass wir einen Ort für uns haben?"

„Gerade jetzt? Das ganze Haus. Und ich kann immer im Gästehaus übernachten. Hier entlang." Er führte sie am Rand des Swimmingpools vorbei, unterwegs zum Strandhaus, das ein wenig kleiner war als die Hütte, die sie sich in Heart Falls teilten. „Es gibt keine Küche, und das Bad ist winzig", warnte er sie. „Aber an Aussicht mangelt es nicht."

Er drehte sich um, um Julias Miene zu sehen, als sie zum ersten Mal das Häuschen betrat. Das Ehrfurchtsgefühl war da, aber das Größte, was er auf ihrer Miene sah, war Glück.

„O mein Gott." Sie zog ihn durch die Tür zur gegenüberliegenden Wand des Häuschens. „Die lassen sich öffnen, oder?"

„Genau wie im Haus", stimmte er zu.

Wenige Minuten später war die gesamte Front des Häuschens geöffnet. Eine niedrige Wand, die Privatsphäre bot, ohne die Sicht zu verstellen, trennte das Grundstück von einem öffentlichen Fußweg. Hinter den Lavafelsen und einem Korallenriff wogte das Meer in einem stetigen Rhythmus, als würde Mutter Natur persönlich Frieden in den Raum atmen.

Julia bebte auf der Stelle, dann warf sie sich in seine Arme, küsste ihn aufs Gesicht. Sie kroch an ihm hinauf, als wolle sie ihn unbedingt noch fester umarmen. „Ich liebe es. Es ist *herrlich*."

Sein Herz hämmerte, und dieses Bauchgefühl, dass etwas Wunderbares ganz nahe war, traf ihn wieder von vorne. „Als Bonus musst du dir in den nächsten zehn Tagen keine Sorgen machen, dass es schneit."

Sie drückte ihre Lippen auf seine, jetzt sanfter. Strich ihm mit den Fingern durch die Haare. „Ich fühle mich sehr verwöhnt."

„Gut." Er knabberte an ihrer Unterlippe. „Hungrig?"

Julia schüttelte den Kopf. „Ich will einen Spaziergang am Strand machen. Und in den Pool springen. Falls du warten kannst."

„Was immer dich glücklich macht."

Sie zog im Bad ihren Badeanzug an, aber bevor sie darüber Shorts und ein T-Shirt ziehen konnte, krümmte Zach einen Finger. „Du brauchst Sonnencreme."

Was dazu führte, dass Zach sowohl sehr glücklich als auch sehr angeturnt war. Während er mit den Fingern am Rand ihres Bikinitops entlangstrich und über ihren Bauch fuhr, zog er ihren Rücken an seine Vorderseite.

Surfshorts brachten rein gar nichts, um seine körperliche Reaktion darauf zu verbergen, dass er sie größtenteils nackt in den Armen hielt.

Sie wand sich weg, zwinkerte schelmisch. „Das können wir auf die To-do-Liste setzen, aber ... erst der Strand?"

Das Paradies jetzt genießen, und später – genau das, was er sich erhofft hatte.

Das Abendessen fand in einem Restaurant ein paar Minuten weiter am Strand statt. Zach drehte seinen Stuhl, sodass er direkt neben Julia saß, während sie beide über den Sand und das Wasser auf die untergehende Sonne blickten. Er legte seinen Arm auf den Rand ihres Stuhls und ließ ihre Finger ineinander verschränkt.

Behaglich. Natürlich. *Lieber Gott, lass sie fühlen, wie enorm diese Sache zwischen uns ist.*

Julia hob ihr Weinglas, stieß damit leicht an seines. „Auf wunderbare Erinnerungen."

Ihre Gläser klirrten. Der Trinkspruch war genau, was Zach sich wünschte. Erinnerungen, auf die sie noch in Jahren zusammen zurückblicken würden.

Er bestellte ein halbes Dutzend verschiedener Vorspeisen, damit sie ein bisschen von allem probieren konnten. Jedes Mal, wenn sie zustimmend über einen der verschiedenen Geschmäcker stöhnte, verfluchte er seine geniale Idee.

„Das ist mein Favorit." Sie löffelte ein wenig Krabben-Dip auf und bot ihn ihm an.

Zach nahm den Bissen, schnappte sich ihre Finger und leckte sie ab.

Die untergehende Sonne beleuchtete ihr Gesicht rosa und golden, verstärkte die Farbe auf ihren Wangen. Aber die Hitze ...

Die kam ganz von ihnen.

Als die Sonne zum Horizont sank, wurde Julia leiser. Das

Geräusch hawaiianischer Musik trieb durch die Luft, zusammen mit dem Geruch nach Kerosin von den Tiki-Fackeln.

Sie hatte sich neben ihm auf dem kleinen Sofa niedergelassen, die Finger ineinander verschränkt, während sie sich an seine Seite lehnte und hinaus aufs Wasser schaute. „Ich war schon am Meer, aber noch nie so."

„Ich auch nicht." Denn obwohl er die Insel schon oft besucht hatte, selbst auf genau diesem Platz gesessen hatte, hatte er niemals die Sonne mit der Frau untergehen sehen, die er liebte.

Verdammt.

Zach hielt diesen Gedanken einen Augenblick lang fest. Genoss ihn auf die Art, wie er den Geschmack des Weines und des guten Essens seine Sinne hatte füllen lassen, bevor er die Erfahrung geteilt hatte.

Er liebte sie. Das war nicht nur eine Möglichkeit. Es war nicht etwas Gutes, das vielleicht eines Tages geschehen könnte.

Er liebte sie ehrlich und aufrichtig.

Als Farben den Horizont bis zum Himmel füllten, legte Zach die Arme um Julia und hielt sie ganz fest.

Irgendwie musste er in den nächsten Tagen im Paradies eine Müdigkeit finden, es sie wissen zu lassen.

Er weckte sie früh, das Sonnenlicht strömte in das Häuschen und war eine zusätzliche Ermunterung, den Tag rechtzeitig zu beginnen. Und als seine Küsse und Liebkosungen sich in etwas Hitzigeres verwandelten, war Julia direkt dabei.

Auch wenn sie lachte, als er eine kleine Tasche aus dem

Koffer holte und sie auf dem Bett ausschüttete, und drei brandneue Vibratoren auf der Oberfläche hüpften.

„Ich hab mir Sorgen gemacht, dass einer von ihnen anspringen würde, während wir den Sicherheitscheck machen", gab Zach zu.

„Ich hab die Batterien aus denen genommen, die ich dabei habe."

Er grinste, während er einen hochhielt und damit wackelte, aus dem Gerät kam ein tiefes Summen. „Aufladbar."

Zach ging dann dazu über, ihnen beiden zu geben, was sie brauchten, um den Tag sehr entspannt zu beginnen.

Auf den Sex folgten Zeit am Strand, Zeit am Pool, Essen und weiteres Herumknutschen. Julia ging völlig in der Erfahrung auf. Am Nachmittag von Tag zwei war sie nicht mehr sicher, ob sie weggehen können würde, wenn der Ausflug vorüber war.

Ihr Handy klingelte, und sie griff träge über den Seitentisch. Als sie entdeckte, dass es ein FaceTime-Anruf von ihren Schwestern war, schnappte sie es sich begierig. „Hey."

Lisa und Karen erschienen in verschiedenen Kacheln.

„Bist du nackt?", Lisa versuchte, geschockt zu klingen, aber sie lachte zu sehr, als dass es funktioniert hätte.

„Ach, bitte. Das ist keine Frage, die wir beantwortet brauchen, solange sie das Handy im richtigen Winkel hält", sagte Karen trocken. „Hey, Chica. Sag mir, dass du was Süßes trinkst und am Pool sitzt."

„Zach ist reingegangen, um Margaritas zu machen, und ich kann euch auf jeden Fall den Pool zeigen." Sie drehte sich, sodass ihr Rücken zum Pool ausgerichtet war, mit dem Meer, das dahinter glitzerte. Die Reaktion ihrer Schwestern war enorm unterhaltsam. Julia richtete die Kamera wieder auf sich, lehnte das Handy auf dem Beistelltisch an, damit sie sich mit den Händen hinter dem Kopf zurücklegen konnte. „Ich bin mir ziemlich sicher, das ist alles ein Traum, aber niemand kneift mich bitte, denn ich genieße es viel zu sehr."

„Das hoffe ich. Das ist unsere Ansicht." Karen drehte die Kamera und hielt sie zu den Bergen. „Ich meine, immer noch schön, aber wenn man bedenkt, dass das nur eine Pause im Sturm ist, wird es vermutlich noch eine Menge mehr Schnee geben, wo der herkam."

Die Rocky Mountains waren nicht nur mit Weiß bekränzt, sie waren darunter begraben. Selbst beim Blick durch den Handybildschirm waren die eisige Kälte und die weite Einsamkeit der Winterfelder laut und deutlich spürbar.

Karen drehte das Handy, um ihr eine übertriebene Schnute zu zeigen. „Ich würde jetzt gerade einen Strand nehmen. Und den Pool."

„Und den Margarita, obwohl ich gern meinen eigenen Mann mitnehmen würde. So sexy deiner auch ist und so." Lisa duckte sich, als etwas an ihrem Kopf vorbeiflog. „Hey, ich habe dich verteidigt."

Josiahs Antwort war zerhackt, aber was immer er sagte, es brachte sie zum Lachen.

Karen verdrehte die Augen und konzentrierte sich dann auf Julia. „Wir werden dich nicht lange aufhalten, wir wollten dich nur wissen lassen, dass wir einen heftigen Schneesturm haben. Fühl dich nicht schuldig, dass du deine Schwestern der Rückkehr der Eiszeit überlassen hast."

Links von Julia erschien ein Glas. Sie nahm es dankbar an, lächelte zu Zach auf. „Danke, Baby."

Er beugte sich und vor küsste sie. Sie machte sich da keine Gedanken, erwiderte es genauso. Eine kurze, aber intensive Interaktion, bei der ihr Herz hämmerte.

Als er sich entfernte, zwinkerte er ihr zu, bevor er sich auf seine eigene Liege zurückzog und ausstreckte.

Verdammt, dieser Mann war gut aussehend. Ganz

muskulös und schlank, und er wurde bereits in der Sonne köstlich golden braun.

Ein leises Hüsteln holte sie aus ihrem Gaffen zurück.

Scheiße.

Sie riss den Kopf dorthin, wo sie das Handy aufgestellt hatte. „Es gibt nichts zu sehen", murmelte sie unschuldig.

Karen drückte sich einen Finger auf die Lippen, aber sie kicherte.

Lisa grinste nur.

Es musste getan werden. Julia streckte die Zunge raus, dann legte sie auf, während sie ihre Schwestern lachen hörte.

Am dritten Tag kam die Horde – wie Zach sie liebevoll nannte – an.

Julia hatte erwartet, dass sie zumindest irgendeine Ebene des Unbehagens verspüren würde, aber von dem Augenblick, als Pamela und Zachary Senior durch die Tür kamen, gab es zu viel Chaos, um irgendetwas anderes außer Erheiterung zu spüren.

„Zach, Liebling. Hilf deinem Vater. Ich habe keine Ahnung, weshalb er darauf bestanden hat, all diese Dinge mitzunehmen, denn das soll doch Urlaub sein", rief sie die letzten Worte über die Schultern dem silberhaarigen Gentleman zu, der Mühe hatte, alle übergroßen Koffer aus dem Kofferraum des SUV zu holen. „Du bist bestimmt Julia. Komm, wenn du gern umarmst, dann umarme mich. Falls nicht – High-Five."

Eine Sekunde später stellt Julia fest, dass sie von zwei stämmigen Armen kurz gedrückt und dann wieder freigelassen wurde.

Pamela füllte Julias Hände gleich mit Päckchen, die man zur Küche oder dem Beistelltisch tragen oder in Gang eins oder zwei für die Ankunft der restlichen Familie aufstapeln musste.

Sobald das Fahrzeug seiner Eltern leer war, kam das

nächste Stück Familie an. Mattie und Ronan mit ihren sechs-, sieben- und neunjährigen Jungs wurden von Quinn und ihrem Mann Drew abgelöst.

Bis zum Abendessen war jeder Raum im Haus mit Zachs Schwestern, Schwägern und Nichten und Neffen gefüllt.

Julia wurde mitten hinein platziert, um Käse für gegrillte Sandwiches zu schneiden. Links von ihr erklärte die siebenjährige Rita die Surfregeln, während sie sorgsam Mayonnaise auf einem endlosen Stapel Brotscheiben verteilte.

Auf der anderen Seite schnitt Zachs Schwester Petra eine Mango für den riesigen Obstsalat auf.

„Willst du nach dem Mittagessen surfen gehen, Miss Julia?", fragte Rita eifrig.

„Ich weiß nicht, wie man surft", gab Julia zu. „Jemand wird es mir beibringen müssen."

Rita nickte entschieden. „Onkel Zach wird dir sein Surfboard leihen. Tante Petra, willst du surfen?"

„Vielleicht, Kleine. Wir müssen erst mal bei deiner Mom nachfragen, weißt du noch?" Petra zwinkerte Julia insgeheim zu. „So sind die Strandregeln. Niemand geht allein ohne einen Erwachsenen raus, niemand geht raus, ohne bei Mom und Dad nachgefragt zu haben."

Mit einem ganz festen Griff unten an Julias T-Shirt zerrte Rita. „Du bist eine Erwachsene."

„Bin ich. Aber deine Tante Petra hat recht. Familienregeln – frag bei deiner Mom nach. Falls es okay ist, können vielleicht deine Tante und ich mit dir kommen, und du kannst mir ein paar Tricks zeigen."

Mehr oder weniger hüpfend ging Rita wieder an ihre Aufgabe, ihre Zunge bewegte sich weiterhin mit einer Million Kilometer pro Stunde.

Die ganze Familie versammelte sich an einem riesigen Tisch. Petra stand auf und hielt eine Tasche hoch, bevor sie hineingriff und einen Stein herausholte. Sie schaute auf den Namen, der auf der Oberfläche stand. „Jason. Du darfst anfangen."

Der Neunjährige schob seinen Stuhl zurück und erhob sich, seine Wangen waren gerötet, als er den Tisch entlang zu Julia schaute. Aber er konzentrierte sich auf die andere Seite des Tisches auf seinen Dad und sprach deutlich. „Ich bin dankbar, hier zu sein, wo es schön und warm ist. Ich freue mich, meine Cousins und Cousinen zu treffen. Ich hoffe, dass wir Schildkröten sehen können."

Er setzte sich sofort hin, aber es gab einen betonten Applaus und Wertschätzung, während das Essen weiter über den Tisch wanderte.

Zach presste seine Finger auf Julias Oberschenkel. „Das ist unsere Version des Dankgebets. Die Namen von allen sind im Beutel. Wenn du dran bist, sagst du etwas, worum du dankbar bist, was dich freut und eine Hoffnung. Ziemlich einfach."

Ziemlich süß, dachte Julia. „Das ist eine schöne Tradition."

Auf der anderen Seite genehmigte Petra sich eine Schale Obstsalat, bevor sie ihn Julia reichte.

„Willst du es heute Nachmittag mit dem Surfen versuchen?", fragte die Frau.

„Wenn das funktioniert, mache ich es gerne."

Petra deutete ein wenig vom Haus weg. „Wir müssen nicht weit gehen, und es ist eine ziemlich gute Stelle für Anfänger."

Sie gingen alle an den Stand, mit Sonnenschirmen und Liegen, die strategisch aufgestellt wurden, damit die Kleinsten nicht die volle Sonne abbekamen.

Zach beugte sich direkt heran, um ihr ins Ohr zu flüstern. „Ist es okay, wenn ich dich hier lasse? Oder willst du, dass ich dir Unterricht gebe?"

Petra legte beide Hände auf ihn und schob ihn dorthin, wo seine Schwäger warteten. „Geh schon. Ich bringe es ihr bei."

Es war zu leicht, zu lachen. Julia wackelte mit den Fingern Zach zu, dann winkte sie ihn weiter. „Ich habe bereits zwei Expertinnen, die mir was beibringen", erklärte sie, denn Rita hüpfte neben ihnen auf und ab, wollte unbedingt anfangen. „Geh mit den Jungs spielen."

Er zwinkerte und marschierte mit seinem Surfboard unter dem Arm weg. Bei jedem Schritt spannten sich seine Beine an, die Surfshorts schmiegten sich hübsch um seinen Körper.

Verdammt. Das war ein echt netter Arsch …

Ein Schnauben erklang neben ihr. „Okay, Rita. Sobald Julia mit dem Sabbern fertig ist, können wir ihr beibringen, wie man sich auf ein Brett stellt."

Julia wurde rot, nahm das Necken aber gelassen hin.

Während der Nachmittag verging, wurde klar, dass an dem Tag irgendeine Art von Magie am Werk war. Zachs Familie hieß sie genauso locker und behaglich willkommen, wie sie es sich hätte erhoffen können. Die Zeit am Strand und die Surfstunden gingen über in die Vorbereitungen zum Abendessen, wozu Salate und Kohlenhydrate und eine Menge Fleisch für ein Barbecue gehörten.

Alles hielt allerdings kurz vor sechs inne, als der dreijährige Beau eine Essensglocke bekam, die er heftig schüttelte. Er machte große Augen über das laute Geräusch, das von seinen Fingerspitzen kam, doch er ließ nicht los.

Zach nahm Julia an der Hand und zog sie auf die Veranda. „Sonnenuntergang. Wir haben nicht viele Rituale, aber das ist heilig."

Die ganze Familie versammelte sich, setzte sich in kleinen Grüppchen mit Getränken in den Händen hin, während die Sonne stetig zum Horizont sank. Ein Schiff mit dreieckigen Segeln trieb auf den riesigen Ball aus Licht zu, und sogar die Kinder schienen in diesem Augenblick Ruhe zu finden.

Sie lehnte sich an Zachs Seite. „Das ist umwerfend."

Er schaute auf sie hinab, das Lachen in seinen Augen wurde ernst. „Ich freue mich echt, dass du da bist. Freue mich, dass du Spaß hast."

Sie hatte eine wunderbare Zeit, und doch ...

Etwas stimmte nicht. Denn als sie zurück ins Haus gingen und das Abendessen fertig vorbereiteten, der Geruch von Barbecue-Burgern und mit Honig glasiertem Lachs ihr den Mund wässrig machte, hätte es in diesem Ausblick nicht als Freude geben sollen.

Dieses Mal wurde sie weiter unten an den Tisch gesetzt. Ihr am nächsten waren Quinn und Mattie, und obwohl die Unterhaltung angenehm war, wurde ihr Unbehagen größer, je länger die Mahlzeit dauerte.

„Sobald die Touristenranch mal in Betrieb ist, wo werden dann du und Zach wohnen?" Quinn gab ein paar Makkaroni auf den Teller ihrer Tochter, bevor sie ihre Aufmerksamkeit wieder Julia zuwandte.

„Vorerst werden wir einfach in der Hütte bleiben." Sie starrte den Tisch entlang dorthin, wo Zach mit seinem Vater und seinem ältesten Neffen lachte.

„Auf der anderen Seite unseres Grundstücks gibt es im nächsten Frühjahr Land zu kaufen", sagte Mattie. „Zach hat immer schon davon gesprochen, dass er mal bauen will. Ich kann ihnen sagen, dass sie sich bei euch melden sollen, wenn ihr es schon mal vorzeitig ansehen wollt."

Ihr Gefühl der Bedrohung wurde stärker. „Ich spreche es mal bei Zach an."

Julia raffte sich zusammen, bis die Mahlzeit durch war, aber in dem Augenblick, als die Teller zusammengestellt worden, hielt sie es nicht mehr aus.

Sie sprintete durchs Zimmer und schnappte sich Zach, zog ihn mit sich zu ihrem Häuschen. „Wir sind gleich wieder zurück."

Zach ging bereitwillig mit, tiefe Sorge stand auf seinem Gesicht, als sie die Tür hinter ihnen schloss. „Was ist los? Was stimmt nicht?"

„Alles", sagte Julia. „Nichts. O mein Gott, deine Familie ist wunderbar. Deine Schwestern wollen uns helfen, ein Grundstück zu kaufen, damit wir neben ihrem Haus bauen können."

Er hob die Augenbrauen, wartete aber geduldig. „Und ...?"

„Und wir *lügen* sie an." Sie brachte die Worte kaum heraus.

Alles wurde kristallklar. Sie wollte sich hinsetzen und echt mal richtig weinen, aber das würde nichts ändern.

Das Einzige, was etwas ändern konnte, war die Wahrheit.

Julia holte tief Luft und stürzte sich darauf. „Als wir nach Whiskey Creek gegangen sind, habe ich es genossen, die Ranch zu sehen. Die Colemans sind gute Leute, echt nett und fürsorglich. Ich konnte nicht verstehen, warum ich mich so gefreut habe, wieder rauszukommen. Warum ich die ganze Zeit, als wir nach Hause gefahren sind, innerlich so verärgert war."

Zach schloss den Abstand zwischen ihnen, nahm sie in die Arme und hielt sie an sich gedrückt. „Ich hatte ja keine Ahnung."

„Sie haben nichts falsch gemacht. Sie haben eigentlich alles richtig gemacht. Ich war nicht auf sie wütend." Sie schob sich weit genug zurück, damit sie ihm ins Gesicht schauen konnte. „Ich bin so wütend auf meine Mom. Ich liebe sie enorm für alles, was sie im Lauf der Jahre für mich getan hat und all die Opfer, die sie gebracht hat. Aber sie hat absichtlich entschieden, mir die Wahrheit vorzuenthalten – das war falsch."

„Oh, Jules. Es tut mir leid."

Es kamen weitere Gefühle hoch, Verständnis machte sich

breit. Julia musste in Worte fassen, weshalb das so wichtig war, hier und jetzt.

„Mom hat mir nicht nur die Wahrheit vorenthalten, sie hat mir meinen Dad vorenthalten. Sie hat mir meine Schwestern vorenthalten. Ich tue nicht so, als hätten wir alle irgendein magisches Glück bis ans Lebensende erlebt, denn wir wissen nicht, ob sie und Dad es als Paar hätten schaffen können.

Aber sie hat mir eine Zukunft gestohlen, in der ich meine Schwestern hätte kennenlernen dürfen. In der mein Dad die Gelegenheit bekommen hätte, neue Leute in seiner Welt zu haben, und der Effekt auf die Whiskey-Creek-Mädchen wäre riesig gewesen."

Sie legte den Kopf an Zachs Brust, hörte auf seinen Herzschlag unter ihrem Ohr.

Er rieb ihr langsam den Rücken. „Du hast recht. Es tut mir leid", wiederholte er.

Das Nächste musste gesagt werden. „Sie hat gelogen, und ich wünschte echt, das hätte sie nicht getan. Ich muss das besser machen."

Zach wurde reglos. „Fahr fort."

„Ich will nicht mehr, dass wir lügen." Sie wischte sich über die Augen, trat aber zurück, stand entschlossen da, während sie ihm in die Augen schaute. „Okay, das bedeutet nicht, dass ich allen jede Einzelheit mitteilen will, aber ich glaube echt, dass wir deiner Familie einen Teil dessen sagen müssen, was los ist."

Er schluckte schwer. „Und was ist los, Julia?"

„Dass wir versehentlich geheiratet haben. Dass wir zugestimmt haben, das als Freunde zum Funktionieren zu bringen." Sie runzelte die Stirn. „Weiß deine Familie von Bruce?"

Zachs Lippen zuckten. „Ja. Bruce war einer der besten Freunde meines Vaters, sie verstehen also ziemlich gut, dass er unvorhersehbar ist."

Die feste Anspannung in ihrer Brust ließ allmählich nach. „Ist es für dich okay, wenn wir das machen? Ich habe das Gefühl, als müsste ich zumindest vor einer kleinen Ecke meiner Welt die Verantwortung übernehmen. Und obwohl das nicht ändert, was meine Mom getan hat, oder wie es die Welt von Whiskey Creek betroffen hat, bedeutet es, dass deine Familie sich keine Dinge einbildet, die nicht echt sind."

Er lächelte, doch seine Augen leuchteten nicht genauso wie sonst. „Wenn es dich glücklich macht, können wir es ihnen natürlich erzählen. Obwohl ich glaube, dass wir vielleicht das, was wir machen, weiterhin Daten nennen müssen. Ich glaube nicht, dass Mom und Dad das Konzept von Freunden mit gewissen Vorteilen gut finden würden."

Verdammt. Daran hatte sie nicht gedacht. Julia schätzte, dass es Ebenen der Wahrheit gab.

„Solange es sie darin verlangsamt, dass sie für uns im Frühling Hochzeitspläne aufstellen." Selbst mit dem Dreh, dass sie zusammen waren, nahm ihre Erleichterung zu. „Können wir mit deinen Eltern anfangen? Und nicht eine große allgemeine Ankündigung machen?"

Zach legte die Arme um sie, drückte sie fest, bevor er sie mit einem Schlag auf den Hintern zum Bad schob. „Meine Eltern werden angemessen schockiert, erheitert und entsetzt über uns sein. Meine Schwestern auch, sobald wir es ihnen sagen. Ich schnappe mir Mom und Dad und zünde die Feuergrube an. Du machst den Abwasch, und ich treffe dich dann dort."

Und so, nicht mal fünfzehn Minuten später, saßen sie und Zach an der Feuergrube seinen äußerst neugierigen Eltern gegenüber.

Julia nahm Zachs Hand in den Todesgriff, während sie sich aufrecht hinsetzte und tief Luft holte, bevor sie die Wahrheit zugab. „Wir haben aus Versehen im letzten Herbst geheiratet."

21

Julias Worte lösten in Zachs Eltern ungefähr die Reaktion aus, die er sich erwartet hatte. Schock natürlich, sofort gefolgt von Erheiterung, die zu gleichen Teilen von Sorge durchwirkt war.

„Interessant. Willst du das ausführen?" Seine Mutter lehnte sich in ihrem Sessel zurück, ihr Blick huschte zwischen ihm und Julia hin und her. „Moment. Erst mal, Julia? Alles in Ordnung, meine Liebe?"

Ein leises Keuchen kam wegen der offensichtlichen Sorge in Pamelas Tonfall über Julias Lippen, doch sie nickte. „Nur ein bisschen nervös."

„Das musst du doch nicht. Da ich bezweifle, dass das vor Zach geheim war, und er dich mitgebracht hat, heißt das, dass er dir vertraut. Das bedeutet, dass wir dir vertrauen", beharrte Zachary Senior. Er rückte nahe genug, um seinem Sohn auf die Schulter zu klopfen. „Obwohl ich zugeben muss, dass ich mir immer dachte, Petra wäre diejenige, die so was abzieht."

„Warte nur", meinte Zach. „Das heißt, dass sie noch etwas Ausgeflippteres machen kann."

„Der Himmel behüte. Okay, erzählt uns die Einzelheiten." Seine Mutter nippte an ihrem Mai Tai, als hätte sie überhaupt keine Sorgen.

Zach hielt die Erklärung einfach, übersprang die Teile, zu denen Nacktheit gehörte, und spielte die Besoffenheit so weit wie möglich herunter.

Julia saß still da, ihre Finger drückten seine, während er sprach.

Als er zu dem Knaller mit der finanziellen Verpflichtung kam, ein Jahr lang verheiratet zu bleiben, stieß sein Vater ein langes, genervtes Stöhnen aus. „So war Bruce eben. Er konnte nie widerstehen, sich einzumischen."

Pamela schüttelte den Kopf, dann konzentrierte sie sich wieder auf Julia. Sie öffnete den Mund, dann schloss sie ihn. Ein zweites Mal setzte sie an, aber diesmal wandte sie ihre Aufmerksamkeit Zach zu. „Also gut. Dann wollen wir mal. Du kannst in das Gästezimmer im Haus ziehen, und Julia kann das Häuschen ganz für sich haben."

Scheiße. Wie erwartet. „Es ist okay, Mom. Wir sind jetzt schon zusammen." Zach stürzte sich vor und hoffte, Julia würde es sich nicht anders überlegen und dem Vorschlag nachgeben.

„Wir wollten euch nur nicht auf den Gedanken bringen, dass das irgendwas ..." Julia zögerte. Sie versuchte es noch einmal. „Zach und ich sind schon Freunde. Aber ..." Sie seufzte, ein großer, müder Laut. „Es ist kompliziert."

Zach Senior nickte langsam, bevor er in die Hände klatschte und sie fröhlich anschaute. „Na ja, solange die Dinge für euch in Ordnung sind, sind die Dinge für uns in Ordnung. Aber um Himmelswillen. Falls ihr jemanden braucht, mit dem ihr reden könnt ..."

„Das ist okay", beeilte sich Zach, ihm zu versichern, denn obwohl er und sein Vater diese Diskussion führen konnten, musste er nicht die Einmischung seiner Mutter auslösen. Seine Mutter würde irgendwie dafür sorgen, dass das Gespräch sich um Sex drehte, und das stand überhaupt nicht zur Debatte. „Wir haben das schon abgedeckt."

Zach ließ Julia etwas Ruhe und versammelte seine Schwestern, um ihnen rasch einen Überblick über die Lage zu geben. Er bot keiner von ihnen den Code für ihr Hochzeitsvideo an.

Petra war die erste, die Julia in die Arme zog, und als der Rest es genauso machte, mit Lächeln und offensichtlicher Unterstützung für ihr Handeln, nahm Zach die Gelegenheit wahr, aus dem Haus zu schlüpfen und zum Stand zu gehen.

Ihm tat die Seele weh.

Sein rasches Marschieren verlangsamte sich zu einem Schlurfen, und dann zu nichts, während er auf die Lichter schaute, die vom Wasser gespiegelt wurden, von all den Häusern, die sich in die Bucht schmiegten.

Zach fand einen Stein, auf den er sich setzen konnte, streckte die Beine vor sich aus, während er versuchte, sein inneres Gleichgewicht zu finden.

Julia wollte die Wahrheit sagen. Er hatte diese Bitte genauso gewürdigt, wie er in den vergangenen Monaten versucht hatte, das zu tun, was sie glücklich machte.

Aber die Tatsache, dass sie in ihnen nicht mehr als Freunde sah, traf ihn trotzdem bis ins Innerste. Denn *das* war die Wahrheit, die er wollte. Die Wahrheit, die er unbedingt brauchte.

Er schnappte sich Steine, warf sie gedankenlos in die Wellen.

Hinter ihm verriet ihm ein klirrender Stein, dass jemand näher kam. Als sein Vater sich neben ihm niederließ, war Zach nicht allzu überrascht.

Trotzdem versuchte er auszuweichen. „Schöner Abend zum Sternegucken."

Zach Senior lachte. „Du bist ein beschissener Lügner."

„Ich bin ein sehr guter Lügner", beharrte Zach, bevor er eine Beschwerde seufzte. „Du hast nur zufällig genau dieselben verräterischen Anzeichen wie ich, also kannst du mogeln und sehen, was ich zu verbergen versuche."

„Tja. Das tut mir leid." Sein Dad passte sich seiner Haltung an, sah hinauf und nickte. „Es ist eine schöne Nacht zum Sternegucken. Vielleicht sieht man später sogar die ISS."

Sie saßen ein paar Minuten lang da, bevor sein Vater wieder etwas sagte. „Du magst diese Frau echt, oder?"

„Ja."

Eine warme Hand landete auf seiner Schulter. „Bruce hat die Dinge für dich echt vermasselt, oder?"

„Vielleicht. Vielleicht ist diese Zeit mit Julia das Beste, was für mich spricht." Zach schaute zur Seite. „Ich bin doch keine so schlechte Partie. Das bedeutet, ich habe Zeit, es zu beweisen."

„Hast du ihr gesagt, was du empfindest?"

„Wie könnte ich das?" Die Erklärung brach aus ihm hervor. Zach schob sich auf die Beine und ging wieder auf und ab. „Sie ist in der Falle, Dad. Kannst du dir vorstellen, wie schrecklich es wäre, wenn ich verkünde, dass ich in sie verliebt bin, während sie weitere neun Monate lang nicht fliehen kann? Und ich kann mich nicht beschweren, denn sie macht das, um mich zu retten. Und um außerdem noch ..."

Er klappte den Mund zu, bevor er das Detail über die Folgen für Finn ebenfalls verriet.

Es funktionierte nicht. Entweder konnte sein Vater in ihm lesen wie in einem Buch oder er kannte seinen ehemaligen Freund zu gut. „Bruce hat noch was gemacht, oder nicht?"

Zach seufzte. „Es sind nicht nur meine Finanzen, sondern die ganze Firma, die betroffen sein wird."

„Ah." Sein Vater stand auch auf, starrte über das Wasser, sein Problemlöser-Gesicht war da. Er wandte sich mit einem Grinsen Zach zu. „Also. Was wirst du dagegen machen?"

Zach zuckte mit den Schultern. „Da gibt es nichts zu machen. Warten und versuchen, Julia zu überzeugen, sich in den nächsten Monaten in mich zu verlieben."

„Toller Plan A. Was ist Plan B?"

Er beäugte seinen Vater. „Das ist kein Experiment, wo man zwei verschiedene Wege ausprobiert, um irgendeinen Apparat zu erfinden."

„Nein, es ist dein Leben, und wenn es eine Chance gibt, dass du morgen glücklich sein kannst, anstatt neun Monate zu warten, glaube ich, ein paar Experimente sind sehr wertvoll." Zachary Senior schnalzte enttäuscht mit der Zunge. „Du bist doch besser im Brainstormen als das. Diese Frau hat dich aus der Bahn geworfen, das ist sicher."

„Danke, Dad. Ich nehme das an, das ist die offizielle Verkündigung, dass ich nicht weiß, was zum Teufel ich tun soll?"

Sein Vater zuckte mit den Schultern. „Sie ist ein nettes Mädchen. Du bist ein netter Junge. Ich mag Symmetrie in meiner Welt."

Erheiterung machte sich trotz des Frusts bemerkbar. „Ich liebe dich, Dad. Ich werde über weitere Pläne nachdenken, aber bitte misch dich nicht ein. Und tu mir einen Gefallen und lass Mom uns nicht über Safer Sex belehren."

Zachary Senior verzog das Gesicht. „Vielleicht willst du in euer Bad gehen, bevor Julia das macht. Ich glaube, deine Mutter hat erwähnt, dass sie vorhatte, eine Schachtel Kondome auf den Tresen zu stellen, und etwas Literatur über die beste Möglichkeit, wie Julia Harnwegsinfektionen vermeiden kann."

„*Dad.*" Lieber Gott. Zach ging zurück zum Haus, in der Hoffnung, dass er das gleich im Keim ersticken konnte.

„Tut mir leid, aber du wirst feststellen, das Gute daran, wenn man eine starke Frau liebt, ist, dass sie einen eigenen Willen hat. Du kannst niemals sagen, was sie als nächstes tun wird. Nur versuchen, ihre Kinder in Verlegenheit zu bringen. Das ist die Regel."

Der Heiligabend kam, dann der Weihnachtsfeiertag. Ein Urlaub auf Hawaii bedeutete, dass der Klang des Meeres sich in die Weihnachtslieder mischte. Da seine Familie dabei war, war immer jemand da, mit dem man plaudern konnte.

Julia blühte auf. Es war die einzige Art, wie man es beschreiben konnte.

Sie spielte mit seinen Nichten und Neffen, plauderte mit seinen Schwestern und neckte seine Schwäger. Zusammen schlugen sie seine Eltern so schlimm beim Cribbage, dass sie sich weigerten, noch weiter zu spielen.

Ihre Zeit zusammen war von Gelächter durchwirkt. Die Freude, die aus ihr herausleuchtete, füllte jeden verfügbaren Platz, bis sie verdammt noch mal strahlte.

Zach hielt jede kostbare Erinnerung fest, als wären sie Diamanten, die er aus den tiefsten Tiefen einer Mine geholt hatte. Jeden Tag dachte er über die Frage seines Vaters nach, was getan werden konnte, um das Glück heute kommen zu lassen, anstatt erst in Monaten.

Er hatte die Antwort noch nicht gefunden, aber er kam dichter dran.

In der Zwischenzeit erfüllte es ihn mit Frieden, dass er Julia glänzen sehen, sie nachts in den Armen halten und spüren konnte, wie sie ihren Platz in seiner Familie fand – denn das tat sie auf jeden Fall.

Bei Sonnenuntergang am ersten Weihnachtsfeiertag

schmiegte sie sich an seine Seite, legte den Kopf an seine Schulter und seufzte zufrieden.

Es war unmöglich, zu widerstehen. Er drückte ihr einen Kuss auf die Schläfe und legte den Arm fester um sie. „Hawaii steht dir gut."

„Es war eine erstaunliche Erfahrung." Ihr Finger fuhr die Linien auf seinem Oberschenkel fast unbewusst nach. „Ich kann nicht glauben, dass wir noch fünf Tage haben."

„Das könnte ihnen vielleicht Zeit geben, in Heart Falls alles auszubuddeln", scherzte er. „Finn sagt, nächstes Mal, wenn wir um Weihnachten länger freimachen, wird er es als Warnung nehmen, dass eine weitere Schneeapokalypse bevorsteht."

Sie lachte, dann wurde sie still. Die Zufriedenheit, die aus ihr herausstrahlte, war leicht zu spüren. Ihr Blick blieb auf den Sonnenuntergang gerichtet, während sie sprach. „Ich bin froh, dass du mit Finn reden konntest."

Das war er auch. Sie hatten eine lange überfällige Unterhaltung geführt, die in ein paar Tagen in größeren Einzelheiten besprochen werden würde. Sobald Finn und Karen eine Gelegenheit gehabt hatten, die Sache zu bereden. „Wie war Weihnachten für deine Schwestern?"

Julia lächelte. „Ollie hat ein neues Quietschespielzeug bekommen, und Dandelion Fluff hat es gestohlen. Karen sagte, sie und Lisa sind eine Stunde später in die Küche gekommen und haben festgestellt, dass die Katze und der Hund zusammen im Hundebett liegen, jeder mit einer Pfote auf dem Plüschschaf."

„*Awww.* Beste Freunde." Sie schaute zu ihm auf, blickte auf seine Lippen, während sie die Finger um das blaue Larimar-Halsband legte, das er ihr vor ein paar Tagen am Bootsanleger gekauft hatte. „Frohe Weihnachten. Es war ein weiterer guter Tag. Vielen Dank für mein Geschenk."

„Gern geschehen." Er nahm das Angebot, das sie ihm eindeutig machte, und küsste sie.

Dann lenkte er seine Aufmerksamkeit wieder auf den Sonnenuntergang, seine Familie und seine Pläne B, C und D, die er bereits aufzustellen begonnen hatte. Zum Großteil, um zu verhindern, dass er sich den blauen Larimar-Ring schnappte, den er auch gekauft hatte, und auf ein Knie ging, um sie zu bitten, es echt werden zu lassen.

Seine Zeit würde kommen. Noch nicht, aber bald ...
Sehr bald.

Zum ersten Mal, seit sie in Hawaii angekommen waren, war der Himmel am Morgen grau. Julias Spaziergang an der Küste an diesem Tag war mit Mattie und Quinn, die beide versuchten, sich mit Geschichten über Zach beim Aufwachsen zu übertreffen, die sie zum Lachen brachten.

Sie kam mit ihnen wieder ins Haus, und drei hochgewachsene, gut aussehende Männer lösten sich von dort, wo sie sich um die Kinder und die Frühstücksvorbereitung gekümmert hatten, um ihren Frauen eine Umarmung und einen Kuss zu geben.

Die Sechs- und Siebenjährigen stöhnten und verdrehten die Augen, doch der Neunjährige machte Kussgeräusche in die Richtung seiner Eltern. Ronan knurrte, dann sprintete er ihm nach, und im Raum war alles voller Gelächter und Gebrüll und Familienverbundenheit.

Zachs Arm um sie spannte sich an, aber es war die Bewegung seiner Brust, die sein Lachen enthüllte, das dafür sorgte, dass sie sich zu ihm beugte und sein Gesicht in die Hand nahm. „Du bist ein Scherzkeks, aber ich sehe jetzt, das liegt in der Familie."

„Ja." Er tippte ihr auf die Nase. „Diese Kinder wollen heute Vormittag Riesensandburgen bauen. Willst du mitkommen, oder mit meinen Schwestern rumhängen?"

Quinn kam vorbei, sie sprach leise. „Ähem. Keine Kinderzeit. Die Typen haben sie den ganzen Vormittag, und wir haben eine Poolparty nur für Damen."

Auf der anderen Seite des Raumes flüsterte Petra gespielt: „Wir haben die echt gute S-C-H-O-K-O-L-A-D-E gerettet."

Julia wandte sich an Zach und ließ ihre Wimpern klimpern. „Danke für deine Einladung, aber ich glaube, ich muss hierbleiben und das überwachen. Als Rettungsschwimmerin dienen und sicherstellen, dass keiner irgendwas wegschmilzt."

Er lachte, beugte sich vor, um nur ihre Ohren zu sprechen: „Du verträgst dich mit allen?"

„Sie sind wunderbar. Geh. Habt Spaß."

Er wackelte mit den Augenbrauen. „Ich werde später Hilfe brauchen, um mir den Sand abzuwaschen. Nur als Vorwarnung."

Ihre Wangen wurden rot, aber mit der frischen Bräune, die sich bildete, fiel es vielleicht niemandem auf.

Das Geräusch erwachsener Männer, die Kinder hüteten, verklang in der Ferne. Oma und Opa waren mitgekommen, um zu helfen, und plötzlich waren es nur noch Julia und Zachs fünf Schwestern.

Petra hob die Hände und machte ein paar verrückte Tanzbewegungen. „Okay, Mädchen. Ich bin die Barkeeperin. Jetzt nennt mir euer Gift. Falls ich es allerdings vom letzten Jahr noch weiß, zwei Drinks pur, und dann wechseln wir zu fruchtigen Cocktails." Sie warf einen Blick auf Julia. „Die Kinder sind ja weg, aber sie kommen wieder. Wir sollten uns nicht zu viel hinter die Binde kippen, wenn die Kinder jeden Augenblick zu brüllen anfangen können."

„Guter Plan", sagte Julia mit einem Nicken. „Ich helfe dir beim Ausschenken. Alle anderen, entspannt euch."

Es war nicht viel später, dass sie alle im Pool trieben oder auf den Liegen ausgebreitet lagen und Geschichten über Kinder erzählen, Erinnerungen vom Aufwachsen teilten und die Sonne genossen, die schien, seit der Himmel sich aufgeklärt hatte.

Vielleicht hatten die letzten paar Monate, in der sie viel Zeit mit ihren eigenen Schwestern verbracht hatte, die Dinge geändert. Julia fühlte sich nicht nur behaglich, sondern in ihrer Mitte willkommen. Genauso wie Lisa, Karen und Tamara ihre Herzen und ihr Heim für sie geöffnet hatten.

Genauso wie Zach, selbst von diesem ersten Moment an.

Mattie war gerade mit einer Geschichte über Ronan fertig, der sie in der Highschool verteidigt hatte, und wandte sich mit einem neugierigen Blick an Julia. „Du siehst aus, als würdest du gleich platzen. Wovor hat dich unser Bruder gerettet?"

„Wie bitte?"

Quinn deutete auf sie. „Jetzt bist du dran mit Reden. Komm schon. Wir kriegen nie zu hören, wie gut unser kleiner Bruder sich gemacht hat. Das ist echt nicht fair, nachdem wir so viel Zeit und Energie dafür aufgewandt haben, ihn auszubilden."

„Genau", sagte Mattie. „Gern geschehen, dass er niemals den Toilettensitz oben lässt."

Das war etwas, wofür sie wirklich dankbar war, obwohl Julia bei der Erinnerung an die andere kleine Schlacht grinste, die sie immer noch wegen der Toilettenpapierrolle austrugen.

„Zach ist ein toller Kerl." Sie dachte darüber nach, wie sie das ausdrücken sollte, und ihre neugefundene Entschlossenheit, sich an die Wahrheit zu halten, rang mit dem Wissen, dass man nicht alles sagen musste. „Er ist auch herrisch. Zum ersten Mal habe ich ihn in der

Junggesellinnenwohnung getroffen, in der ich lebte, und er hat sich geweigert, mich dort noch länger bleiben zu lassen. Er hat mir einen anderen Ort gesucht, wo es sicherer war."

„War es so schlimm?", wollte Quinn wissen.

„Vielleicht schlimmer. Ich war dankbar, dass ich eine Sache hatte, um die ich mir keine Sorgen mehr machen musste." Obwohl es interessant war, wie schnell die Dinge danach eskaliert waren. Sie hatte seine Hütte niemals mehr verlassen.

Mattie nickte nachdenklich. „Er ist schon ein Beschützer. Das hat er von Dad gelernt, stelle ich mir vor."

„Auf jeden Fall", stimmte Quinn zu. „Dad hat irgendwie das Gleichgewicht gefunden, uns die Welt erkunden zu lassen und doch immer da zu sein, in dem Augenblick, in dem wir Verstärkung brauchten."

Wenn sie zurückdachte, war es leicht für Julia, diese Eigenschaft in Zach zu sehen. „Es ist nett, jemanden zu haben, der einem den Rücken stärkt, ohne dass er einen gleichzeitig niedertrampelt." Sie dachte an etwas Witziges, das sie erzählen konnte. „Er ist *verschlagen* herrisch, aber auf total süße Art. Er hat mich zum Beispiel *einmal* sein Auto fahren lassen – an dem Tag, an dem wir es für den Winter eingemottet haben. Dann hat er mich auf dem Weg nach Hause in meinem eigenen Auto auf den Beifahrersitz verbannt."

Im Poolbereich wurde es völlig still, als sie ihren lächerlichen Kommentar abgab. Fünf Münder standen offen.

Petra blinzelte. „Er hat dich Delilah fahren lassen?"

„Einmal", erklärte Julia mit einem Lachen. Der Gedanke, wie süß es gewesen war, den Autoklassiker zu fahren, brachte sie allerdings zum Lächeln. „Ein kurzlebiger Erfolg, denke ich."

Eine weitere Geschichte folgte, und das Gefühl der Verbindung wuchs weiter. Die älteren Frauen verstrickten sich in eine Besprechung über Kinderaktivitäten fürs neue Jahr.

Julia stellte fest, dass ihre Luftmatratze weiter von ihnen zur anderen Seite des Pools trieb.

Petra lachte und ließ das Seil los, das sie benutzt hatte, um Julia an ihre Seite zu bringen. „Ich freue mich so, dass du da bist. Wenn sie mit den Müttergesprächen anfangen, schiele ich nach der ersten Stunde nur noch."

„Ich glaube, es ist ganz natürlich, wenn man eine große Gruppe zusammenbringt. Von meinen Schwestern hat bisher nur eine Kinder. Der Fokus auf Kinder ist also nur so ein paar Tropfen, kein ausgewachsener Sturm."

„Gute Beschreibung", sagte Petra trocken. „Erzähl mir mehr über deinen Job. Ich arbeite in der IT, wo wir alle nur am Schreibtisch sitzen und auf die Tastatur hämmern. Was genau machst du auf der Ranch?"

Es war nicht schwer, über eines ihrer liebsten Dinge zu reden. Obwohl es verräterisch war, zu merken, wie oft Zachs Name in ihrer Unterhaltung zur Sprache kam. Julia erwähnte ihn und alles, was sie in den letzten Monaten getan hatten, während sie Zeit zusammen verbracht hatten.

Seine kleine Schwester begann zu lächeln, jedes Mal, wenn Julia seinen Namen sagte. Schließlich lachte sie richtig. „Bist du sicher, dass er nicht mit dir im Büro arbeitet?"

Schuldig. „Wir haben schon echt viel Zeit miteinander verbracht. Mir ist bis jetzt gar nicht klar gewesen, wie viel", gab Julia zu. „Ich mag ihn. Er ist ein ziemlich besonderer Typ."

„Ist er. Ich weiß ihn als großen Bruder zu schätzen." Petra warf einen gerissenen Blick auf Julia. „Ich weiß, dass ihr allen die Sache mit der Hochzeit aus Versehen erklärt habt, aber mir scheint, als wäre an der Geschichte mehr dran."

Die Teile, die sie geheim halten wollten, würden auch geheim bleiben, soweit es Julia betraf.

Sie zuckte mit den Schultern. „Ich schätze, man kann sagen, dass wir jetzt gute Freunde sind. Zach macht immer

Sachen für seine Freunde. Ich mache gern im Gegenzug Sachen für ihn."

Die andere Frau beäugte sie, ihre Neugier wurde größer. „Freunde. Na, das ist gut. Schätze ich."

Julia lachte. „Du klingst wie meine Schwester Lisa."

„Sie ist eine sehr kluge Frau." Petra beugte sich auf den Ellbogen vor, die Luftmatratze unter ihr wippte leicht von einer Seite auf die andere. „Nur damit du's weißt ... Ich habe meinen Bruder mit seinen Freunden gesehen. Und ja, er ist ein sehr großzügiger Mann, aber ich habe noch nie gehört, dass er jemanden Delilah fahren lässt, außer seinem besten Freund. Ich habe Zach niemals eine andere Frau so *anschauen* sehen, wie er dich ansieht."

„Vermutlich, weil niemand sonst die Macht hat, ihm alles wegzunehmen, wofür er gearbeitet hat." Julia versuchte, es zu sagen, als wäre es ein Witz, aber ihre Kehle war eng geworden.

Als Petra sie nur einen Augenblick lang stetig anschaute, glitt dieser Knoten in ihre Brust und wurde noch enger.

Schließlich schüttelte Petra den Kopf. „Liebling, du musst das noch mal neu bewerten. Denn ich glaube nicht, dass sich mein Bruder Sorgen um sein Portemonnaie macht. Wenn du davon reden willst, die Macht zu haben, ihm etwas wegzunehmen, dann müsstest du dich vielleicht auf irgendwas in diesem Bereich konzentrieren." Sie tippte sich mit der Hand an die Brust.

Julia wollte protestieren. Sie wollte erklären, wie wichtig es war, nicht nur für Zach, sondern für den Rest der Familie, dass sie dieses Jahr überstanden. Dass sie es, wenn nur sie beide bedroht gewesen wären, vielleicht inzwischen aufgegeben hätten, aber nicht, wenn Finn und Karen auch betroffen sein würden.

Der Rest der Familie kehrte zurück, als das Mittagessen

näherrückte. Die stille Unterhaltung war vorbei, doch Petras Worte bohrten sich immer noch in ihre Gedanken.

Er hat nie eine andere Frau so angesehen, wie er dich ansieht.

In dieser Nacht nahm Zach seine Finger in ihre und zog sie zum Rand der Terrasse, damit sie den Premiumplatz beim Sonnenuntergang bekamen. Julia konnte die Wahrheit einfach nicht mehr vor sich verbergen.

Sie wollte nicht, dass Zach so tun musste, als wäre sie wichtig für ihn, nur um ihre Familie davon abzuhalten, zu Recht genervt von dem verworrenen Saustall zu sein, in dem sie sich befanden. Sie wollte nicht, dass das gespielt war. Sie wollte, dass die Küsse und das Kuscheln etwas bedeuteten. Sie wollte, dass die Zeit, die sie im Bett miteinander verbrachten und neue Arten erkundeten, um einander glücklich zu machen, der Anfang einer Ewigkeit war, keine kurzzeitige, vorübergehende Ablenkung.

Neben ihr richtete Zach sich neu aus, damit er den Arm um sie legen konnte. Seine Lippen wurden kurz auf ihre Schläfe gedrückt, eine zarte Bewegung, die sich trotzdem wie ein Pfahl in ihre Seele rammte.

Sie wollte, dass das echt war. Denn für sie war es das bereits.

Julia Blushing hatte sich in ihren Ehemann verliebt, und diese Erkenntnis würde sie vielleicht brechen.

Die Sonne brauchte Zeit, um die Farben an diesem Abend zu versammeln. Weibliches Gelächter schwebte um sie herum, zusammen mit Kinderstimmen.

Der kleine Beau kam auf seinen stämmigen Kinderbeinen herangestolpert, er blinzelte heftig, weil er unbedingt wach bleiben wollte, während er seinem Onkel die Knubbelfinger hinhielt.

So leicht wie ein Atemhauch lehnte Zach sich hinüber und

hob seinen Neffen auf, setzte den Kleinen auf seinen Schoß, einen Arm um ihn, um ihn an Ort und Stelle zu halten, bevor er wieder nach Julias Fingern griff und sie festhielt.

Sie erwischte sich dabei, wie sie auf das Sonnenlicht starrte, das über den kleinen Jungen und den Mann an ihrer Seite fiel. Beau legte die Wange an Zachs Brust, den Daumen im Mund, während er zurücksah, seine Augen fielen zu, obwohl er so entschlossen war.

Das. Das wollte sie auch – eine Familie. Von den sich einmischenden Eltern über die Schwestern auf beiden Seiten, die niemals aufhörten, die schwierigen Fragen zu stellen, oder sie sehen ließen, was direkt vor ihrem Gesicht war. Sie wollte Kinder mit Zachs blauen Augen, und sie wollte sehen, wie er sie mit Gelächter und Freundlichkeit und Wahrheit anleitete.

Keine Lügen. Nichts als eine solide Basis und eine Heimat, die auf Liebe baute.

Ihr stockte der Atem in der Kehle, denn einen Augenblick lang hatte sie eine perfekte Vision dessen, von dem sie wünschte, es möge sein ...

Nur dass diese Basis jeden Augenblick einstürzen würde, denn sie war nicht auf der Wahrheit begründet. Sie war darauf begründet, dass Zach und sie versuchten, das Richtige für andere zu tun, und damit würde das ganze Ding umfallen und in eine Million Teile zersplittern.

Da war ihre Mom falsch abgebogen. Hatte eine Entscheidung gefällt, die andere zu etwas gezwungen hatte und sie nicht selbst entscheiden ließ. Sie konnte das nicht.

Zach warf einen Blick auf sie, Sorge machte sich breit. „Alles in Ordnung?"

Sie zwang sich zu einem Lächeln. Bevor sie etwas sagen musste, was eine direkte Lüge gewesen wäre, oder erklären, dass in diesem Fall okay bedeutete, *ein Schritt davon entfernt, zu zerbrechen, denn alles in meiner Welt ist nicht mehr echt,* zuckte Beau zum Glück im Halbschlaf hoch, seine Arme ruderten.

Es dauerte kurz, bis Zach ihn beruhigen konnte, während er seine Haltung änderte, damit der Kleine an seiner Brust geborgen lag. Lange genug, dass Julia ihre Sorgen in eine Kiste schieben und sie fest versiegeln konnte, um sich am Morgen darum zu kümmern.

Sie wollte eine weitere Nacht, bevor sie sich der Wahrheit stellte, dass dieses Märchen, dieses glückliche Ende nicht echt war.

Sehr, sehr viel später, nachdem Abendessen und Spielen und Familienzeit vorüber waren, glitzerte das Sternenlicht über ihnen, als die letzten Gutenachtwünsche des Abends gesprochen wurden. Sie und Zach waren die letzten, die noch draußen saßen, am Rand des Pools, ihre Füße hingen ins Wasser.

Zachs Hand legte sich um sie, seine Finger waren sanft auf ihrer Hüfte, während er ihr die Lippen auf den Nacken drückte. „Mir gefällt es, wenn du dir die Haare hochsteckst. Ich darf all die hübschen, süßen, weichen Teile von dir berühren.“

Sie neigte den Kopf, um noch mehr Haut zu zeigen. „Wir könnten das in unserem Häuschen fortführen. Ich wäre auch nicht abgeneigt, ein paar süße, weiche Stellen zu finden.“

„Harte. Es gibt eine ganze Menge harter Stellen, die du vielleicht erst mal entdecken musst“, knurrte Zach.

Indem sie sich wegstahlen, als könne sie jemand aufhalten, traten sie in das Zimmer, ihre Hände griffen nacheinander. Berührten, streichelten.

Erinnerungen. Das war das vielleicht letzte Mal und ging nicht darum, wie gut sie zusammengepasst hatten, oder all die Dinge, die sie von ihm über körperliches Vergnügen gelernt hatte.

Nein. Während er seine Lippen an ihre Haut drückte, jede

intime Stelle neckte, die er fand, während sie die Finger über die muskulösen Linien seines Torsos gleiten ließ, während sie sich tief küssten, ihre Körper miteinander verschmolzen ...

Es war nicht nur körperlich.

Mondlicht und Sternenlicht strömten über das Bett, schienen durch die offenen Türen herein, die zum Meer hinausgingen. Zach rollte sie unter sich, seine Hüfte pulsierte langsam, während er seinen Schwanz tief in ihr Geschlecht schob, das Geräusch des Meeres füllte den kleinen Raum.

Es gab Magie, und Julia hätte schwören können, dass sie da war. Aber genauso wie Märchen am Morgen wieder zurück zur Normalität übergingen, war auch das flüchtig.

Es war perfekt. Es war kaputt.

Zach nahm ihre Finger zusammen, nagelte ihre Hände an die Matratze. Julia sah in sein Gesicht, auf die Lust dort, die süße Fürsorge und das Verständnis.

Ihr Körper verriet sie, und dieses eine Mal in ihrem Leben strömte der Orgasmus viel zu rasch über sie hinweg, wo sie doch gewollt hätte, dass es ewig so weiterging.

„Julia." Zach wurde reglos über ihr, seine Hüfte pulsierte, als er kam.

Sie legte eine Hand an seine Wange und hielt ihr Lächeln aufrecht. Sollte die körperliche Befriedigung doch genug sein, auch wenn ihr im Inneren das Herz brach.

Eine Stunde später, nachdem sie sich sauber gemacht hatte und zum Bett zurückgekehrt war, legte Zach die Arme um sie und schlief beinahe sofort ein. Dieses Glück hatte sie nicht. Sie lag da, musterte seine Züge. Wünschte sich unbedingt, dass sie mutig genug wäre, ihm die Wahrheit zu sagen. Doch als er gleichmäßig atmete, seine Brust sich hob und senkte, der winzigste Hauch eines Lächelns immer noch auf seinen Lippen, war alles, was sie tun konnte, hierzubleiben und es nicht in den Himmel zu brüllen.

„Ich liebe dich." Die Worte waren ein bloßes Flüstern auf ihren Lippen, aber sie erklangen so laut in ihr, dass sie sich fühlte, als würde ihr ganzer Körper vom Echo vibrieren. „Ich liebe dich so sehr."

Es war die Wahrheit, die aus ihrem Innersten aufstieg.

Was der Grund war, weshalb sie ihn ziehen lassen musste.

22

___

Zach hatte auf ein frühmorgendliches Geburtstagsgeschenk gehofft, aber als er sich rüber rollte, war Julia nicht im Bett. Die Schiebetüren waren allerdings immer noch zum Ozean hin geöffnet, und Zufriedenheit strömte in seine Glieder, während er sich streckte und dann aufrichtete.

Sie hatte sich angewöhnt, jeden Vormittag am Strand spazieren zu gehen. Er machte es ihr nicht zum Vorwurf, und wenn man bedachte, dass er hoffte, dass der heutige Tag besonders enden würde, konnte er ihr den Raum geben, herumzustreifen und ihre Freizeit zu genießen.

Die letzte Nacht war spektakulär gewesen, und er konnte nur hoffen, dass heute sogar noch schöner werden würde.

Er holte sich Kaffee aus der Küche. Seine Mom erhob sich dort, wo sie sich am Tisch hingesetzt hatte, kam zu ihm herüber und schenkte ihm eine Umarmung, gab ihm einen Kuss. „Alles Gute zum Geburtstag, kleiner Mann."

„Mom", beschwerte er sich, drückte sie besonders fest, bevor er aus ihrer Umarmung trat. „Bitte."

Sie lächelte zufrieden. „Tut mir leid, mein Lieber. Du wirst immer mein kleiner Mann bleiben."

„Freu dich doch, dass dein Spitzname nicht so was Schreckliches ist wie Schnuckelputz." Petra erschien, um ihm ihre eigene rippenzermalmende Umarmung anzubieten. „Alles Gute zum Geburtstag, großer Bruder."

„Hoffentlich", sagte er mit einem Zwinkern.

Das brachte ihm ein riesiges Augenrollen ein. „Schläft deine bessere Hälfte lange?"

„Ich glaube, sie ist bereits an den Strand gegangen", sagte Zach, der sich eine Tasse füllte und auf die Veranda ging, während er mit sich rang, ob er eine zweite einschenken und sie schon für Julias Rückkehr bereithalten sollte.

Sein Dad kam ins Zimmer, in seiner Hand Papiere, die er völlig verwirrt anstarrte. „Zach? Kann ich dich mal kurz sprechen?"

Zach schaute zu seiner Mom, um sicherzustellen, dass es ihr nicht aufgefallen war. Er legte einen Arm um seinen Vater und führte ihn aus dem Raum. „Wenn Mom dich arbeiten sieht, ist der Teufel los", sagte er.

Zachary Senior schaute auf und blinzelte. „Ich arbeite nicht. Die sind per Fax reingekommen. Sie sind für dich, aber sie ergeben gar keinen Sinn."

„Für mich?"

Sein Vater schob die Papiere aus seiner Reichweite. „Stell deinen Kaffee ab."

Scheiße. Zach warf die Tasse mehr oder weniger auf den nächsten Beistelltisch. „Mir gefällt nicht, wie das klingt", warnte er.

Sein Vater hielt die Papiere vor. „Ich glaube, dir gefällt auch nicht, wie sich das liest."

Zach warf nur lange genug einen Blick auf das Deckblatt, um zu sehen, von wem es kam. Alan Cwedwick.

Weshalb sollte sein Anwalt drei ganze Seiten voller Buchstaben schicken, für die man ein Vergrößerungsglas brauchte? Zach spähte auf die Eröffnungsabsätze, um tonnenweise Anwaltssprech zu finden. „Ich frage mich, ob mein Geburtstag irgendwas in Bruces Akten ausgelöst hat."

Sein Dad schob die Papiere zur Seite, damit er auf die letzte Seite deuten konnte. „Ich bin mir nicht sicher, aber dieser Teil scheint ziemlich leicht zu interpretieren."

Immer noch Anwaltssprech, aber ein Teil des Satzes war leicht zu verstehen.

– gestatten einen Antrag zur Scheidung, um die Ehe zu beenden –

Was? *Was?*

Sein Blick fuhr hoch, um dem seines Vaters zu begegnen. „Das sind Scheidungspapiere. Für mich und Julia?"

„So verstehe ich das. Äh, tut mir leid, dass ich deine Post gelesen habe, aber ich wusste nicht ..."

Zach marschierte von einem Vater weg, sprintete mehr oder weniger zurück zum Häuschen, um sich sein Handy zu schnappen. Es tat richtiggehend weh, darauf zu warten, dass der Anruf bei Alan durchkam.

„Guten Morgen. Wie geht es dem Geburtstagsjungen heute?"

Zach vibrierte mehr oder weniger, aber es würde ihm keine Antworten bringen, wenn er den Mann unhöflich anschrie. „Du hast mir Scheidungspapiere geschickt."

„Oh. Du hast sie bereits." Alan schnalzte ein paar Mal mit der Zunge. „Ich schätze, du willst eine Erklärung."

„Glaubst du das?" Zach trat hinaus auf die kleine Veranda, schaute auf den Weg, um zu sehen, ob er irgendwo Julia entdeckte. „Hat Finn mit dir geredet? Heißt das ..."

„Finn? Nein, von dem habe ich in letzter Zeit nichts gehört." Es war an Alan, nun verwirrt zu klingen. „Julia hat sich heute Vormittag bei mir gemeldet."

Alles in Zach wurde reglos. „Julia war das."

„Ja. Sie wollte noch mal nachfragen, ob es irgendeine Möglichkeit gab, dass du aus dieser einjährigen Forderung entlassen werden könntest. Wir haben was ausgearbeitet."

In den letzten achtundvierzig Stunden hatte Zach endlich Pläne in Bewegung gesetzt, von denen er dachte, sie würden das Patt zwischen ihnen lösen. Ihn und Julia endlich zu der Beziehung hinbewegen, die er sich immer gewünscht hatte.

Tief in seinem Inneren starb die Hoffnung. „Das ist echt. Wir sind nicht mehr verheiratet."

„Es ist echt. Du und Julia seid nicht mehr verheiratet."

Er schaute hinab, um feststellen, dass seine Finger zitterten, während er die Papiere hielt. „Und du hast nicht mit Finn geredet. Oder Karen."

„Nur Julia. Und jetzt mit dir." Alans Stimme wurde beruhigend. „Atme, Zach. Vertraue mir."

Der Drang, in hysterisches Lachen auszubrechen, war so verdammt stark. Nur dass er in der Ferne Julias flammengekrönte Haare entdeckte. „Tu mir mal eine Weile lang keine Gefallen mehr", warnte er. „Ich muss los."

„Sprich mit Julia", war das letzte, was Zach hörte, als er auflegte.

Einen Augenblick später war er auf dem Weg, marschierte auf sie zu. Aufgewühlte Emotionen hüpften bei jedem Schritt auf und ab. Er war so wütend. So traurig. So verwirrt und frustriert und *zornig*.

Zach trat vom Weg auf eine kleine freie Stelle, wo weitere gezackte Felsen weggebracht worden waren, damit genug Platz für Gartenstühle oder ein Kamerastativ zum Betrachten der

Sonnenuntergänge blieb. Das gab ihm einem Platz, wo er sich aufstellen konnte, während Julia näherkam.

Ihr Blick war gesenkt, sie passte auf ihre Füße auf, und das gab ihm Zeit, sie einfach anzusehen. Die lange Linie ihrer Beine und ihre starken Arme, die von der Sonne in den letzten Tagen golden geküsst worden waren. Ihre Haare hingen locker um ihre Schultern, die Strähnen glitzerten beinahe.

Die Papiere in seiner Hand konnten nicht echt sein.

Sie schaute auf und sah ihn. Kurz lächelte sie, bevor ihre Miene verblasste, und sie eilte vor, ihre Sorge wurde größer. „Was ist los?"

Er öffnete den Mund, aber es kam nichts heraus.

Julia stellte sich vor ihn, nahm in an den Armen und schüttelte ihn mehr oder weniger. „Zach. Bist du in Ordnung?"

Er schob ihr die Papiere hin. „Die hat Alan geschickt."

Sie erstarrte. „Oh. Schon?"

Zach stand da, die Hände ausgestreckt. Er schüttelte sie. „Das wolltest du also? Denn ich habe dir die ganze Zeit gesagt, dass du tun musst, was dich glücklich macht. Ist es das, was du willst?"

Sie nahm ihm die Papiere aus den Händen. „Ich weiß nicht, was da drin steht. Ich habe heute Vormittag Alan angerufen ..."

„Das habe ich gehört. Und das hat er geschickt."

Sie hob sie, schaute mit zusammengekniffenen Augen auf das Kleingedruckte. „Was ...?"

Er war mit seiner Geduld am Ende. In Wahrheit war es ihm egal, was auf dem Papier entstand.

„Ich habe am Weihnachtsfeiertag mit Finn gesprochen", gab Zach zu. „Habe ihm das Ganze erzählt, dass wir ein Jahr lang zusammen bleiben müssen, und dass es nicht nur darum geht, dass ich die Firma verliere, sondern auch er."

Julia versteifte sich, die Papiere in ihrer Hand waren

vergessen. „Wir haben vereinbart, dass wir es ihnen nicht sagen würden."

Zach schüttelte den Kopf. „Ich habe zugestimmt, dass ich es Karen nicht sagen würde, aber du hast mich daran erinnert, dass die Wahrheit einen Unterschied macht. Obwohl es nicht gerecht ist, dass unsere Taten einen Einfluss auf sie haben, haben sie ein Recht, das zu wissen. Sie haben das Recht, eine eigene Entscheidung zu fällen und ihre Gedanken auszusprechen."

Er trat näher, nahm ihre Finger.

Ihre Augen waren aufgerissen, während ihr Blick zu seinem hochging.

„Genauso wie deine Mom dir die Wahrheit hätte sagen sollen. Es wäre schwer gewesen, und es wäre ein Schlamassel gewesen, aber es wäre eine andere Art Beziehung rausgekommen, nachdem ihr euch um den Schlamassel gekümmert habt. Das ist mir klar geworden, selbst wenn ich mein Versprechen an dich gebrochen habe. Ich habe Finn davon erzählt und es ihm überlassen, ob er es Karen erzählen wollte."

Sie wedelte mit den Papieren in der Luft. „Hast du alles verloren?"

Nur das Wichtigste überhaupt. Sie.

Nur dass Julia sich nicht wie jemand benahm, der unbedingt eine Scheidung wollte. Zach holte tief Luft und beschloss, alles offen darzulegen.

„Es ging doch nie um das Geld. Ich will *dich*. Ich wollte immer dich, und das Geld kann zum Teufel gehen. Ich würde lieber von neun bis fünf irgendwo mit Mindestlohn arbeiten, während du an meiner Seite bist, als all das Geld auf der Bank zu haben."

Sie blinzelte, als würde er eine Fremdsprache sprechen, die sie umsetzen musste. „Aber du hattest es keine Wahl."

„Bei welchen Teil? Dem Teil, als du mich geküsst und mich gebeten hast, dein gespielter Freund zu sein? Dem Teil, an dem ich mich geweigert habe, dich irgendwo bleiben zu lassen, wo es unsicher ist? Dem Teil, wo wir jede verdammte Woche Yoga gemacht haben? Julia, ich hatte immer eine Wahl. Selbst bei diesem Schwachsinn, dass wir ein Jahr lang verheiratet bleiben müssen, sonst – wenn das nicht das gewesen wäre, was ich tun möchte, hätte ich es verdammt noch mal nicht getan."

Ihre Wangen waren rosig und ihre Finger lagen fest um die Papiere, sie packte sie so heftig, dass man sie nun unmöglich noch flach auslegen würde können.

„Warum?" Das Wort kam leise und gebrochen heraus. Sie straffte ihre Schultern und holte tief Luft, begegnete seinem Blick direkt, und als sie dieses Mal sprach, war es eine Forderung. „*Warum?*"

„Der Grund, weshalb ich das zugelassen habe, lag darin, dass ich dachte, es würde mir Zeit verschaffen, dich zu überzeugen, dich aus freien Stücken für mich zu entscheiden."

Der Hauch eines Lächelns ließ ihre Lippen nach oben gehen. „Mich wozu für dich entscheiden?"

Um Himmelswillen. Er brüllte die Worte mehr oder weniger. „Deinen Ehemann, verdammt. Deinen Partner. Deinen Liebhaber und deine Ewigkeit."

Die Falte zwischen ihren Augenbrauen war nicht die übliche. Diesmal wirkte es, als wäre ihre Miene zwischen widersprüchlichen Gefühlen hin- und hergerissen. Nicht mal der Hauch Feuchtigkeit, der sich in ihren Augenwinkeln sammelte, reichte aus, um ihn verstummen zu lassen.

„Also, entscheide dich, Julia Gigi Blushing, denn das ist es jetzt. Was zum Teufel wird dich glücklich machen?"

Sie riss ihre Hand aus seiner, und einen Sekundenbruchteil lang ...

„Du." Julia warf sich auf ihn, legte ihm die Arme um den Nacken und drückte ihn wie ein Oktopus. „Ich will dich."

~

JULIAS HERZ STAND KURZ DAVOR, ihr aus der Brust zu springen. Die Papiere, die er ihr gereicht hatte, fielen aus ihrer Hand und wurden nun vom Meer weggespült.

Sie hatte die letzten fünfundvierzig Minuten abwechselnd zwischen Verzweiflung und Hoffnung verbracht, und die letzten fünf völlig verwirrt, bis Zach wütend geworden war.

Sie hielt sich fest, sein Griff um ihren Körper eine eiserne Erinnerung an die Worte, die er gerade gefordert hatte. „Was ist gerade passiert?", flüsterte sie.

Ein leises Lachen kam von ihm, aber er richtete nur seinen Griff, hob sie höher, damit sie ihm ins Gesicht sehen konnte. „Ich glaube, wir hatten gerade irgendwie unseren ersten Streit."

„Du streitest beschissen", sagte sie. „Und ich habe voll gewonnen."

„Ist ja ein toller Sieg, wenn ich beschissen streite", scherzte er zurück. Er holte tief Luft, während er ihre Stirn an seine brachte. „Du hast mir Angst gemacht. Ich dachte, du hättest Alan nach einem Ausweg gefragt."

Sie wand sich, bis er sie losließ. „Das habe ich irgendwie auch, um ehrlich zu sein, aber aus guten Gründen."

Sie ließen sich auf den Felsen am Rande der Freifläche nieder, die Finger immer noch ineinander verschränkt, ihre Knie stießen aneinander. Zach nahm ihr Kinn in die Finger, schaute ihr in die Augen. „Eines nach dem anderen. Ich liebe dich."

O mein Gott. Sie schluckte schwer. „Ich dich auch."

Sie erhaschte einen kurzen Blick auf sein Grinsen, bevor er

sich vorbeugte und sie küsste, die Worte in die Tat umsetzte, die eigentlich nur er wirklich gesagt hatte – *gut durchgestolpert, Blushing.*

Als sie sich trennten, berichtigte sie ihren Fehler. „Ich bin schon eine Weile in dich verliebt, aber erst gestern ist es mir ganz deutlich geworden."

Er strich mit dem Daumen über ihre Unterlippe. „Also warum hast du dich bei Alan gemeldet?"

„Warum hast du dich bei Finn gemeldet? Weil du ihm die Wahrheit sagen musstest. Weil du wolltest, dass er basierend auf der Wahrheit Entscheidungen trifft. Das hast du doch gerade gesagt, oder?"

Zach nickte.

„Ich auch. Ich will mit dir zusammen sein, und ich bin so froh, dass du bei mir sein willst. Aber Zach, du hattest *keine* Wahl. Ich weiß, du sagst, die hattest du, aber die hattest du nicht. Ich habe Alan angerufen, um zu sehen, ob er mir helfen konnte, einen Weg zu finden, dich zu befreien, damit du tun konntest, was *dich* glücklich macht."

Es war eine der unbehaglichsten Unterhaltungen ihres Lebens gewesen, aber als sie in Zachs von Liebe erfülltes Gesicht starrte, war es jeden peinlichen Augenblick wert gewesen.

Zachs Grinsen wurde breiter. „Also, lass mich das mal geraderücken. Du hast Alan angerufen und ihm gesagt, dass du mich liebst."

Es hatte keinen Sinn, deswegen jetzt noch peinlich berührt zu sein. „So ziemlich."

Er beugte sich näher zu ihr hin. „Gut gemacht."

Schätzte sie. Sie warf einen Blick über die Schulter, dorthin, wo die Papiere nun Meeresmüll waren. „Wir sind nicht mehr verheiratet."

Das süße Geräusch seines Lachens grollte um sie herum. „Wir könnten dagegen was unternehmen. Und ich meine etwas, zu dem kein Tequila und kein T-Shirt mit BRIDE und GROOM gehört."

Ihr Herz schlug wieder schneller. „Du willst echt heiraten?"

Das Lächeln, das sie empfing, strahlte so hell wie die Sonne. „Ja. Danke, dass du mich fragst. Ich werde vor allen so was von prahlen, dass *du mir* den Antrag gemacht hast."

„Habe ich gerade ...?" O mein Gott, das hatte sie. Julia schlug sich die Hand vor den Mund, eine Sekunde, bevor sie seine Schultern packte und ihn umarmte. „Okay, gut. Wir heiraten richtig."

Aber erst mal würde sie das Gefühl genießen. Die komplette Richtigkeit, in seinen Armen zu sein. Festgehalten zu werden und zu wissen, dass das genau dort war, wo sie sein wollte.

Zu wissen, dass sie zueinander gehörten, nicht aufgrund irgendeines Versehens oder Schicksalsschlags. Nicht wegen Alkohol und Umständen.

Wegen einer Entscheidung.

Wenn sie gerade davon sprach. Julia schob sich zurück. „Was hältst du denn von einer Hochzeit im Herbst?"

Ein Teil seines Lächelns verblasste. „Äh, echt? Ich dachte eher an eine Strandhochzeit, heute Nachmittag."

Sie schüttelte den Kopf. „Wir haben die schnelle *Ups*-Hochzeit schon mal gemacht. Vielleicht wäre es gut, sich diesmal Zeit zu lassen. Unsere Freunde und Familie zu beteiligen. Außerdem wird uns das etwas geben, auf das wir uns freuen können."

„Dann machen wir es im Herbst. Wir brauchen einen erinnerungswürdigen Tag – da es beim ersten Mal nicht so viel gibt, an das wir uns tatsächlich erinnern", scherzte er. Seine

Miene hellte sich auf. „Aber ich habe etwas, das den Augenblick jetzt unvergesslich machen wird."

Er griff in seine Tasche und holte zu ihrer totalen Überraschung einen leuchtend blauen Ring heraus, der ihr Herz vor Glück singen ließ.

„Er ist umwerfend."

„Damit ist er für dich perfekt." Er schob ihn ihr auf den Finger.

Sie küsste ihn wieder, zum Großteil, weil sie es konnte. Fiel in seine Liebe und Liebkosung und Fürsorge.

Ein leises Hüsteln erklang neben ihnen, und sie lösten sich, um festzustellen, dass Rita ein paar Zentimeter entfernt stand. „Entschuldige mich, Onkel Zachary. Opa will wissen, ob du in Ordnung bist. Ich habe ihm gesagt, das wäre so, weil du Julia küsst, und du solltest niemanden küssen, wenn du dich nicht gut fühlst." Sie wandte den Blick zu Julia und fügte sehr ernst an: „Bazillen."

„Ganz genau", flüsterte Julia zurück. „Küssen ist was Gefährliches."

Rita zuckte mit den Schultern, dann schaute sie wieder zu ihrem Onkel. „Wenn alles in Ordnung ist, kannst du zurück zum Haus kommen? Alle warten auf dein Geburtstagsfrühstück, und Mom sagt, ich kann keine Schlagsahne kriegen, bis du da bist."

Zach legte die Finger um die von Julia. Sie beide standen auf und nickten seiner Nichte ernst zu. „Es tut mir sehr leid, dass wir das Frühstück und die Schlagsahne aufgehalten haben. Alles ist wunderbar, also fangen wir lieber meine Geburtstagsparty an."

Nur zwei Schritte den Weg entlang erspähte Julia den Rest der Familie. Sie steckten die Köpfe aus Fenstern und um Ecken, ein Meer aus besorgten Minen, das auf ihre Rückkehr wartete.

Rita tanzte vor, ließ ihnen ein wenig Privatsphäre. Julia zog an Zachs Fingern. „Weiß denn die ganze Familie davon? Von der Scheidung?"

„Nur mein Dad, außer er hat es allen erzählt."

Weiter vorne hatte Zachary Senior eine sehr gut sichtbare Position eingenommen. Er war oben auf den Zaun geklettert und stand da wie ein Wächter. Aber er hatte den Finger über die Lippen gelegt und zwinkerte ihnen zu.

„Ich glaube, wir sind vorerst in Sicherheit", setzte Julia Zach in Kenntnis. „Kümmern wir uns erst mal um deinen Geburtstag. Den Rest unserer Pläne können wir ihnen in ein paar Tagen mitteilen."

„Gute Idee."

Ein Tisch voller Menschen, die ihn liebten, hatte sich versammelt, um Happy Birthday zu singen. Es gab Teller, auf denen sich hoch Pfannkuchen stapelten, und mehr als eine Schale Schlagsahne und Pfirsiche warteten.

Diesmal blieb die Tasche mit den Namen auf dem Tresen. Zach blieb stehen, während das Geburtstagslied verklang.

„Da es mein Geburtstag ist, ist es an mir, etwas zu teilen." Er schaute hinab auf den Tisch, stellte Blickkontakt zu jeder Person dort her. „Dieses Jahr bin ich wie immer dankbar für meine Familie. Darum, wie viel mir jeder von euch bedeutet und wie ihr mich herausfordert, ein besserer Bruder, Sohn, Onkel und Freund zu sein."

Sein Blick verlagerte sich, um Julia in den Mittelpunkt zu stellen. Er nahm ihre Finger und zog sie auf die Beine. „Ich freue mich, dass ich dieses Jahr noch ein kleines bisschen mehr auf die Liste setzen kann. Wir müssen ja niemanden beim Namen nennen, aber es läuft auf folgendes hinaus – ich freue mich, dass ich Julia gehöre."

Seine Schwestern machten schmachtende Geräusche. Petra wischte sich die Augen.

Gar nicht gut. Julia spürte, wie ihre eigenen Augen feucht wurden, während Zach ihre Hände hob und sie auf die Knöchel küsste. „Ich hoffe, die nächsten fünfzig Jahre damit zu verbringen, zu lernen, was das bedeutet und wie man es besser macht.“

Ob die Familie am Tisch war oder nicht, sie konnte auf keinen Fall widerstehen. Julia beugte sich vor und küsste ihn.

Ihren. Denn er machte sie glücklich.

EPILOG

Red Boot Ranch, 5. September

Zach nahm zwei Stufen auf einmal, schaute nach links und rechts, um sicherzugehen, dass ihn niemand sah. Alles lief gut, bis er am Treppenabsatz im ersten Stock ankam und von Angesicht zu Angesicht Karen gegenüberstand.

Er kam schlitternd zum Stillstand. „Oh, hey."

Karen hob eine Augenbraue. „Hey."

Einen Augenblick lang starrten sie einander an. Zach wippte auf den Zehen. „Toller Tag, oder? Das Wetter kooperiert absolut."

„Zach." Es lag so viel Enttäuschung in ihrem Tonfall. „Versuchst du, so zu tun, als wärst du hier, um übers Wetter zu reden? Oder willst du zugeben, dass du versuchst, dich reinzuschleichen, um mit Julia zu plaudern, wo du doch weißt, dass das gegen die Regeln verstößt?"

„Scheiß auf die Regeln", grollte Zach, bevor er sie angrinste.

„Komm schon. Du hast gerade gekichert. Euch ist doch egal, ob ich die Regeln ein winzig kleines bisschen dehne."

„Nein, das macht mir überhaupt nichts", stimmte Karen zu. Dann beugte sie sich vor und senkte die Stimme. „Aber wenn du bedenkst, dass ich mich dabei gegen deine Mutter und deine Schwestern wende? Teufel, nein. Ich mag mit Lisa und Tamara aufgewachsen sein, die mich quälen, aber diese Höllenbraten, mit denen du verwandt bist, jagen mir eine Heidenangst ein."

Das war ja klar. Da stimmte er völlig zu. Zach legte eine Hand auf Karens Schulter und drückte zu. „Ich gebe auf. Ich warte, um Julia später zu sehen."

Er drehte sich um und ging langsam die Stufen hinab, als wäre er geschlagen, die Hitze von Karens Blick bohrte sich zwischen seine Schulterblätter.

Okay, er hatte nicht wirklich aufgegeben. Er nahm die erste Ecke und rannte zurück hinaus auf die Veranda, musterte die Rückseite des Hauses.

Anfangs war es seltsam gewesen, neun Monate zu warten, bis sie heirateten, aber während die Zeit verging, war die Verzögerung irgendwie etwas Besonderes geworden. Die Familie hatte sich hineingestürzt, Julia auch, und nun, da der Tag endlich da war, versprach er, wirklich die Feier zu werden, die sie sich erhofft hatten.

Nur dass er sie, verdammt, *jetzt* vor dem Treffen am Altar sehen wollte, um Ja zu sagen. Allerdings hatten seine Schwestern beschlossen, dass es wichtig war, ihn noch einmal zu quälen. Julia war früh an diesem Morgen aus ihrer Hütte verschwunden. Das war fast fünf Stunden her, und er hatte das Warten satt.

Er musterte das Dach von Finns und Karens Haus genauer, als er es im ganzen letzten Jahr je getan hatte.

„Musst du irgendwohin?" Finn legte die Hände auf seine

Schulter. Er beugte sich vor und spähte auch zum Haus hinauf. „Oder hast du drüber nachgedacht, mal meine Dachrinnen sauber zu machen?"

„Ich versuche, die leichteste Möglichkeit herauszufinden, ins zweite Schlafzimmer einzubrechen", gab Zach zu. „Ich möchte Julia sehen."

Von seinem besten Freund kam ein Schnauben. „Du kannst es nicht einfach auf sich beruhen lassen, oder?"

„Die ganzen Mädchen sind darauf aus, dass wir uns bis zum entscheidenden Moment nicht sehen. Ein wahrer Freund würde mir helfen, einen Weg zu finden."

„Ein wahrer Freund würde sicherstellen, dass du dir nicht den Hals brichst, bevor du offiziell unter die Haube kommst." Nur dass Finn einen Finger hob und deutete. „Wartungsklappe im Speicher. Der Zugangscode ist drei fünf vier zwei. Wenn du dem First am Kamin vorbei folgst, gibt es eine Dachluke vom Speicher in das Bad am Gang."

Zach schnappte sich seine Hand und drückte fest zu. „Du bist der Beste. Ich brauche nicht lang", versprach er, war bereits unterwegs zur Seite des Hauses, wo ein riesiger Baum ihm eine Basis zum Klettern auf das Dach verschaffen würde.

„Wenn du nicht in dreißig Minuten im Gästehaus bist, kommen Josiah und ich, um dich zu holen", warnte ihn Finn.

Dreißig Minuten sollten mehr als ausreichend sein. Zach kletterte den Baum hinauf auf das Dach, glitt in den staubigen Speicher, ohne auch nur einmal zu zögern.

Staubig, heiß und dunkel genug, dass er sein Handy herausfischte und die Taschenlampe anschaltete. Damit konnte er an den schmalen Holzplatten vorbei, die das ganze Dach bedeckten, dorthin, wo wie erwartet die Klappe zur Decke des ersten Stockes wartete.

Er hielt inne und horchte. Weibliche Stimmen und

Gelächter trugen bis an seine Ohren, sie waren weit genug entfernt, dass er glaubte, er wäre sicher.

Zach wollte gerade die Luke heben, als sein Handy in seinen Fingern vibrierte. Julia rief ihn an.

Er wippte zurück und ging dran. „Hey, meine Liebe. Was ist los?"

„Warum flüsterst du?", fragte sie.

„Ich habe Angst, dass jemand mir das Handy wegnimmt, weil ich nicht die Erlaubnis habe, bis zur Hochzeit mit dir zu reden, oder irgend so ein abergläubischer Unsinn."

Sie kicherte. „Du musst mal dein Handy ansehen lassen. Da spielt ein ganz seltsames Echo rein. Und es tut mir leid, dass wir einander nicht sehen können und alles. Das ist übrigens Petras Schuld. Deine kleine Schwester hat den Befehlston drauf."

„Das wissen wir schon. Haben sie und Lisa schon beschlossen, dass sie die Welt übernehmen wollen?"

„Ach, egal. Wo bist du?"

Er schaute sich in der Dunkelheit um. „Im Augenblick ein wenig außer Reichweite."

„Ich muss es wissen", beharrte sie. „Oder werde es in etwa zehn Minuten wissen müssen. Lass dein Handy an."

Und dann legte sie auf.

Na, das war seltsam. Zach schob die Fragen zur Seite, die er hatte, und konzentrierte sich auf seine Aufgabe. Er horchte wieder, dann hob er vorsichtig das Brett aus dem Weg, womit er das Bad am Ende des Ganges im ersten Stock enthüllte.

Einen Augenblick später hatte er sich auf den Boden manövriert und schloss den Zugang zum Speicher.

Er öffnete die Badtür ein winziges bisschen, spähte in den Gang.

Bewegung zischte zwischen den Zimmern drei und zwei

oben an den Stufen hin und her, seine Mom und Karen, die vor und zurück flatterten, die Arme voller Blumen.

Der Raum, den er wollte, war drei Schritte links ...

Er wartete, bis der Gang sauber war, und bewegte sich. Rasch schoss er zur Tür Nummer eins, schlüpfte hinein und drehte sich um ...

Das Zimmer war leer. Julias Hochzeitskleid lag auf dem Bett, glänzend mit Tonnen von Knöpfen. Er hatte vorhin schon ein Bild davon gesehen und träumte bereits davon, die besagten Knöpfe später am Abend zu öffnen.

Was ihn an das Bild erinnerte, das sie ihm am letzten Silvesterabend geschenkt hatte. Das aus dem Boudoir Shot – wenn auch die einzige Übereinstimmung war, dass sie ein durchsichtiges weißes Tanktop getragen hatte ...

Eine schlechte Erinnerung, um ihm jetzt einzufallen, falls er nicht ganz heiß werden wollte, ohne die Zeit zu haben, etwas dagegen unternehmen zu können.

Es gab Blumen und einen Schleier und ihre Schuhe, aber auf gar keinen Fall eine Julia.

Er zog sein Handy heraus, wählte ihre Nummer und hoffte, dass sein Flüstern nicht mitgehört wurde. „Wo bist du?"

Diesmal lachte sie. „Ich habe nach diesem sexy Typen gesucht, den ich in Vegas getroffen habe, weil ich dachte, er könnte mir eine schöne Zeit verschaffen. Nur dass er anscheinend verschwunden ist."

Was zum Teufel?

Bevor er eine Antwort fordern konnte, was hier los war, übernahm Josiahs tiefes Grollen Julias Handy. „Ich schlage vor, dass du sofort runter zur Hütte kommst. Nimm allerdings die direkte Route. Finn und die anderen Typen können die Damen nur eine gewisse Zeit lang ablenken."

Er legte auf.

Zach schüttelte den Kopf. Sich rauszuschleichen, um Julia

ein letztes *ich liebe dich* zu sagen, war sehr viel komplizierter geworden, als erwartet hatte.

Von draußen kam Jubel, und er schaute aus dem Fenster, um festzustellen, dass Cody eine Pferdekutsche vorgefahren hatte. Alle Damen waren hinausgerannt, um etwas mit den Blumen zu machen ...

Er legte los. Spähte noch einmal in den Gang, bevor er in die Freiheit raste. Den Gang hinab, dann sprang er über die Stufen. Zischte durch die Küche und die Schiebetür hinaus, sodass er zur Hütte nebenan laufen konnte.

Er hielt erst an, als er im Wohnzimmer war, wo sich ein Paar Arme um ihn legte, Julias Lachen füllte den Raum.

Er nahm sie an der Taille und hob sie hoch, drückte sie fest, während ihre Augen ihn anfunkelten. „Du gerissene Frau. Was machst du den außerhalb deiner Sperrzone?"

„Sieh mal, Baby. Ich bin doch nicht diejenige, die sich wie ein Agent auf Undercover-Mission benimmt. Ich bin die Stufen gerade runtergegangen wie eine Lady. Als niemand hingeschaut hat", gab sie zu.

Sie grinsten einander an, und dann lagen ihre Hände auf seinem Gesicht. Süße Gefühle waren ihr überall anzusehen. Das süßeste Gefühl – denn was sie füreinander empfanden, war in den letzten Monaten nur noch stärker geworden.

„Ich wollte dich noch einmal sehen, bevor wir heiraten", sagte Julia. „Ich wollte dir sagen, wie umwerfend du bist. Wie gut du zu mir warst, und wie ich jeden einzelnen Tag so dankbar bin, dass du zugestimmt hast, mein gespielter Freund zu sein."

In ihm kam ein Lachen auf, aber Zach musste seine eigene Wahrheit aussprechen. Er gab ihr allerdings einen raschen Kuss, denn er konnte nicht widerstehen. Er sprach fast an ihren Lippen, da er sich nicht losreißen konnte. „Ich bin so froh, dass du dich für mich entschieden hast. Ganz gleich, was, ich werde sicherstellen, dass du weißt, wie sehr wir zueinander gehören. Wie viel du mir bedeutest. Selbst wenn du irgendwie schon verrückt nach Sex bist."

Ein scharfes Schnauben kam von ihr, und sie legte sich die Finger über den Mund, bevor sie breit grinste. „Deine Schuld."

„Ich könnte gar nicht stolzer sein", gab er zu, bevor er seine Stimme leise werden ließ. „Aber es ist nie einfach nur Sex. Nicht mit dir. Es ist Liebe."

Sie leckte sich die Lippen, und er beugte sich zu einem ernsthaften Kuss vor. Einem Versprechen von ganzen Herzen, was das anging, was später kommen würde. Nicht nur an diesem Tag, sondern nächste Woche, nächsten Monat.

Nächstes Jahr, bis zum Ende der Ewigkeit.

Jemand hüstelte. Finn. „Zeit, dich fertigzumachen. Ich fürchte, deine Mom wartet draußen", warnte er mit einem dümmlichen Grinsen.

Julia trat zurück, drückte Zachs Finger ein letztes Mal. „Schon okay. Ich werde sie mit meiner Silberzunge überzeugen, dich nicht zu rügen, bis wir die Flitterwochen hinter uns haben."

„Lass dir von ihr nur keinen Ratschlag geben, was du tun sollst, während wir in den Flitterwochen sind", warnte Zach, als sich die Tür hinter ihr schloss.

Er drehte sich um, um sich seinen Freunden zu stellen, während er ins Zimmer kam, um sich ihnen anzuschließen. „Bist du dafür bereit?", fragte Josiah.

Bereit dafür, dass Julia offiziell die Seine wurde, wenn auch zum zweiten Mal? Dieses Mal würde er sich an jeden Augenblick erinnern. „Ich kann es kaum erwarten."

～

Was für ein Unterschied. Inzwischen hatten sie das Video von der Hochzeit in Vegas oft genug angesehen, dass es für sie natürlich war, das Event gegen das aufzuwiegen, was vor ihr wartete. Ein Teil der Unterhaltung heute Abend würde sein, dieses Video ihren ganzen Freunden und der Familie zu zeigen, die sich versammelt hatten.

Das war wild und impulsiv gewesen. Ein Versehen, das sich als alles erwiesen hatte, was sie je gewollt hatte. Heute war geplant und solide. Doch genauso süß und auf jeden Fall denkwürdiger wegen der Leute, die sich ihnen anschlossen.

Julia legte die Arme auf das Geländer der Veranda, warf Blicke dorthin, wo die Stühle und die Hochzeitslaube warteten. „Bald?"

„Keine Sorge. Zach läuft nicht weg. Josiah hat eindeutige Befehle, ihn mit den Füßen an den Boden vor der Bühne zu nageln, bis es offiziell ist." Die sichtlich schwangere Lisa schlüpfte neben sie, legte einen Arm um Julias Taille. „Ein paar mehr Autos sind noch aufgetaucht, darum dachten wir, wir würden alle Sitzplätze suchen lassen, bevor wir mit der feierlichen Musik beginnen."

Es war bereits eine große Menge. Nicht nur alle, mit denen sie und Zach auf der Red Boot Ranch arbeiteten, die im Frühling offiziell in Betrieb gegangen war, sondern alle Leute, mit denen Julia letztes Jahr auf der Feuerwache gearbeitet hatte.

Dazu kamen noch die ganzen Familienmitglieder, mit den Colemans und den Sorensons – Julia hatte nie erwartet, so viele Leute in ihrem Leben zu haben, die alle mit ihr feiern wollten.

Auf ihrer anderen Seite erschien Karen, die den kurzen Schleier richtete, der an der Tiara in Julias Haaren hing. „Du wirkst glücklich", sagte sie.

Julia richtete sich auf, drehte sich, bis sie ihre Schwestern gleichzeitig sehen konnte, auch Tamara, die die Stufen heraufkam, um sich ihnen anzuschließen. „Ich muss euch was sagen."

Die drei kamen heran. Spiegelbilder voneinander, und doch so einzigartig. Karen war im letzten Jahr weicher geworden, und Julia war sicher, das lag daran, dass Finn ständig ihr Champion war. Karen hatte gelernt, sich zu nehmen, was sie brauchte, um glücklich zu sein, und Julia hatte viel dabei gelernt, ihre ältere Schwester zu beobachten, wie sie mit den Verletzungen der Vergangenheit umging.

Tamaras stetige Liebe war in den letzten Monaten auf so viele Arten angeboten und angenommen worden. Julia hatte so viel Zeit mit der Familie Stone verbracht und entdeckt, dass sie alle eigene Stärken und Schwächen hatten, aber die Wurzel war, sich darüber zu freuen, dass sie immer füreinander da waren.

Und Lisa? Lisa war die beste Freundin geworden, von der Julia nicht gewusst hatte, dass sie sie brauchte. Obwohl der Schabernack ihrer Schwester dieser Tage etwas gedämpft war. Selbst jetzt stellte Lisa sich anders hin, ihre Hände fielen auf die runde Wölbung ihres Bauches, der im siebten Monat schwanger war.

Plötzlich fragte sich Julia: Was würden ihre Schwestern sehen, wenn sie auf sie zurückschauten? Hoffentlich eine Frau, die die ultimative Wahrheit lebte. Akzeptanz fing im Inneren an. Freude breitete sich nach außen aus, und Liebe dehnte sich aus wie Multiplikationstabellen, die durchdrehten.

Julia hatte neun Monate damit verbracht, die Wahrheit anzunehmen, dass Zach sie bedingungslos liebte. Dass, ganz gleich, was sie lernen mussten, sie es zusammen tun konnten.

Dass Familie ein Wunder war.

Sie streckte die Hände aus, ihre Finger wurden sofort von ihren Schwestern ergriffen. „Die Leute sagen, dass es nur

Glück ist, wenn man zur richtigen Zeit am richtigen Ort ist. Und ich schätze, eines hat irgendwie zum anderen geführt. Aber an dem Tag, als Tyler geboren wurde, auf die Silver Stone Ranch zu kommen, war mehr als nur Glück. Es war Atem in meinen Lungen und Blut in meinen Adern. Das war der Tag, an dem *ich* genauso in diese Familie geboren wurde, und ich kann euch nie erklären, wie wunderbar das ist."

Verdammt. Sie hätte das gestern machen sollen, denn ihre Augen wurden feucht.

„Du musst es nicht erklären", sagte Tamara sanft.

Karen und Lisa nickten zustimmend. „Nö. Wir wissen so ziemlich, wovon du redest." Karen drückte ihr die Finger.

Lisas Hand sank wieder auf ihren Bauch, wo gerade jetzt ein weiteres neues Leben begonnen hatte. „Wir können die Jahre, die wir verpasst haben, niemals ersetzen, aber wir werden jeden einzelnen Tag von jetzt an genießen."

Noch eine Wahrheit. Julia holte tief Luft. „Danke, dass ihr meine großen Schwestern seid. Ich liebe euch."

Arme umgaben sie, drückten sie fest. Verharrten in dieser schwesterlichen Umarmung, die sich nicht nur durch Blut, sondern auch durch Entscheidungen gebildet hatte. Sie hätten sie nicht willkommen heißen müssen, aber das taten sie, und ihre Entscheidung hatte ihre Welt verändert.

Im Hintergrund nahm die Musik zu, und plötzlich war Petra da. „Okay, meine Liebe. Es ist Zeit, meinem Bruder seine gerechte Belohnung zu geben."

Noch ein Lieblingsmensch in ihrer Welt. Julia trat zurück und nahm das Taschentuch von ihrer Beinahe-Schwägerin an. „Dir ist klar, dass ich jemanden von der Ranch finden werde, in den du dich verlieben kannst", warnte sie. „Du musst näher an Heart Falls ziehen."

„Oh, das ist aber mal eine gute Idee." Lisa trat von Tamara weg. „Hey. Nicht auf Schwangere einschlagen."

„Kein Kuppeln", tadelte Tamara.

„Eine Hochzeit nach der anderen", sagte Karen, während sie Julia zuzwinkerte. „Zumindest dieses Jahr."

Ihre Schwestern führten sie die Stufen hinab auf den robusten Holzbohlenweg. Die Red Boot Ranch hatte inzwischen einen ausgewiesenen Bereich, um Hochzeiten zu veranstalten, und obwohl das nicht die erste war, die hier abgehalten wurde, war es die erste für ihre Familie.

Julia warf einen Blick hinab an der langen Reihe der wartenden Gäste vorbei. An ihrem zukünftigen Schwiegervater und ihrer Schwiegermutter, die gleichzeitig wunderbar und schrecklich peinlich waren, genauso wie Zach sie gewarnt hatte. An allen von Zachs Schwestern vorbei, den Schwägern, Nichten und Neffen.

An der Stelle vorbei, an der Tamara vorgegangen war, um sich Caleb und dem Rest der Familie Stone anzuschließen, die da waren, um an der Feier teilzunehmen.

Julias Blick kam stotternd zum Stillstand, und ihre Füße ebenfalls, als sie den Elvis-Darsteller am Rand einer Reihe sah. Er hob eine Hand und neigte das Kinn, und sie kicherte los.

Ihr Blick huschte dorthin, wo Zach ganz vorne stand und auf sie mit Finn an seiner Seite wartete, und auch Josiah.

Zach grinste. Er wusste, warum sie lachte.

„Alles klar?" Karen machte ein paar letzte Anpassungen an Julias Kleid.

„Auf jeden Fall. Wirklich", sagte Julia fest, drehte sich wieder zu ihren Schwestern. Sie drückte Lisas und Karens Finger ein letztes Mal.

Während ihre Schwestern langsam den Gang hinabgingen, wandte Julia sich dorthin, wo George Coleman auf sie wartete.

Eine weitere Anpassung in den letzten Monaten. Sie und ihr Vater lernten, was für eine Art Beziehung sie wollten. Sie brauchte niemanden, der sie beschützte, und sie brauchte niemanden, der sie wie ein kleines Mädchen behandelte. Das brauchte keine der Whiskeytiere.

Es war nicht immer einfach gewesen, aber da sie und ihre Schwestern darauf bestanden hatten, dass er zuhörte und nicht nur sprach, hatte George Coleman sich zu verändern begonnen. Sein Wachstum wurde ermutigt und beeinflusst von Finn, Josiah und auch Zach.

Aber das bedeutete im Hier und Jetzt, als ihr Vater ihr seinen Arm hinhielt, legte sie bereitwillig ihre Finger um seinen Ellbogen. Die Freude war wirklich da, weil sie einen Vater hatte, der an diesem Tag teilnehmen konnte.

Tamaras Tochter Emma und Zachs Nichte Rita gingen vor ihnen her, warfen Blätter statt Blumen. Es war schön und perfekt. Es gab mehr als nur ein bisschen Gelächter, als der kleine Beau das Ringkissen schüttelte, auf dem zwei Ringe festgebunden waren, und sich laut beschwerte, als er nicht herausbekam, wieso er sie nicht zum Fallen bringen konnte.

Es war Familie – ach, so viel Familie.

Doch als sie vorne ankam, war es nur Zach. Alle anderen hätten verschwinden können, soweit es sie betraf. Julia schaute in seine blauen Augen und sah nichts als Liebe.

Sie hatten wohl eine Hochzeitszeremonie, aber die verging in einem Wimpernschlag. Zum Glück nahm sie jemand auf, denn sie hätte es wirklich gehasst, dass ihre einzigen Erinnerungen diejenigen aus dem Mile-High-Kapellen-Video waren.

Sie standen nach der Hochzeit Seite an Seite auf der Veranda, Zachs Finger um ihre geschlungen, fest und sicher. Er neigte den Kopf und strich mit der Wange an ihre, murmelte ihr ins Ohr: „Ich liebe dich.“

Das sofortige Beben fühlte sich wunderbar an. Sie drehte sich um, legte die Finger um seinen Nacken. „Ich liebe dich auch.“ Sie schauten sich in der Menge um und bereiteten sich darauf vor, Geschenke öffnen. „Ich sehe Tony nicht. Ich dachte, er würde hier sein."

„Er hat eine Entschuldigung geschickt." Zach hob ihre Finger und küsste sie. „Als ich gestern mit ihm gesprochen habe, sagte er, seine Kinder hätten eine Erkältung. Er hat uns gratuliert und mich daran erinnert, dass wir in zwei Wochen einen Termin haben."

„Okay." Sie schmiegte sich etwas fester an seine Seite. Die Therapie ging weiter, wobei Zach sich ihr jedes zweite Mal anschloss. Die Tatsache, dass er angefangen hatte, sich hin und wieder allein mit Tony zu treffen, war nur eine weitere Bestätigung gewesen, dass Zach echt perfekt für sie war.

Pamela Sorenson klatschte in die Hände und winkte die Leute vor. „Braut und Bräutigam, setzt euch auf den Ehrenplatz."

Es fühlte sich etwas seltsam an, Zeit mit den Geschenken zu verbringen, aber mit dem Gedanken, dass so viele Leute weit gereist waren, um hier zu sein, hatten sie in letzter Minute beschlossen, die Geschenke anzunehmen, während alle noch da waren.

Eine Menge Geschenke waren Bilder, was Julia begeisterte. Bilder von Zachs Jahren des Aufwachsens. Eines von ihren Schwestern während ihrer Zeit auf Whiskey Creek. Ein hübsches gerahmtes Bild von ihrer Mutter, das Julia zum Lächeln brachte.

Pamela und Zachary schenkten ihr einen weichen Baumwollsack.

Julia blinzelte einen Augenblick lang, bevor sie hineingriff und zwei glatte Steine herausholte, auf denen ZACH und JULIA eingeritzt war. „Unsere Dankestasche. Vielen Dank."

„Das ist ein Anfängerset", scherzte Pamela. „Wenn ihr mal Kinder habt, fügen wir ihre Namen hinzu. Nun, da die Empfängnis und Schwangerschaft ..."

„Und wir haben auch die erweiterte Version für euch.“
Zachary Senior unterbrach seine Frau mit einem Zwinkern an
seinen Sohn und einem viel größeren Sack in der Hand. „Mein
Ätzwerkzeug hat sich ziemlich ins Zeug legen müssen. Wisst
ihr, wie viele Leute jetzt in unserer Familie sind?“

Ein rascher Blick durch den Raum sagte: so, so viele.

Kein Geschenkpapier auf den Geschenken zu haben,
machte alles schneller, während Freunde und Familie
weiterhin mit kleinen Gaben vortraten. Hanna gab Julia eine
Umarmung, während Brad Zach die Hand schüttelte, dann
reichten sie eine Keramikkeksdose rüber. Brads großer Arm
hielt sein und Hannas dreimonatiges Baby mühelos.

Während sie ans Ende kamen, trat Petra vor, die Arme mit
drei schicken Metalldosen beladen. „Das ist ein wenig
übertrieben, oder?“, neckte Zach seine Schwester.

„Nicht von mir, Bro. Ich habe sie drüben an der
Musikanlage gefunden. Es gibt keine Namen.“ Sie stellte sie
alle auf den Tisch vor Julia. „Vielleicht musste jemand früher
gehen?“

Julia hob eine auf, musterte sie sorgsam. Eine hübsche
ländliche Szene in friedlichen Farben war auf der Seite.
„Vielleicht.“

Zach hob noch eine auf, und etwas ratterte. „Kekse? Ich
mag Kekse.“ Er öffnete den Deckel und schaute hinein. Einen
Augenblick später knallte er sie wieder zu, grinste die Menge
an. „Keine Kekse. Wir stellen die einfach mal zur Seite. Danke,
von wem auch immer dieses Geschenk kommt.“

Julia konnte nicht widerstehen. Sie hob den Deckel auf
ihrem Behälter, um festzustellen, dass er voller bunt gefärbte
Kondome war. Erheiterung stieg wie Blasen in ihrem Bauch
höher. Sie beugte sich zu Zach. „Deine Mutter?“

Einen Augenblick hielt er inne.

Plötzlich kam Gelächter auf. Zach deutete über den Rasen

dorthin, wo Lisa, Tamara und Karen aneinanderhingen und sich weglachten.

Eine, zwei, drei Dosen …

Oje. „Äh, ja. Ich bin nicht sicher, was da los ist, aber vermutlich gibt es eine gute Erklärung." Julia zwinkerte Zach zu. „Wir sind gut ausgestattet, das ist mal sicher."

Er grinste.

„Das war alles", erklärte Petra. „Zeit für den Tanz."

„Moment, ein letztes Geschenk", sagte Julia, die unter den Tisch griff und einen weiteren Bilderrahmen hervorzog. „Für dich."

Sie bot ihn Zach mit der Vorderseite nach unten an.

Er musterte ihr Grinsen, drehte ihn um und brach in Gelächter aus.

Sie hatte eine Anleitung für „Wie man eine Rolle Toilettenpapier ersetzt" gerahmt. Dazu gehörten klare Anweisungen, dass die Rolle nach hinten gerichtet war, nicht vorne, denn „der ökonomische Einsatz von Blättern wird ermutigt."

Zach legte den Rahmen auf den Tisch, dann zog er sie hoch, führte sie mitten auf die Tanzfläche. „Du gewinnst. Nach einem Jahr der Schlacht in der Toilettenpapierarena gebe ich zu, dass ich geschlagen bin. Von hier an sollen alle Rollen auf deine Art ersetzt werden."

Julia legte die Arme um ihn, als die ersten Noten in die Luft aufstiegen. Elvis spielte auf seiner Gitarre und sang leise, als wäre es nur für sie.

„Love Me Tender?", sang Julia in Zachs Ohr.

Ihr Ehemann, ihr Herz, wirbelte sie im Kreis, während er mit der Musik summte. Sie passten zusammen, nach einem gemeinsamen Jahr war es kein Zufallswirken oder auch nur feste Entschlossenheit, die die Sache zwischen ihnen zum Funktionieren brachte.

Sie hatten sich füreinander entschieden, und deshalb würden sie niemals mehr loslassen.

„Ich liebe dich wahrhaftig." Zach streifte mit den Lippen ganz kurz ihren Nacken, und ein freudiges Beben erfüllte sie, während er mit Elvis sang, nur für ihre Ohren. „Und zwar für immer und ewig."

~

New York Times-Bestseller-Autorin Vivian Arend präsentiert *Die Colemans aus Heart Falls*. In dieser Reihe dreht sich alles darum, wie man Familie, Freunde und Liebe findet – und sich nicht mit weniger zufriedengibt.

~

Die Colemans aus Heart Falls
Die ewige Liebe des Cowgirls
Die geheime Liebe des Cowgirls
Die verwegene Liebe des Cowgirls

~

Vivian lässt derzeit ihre vielen Serien übersetzen. Bitte besuchen Sie deren Website für alle aktuellen Informationen.
www.vivianarend.com/de

ÜBER DIE AUTORIN

Mit über 3 Millionen verkauften Büchern ist Vivian Arend eine *New York Times*- und *USA Today*-Bestsellerautorin von mehr als 70 zeitgenössischen und paranormalen Liebesromanen.

Ihre Bücher lassen sich alle einzeln lesen und haben keine Cliffhanger. Sie sind witzig, aber auch emotional, es gibt heiße Szenen und glückliche Enden. Für Vivian ist das der beste Job der Welt. Sie lebt in British Columbia, Kanada, zusammen mit ihrem langjährigen Mann – der Inspiration für alle Helden ist und ein bereitwilliger Gefährte auf Abenteuern aller Art.

www.vivianarend.com

9 781990 674778